Ein Verzeichnis sämtlicher bisher erschienenen
und lieferbaren REN DHARK-Titel und -Produkte
finden Sie auf den Seiten 349 und 350.

1. Auflage

HJB Verlag & Shop e.K.
Postfach 22 01 22
56544 Neuwied
Bestellungen und Abonnements:
0 26 31 – 35 48 32
0 26 31 – 35 61 00
Buchhaltung: 0 26 31 – 35 48 34
Fax: 0 26 31 – 35 61 02
www.ren-dhark.de

Herausgeber: Hajo F. Breuer
Titelbild: Ralph Voltz
Illustrationen: Swen Papenbrock
Druck und Bindung:
Westermann Druck Zwickau GmbH

ISBN 3-930515-07-5

Vorwort

Jetzt geht's los! Und wie! Nach mehr als 30 Jahren finden die Abenteuer des von Kurt Brand ersonnenen Raumfahrers REN DHARK ihre von zahlreichen SF-Freunden lange herbeigesehnte Fortsetzung. Ein Team renommierter Autoren und ausgewiesener DHARK-Kenner setzt die Serie kongenial fort. Eine große Hilfe dabei sind die Ideenskizzen Kurt Brands, in der er die Fortführung der Reihe über das abrupte Ende im Jahr 1969 hinweg festlegte.

Die wohl wichtigste Änderung gegenüber der ursprünglichen Serie ist die Erscheinungsform: REN DHARK wird nicht mehr als Heft, sondern in der klassischen Buchform gedruckt. Daß diese höherwertige Form der Veröffentlichung sich auch in der Qualität des Inhalts widerspiegelt, ist unser fester Vorsatz.

In diesem Jahr werden wir vertriebliche Umstellungen vornehmen, die sicherstellen sollen, daß REN DHARK auch über den nun beginnenden neuen Romanzyklus hinaus weitere Leser gewinnt. Im Einzelfall können die Umstellungen aber auch dazu führen, daß Ihre bisherige Bezugsquelle die REN DHARK-Bücher nicht mehr bereithält. Sollten Sie also in Zukunft Probleme bei der Beschaffung der aktuellen RD-Ausgaben haben, wenden Sie sich bitte direkt an den HJB-Verlag. Wir helfen Ihnen gerne weiter.

Ich möchte Ihre Aufmerksamkeit auch noch auf den neuen REN DHARK-Sonderband *Der Verräter* richten, der gleichzeitig mit diesem Buch erscheint. Der von Marten Veit verfaßte Roman blendet noch einmal zurück auf die Erde des Jahres 2051 und schildert die dramatischen Ereignisse während der ersten Monate der Giant-Invasion. Der Band schließt an die in *Hexenkessel Erde* geschilderten Abenteuer der Gruppe um Kyle Larkin an, kann aber auch problemlos für sich allein gelesen werden. Mit *Der Verräter* veröffentlichen wir voraussichtlich das letzte REN DHARK-Abenteuer aus dem nun abgeschlossenen ersten Zyklus – allein schon aus diesem Grund sollten Sie sich diesen spannenden SF-Thriller nicht entgehen lassen!

Natürlich möchte ich Ihnen die Autoren dieses Buches nicht vorenthalten. Geschrieben wurde es (in der Reihenfolge ihrer Beiträge) von Manfred Weinland, Ewald Fehlau, Uwe Helmut Grave und Werner K. Giesa nach einem Exposé von Hajo F. Breuer.

Nun aber genug der langen Vorrede – schließlich wartet nicht nur ein völlig neues REN DHARK-Abenteuer auf Sie, sondern ein kompletter neuer Zyklus. Zögernd zuerst, in einem unbeobachteten Moment vielleicht ein wenig zitternd, haben wir den Fuß zum ersten Schritt auf einen langen, neuen Weg gesetzt. Auf den Weg zu den Sternen.

Ad astra!

Giesenkirchen, im Februar 2000
Hajo F. Breuer

Prolog

Im Jahr 2051 fliegt der gerade 23jährige Leutnant Ren Dhark an Bord des Kolonistenraumers GALAXIS ins All. Das Schiff unter dem Kommando von Dharks Vater Sam soll 50.000 Menschen zu den Sternen bringen. Durch einen technischen Defekt wird es in ein unbekanntes System verschlagen, das die Menschen Col nennen. Sie landen auf Hope, dem fünften Planeten,

Nach dem Tod seines Vaters entdeckt Ren Dhark ein Höhlensystem, in dem sich ein gigantischer Industriedom befindet. Die tausend Jahre alten Anlagen sind völlig intakt und funktionsfähig – ebenso wie das phantastische Archiv der verschwundenen Erbauer, das Wissen in Form von Mentcaps enthält. Wer eine dieser kleinen weißen Pillen schluckt, kennt sich plötzlich auf einem Spezialgebiet ihrer unfaßbar überlegenen Supertechnik aus. Das geheimnisvolle, verschwundene Volk wird bald von allen Menschen nur noch die »Mysterious« genannt.

Mit Hilfe des Mentcap-Wissens gelingt es, ein gewaltiges Ringraumschiff fertigzustellen, das in einer der Höhlen entdeckt wurde. Mit diesem auf den Namen POINT OF getauften Schiff machen sich Ren Dhark und seine Getreuen auf die Suche nach der Erde.

Als sie den Heimatplaneten der Menschheit endlich wiedergefunden haben, ist er von den Giants besetzt, seine Bewohner sind geistig versklavt und teilweise verschleppt. Nach vielen Kämpfen gelingt es den Männern und Frauen um Ren Dhark, ihre Heimatwelt zu befreien. Auch die nach Robon verschleppten Menschen werden zum großen Teil gerettet und auf die Erde zurückgebracht. Ihre Befreiung von der »Umschaltung« – der geistigen Sklaverei – führt aber unvorhergesehenerweise zu ihrem frühen Tod. Die wenigen nicht umgeschalteten Robonen, die zum Zeitpunkt der Befreiung der anderen im Auftrag der Giants im All unterwegs waren, betrachten die Menschen als die Mörder ihrer Artgenossen.

Der ehemalige Leutnant Dhark wird von den Terranern zum

Commander der Planeten gewählt. Doch es hält ihn nicht lange auf der Erde, wie besessen ist er von seinem Wunsch, endlich die Mysterious zu finden. Die haben zwar überall in der Galaxis ihre Spuren hinterlassen – in der Form von Gebäuden, Maschinen und Raumschiffen – doch nicht ein einziges Bild von ihnen kann Ren Dhark entdecken.

Auf seinem Weg ins All trifft der Terraner auf viele Fremdvölker, von denen einige gute Freunde der Menschen werden, etwa die Utaren oder die Nogk. Andere wie die unheimlichen Schatten, über die man kaum Erkenntnisse besitzt, erweisen sich als unversöhnliche Feinde.

Neben der Suche nach den Mysterious muß sich Ren Dhark einer zweiten Herausforderung stellen: Starke Schwankungen im galaktischen Magnetfeld erzeugen Strahlungen, die auf lange Sicht für alle Bewohner der Milchstraße tödlich sein müssen. Auf der Erde ist sicheres Leben nur noch unter einem planetenumspannenden Schutzschirm möglich, der von den Nogk installiert wurde.

Endlich findet Ren Dhark einen Hinweis: Auf der dem Sonnensystem entgegengesetzten Seite unserer Sterneninsel droht eine zweite, bisher völlig unbekannte Galaxis mit der Milchstraße zu kollidieren. Diese kosmische Katastrophe scheint die Ursache für die verheerenden Magnetstürme zu sein.

Mit der POINT OF fliegen Ren Dhark und seine Getreuen in die neuentdeckte Galaxis, der sie den Namen Drakhon geben. Und hier erlebt der Commander der Planeten den größten Schock seines noch jungen Lebens: Er findet die letzten 108 Überlebenden des Volkes der Salter – die von sich behaupten, die langgesuchten Mysterious zu sein.

Eine unheilbare Seuche rafft sie dahin. Doch der Arzt Manu Tschobe entwickelt ein Verfahren, mit dem man die Salter vielleicht heilen kann. Aber für eine Behandlung müssen sie nach Terra gebracht werden. Und so kehrt die POINT OF im Spätherbst des Jahres 2057 mit den letzten 108 überlebenden Mysterious an Bord zur Erde zurück...

1.

Rückblende:

Margun und Sola, rann es schwerfällig durch Ren Dharks Gehirnwindungen. Er fühlte sich wie betäubt, leer, ausgelaugt. Die beiden größten Genies, die es unter den Saltern je gab…

Hatte nicht Olan es so formuliert?

Und die Salter, waren das nicht die langgesuchten Mysterious…?

Zweifellos, aber so hatte er sie nie finden wollen.

So nicht!

Langsam schlossen sich die Hände des breitschultrigen Mannes um die Kapsel aus Unitall, die Olan ihm geschenkt hatte, unmittelbar bevor sie die Welt der Shirs, den Exilplaneten der Mysterious, verlassen hatten. Mit jenem Ringraumer-Unikat, das Margun und Sola vor mehr als tausend Jahren auf dem Planeten Kaso entwickelt hatten. Und Kaso war identisch mit Hope – dem Planeten im Doppelsonnensystem Col, auf dem Menschen von der Erde ein gutes Jahrtausend später nicht nur das halbfertige Raumschiff, sondern auch den Industriedom, ein fast noch überwältigenderes Wunder, entdeckt hatten.

Ganze hundertacht von ihnen, hing Dhark weiter seinen Gedanken an die Mysterious nach, gibt es noch. *Keinen mehr und keinen weniger.*

So deprimierend klein diese Zahl für eine Spezies sein mochte, die in ihrer Blütezeit nach Milliarden gezählt hatte, Ren Dhark hätte die Zahl vielleicht noch hinnehmen können. Nicht aber die Umstände.

Im Grunde, das wurde ihm von Minute zu Minute bewußter, war

jenseits der Sternenbrücke keine einzige seiner hochfliegenden Erwartungen erfüllt worden.

Was hatte er nicht alles unternommen, um den Geheimnisvollen einmal, ein einziges Mal von Angesicht zu Angesicht gegenüberstehen zu können! Kreuz und quer durch die Milchstraße war er ihren Spuren gefolgt, am Ende sogar in die fremde Galaxis hinein, der sie den alten Tel-Namen Drakhon gegeben hatten. Diese Sternenballung, von deren Existenz kein Terraner zuvor etwas geahnt hatte, berührte beinahe den Halo der heimatlichen Milchstraße – zumindest, wenn man es unter kosmischen Gesichtspunkten betrachtete. Und sie hatte sich als die Quelle jener verheerenden Hyperraumstürme entpuppt, die seit kaum rückverfolgbarer Zeit immer wieder über die Welten der Milchstraße hereinbrachen.

Das Rätsel um die Entstehung dieser Strahlenstürme hatte die Besatzung der POINT OF auf ihrem Weg in die bislang unbekannte zweite Galaxis also gelöst.

Wenigstens etwas, das Dhark gewillt war, auf der Habenseite zu verbuchen.

Und alles weitere?

Margun und Sola...

Immer wieder klangen die Namen derer in ihm auf, die ihm als Erbauer der POINT OF genannt worden waren. Er wünschte, er hätte – wenigstens für kurze Zeit – auch die Gedanken an sie ausschalten und sich in sich selbst zurückziehen können.

Um Abstand zu gewinnen.

Um endlich wieder zu sich zu kommen. Denn er war wie benebelt. Er war am Ende der kräftezehrenden Suche angelangt, die ihn manchmal fast seine Freunde gekostet hätte. An Bord des Ringraumers gab es wohl niemanden, der sein Handeln immer hätte nachvollziehen können. Wie auch, wenn er es selbst selten genug verstanden hatte? Sein bester Freund, Dan Riker, war oft genug an ihm verzweifelt.

Und was hatte Dhark in solchen Situationen veranlaßt, stur seinem Weg zu folgen?

Freundschaft hält so etwas aus, hatte er sich eingeredet. Im nachhinein, heute, wunderte er sich über die grenzenlose Geduld, die außer Riker auch noch andere an Bord für ihn aufgebracht hatten. Für Sam Dharks Sohn, den Sohn des Mannes, mit dessen Hartnäckigkeit alles begonnen hatte.

Einfach alles.

In Ren Dharks Augen glitzerte es verdächtig, als er sie wieder öffnete. Fast achtlos legte er die Unitallkapsel, die Olan persönlich entschärft hatte, wieder auf die Kommode zurück. Sie stammte vom Ufer eines Sees auf der Exilwelt der Mysterious. Und ihr Zweck entbehrte aus terranischer Sicht nicht eines gewissen Grusels: Mysterious, die gefühlt hatten, daß ihr Ende nahte, waren zu dem See gegangen und hatten sich aus einem Depot mit einer dieser Kapseln versorgt, hatten sie in ihre Hände genommen und sich damit in den Schatten eines Baumes gesetzt. Die bloße Berührung hatte die in der metallenen Phiole schlummernde tödliche Kraft geweckt. Ein unwiderstehliches Feuer hatte die Sterbewilligen binnen eines Augenblicks zu Asche verbrannt…

Es zeugte von dem Vertrauen, das Ren Dhark in Olans Integrität setzte, daß er dieses Geschenk von dem Tausendjährigen angenommen hatte und anzufassen wagte. Denn was einen Salter zu töten vermochte, vermochte dies auch bei einem Menschen. Solange nicht Vorsorge getroffen war.

Dharks braune Augen wanderten die Wand der Kabine entlang hin zu dem Porträt, das seinen Vater zeigte; es war wenige Monate vor dessen Ableben aufgenommen worden war.

Rens Vater war der beliebteste Raumschiffskapitän auf der alten Erde gewesen, damals, unmittelbar vor der Giant-Invasion, und als solcher war ihm das Kommando über den ersten Kolonistenraumer übertragen worden.

Das 800-Meter-Schiff GALAXIS hatte Platz für 50.000 Siedler geboten, die zum Planeten Dorado ins Deneb-System aufgebrochen waren. Damals hatte die interstellare Raumfahrt noch in den Kinderschuhen gesteckt.

Damals, Ren Dhark mußte wider Willen schmunzeln, vor knapp sieben Jahren – manchmal kam ihm diese vergleichsweise kurze Spanne wie eine halbe Ewigkeit vor.

Der Sprung Richtung Deneb mittels »Time«-Effekt war schiefgelaufen, und zwar so gründlich, daß die GALAXIS in einem auf keiner Sternenkarte verzeichneten Raumsektor strandete. Nicht Dorado wurde zur neuen Heimat der Siedler, sondern Hope. Und dort, auf einem der Inselkontinente des fünften Umläufers der Doppelsonne Col, war die POINT OF entdeckt worden, jenes hundertachtzig Meter durchmessende, ringförmige Mysterium aus blauviolettem Unitall – demselben Metall, aus dem auch die Suizidkapseln der Salter bestanden.

Ren Dhark seufzte, faßte das Konterfei seines Vaters fester ins Auge und fragte: »Was hältst du davon, wie sich die Dinge entwickelt haben, Dad?«

Commodore Sam Dhark schien genau zu wissen, was seinen Sohn bewegte. Leuchteten die Augen inmitten rotbrauner, strahlengetönter Haut nicht plötzlich ebenso traurig?

Nein, so wie sich das Rätselknäuel um die geheimnisumwobenen Mysterious mit all ihren Hinterlassenschaften auf zahllosen Planeten schlußendlich entwirrt hatte, damit konnte niemand wirklich zufrieden, konnte niemandem wirklich gedient sein. Weder den Terranern noch den Saltern. Und ganz besonders nicht ihm – Ren Dhark.

Er hätte nicht in Worte zu fassen gewußt, was er erwartet hatte. Leichter fiel es ihm zu sagen, was er nicht hätte finden wollen: Die schwerkranken, sterbenden Mysterious auf der Welt der Shirs!

Von den letzten Mysterious war keiner jünger als ein paar hundert Erdenjahre, auch wenn sie teilweise noch die Körper von Kindern besaßen. Schuld an ihrem Dahinsiechen war ausgerechnet jener Kunstgriff, mit dem sich dieses hochziviliserte Volk einst seine Strahlenresistenz und seine extrem lange Lebenserwartung »erkauft« hatte. Molekularbiologisch hatten die Salter ihre Spezies gegen die damals schon zum Problem gewordenen Strahlenstürme immunisiert.

Taralyth-B hatte den Durchbruch gebracht, ein künstlich auf der Grundlage von Taralyth-A geschaffenes Molekül, das in seiner natürlichen Form auf dem Planeten Scillo im System mit der Salter-Katalognummer 673 vorgekommen war. Die Tücken der revolutionären Taralyth-Behandlung hatten die Mediziner nicht vorhersehen können, weil es eine kaum vorstellbar lange Zeit dauerte, bis die Spätfolgen im x-ten Glied der x-ten Generation erstmals erkennbar zutage traten...

Auch die letzten hundertacht Salter auf der Medo-Station der POINT OF litten ausnahmslos an progressivem Zellverfall, hervorgerufen durch Gollog, wie das Verfahren bei ihnen geheißen hatte!

Das Schicksal hätte keine zynischere Pointe für ein Volk wie die Salter bereithalten können. Und auch nicht für die Terraner, die den Mysterious (es fiel Dhark immer noch schwer, sie als die Salter zu bezeichnen) hinterhergejagt waren.

Denn ihre beiden Spezies verband etwas, was sich weder die Besatzung der POINT OF noch irgendein Mensch je hätte erträumen lassen: Sie entstammten derselben Wiege.

Terra.

Oder Lem...

... wie die Salter ihre Heimat einst getauft hatten, nach dem längst versunkenen Erdkontinent Lemuria!

*

Es klopfte.

Ren Dhark zuckte zusammen. Seine Augen verengten sich zu schmalen Schlitzen. Es gab nur einen einzigen Menschen an Bord der POINT OF, dem es eingefallen wäre, an ein Sperrschott zu klopfen, anstatt den Summer zu betätigen, den Arc Doorn nachträglich für jede Unterkunft installiert hatte. Margun und Sola hatten nichts dergleichen vorgesehen – oder waren sie einfach nicht mehr dazu gekommen, sich um solche »Feinheiten« zu kümmern?

Als das Schiff in der Ringraumer-Höhle entdeckt worden war, hatte es sich als halbfertiger Torso dargestellt. Nur der Hartnäkkigkeit aller Beteiligten war es zu verdanken, daß die POINT OF ihre unterirdische Werft überhaupt jemals im Schutz des Doppelintervallums verlassen hatte.

Lange nach Marguns und Solas Tod. Falls sie denn überhaupt tot waren…

Es klopfte erneut, nein, diesmal wurde gegen das dämpfende Metallschott gehämmert.

Ren Dhark bewegte sich unwillig von der Wand, an der das Bild seines Vaters hing, weg.

Sekunden später glitt die Tür fauchend auf, und der vor ihr stehende, schlanke Mann sagte: »Die letzte Sprungetappe steht bevor. Offengestanden wäre mir lieber, du würdest dich in die Zentrale begeben…«

Dan Riker war etwas kleiner als sein bester Freund Ren Dhark. Seine Haare waren schwarz, Dharks weißblond. Trotz dieser offensichtlichen Unterschiede waren sie sich in ihrer Verhaltensweise oft ähnlicher, als sie sich selbst eingestehen wollten. Aber eigene, schwierige Wesenszüge im Spiegel zu betrachten fiel auch nicht immer ganz leicht.

»Wo ist Olan?« fragte Dhark ausweichend. »Noch im Tiefschlaf wie die anderen?« Er bat Dan Riker nicht herein, aber darum kümmerte sich dieser überhaupt nicht. Mit ausgreifenden Schritten stürmte er herein.

Dhark schloß das Schott.

Breitbeinig dastehend, die Fäuste in die Hüften gestemmt, funkelte Riker seinen Freund aus blauen Augen an, die unter den buschigen Augenbrauen fast verschwanden. »Ich bin nicht gekommen, um über Olan zu reden!«

»Nein?«

»Das weißt du so sicher wie Manu Tschobe schwört, den Saltern helfen zu können, wenn wir uns erst wieder auf Terra befinden.«

Dhark stellte sich vor Dan Riker. »Niemand wünscht sich das

mehr als ich.«

»Und worin liegt dann dein Problem?«

»Wer sagt, daß ich ein Problem habe?«

»Sind wir noch Freunde?«

»Was soll dieser Unsinn…«

»Wenn du mich also noch als Freund betrachtest«, fiel Riker ihm ins Wort, »dann solltest du mir zugestehen, daß ich dich kenne. Vielleicht sogar besser als du dich selbst.«

»Was ich nicht ausschließe. Ich verstehe trotzdem nicht, worauf du hinauswillst. Bist du nicht gekommen, um mich auf die letzte Transition hinzuweisen?«

»Hör auf, mir das Gefühl zu geben, gegen eine Gummiwand zu springen!«

Übergangslos änderte sich Dharks Haltung. Er gab sich nicht länger Mühe, eine nicht vorhandene Lockerheit vorzugaukeln. »Es ist nicht sehr befriedigend, oder?« fragte er.

Riker seufzte. »Endlich läßt du die Katze aus dem Sack. Ich wußte, daß etwas nicht stimmt. Es ist nicht deine Art, dich zurückzuziehen. Nicht nach dem, was passiert ist, und wenn unsere Rückkehr ins Sol-System unmittelbar bevorsteht… du meinst die Mysterious, nicht wahr? Was aus ihnen geworden ist.«

»Ich meine ihren ganzen Werdegang, den wir von Olan erfahren haben – und dieses völlig sinnlose Endergebnis.«

»Es muß ja nicht das Ende sein. Wenn Tschobe recht behält und er mit den auf Cent Field verfügbaren Mitteln den Zellverfall stoppen kann, werden die letzten Salter vielleicht die Urzelle eines neuen Volkes.«

»Träume!« entfuhr es Dhark, aber er mäßigte sofort wieder seinen Ton. »Und selbst wenn dies so wäre… geht es dir nicht auch so, daß du das Gefühl hast, all die Zeit nur einem Phantom nachgejagt zu sein?«

»Dieses Gefühl hatte ich oft, während wir jagten. Nun wissen wir, daß es kein Phantom war.«

Ren Dhark schüttelte den Kopf. »Du kannst dich glücklich

schätzen. Mir geht es genau umgekehrt. Während unserer Suche waren die Mysterious greifbarer für mich als jetzt, da ich sie anfassen könnte.«

»Ich verstehe, was du meinst. Trotzdem solltest du dich zeigen. Möglicherweise bist du ja nicht der einzige, der seine Enttäuschung verarbeiten muß.«

»Wie steht es mit dir?«

»Das weiß ich noch nicht.«

Dhark lächelte schwach. »Du denkst wahrscheinlich mehr an Anja. Ihr wart lange getrennt…«

»Liebe ist etwas Schönes. Du solltest es ruhig auch mal ausprobieren.«

Nun grinste Riker. Er ahnte nicht, daß ihm sein Freund in diesem Augenblick innerlich beipflichtete – ohne indes ein Wort darüber zu verlieren.

»Okay«, gab sich der Commander einen Ruck, »gehen wir. Ich bin dafür, Olan zu wecken. Er soll die Erde – die Welt seiner Vorväter – schon vom All aus sehen. Als das blaue Juwel, das sie war und hoffentlich noch lange sein wird – künftig für unser beider Völker…«

*

Die POINT OF rematerialisierte zwischen den Bahnen drei und vier des Solarsystems. Es war eine fast schon zur Routine verkommene Präzisionsarbeit. Der Checkmaster hatte sich einmal mehr selbst übertroffen.

Beim Gedanken an das geheimnisumwitterte Bordgehirn, einem Prototypen, der ebenfalls ein Geniestreich von Margun und Sola war, überkam Dhark unwillkürlich ein leichtes Frösteln. Doch während er den Ringraumer auf Sternensog umschaltete, versuchte er sich mit einem weiteren nostalgischen Gedanken abzulenken: *Mit dem »Time«-Antrieb,* dachte er, *hätten wir es nicht wagen dürfen, innerhalb des Gravitationsfeldes eines stellaren Systems zu*

»springen«. Es hätte die völlige Vernichtung des betreffenden Schiffes bedeutet.

Ab und zu war es angebracht, sich das Wunderwerk zu vergegenwärtigen, das die POINT OF verkörperte. Ein Wunderwerk haushoch überlegener Technik...

»Ich brauche eine geschützte Verbindung zu Bulton und zu Trawisheim – zeitgleich! Und strahlen Sie sofort den ID-Code an die Ast-Stationen ab, damit niemand auf den Gedanken kommt, uns als Trojanisches Pferd zu betrachten, an dem nur die Hülle stimmt, nicht aber das Innenleben!« wandte sich Dhark über die Bordsprechverbindung an Glenn Morris in der Funk-Z. Dann drehte er sich zu Riker, der neben ihm im Ko-Sitz Platz genommen hatte: »Wurde Olan bereits verständigt?«

Dan Riker bejahte. »Er muß jeden Augenblick eintreffen. Tschobe wollte es sich nicht nehmen lassen, ihn herzugeleiten.«

»Wo ist Dro Cimc?«

Der Schwarze Weiße, Angehöriger des Tel-Imperiums, hatte die Expedition entlang der Sternenstraße über Erron-1 bis hin zum Tarrol-System mitgemacht. Nach der Entdeckung der letzten Mysterious hatte Ren Dhark ihn zum letzten Mal gesprochen, als die POINT OF noch in Sichtweite der Salter-Siedlung gestanden hatte.

Täuschte er sich, oder ging Dro Cimc Olan tatsächlich aus dem Weg?

In Fahrtrichtung strahlte ein rasch größer werdender Planet.

Die Erde.

Hinter Dhark öffnete sich das Zentraleschott. Olan trat ein, gestützt von Manu Tschobe, dem dunkelhäutigen Arzt und Hyperfunk-Spezialisten in Personalunion.

»Ich danke Ihnen, Ren Dhark, daß Sie mir das ermöglichen...«

»Ich hielt es für geboten, Ihnen zu zeigen, wie gut sich der blaue Planet über die Zeiten hinweg gehalten hat.« Dhark verschwieg bewußt die Narben, die auch heute noch von der Giant-Invasion zurückgeblieben waren. Narben, die noch Jahrzehnte brauchen würden, um völlig zu verheilen.

Aus irgendeinem Grund wollte er Olan damit nicht belasten. Nicht jetzt jedenfalls.

Eine Weile ließ Dhark die immer größer werdende Kugel mit ihrem Mond für sich alleine wirken. Dann brachte er ein Thema zur Sprache, das ihm auf der Seele brannte.

Neben vielen anderen Ungereimtheiten, für die Olan die Lösung haben mußte.

Er fragte ihn nach den Statuen, die auf so vielen Welten entdeckt worden waren, Denkmäler, die goldene Menschen ohne Gesicht darstellten, und wollte von Olan wissen, ob es sich bei diesen Goldenen um den Gott der Salter gehandelt hatte.

Die Reaktion des weisen Alten überraschte ihn. Hart antwortete er: »Seit wann sind Grakos Götter?«

Und er erzählte von den Unsichtbaren, die nur im Todeskampf sichtbar wurden und dann, so formulierte es Olan mit haßglitzernden Augen, wunderbar anzuschauen gewesen seien.

Die Grakos. Die Teufel!

Ren Dhark berichtete, daß auch die Menschen bereits unliebsame Erfahrung mit den Unsichtbaren und ihren kaum bezwingbaren Kampfstationen gemacht hatten.

Zunächst schien Olan dies nicht glauben zu wollen.

Und er lieferte auch sogleich die Erklärung dafür.

Ein jeder in der Zentrale war gebannt von den Worten, die aus dem Translator drangen: »Nach mehr als dreißigtausend Jahren sind sie wieder aus ihren Löchern gekommen?« Olans ausdrucksvolles Gesicht machte eine abermalige Wandlung durch. Jetzt strahlte pure Entschlossenheit daraus, der es sogar gelang, die Schatten der Krankheit zu übertünchen. »Oh, jetzt bin ich sicher, daß ich noch lange leben werde. Von dir, Dhark, verlange ich ein Kommando, wenn ich wieder gesund bin, und mit mehr als einer Million Robot-Raumern werde ich die Grakos bis an die Grenzen des Alls jagen. Ich will es sein, der den Befehl an die Roboter gibt, sie ein zweites Mal auszurotten. Danach wird auch auf der Erde eine Plastik des goldenen Menschen als immerwährende Mahnung stehen.«

Unwillkürlich versuchte Dhark, Olans Gedanken zurück auf den Planeten zu lenken, auf dessen Oberfläche sich bereits sichtbar die Konturen der Kontinente abzeichneten.

Noch während er dies tat, wurden zwei Gesichter in die Bildkugel eingeblendet: das von Marschall Ted Bulton, in Rikers Abwesenheit Chef der Terranischen Flotte, und das von Henner Trawisheim, Dharks Stellvertreter auf Terra. Seinen unglaublichen IQ von 274 verdankte Trawisheim der Tatsache, daß er ein Cyborg auf geistiger Ebene war. Der einzige, den es bislang gab.

»Sie ahnen nicht, wie froh ich bin, Sie wiederzusehen!« rief Bulton, bevor Trawisheim auch nur den Hauch einer Chance hatte, selbst zu einer Begrüßung anzusetzen. »Wenn Sie wüßten, was hier los ist! Wir dachten schon, wir hätten Sie für immer verloren…!«

»Viel hätte manchmal auch nicht gefehlt«, erwiderte Dhark.

»Hatte Ihre Mission Erfolg?« Es war typisch für Trawisheim, sich nicht mit Floskeln aufzuhalten.

Dhark nickte. »Das frage ich mich auch.«

Trawisheim und Bulton hoben fast synchron die Brauen.

»Ich erkläre es Ihnen, sobald wir gelandet sind. Ich ziehe es vor, unter sechs Augen darüber zu sprechen.«

»Wer ist der alte Mann neben Ihnen?« erkundigte sich Bulton. Von einem Augenblick zum anderen war sein Mißtrauen geweckt.

»Sie werden es nach der Landung erfahren. Auch wenn es Ihrem Blutdruck nicht zuträglich sein sollte: Üben Sie sich ausnahmsweise mal in Geduld.«

Der als cholerisch verschrieene, ansonsten aber sehr menschliche und sympathische Bulton lief rot an.

»Ist das Ihr Ernst? Meinen Sie nicht, meine Geduld wäre längst überstrapaziert? Wenn mich Ihretwegen der Schlag treffen sollte…«

»… dürfen Sie mich gerne zu Ihrer Beerdigung einladen.« Mit diesem launigen Angebot beendete Dhark die Verbindung.

Das letzte, was vom anderen Ende zu hören war, ähnelte einem Fluch, der unmittelbar in einen Wutausbruch übergehen sollte.

Und die POINT OF jagte weiter dem Heimathafen entgegen, dem sie so lange ferngeblieben war.

*

Die Erde füllte mittlerweile die komplette Bildkugel aus, und Olan war kaum mehr ansprechbar. Ergriffener hatte Ren Dhark den Mann, der alles über die Mysterious wußte, noch nicht erlebt. Nicht einmal, als Olan ihm den Niedergang seines einst so überlegenen, stolzen Volkes geschildert hatte.

Dreiundneunzig Millionen Salter, wie die Mysterious in Wahrheit hießen, hatten Lem vor Urzeiten verlassen – ganze hundertacht Individuen kehrten nun dorthin zurück, wo die Wiege der Sterneneroberer gelegen hatte.

Die nun ihr Grab werden sollte…?

Ren Dhark weigerte sich vehement, sich das vorzustellen. Manu Tschobe, zu dem sein Blick kurz wechselte, hatte ihm Hoffnung gemacht. Auf der Erde, das hatte Tschobe in Aussicht gestellt, würde man Mittel und Wege finden, die Salter von der restriktiven Entwicklung, die ihren rapiden Zellzerfall vorantrieb, zu heilen.

Heilen!

Dhark klammerte sich an dieses Zauberwort, wie wohl auch Olan es tat. Noch sehr viel stärker vermutlich. Denn es ging um sein Leben, um seine Zukunft. Erstaunlicherweise schien die Aussicht, noch einmal gegen die Grakos kämpfen zu können, neue Kräfte in ihm freizusetzen.

Aber der Haß, der auch jetzt im Hintergrund von Olans Augen glomm, obwohl seine Gedanken doch auf die wiedergewonnene Ursprungswelt seines Volkes fixiert sein mußten, machte Dhark auch ein wenig Angst.

Obwohl er wußte, daß die Grakos gemeint waren. Nur sie, die Goldenen, die Teufel. Trotzdem…

»Wir tauchen jetzt in die Atmosphäre ein«, meldete Tino Grappa, der seine Instrumente so konzentriert überwachte, als gelte es, die POINT OF durch feindliche Linien zu schleusen.

Der Krieg hat in jedem von uns einen kleinen Knacks hinterlassen, den Hang zu manchmal übertriebener Vorsicht, dachte Dhark. *Erst der Krieg gegen die Giants, der die Menschheit an den Abgrund getrieben hat, dann die Auseinandersetzungen mit dem Nor-Ex, den Tel, den Robonen – und jetzt die Schatten…*

Hörte es denn nie auf? Wartete für jeden beigelegten Konflikt, für jeden besiegten Gegner schon eine neue, meist noch größere Gefahr? War das der Preis, wenn man im Konzert der kosmischen Mächte bestehen wollte?

Ein Schrei riß ihn aus den Gedanken und holte ihn unsanft auf den Boden der Tatsachen zurück.

Der Schrei kam aus Olans Mund.

Und er war schrecklich anzuhören!

*

Noch während Ren Dharks Blick hinüber zu dem Salter zuckte, überkam ihn erneut ein Gefühl völliger Haltlosigkeit, wie vor Minuten schon einmal erlebt. Das Gefühl, erst aus sich herausgeschleudert zu werden und dann wieder in sich hineinzustürzen. Diesmal kamen aber noch andere Symptome hinzu: Es war, als stünde die Zeit um ihn herum still! Als friere das Geschehen auf der Brücke der POINT OF regelrecht ein – nicht nur jegliche Bewegung, auch jedes Geräusch!

Und dann schob sich, wie bei einer doppelbelichteten Fotografie, ein Gesicht vor die verzerrten Züge Olans. *Keine menschliche Physiognomie, sondern ein Shir!* erkannte Ren Dhark verblüfft.

Der Exilplanet der Salter beherbergte eine einheimische intelligente Spezies: Geschöpfe größer als irdische Elefanten, die ein grün-gelb gestreiftes Fell besaßen und sich fast lautlos auf ihren sechs Säulenbeinen zu bewegen vermochten. *Ein vollkommen friedfertiges Volk* hatte Olan die Shirs genannt. Ihre Köpfe, an denen man vergeblich einen Mund suchte, waren gewöhnungsbedürftig flach und erinnerten stark an das kantige Blatt eines Spatens, an dessen oberem Ende drei Ohren von jeweils einem halben Meter Durchmesser saßen. Sie leuchteten an ihren Rändern gelb. Fünf tellergroße Augen verteilten sich, wie an einem Band aufgereiht, über den Kopf. Die Shirs verfügten über Parakräfte unbekannter Stärke und verständigten sich mangels Stimmwerkzeugen telepathisch mit anderen Intelligenzen.

Bevor sich Ren Dhark überhaupt nach Sinn und Ursache dieser Halluzination fragen konnte, erklang in ihm ein Befehl, von dem er geschworen hätte, daß der Außerirdische ihn erteilte: *Hilf ihm! Schnell! Hilf unserem Freund!*

Vom ersten Aufgellen des Schreis aus Olans Mund bis zu dem Moment, da Ren Dhark zu ihm hinsprang, war eine kaum bezifferbare Zeitspanne verstrichen. Was nichts daran änderte, daß es dem Terraner wie eine kleine Ewigkeit vorkam.

Er erreichte den greisen Mysterious, noch bevor Manu Tschobe in ähnlicher Weise reagieren und seinem Schutzbefohlenen beistehen konnte.

Schwer sank Olan in Dharks Armen zusammen. In seinen weit offenen Augen war nur noch Weiß zu erkennen, keine Iris mehr.

»Manu, tun Sie etwas!«

Dhark achtete nicht darauf, daß zwei Cyborgs, die sich unterhalb der Galerie positioniert gehabt hatten, herbeistürmten, um – falls nötig – einzuschreiten. Es handelte sich um Holger Alsop und Mark Carrell. Die übermenschliche Beweglichkeit, die sie demonstrierten, verriet, daß sie auf ihr Zweites System umgeschaltet hatten.

Dhark signalisierte ihnen mit knapper Geste, daß er Manu Tschobe den Vorrang geben wollte.

Der Afrikaner, der schon auf Deluge bei der ersten Entdeckung des Mysterious-Erbes dabei gewesen war, half Dhark, den Körper des Salters behutsam in Seitenlage auf den Boden zu betten.

Dann untersuchte er den Besinnungslosen in aller Eile mit Hilfe eines etuigroßen Diagnosegeräts.

»Was ist mit ihm?« drängte Dan Rikers Stimme. Er war zwischen die beiden Cyborgs und Ren Dhark getreten. An seinem Kinn dokumentierte ein hektischer roter Fleck seine Bestürzung.

»Er muß sofort auf die Medo-Station und zurück ins künstliche Koma! Wie die anderen!«

»Warum?« fragte Dhark, gab aber Carrell bereits einen entsprechenden Wink.

»Vorsichtig«, kommandierte Tschobe, als der Cyborg im Phantzustand den schlaffen Körper des Salters aufhob wie ein kleines Kind und über seine Arme legte.

Während Carrell sich bereits auf das Schott zubewegte, schnarrte Tschobe an Dharks Adresse: »Ich bin kein Hellseher! Aber Sie offenbar. Ich habe Sie beobachtet. Kann es sein, daß Olan kaum zu seinem Schrei angehoben hatte, als Sie auch schon zur Stelle waren? Heilige Galaxis, als hätten Sie vorausgesehen, was passieren würde!«

Dhark lag der Widerspruch auf der Zunge. Doch dann gestand er sich ein, daß Tschobe nur seine objektiver Beobachtung zum Ausdruck gebracht hatte.

»Gehen Sie! Tun Sie alles, damit er bald wieder auf den Beinen ist…« Er stockte kurz, dann fügte er leise, aber mit seltener Eindringlichkeit hinzu: »Er darf nicht sterben, Manu, das wissen Sie hoffentlich. Er darf um Himmels willen nicht sterben – er nicht und keiner der anderen hundertsieben…!«

Tschobe sparte sich jeden Kommentar. Wortlos folgte er dem Cyborg mit der zerbrechlichen Last.

Als das schwere Schott hinter ihnen zufiel, hatte Ren Dhark kurz das Gefühl, als legte sich eine Schlinge um seinen Hals und würde zusammengezogen.

Er gab sich einen Ruck. »Wie weit noch bis Cent Field?«

Tino Grappa, der Angesprochene, meldete postwendend: »Drei Minuten, Commander, Sir!«

Wann war es schon einmal vorgekommen, daß ihn ein Crewmitglied Commander und Sir in einem Atemzug genannt hatte?

»Funk-Z: Verständigen Sie das Flottenklinikum! Sie sollen Schweber bereithalten und sich auf...«

»Dhark?« Es war Tschobes Stimme, die aus der Bordkommunikation dröhnte. »Dhark, ich konnte Olan stabilisieren, aber ich habe keine Ahnung, wie lange das hilft. Wenn noch ein Schub kommt...«

»Ich vertraue Ihren Fähigkeiten, Manu! Sie schaffen das! Wir sind gleich gelandet!« Dhark wandte sich wieder an die Funk-Z: »Die Klinik soll sich auf hundertacht zusätzliche Patienten einstellen! Alles weitere wird Tschobe ihnen erklären!«

»Sir, mit oder ohne Hinweis, daß es sich nicht um Menschen handelt?«

Dhark wußte, welches Risiko er einging, dennoch entschied er: »Kein Sterbenswörtchen darüber!«

Noch während er dies sagte, war ihm, als hörte er erneut die Stimme eines Shirs in seinem Kopf, der seine Entscheidung anzweifelte.

Spätestens da ahnte Dhark, daß auch er vermutlich dringend therapeutische Hilfe brauchte.

Offenbar verlor er langsam aber sicher den Verstand.

*

Henner Trawisheim war nicht der Mann, der sich grundlos Sorgen über etwas machte. Dazu hatte er gar keine Zeit. Und darüber hinaus war er auch viel zu abgeklärt, um sich über Nichtigkeiten aufzuregen und von ihnen vereinnahmen zu lassen.

Der kurze Kontakt mit dem Rückkehrer Ren Dhark jedoch fiel todsicher nicht unter die Kategorie Nichtigkeit. Und obwohl die auf Terra Gebliebenen von genug eigenen Problemen gequält wurden – ganz besonders jene, die Positionen bekleideten, mit denen eine gehörige Portion Verantwortung verknüpft war –, beschäftigte sich Trawisheim seither fast ausschließlich mit der POINT OF.

Wo war der Ringraumer die ganze Zeit gewesen? Was hatte die Besatzung erlebt – und mit welchen greifbaren Resultaten kehrten die Frauen und Männer aus dem Dschungel der Sterne zurück?

Vom Fenster seines Büros aus wanderte sein Blick über die Kulisse imposanter Bauten, denen die Gleichförmigkeit sogar noch einen zusätzlichen Reiz verlieh: Schlanke Türme reckten sich in den von wenigen Kumuluswolken durchzogenen strahlend blauen Himmel. Jeder Turm trug eine Kugel von hundertzwanzig Metern Durchmesser. Die Gesamthöhe jeder solchen Einheit variierte zwischen fünfhundert und fünfzehnhundert Metern.

Trawisheim befand sich im vierzigstöckigen Regierungsgebäude, fast im Zentrum von Alamo Gordo, das World-City als Hauptstadt abgelöst hatte – World-City, die Trümmerwüste, die auch heute noch von der brutalen Giant-Herrschaft zeugte.

»Haben Sie die Absicht, mir irgendwann noch auf meine Frage zu antworten?« fragte eine gereizte Stimme aus dem Hintergrund.

Lächelnd drehte sich Trawisheim zu Marschall Bulton um, der sich sofort nach dem Gespräch mit Dhark zu dem geistigen Cyborg begeben hatte. »Entschuldigen Sie, Ted, ich war in Gedanken.«

»Ich fragte, ob Sie sich einen Reim auf diesen Fremden machen können, den wir neben unserem Commander gesehen haben?«

»Nein«, sagte Trawisheim. Er versuchte es mit einem Gesichtsausdruck, der sein Desinteresse an diesem Fremden deutlich machen sollte. Aber ungeachtet seiner überragenden Intelligenz war und blieb er ein verdammt schlechter Schauspieler.

»Halten Sie es für möglich, daß es ein…«

»… Mysterious war?« Trawisheim blinzelte jetzt spöttisch. »Offengestanden…«

Diesmal war es Bulton, der ihn unterbrach. »Sie trauen es Dhark nicht zu, die Erbauer des Industriedoms, der Ringraumer, Transmitter und was wir sonst noch alles fanden, aufzuspüren?«

»Wenn Sie es unbedingt wissen wollen: Das traue ich niemandem zu. Ich bin der Überzeugung, daß diese Spezies seit vielen hundert Jahren ausgestorben ist. Alles, was wir fanden, waren Relikte aus vergangenen Zeiten. Beeindruckende Artefakte... mehr aber auch nicht.«

»Haben Sie das auch Dhark schon mal gesagt?«

»Das wäre ebenso vergeblich gewesen wie ein Versuch, Sie, geschätzter Marschall, in die elementaren Gesetze der Mysterious-Mathematik einzuführen.«

»Worauf ich auch dankend verzichte. Wozu haben wir so tüchtige Experten wie Anja Field?«

»Anja Riker.«

Bulton nickte mürrisch. »Ja, ja, daran werde ich mich wohl nie gewöhnen.«

Die Tür ging auf.

Und der Heimkehrer Ren Dhark machte den Anwesenden klar, daß er kaum zu Plaudereien aufgelegt war.

Nicht hier und nicht heute.

Und nicht mit hundertacht Todgeweihten im Gepäck...

*

»... also doch!«

Das war die erste Reaktion, die Ren Dharks Bericht im Telegrammstil Henner Trawisheim entlockte. »Wir sprachen vorhin noch darüber, aber offengestanden hätte ich nie geglaubt, daß Sie fündig würden. Und dann auch noch in einer Galaxis, die unserer ganz nah ist, von deren Existenz wir aber all die Jahre, die wir nun schon interstellare Raumfahrt betreiben, nichts ahnten!«

»Und diese zweite Galaxis wurde als Verursacher der verheerenden Hyperraumstürme ausgemacht?« fragte Bulton. Sie hatten sich an einen Rundtisch gesetzt. Trawisheims Sekretärin hatte frisch aufgebrühten Kaffee serviert. Doch das köstliche Gebräu war längst kalt in den Tassen geworden. Niemand fand Zeit, davon zu kosten. Niemand verschwendete auch nur einen Gedanken daran.

Die Mysterious! tickte es unaufhörlich hinter Trawisheims und Bultons Stirn. *Die Geheimnisvollen! Die Erbauer!*

»Ja«, bestätigte Dhark. »Es gibt keinen Zweifel mehr.«

Die Unterredung fand unter einer modifizierten Aku-Glocke statt, die Trawisheim auf Dharks Wunsch hin geschaltet hatte. Dadurch sollte gewährleistet sein, daß kein Sterbenswörtchen ihrer Unterhaltung belauscht werden konnte. Das Mißtrauen galt dabei weniger Trawisheims Sekretärin, für die der Cyborg die Hand ins Feuer gelegt hätte, als anderen obskuren Gegnern. Denjenigen etwa, die nach wie vor versuchten, das Babylon-Projekt zu vereiteln, das sich die Umsiedlung großer Teile der Erdbevölkerung auf andere Planeten zum Ziel gesetzt hatte – Planeten, auf denen die Menschen vor der Bedrohung durch die Schatten sicher sein sollten.

So jedenfalls propagierte die Regierung das Unternehmen.

Was nichts daran änderte, daß es sich letztlich um eine Zwangsumsiedlung handelte. Gewisse Interessengruppen schlachteten das skrupellos aus. Die Alternative verschwiegen sie dabei wohlweislich, die nämlich, daß ein Verbleib auf Terra über kurz oder lang vielleicht die völlige Vernichtung, ja die Ausrottung der Menschheit bedeuten konnte; zumal auch die Gefahr durch die Hyperraumeinbrüche nicht gebannt war.

»Ich habe Order erteilt«, sagte Ren Dhark ernst, »daß die Öffentlichkeit vorläufig nicht erfahren darf, wer sich hinter den Kranken, die sich mittlerweile im Flottenklinikum befinden, wirklich verbirgt. Nicht einmal die Belegschaft der Klinik wird es erfahren, nur ein paar ausgewählte Spezialisten und zigfach gesiebtes Pflegepersonal, über die Manu Tschobe seine Hand hält. Er leitet auch die Behandlung. Er hat von mir alle Vollmachten.«

»Warum wollen Sie der Öffentlichkeit vorenthalten, daß Ihre Suche endlich Erfolg hatte?« fragte Bulton kopfschüttelnd. »Es könnte uns in der gegenwärtigen, angespannten Situation nur nützen, wenn die Bevölkerung auf andere Gedanken käme. Kernthema bei allen ist die Umsiedlung. Vor allem, wie die gewaltigen Menschenmengen von Terra fortgebracht werden sollen.«

»Das sehe ich anders«, widersprach Dhark. »Es wäre etwas anderes, wenn die Mysterious, die wir mitbrachten, dem Mythos, der um sie gewoben wurde, in ihrer gegenwärtigen Verfassung gerecht werden könnten. Das ist aber nicht der Fall. Ich fürchte, daß die Wahrheit zum jetzigen Zeitpunkt nur nachteilige Folgen hätte.« Dhark wandte sich an seinen Stellvertreter im Amt des Commanders der Planeten. »Was sagen Sie dazu, Henner?«

Trawisheim hatte sich bereits eine Meinung gebildet. Seine Antwort kam wie aus der Pistole geschossen. »Ich pflichte Ihnen bei, Ren. Die Wahrheit über die Mysterious – auch daß sie ursprünglich von Terra stammen – könnte der berühmte Tropfen sein, der das Faß zum Überlaufen bringt. Alte Ängste könnten erwachen. Die Menschen könnten fürchten, daß die Salter, ganz gleich in welchem desolaten Zustand sie sich augenblicklich befinden, es anstreben, sich wieder zu den Herren ihrer Ursprungswelt aufzuschwingen.«

Bulton wechselte besorgte Blicke von Trawisheim zu Dhark. »Was macht uns so sicher, daß uns das nicht wirklich droht? Vielleicht…«

»Vielleicht was?« Es hatte den Anschein, als sähe Dhark nicht Bulton, sondern einen imaginären Punkt jenseits der Glocke an.

»Vielleicht ist es ein Fehler, sie zu heilen.«

»Ted!« Es war Trawisheim, der seine Empörung nicht zügeln konnte. »Ich habe Sie immer für eine integre Persönlichkeit gehalten, ungeachtet Ihrer…«

»Ach, hören Sie doch auf!« brauste Bulton auf. »Ich sage, was ich denke – und was das Gros der Bevölkerung denken würde, wenn wir mit offenen Karten spielten! Sie können dazu überhaupt nichts sagen! Ich habe Dhark gefragt. Er hat sich etwas dabei gedacht, den letzten Überlebenden zu vertrauen und sie sterbenskrank zu uns zu bringen. Ich will nur wissen, welche Argumente ihn dazu bewogen. Das ist mein gutes Recht! Ich trage genausoviel Verantwortung wie Sie!«

»Beruhigen Sie sich bitte.« Dhark zog seinen Blick aus der Ferne zurück. »Es gibt keinen Grund, den Saltern Machtgelüste zu unterstellen. Sie hatten eigentlich schon mit dem Leben abgeschlossen. Als Olan aber hörte, daß die Grakos – gegen die er als Oberbefehlshaber der Salter-Flotte einst die, wie er meinte, Entscheidungsschlacht führte – wieder aus ihren Löchern hervorgekrochen sind, bot er mir sofort seine Unterstützung an! Die Grakos sind die Schatten, die auch Terra und alles Leben hier bedrohen! Wenn Sie also Argumente brauchen, dann nehmen Sie schon einmal das! Ansonsten lebten die letzten Mysterious auf der Welt der Shirs, denen Aggressionen fremd sind… oder ich sollte besser sagen: die keine Aggressionen dulden würden. Daß sie die Salter aufnahmen, belegt auch deren Friedensliebe. Und selbst wenn man ganz vom menschlichen Gesichtspunkt Abstand nimmt, das Ganze also auf die rein rationelle Komponente herunterfährt: Können wir es uns leisten, all das Wissen verloren zu geben, das in den Köpfen dieser Ureinwohner Terras schlummert?«

Bulton zog unbehaglich den Kopf zwischen die massigen Schultern. »Ich will hier nicht als Unmensch mißverstanden werden…«

»Es stellt Sie auch niemand an den Pranger. Ich halte Ihre Bedenken grundsätzlich für angebracht. Ich bin auch nicht gerade glücklich über das, was ich erreicht habe. Ich hätte mir selbst etwas anderes gewünscht. Doch nun müssen wir uns mit dem arrangieren, was machbar ist. Ich hatte Gelegenheit genug, mir ein Bild von den Saltern zu machen. Von ihnen haben wir nichts zu befürchten. Aber ich bin dafür, daß wir ihnen erst einmal die Chance zur Genesung geben, bevor wir die Öffentlichkeit mit dem Zauberwort *Mysterious* aufschrecken.«

»Einverstanden«, sagte Trawisheim.

»Einverstanden«, sagte auch Bulton.

»Schön.« Dhark nickte. »Bevor ich Ihnen nun noch mehr über

Aufstieg und Fall des Salter-Reiches erzähle, würde ich es begrüßen, präzise über die aktuelle Lage auf Terra informiert zu werden. Ich war lange fort. Und Ihre bisherigen Andeutungen lassen nichts Gutes ahnen. Henner, Ted, wer fängt an…?«

*

Später nahm Trawisheim Ren Dhark beiseite und fragte: »Und mit Ihnen selbst ist alles in Ordnung, Ren? Es geht Ihnen gut? Ich hatte ein paarmal den Eindruck, als belaste Sie etwas – etwas, das nichts mit den Saltern und nichts mit der Situation hier zu tun hat…«

Dhark sah Trawisheim lange an. Schließlich sagte er, Bulton hatte das Büro bereits verlassen: »Ich bin nur etwas frustriert, das ist alles.«

»Sie können mit mir über alles reden, das wissen Sie…«

»Es ist nichts, wirklich nicht.« Dhark wandte sich zum Gehen. »Aber vielleicht sollte ich mich tatsächlich auf ein paar andere Gedanken bringen.«

»Wenn Sie wollen, können wir irgendwo etwas zusammen essen.«

»Ein anderes Mal gern, Henner. Aber ich glaube, die Ablenkung, die ich jetzt brauche, können Sie mir nicht geben. Nehmen Sie es nicht persönlich.«

Trawisheim schüttelte den Kopf. Sein Blick folgte Ren Dhark sorgenvoll, bis dieser den Raum verlassen hatte.

Draußen begann es bereits dunkel zu werden. Die Unterredung hatte volle sechs Stunden gedauert. Was nicht bedeutete, daß Henner Trawisheim auch nur einen Gedanken an einen eventuellen Feierabend verschwendete. Mit ungebrochenem Elan stürzte der geistige Cyborg sich auf die nächste Herausforderung, die ihm die angespannte Weltlage diktierte.

Doch noch während er sich durch die aktuellen Meldungen, die auf seinem Tisch gelandet waren, durcharbeiten konnte, meldete einer seiner Mitarbeiter über Vipho: »Sir, wie wir gerade erfahren haben, hat der Commander seine Leibwächter nach Hause geschickt und sich von einem Gleiter abholen lassen, den eine Frau steuerte. Ich dachte, das sollten Sie wissen...«

»Danke, Arlo. Haben Sie die Kennung des Fahrzeugs?«

»Ja, Sir!«

»Ermitteln Sie bitte...«

»Das ist bereits geschehen. Es handelt sich um eine gewisse Joan Gipsy, Futurologin, wohnhaft...«

Trawisheim schaltete eine parallele Phase zur GSO-Zentrale und verlangte den Chef der Galaktischen Sicherheitsorganisation, Bernd Eylers, zu sprechen.

Der Commander der Planeten und ein Rendezvous?

Trawisheim wollte es nicht glauben.

Bis er mit Eylers gesprochen hatte...

*

Frank Torr war ein Robone. Ein nicht umgeschalteter Robone. Einst, auf dem Höhepunkt der Giant-Invasion, war er mit Hunderttausenden anderer Menschen von Terra verschleppt und nach Robon, in die Neue Welt, verbracht worden.

So erzählten es sich die Terraner.

So lehrten sie es ihre Kinder in den Schulen.

So vergifteten sie auch die nachwachsenden Generationen mit ihren Lügen!

Frank Torr kannte die Wahrheit. Er war auf Robon geboren. Bis vor wenigen Monaten hatte er die Erde noch nie betreten. Von Robon aus hatte er im letzten Moment mit anderen Glücklichen fliehen können, bevor sein Heimatplanet überfallen und mit sämtlichen Bewohnern der Dreistadt das getan worden war, was die Terraner als »Umschalten« bezeichnet hatten, was in Wahrheit aber nichts anderes als brutale Gehirnwäsche gewesen war.

Man hatte sämtliche echte Erinnerungen der Bürger von Starlight, Stardust und Starmoon ausradiert und durch gefälschte ersetzt!

Man hatte ihnen eingetrichtert, sie würden eigentlich von Terra stammen und wären Opfer einer unvorstellbaren Entführungswelle gewesen. Nicht die Terraner, so die größte aller Lügen, sondern die Giants – wie Terraner die All-Hüter verächtlich nannten – hätten ihre Gehirne manipuliert, ihre Gedächtnisse mit falschen Erinnerungen geimpft...

Es war das schrecklichste Verbrechen, das diese Galaxis je erlebt hatte.

Die guten Geister der Robonen, die All-Hüter, waren erbarmungslos umgebracht worden, um jegliche Zeugen zu beseitigen, die das Verbrechen noch hätten anprangern können...!

»Dafür werdet ihr büßen«, flüsterte Frank Torr und ballte die Hände so fest zu Fäusten, daß es in den Gelenken knirschte. Die Knöchel traten weiß hervor. »Eines Tages, der nicht mehr fern ist, werdet auch ihr erfahren, was es heißt, seine Heimat zu verlieren, seine Zukunft gestohlen zu bekommen!«

Das Geräusch, das ihn ernüchterte, kam vom Bett her. Neela wälzte sich von ihrer Seite auf die leere Fläche, die Frank beim Aufstehen hinterlassen hatte. Sie öffnete die Augen und schaute zum ihm herüber, wie er vor dem großen Spiegel stand.

»Quälst du dich schon wieder?« Ihre Stimme klang rauh, noch schlaftrunken.

»Ich muß es tun.« Er mied ihren Blick.

»Es wäre besser, du würdest dich einem Fachmann anvertrauen.«

»Du hältst mich also auch für verrückt.«

»Ich wäre nicht mehr bei dir, wenn ich dich für wahnsinnig hielte. Aber du steigerst dich in eine Neurose hinein. Das ist falsch. Komm zu mir...« Sie streckte den Arm aus, öffnete die Hand.

Seine Hände waren immer noch zu Fäusten geballt.

»Du bist so schön, so begehrenswert«, flüsterte er.

»Das hast du mir lange nicht mehr gesagt – und noch länger

nicht mehr gezeigt.«

Er verkrampfte noch mehr. »Vielleicht sollten wir uns wirklich trennen. Solange noch Zeit ist. Ich darf nicht auch dich noch mit ins Unglück reißen...«

»Von welchem Unglück redest du?«

»Ich habe neue Weisungen bekommen. Kurz nachdem die POINT OF gesichtet wurde. Sie ist auf Cent Field gelandet.«

»Ren Dhark ist zurück?« Neela richtete sich im Bett auf. Es störte sie nicht, daß die Decke verrutschte und ihre kleinen, festen Brüste entblößt wurden. Frank und sie waren seit über zwei Jahren ein Paar. Sie begleitete ihn überall hin. Selbst zum Einsatz auf Terra hatte sie sich überreden lassen. Falsche Papiere hatten ihre Einreise ermöglicht. Die Bevölkerung sollte infiltriert, Attentate ausgeführt und »Stimmung« gemacht werden.

Stimmung gegen die an ihren Problemen allmählich erstickende Weltregierung.

Gegen die »Dhark-Clique«, wie bisweilen offen polemisiert wurde.

Es war leicht, Argumente gegen den Mann und seine Getreuen zu finden, die der Menschheit nicht nur Gutes getan, nicht nur das Tor zu den Sternen geöffnet hatten. Es war leicht, ihnen die Schuld an so vielem in die Schuhe zu schieben, unter dem die Bürger Terras seit Jahren zu leiden hatten. Die ständigen Angriffe aus dem All... so viele Fremdrassen waren doch erst durch Ren Dharks Engagement auf dieses Sonnensystem in einem vormals unbedeutenden Spiralarm der Milchstraße aufmerksam geworden...

Feuer bekämpfte man mit Feuer, warum also nicht Lüge mit Lüge?

Das war legitim.

Zumindest einem skrupellosen Regime wie dem terranischen gegenüber war es legitim!

»Er ist zurück«, antwortete Frank Torr. »Und er wird neue Lügen über die Vorrangstellung der Menschen in dieser Galaxis verbreiten. Er wird wieder versuchen, eine neue Herrenrasse zu installieren. Ich habe in den Geschichtsbüchern Terras nachgeschlagen. Büchern, die fast ein Jahrhundert alt sind und selbst Kriegswirren überstanden haben. Die Menschen sind das personifizierte Böse. Sie kennen nur Gewalt und die Unterjochung Schwächerer. Du kannst es nachlesen. Ich zeige dir…«

»Frank?«

Er spürte, wie er von innen heraus erschauderte. »Ja?«

»Du machst mir Angst mit deinem Fanatismus. Ich stehe auf deiner Seite. Ich bin eine Robonin. Genau wie du hasse ich Terra mit allem, was dieser Planet symbolisiert. Aber ich lasse diesen Haß nicht bis in mein Privatleben hineinwirken, lasse es nicht davon vergiften!«

»Wie kann man Leben und Ziele voneinander trennen?«

»Indem man die Ziele nicht so groß werden läßt, daß sie das Gefühl für die Nichtigkeiten des Lebens ersticken.«

»Wir sind Agenten. Keine romantischen Helden. Ich lebe für mein Ziel.«

»Und welche Bedeutung habe ich dabei?« fragte Neela traurig.

Er schwieg. Da war einmal etwas gewesen, das wußte er genau. Aber er hätte das Gefühl, das ihn damals mit Neela zusammengeführt hatte, nicht mehr beschreiben können.

»Wie lautet unser neuer Auftrag?« fragte sie, als sie die Stille nicht mehr ertrug.

»Mein Auftrag«, hörte Frank Torr sich sagen. »Es ist ganz allein mein Auftrag. Du bist aus dem Spiel, Neela. Ich werde dich verlassen. Du versuchst, meine Ideale zu untergraben…«

»Frank!«

Er blieb dabei.

Die Trauer in den Augen der Robonin wich purer Verzweiflung.

*

Bert Stranger hatte einen sechsten Sinn für gute Storys. Sein Ruf eilte ihm voraus. Was Vorteil und Nachteil in einem war. Denn zimperlich ging er nicht zu Werke, wenn es darum ging, seinen Kollegen immer die berühmte Nasenlänge zuvorzukommen. Er besaß ein ganzes Netz dubioser Informanten, deren Tips er sich etwas kosten ließ. Am Ende zahlte er jedoch nie drauf. Unter dem Strich lachte satter Gewinn, denn seinem Grundgehalt bei der Terra-Press, dem führenden Nachrichtenkonzern, war eine Erfolgsprämie angegliedert. Die Höhe orientierte sich an Auflagen und Einschaltquoten. Titelstorys von Bert Stranger waren im Regelfall Garanten für überdurchschnittlichen Umsatz. Das war weder dem Verleger noch dem Chefredakteur verborgen geblieben.

Manchmal hätte sich der Starreporter der Terra-Press dennoch etwas weniger Erfolg im Beruf und dafür ein besseres Abschneiden beim weiblichen Geschlecht gewünscht. Denn als Frauentyp konnte man ihn beim besten Willen nicht bezeichnen: Die Beine zu kurz, der Rumpf zu gedrungen, der Kugelkopf von knallroten Haaren und riesigen Segelohren verunziert, entsprach er weder vergangenen noch gegenwärtigen oder zukünftigen Schönheitsidealen. Dafür hatte er Augen, die kein Wässerchen zu trüben schienen.

Und mitunter ein geradezu unverschämtes Grinsen auf den Lippen. Insbesondere, wenn er Witterung aufnahm.

Wie heute zum Beispiel. Nachmittags hatte es begonnen. Die Kunde von der Landung der POINT OF hatte sich wie ein Lauffeuer von Cent Field aus über ganz Alamo Gordo verbreitet.

Ren Dhark war zurück!

Der Commander der Planeten war aus Weltraumtiefen heimgekehrt und hatte bislang jedes Interview, jede Stellungnahme über Sinn, Zweck und Erfolg seiner letzten Unternehmung verweigert!

Ein klarer Fall für Bert Stranger, den Spezialisten im Umgang mit schwierigen Zeitgenossen.

Zunächst hatte er die Lotsen von Cent Field Tower geschmiert, die dem Ringraumer seinen Landeplatz zugewiesen hatten. Von ihnen hatte er sich über jede Aktivität am Raumer informieren lassen, seit die blauviolette Ringröhre aus Unitall ihre Parkposition eingenommen hatte.

Jegliches Kommen und Gehen hatte er sich auflisten lassen.

Es war nicht billig gewesen, aber die Investition würde sich, wie immer, lohnen.

Davon war Stranger spätestens dann überzeugt, als er von dem regen Pendelverkehr zwischen POINT OF und Flottenklinikum erfuhr.

Auch dorthin besaß er bewährte Kontakte. Ein gewisser Oberarzt schuldete ihm noch etwas, seit Stranger ihm einen verhängnisvollen Kunstfehler nachgewiesen, aber darauf verzichtet hatte, damit an die Öffentlichkeit zu gehen. Statt dessen hatte er verlangt, daß der Arzt der Witwe des fahrlässig getöteten Patienten allmonatlich eine hohe Leibrente überwies. Da Stranger selbst davon keinen Vorteil hatte, kannte er keine Skrupel, sich wenige Minuten, nachdem ihm der auffällige Verkehr zwischen Klinikum und Raumschiff zu Ohren gekommen war, mit Dr. Brøndby verbinden zu lassen.

Am Vipho hatte Brøndby ihm nicht viel verraten wollen, ihn aber zu sich bestellt und ihm den Zutritt ins Innere der Klinik ermöglicht.

Spät am Nachmittag saß Stranger dann dem Arzt in dessen Büro gegenüber.

»Selbst mit Ihrer Unterstützung«, eröffnete Stranger den offiziellen Grund des Treffens, »war es einigermaßen schwierig, bis hierher in den innersten Bereich zu gelangen. Vergleichbare Sicherheitskontrollen habe ich auf diesem Areal noch nie erlebt. Kommen wir also ohne weitere Umschweife zur Sache: Was geht hier vor? Sind Besatzungsmitglieder der POINT OF von einer bislang unbekannten Krankheit befallen? Hat man die Besatzung unter Quarantäne gestellt? Und ist die Führungsmannschaft um Dhark auch darunter oder noch an Bord? ... Lassen Sie sich doch nicht alles aus der Nase ziehen, Brøndby, bitte. Meine Zeit ist kostbar. Wenn ich mich auf Ihre Kooperation nicht verlassen kann, dann...«

»Spielen Sie sich verdammt noch mal nicht so auf, Sie häßlicher Affe!«

Stranger hatte ein viel zu dickes Fell, um sich beleidigt zu fühlen. »So gefallen Sie mir schon besser, Doc. Also?«

»Tschobe hat einen ganzen Trakt quasi beschlagnahmt.«

»Beschlagnahmt? Das klingt nicht nach Manu Tschobe. Und warum sollte er auch so eine Geheimniskrämerei betreiben, wenn es sich lediglich um Mitglieder der Crew handelt?«

»Um Besatzungsmitglieder handelt es sich bestimmt nicht«, eröffnete Brøndby und schüttelte dazu seinen von kurzgeschorenem, grauem Filzhaar bedeckten Kopf. »Die Leute, derentwegen dieser Aufwand betrieben wird, gehören unmöglich der Crew an. Es sind etliche steinalte Männer und Frauen darunter. Allerdings auch Kinder.«

»Kinder und Greise? Wo hat Dhark die denn aufgegabelt? Sind es überhaupt Humanoide?«

»Sie sehen jedenfalls aus wie Menschen. Keine äußeren Unterschiede.«

»Innere?«

»Ich bin in die Untersuchungen nicht eng genug involviert. Man munkelt, es gäbe Abweichungen. Aber offenbar bewegen sie sich in einem Toleranzrahmen, der diese Leute bei oberflächlicher Untersuchung als Menschen durchgehen ließe.«

»Wie ist Ihre persönliche Meinung: Sind es welche?«

»Ich weiß es wirklich nicht.«

»Sie haben doch Augen und Ohren! Es wird doch auch Gerüchte darüber geben, wo und unter welchen Umständen die POINT OF sie aufgelesen hat, und unter welchen Symptomen sie leiden, daß ein solches Brimborium mit ihnen betrieben wird!«

Brøndby schürzte die Lippen. Sie waren fast so bleich wie seine wächserne Gesichtshaut. Bei genauerem Hinsehen war zu bemerken, daß seine Hände zitterten. Nicht sehr heftig, aber unentwegt. »Wissen Sie eigentlich, in was für eine Teufelsküche Sie mich bringen? Wenn herauskommt…«

»Wenn herauskäme«, unterbrach Stranger ihn kalt, »daß Sie immer noch tarrosüchtig sind – und Ihre Verfassung läßt kaum einen Zweifel daran zu – würde man Sie in die Wüste schicken! Hatten Sie mir nicht versprochen, die Finger von dem synthetischen Dreckszeug zu lassen? Ich habe einmal ein Auge zugedrückt, Brøndby, aber ich werde nicht zulassen, daß Sie weiterhin Menschenleben gefährden! Lieber lasse ich Sie als Informanten fallen, das ist mir ganz egal. Ich...«

»Ich operiere nicht mehr selbst!« beeilte sich der aschfahle Mann zu versichern. »Ich assistiere nur noch bei größeren Eingriffen.«

»Und das halten Sie für ungefährlich?« Stranger verzog das Babygesicht. Von Unschuldsaugen konnte in diesem Moment keine Rede mehr sein. »Himmel, Brøndby, Sie sind ein gottverdammter Narr! Ein gewissenloser Schuft! Ich hatte Ihnen die Wahl gelassen: Entzug oder Frühpension. Das war vor fast einem halben Jahr. Sie haben nichts daraus gelernt. Wissen Sie, was Sie der Familie Ihres Opfers angetan haben?« Hart schüttelte Stranger den Kopf. Wer sonst mit ihm Umgang hatte, hätte ihn in diesem Moment nicht wiedererkannt. »Wenn ich die Klinik verlasse, haben Sie Ihren Abschied eingereicht! Ihnen fällt schon ein plausibler Grund ein. Wenn nicht, assistiere ich Ihnen.«

»Ich lasse mich nicht länger erpressen!«

»Das ist Ihr gutes Recht. Allerdings sollten Sie sich die Frage stellen, was Ihnen lieber ist: Ihren Ruhestand mit ›unbefleckter‹ Weste zu verleben oder mit einem Kerbholz, das Sie überallhin verfolgen und Ihnen den Lebensabend zur Hölle machen wird!«

»Es gefällt Ihnen, mir zu drohen, nicht wahr? Es gefällt Ihnen, mich zu quälen!«

»Sie kapieren offenbar gar nichts.« Kopfschüttelnd erhob sich Stranger aus seinem Stuhl. »Keine Story der Welt ist es mir wert, mich selbst zum Mittäter zu machen. Sie ekeln mich an, Brøndby. Sagen Sie mir, wie Sie sich entschieden haben: für Ihren oder für meinen Weg!«

Brøndby senkte den Kopf. »Mein Beruf ist mein Leben...«

»Für manche ist ›Ihr Leben‹ aber leider der Tod«, gab sich der Reporter unversöhnlich.

Brøndby legte die geballten Fäuste auf den Schreibtisch. Er schwieg zwei Minuten lang, dann zuckten seine Lippen, und er sagte: »In Ordnung. Ich quittiere meinen Dienst. Und jetzt verschwinden Sie! Sonnen Sie sich in Ihrem beschissenen Triumph!«

Stranger lächelte unfroh. »Ich bin hier noch nicht fertig«, sagte er. »Ich gehe erst, wenn ich weiß, was hier los ist. Verschaffen Sie mir Zugang zu einem der Kranken. Die Auswahl überlasse ich Ihnen, vielleicht ein Kind. Ich kann gut mit Kindern...«

»Machen Sie, daß Sie wegkommen, Stranger, bevor ich mich vergesse! Ich werde die Hölle tun und Ihnen noch einmal behilflich sein! Überspannen Sie den Bogen nicht!«

»Sie sollten mein Angebot nicht mit Füßen treten. Wenn ich wirklich gehe, ohne einen der Patienten gesprochen zu haben, sind Sie geliefert.«

Brøndbys Kopf ruckte hin und her. Unaufhörlich. Es sah aus, als hätte das Zittern seiner Hände nun auch diese Körperpartie erfaßt.

»Niemand weiß, was den Leuten fehlt. Wollen Sie sich freiwillig der Ansteckungsgefahr aussetzen?«

»Wie schützen sich die Ärzte, die sich um sie kümmern?«

»Es gibt Mittel und Wege...«

»Eben«, unterbrach ihn Stranger. »Und jetzt verschwenden Sie nicht länger meine wertvolle Zeit! Ein Kind... suchen Sie ein Kind für mich aus!«

2.

Es war Nacht. Zahllose Sterne funkelten am Firmament, aber Ren Dhark hatte das irritierende Empfinden, daß es nicht mehr dieselben Sterne waren, die er aus seiner Kindheit kannte. Sie waren ihm auf absonderliche Weise fremd geworden, und das, obwohl kein anderer Mensch je auch nur einer annähernd so hohen Zahl von ihnen nahegekommen war wie er.

»Woran denkst du?«

Sie saßen draußen auf der Veranda des »Los Morenos«, einem spanischen Restaurant im Amüsierviertel am Rande von Cent Field. Sie – das waren Ren Dhark und eine dunkelblonde, ausnehmend attraktive Frau, mit der er sich während des Essens bestens unterhalten hatte.

»Ich versuche, möglichst wenig zu denken«, sagte Dhark.

»Fühlst du dich wohl?«

»O ja.« Er sah einem großgewachsenen, kräftigen Südländer mit dichten schwarzen Haaren zu, der die Gäste am Nachbartisch mit Handschlag verabschiedete und sie fragte, wie es ihnen geschmeckt habe. Er erntete uneingeschränktes Lob und versprach, es an seinen Bruder in der Küche weiterzugeben. Kurz darauf tauchte er bei Ren und seiner Begleiterin auf. »Ich sehe Sie zum ersten Mal hier. Verlaufen?«

Dhark erwiderte das gewinnend sympathische Lächeln des Mannes mit den sanften, dunkelbraunen Augen und dem Gesicht, als könne er kein Wässerchen trüben. Dann schüttelte er den Kopf und sagte: »Ein Freund von mir war schon einmal mit seiner Frau hier und schwärmte mir die Ohren voll. Und heute… nun, sagen wir mal, heute war eine gute Gelegenheit, seiner Empfehlung zu folgen.«

Der Wirt streckte galant zunächst der Frau die Hand entgegen. Sie ergriff sie ohne Zögern. »Ich heiße Juan«, sagte der Mann. »Juan Moreno. Meinem Bruder José und mir gehört dieses bescheidene Lokal. Wir haben seit einem halben Jahr geöffnet. Ich würde mich freuen, wenn Sie uns auch künftig beehren würden.«

»Joan«, sagte die Frau mit dem in alle Himmelsrichtungen gestylten Haarschopf. »Joan Gipsy. Das würde mich auch freuen, Señor Moreno.«

»Ihr Freund«, lächelte der Besitzer, während er sich Ren Dhark zuwandte und seine makellos weißen Zähne erneut entblößte, »dürfte ich seinen Namen erfahren?«

»Warum nicht? Riker. Dan Riker. Dunkle Haare, ungefähr in unserem Alter.« Er schloß den Wirt mit in den Vergleich ein. »Ende Zwanzig also. Er...«

»Dan und Anja!« unterbrach ihn Juan Moreno. »Das freut mich! Das freut mich sehr, Freunde so lieber Gäste zu treffen...«

Joan Gipsy lächelte ein wenig verlegen, fast als wollte sie sagen: *Da haben Sie mir schon mal etwas voraus. Ich kenne die Freunde meines Freundes nämlich noch nicht...*

Ren räusperte sich und versuchte das Thema woanders hin zu lenken. »Können Sie uns einen Wein empfehlen?«

»Einen für zwei Frischverliebte, damit sie noch mehr Sterne sehen, als die Nacht sie ohnehin schon zu bieten hat«, warf Joan kokett ein.

Ihre Bemerkung schien ganz nach Juan Morenos Geschmack zu sein. Er strahlte bis über beide Ohren, bat, ihn kurz zu entschuldigen und verschwand dann durch die Pendeltür ins Innere des Restaurants.

»Frischverliebte«, sagte Ren und tastete über den Tisch hinweg nach Joans Händen. »Das hörte sich gut an. Bist du das wirklich: verliebt? Und wenn ja, hast du eine Vorstellung, was du da auf dich nimmst?«

»Ich beginne es zu ahnen«, erwiderte Joan herb. »Offengestanden hatte ich schon nicht mehr damit gerechnet, dich noch mal wiederzusehen. Du hast dir ziemlich lange Zeit gelassen, unsere Bekanntschaft wieder aufzufrischen.«

»Ich war anderweitig gebunden.«

»Beziehungstechnisch?«

Dhark lachte auf. »Nein. Nein... so kann man es sicher nicht nennen.«

»Man erzählt, du wärst irgendwo im All rumgestreunt.«

»So wiederum könnte man sagen.«

»Als ich dich vorhin beim Regierungstower abholte, da hast du deine Bodyguards heimgeschickt. Ist das nicht ein etwas hohes Risiko dafür, daß du mich eigentlich gar nicht kennst?«

»Ich bin sicher, daß du weit weniger gefährlicher bist als das, was hinter mir liegt.«

»Was war das?«

»Ich wollte dich nicht treffen, um darüber zu reden.«

»Nein?«

»Ich wollte heute gar nicht mehr viel reden. Das habe ich den Tag über schon zu Genüge getan.«

»Wir können uns auch gern nur anhimmeln.«

»Das mit dem Wein für Verliebte war schon mal ein guter Anfang.«

Wie auf Stichwort kehrte Juan Moreno zurück, aber nicht allein, sondern im Gefolge eines zweiten Mannes, der ihm sehr ähnlich war und die bereits entkorkte Flasche nebst zwei bauchigen, langstieligen Gläsern balancierte. »Das ist José, mein Bruder. Er wollte es sich nicht nehmen lassen, Dan Rikers Freund kennenzulernen. Die beiden kochen manchmal zusammen...«

Ren Dhark konnte sich gerade noch beherrschen, nicht laut loszuprusten. »Sie...?«

José Moreno starrte Ren Dhark nur an. Er schien völlig vergessen zu haben, was er mit dem Wein und den Gläsern machen wollte. Schließlich stieß ihn sein Bruder unauffällig an und flüsterte: »Was ist los mit dir?«

José Moreno, der sein von ersten Silberfäden durchzogenes, langes schwarzes Haar zu einem Zopf zusammengebunden trug, errötete unter der sonnengegerbten Haut. »Weißt du überhaupt, wer uns hier beehrt, du einfältiger Mensch, du?«

»Dan Rikers Freund mit seiner bezaubernden…«

»Dan Rikers *bester* Freund«, wurde er brüsk unterbrochen und korrigiert. »Das ist Ren Dhark, der Commander der Planeten! Wo hast du nur deine Augen?!«

Dhark wurde es sichtbar mulmig zumute. Er mochte es nicht, wenn Aufsehen um seine Person betrieben wurde.

»Ich bitte Sie, hören Sie auf. Ich…«

»Schon begriffen. Sie wollen inkognito einen netten Abend verbringen«, seufzte José. Er blickte verstohlen zu den Nebentischen. Niemand schien aufmerksam geworden zu sein. Dhark hatte auch extra eine schummrige Ecke ausgesucht, halb hinter Grünzeug und im Schatten eines Rankgitters.

»Wenn Sie uns jetzt bitte allein lassen würden«, bat Joan mit der einschmeichelnden Stimme eines Vamps. »Den Wein dürfen Sie aber ruhig dalassen.«

Juan Moreno entschuldigte sich noch einmal. Sein Bruder grinste. Gemeinsam trollten sie sich.

»Waren die beiden nicht goldig?«

»Wie man's nimmt«, sagte Dhark. »Wollen wir lieber woanders hin?«

»Mir gefällt es hier sehr gut…«

»Mir eigentlich ja auch.«

»… und dieser Ort ist so gut wie jeder andere, um dir zu beichten.«

»Zu beichten?«

Der Ausdruck auf Joans Gesicht änderte sich schlagartig. Die glänzenden Augen, deren Blick, wenn er auf Dhark lag, sein Herz schneller schlagen ließ, schienen plötzlich von einem ähnlichen Schleier gedämpft zu werden, wie er vor den Sternen lag.

»Du weißt noch, wie wir uns kennenlernten?«

»Auf einem Flug von Europa nach Alamo Gordo.«

»Zufällig«, sagte sie.

»Was sonst?«

»Nun«, sie schürzte die Lippen, und in diesem Augenblick ahnte er bereits, daß ihm nach dem Tag nun auch der Abend gründlich verdorben werden würde, »das entspricht nicht ganz der Wahrheit. Ich wollte – oder besser ausgedrückt: sollte – dich kennenlernen. Ich hatte den Auftrag dazu.«

Die Worte sanken wie dunkles Eis in sein Bewußtsein.

Unbewußt rückte er etwas von ihr ab. »Auftrag – von wem?« fragte er kalt.

»Bevor ich das sage«, sie versuchte wieder seine Hand zu ergreifen, was ihr aber nicht gelang, »mußt du mir zuhören und glauben, wenn ich sage, daß das alles längst keine Rolle mehr spielt. Es war ein Auftrag, ganz zu Anfang. Aber schon bei unserer zweiten Begegnung war alles anders.«

»Du meinst, weil wir miteinander ins Bett...«

»Ich meine, weil ich dich näher kennenlernte. Und lieben.«

Irgend etwas in ihm schaltete auf Distanz. Er konnte nichts dagegen machen. »Von wem hattest du den Auftrag, dich an mich zu hängen?« Er wollte, daß es verletzend klang, und er schaffte es. Um das zu erkennen, brauchte er sie nur anzuschauen.

Sie schluckte, und ihre Stimme vibrierte vor leiser Wut, als sie fragte: »Sagt dir der Name Wallis etwas?«

»Nein.« Er überlegte nicht einmal.

»Terence Wallis von Wallis Industries...«

»Okay, die Firma ist mir ein Begriff. Wer hätte noch nicht davon gehört? Bliebe die zweite und eigentliche Frage: warum?«

»Ich sollte einen Kontakt anbahnen...«

Ren Dhark hörte eine Faust, die auf eine Tischplatte hieb. Es war seine eigene. Das Geschirr sprang hoch. Eines der beiden von José Moreno abgestellten Gläser stieß klirrend mit der noch unangetasteten Flasche zusammen. Nun wurden erste Gäste aufmerksam.

Dhark dachte trotzdem nicht daran, seine Stimme zu mäßigen. »Sauber eingefädelt!« stieß er hervor. »Ich muß mich ja komplett zum Idioten gemacht haben! Dabei dachte ich…«

»Du machst dich jetzt zum Idioten. Vorher nicht. Wenn du etwas leiser schreien könntest, würde ich dir noch einmal versichern, daß das hier – das heute – nicht mehr Bestandteil irgendeines Auftrags ist, sondern…«

»Du kannst dir deine Erklärungsversuche sparen! Ich werde jetzt aufstehen, diesen Tisch und dieses Lokal verlassen, und danach werden wir beide uns nie mehr wiedersehen! Solltest du meine Kreise doch noch einmal stören wollen, dann bitte nur in Beisein dieses Mr. Wallis! Ich werde mir dann euch beide zur Brust nehmen und ein für alle Mal klarstellen, daß es ein bewährtes Prozedere gibt, einen ganz offiziellen Weg, um mit mir in Kontakt zu treten – geschäftlich. Denn nichts anderes kann dieser Mr. Wallis wohl im Sinn haben. Nur glaube ich nicht, daß mich die Art von Geschäft interessieren wird, die mir ein Mann anbietet, der mir erst eine käufliche Lady auf den Hals hetzen muß, bevor er mir persönlich…«

Nachdem Joan Gipsy die Flasche wieder auf den Tisch zurückstellte, war sie bestenfalls noch halb voll. Die andere Hälfte hatte sich über Rens Gesicht und Oberkörper verteilt, was Hemd und Sakko so wenig verzeihen würden wie ihr Träger.

Zwei Gestalten am Nebentisch standen auf und suchten fluchtartig das Weite. Dhark bezog das auf seine heftige Auseinandersetzung mit Joan. Bis er das Gegröle bemerkte, das sich von der anderen Straßenseite her näherte und binnen weniger Sekunden zu voller Bedrohlichkeit anschwoll.

Vor ihm waren schon andere aufmerksam geworden. Jemand mußte überdies ins Restaurant gelaufen sein und die Moreno-Brüder verständigt haben. Beide Männer tauchten im hellen Türviereck auf.

»Was geht da vor?« Joan Gipsys Stimme bemühte sich um Festigkeit. »Wer sind diese Leute?«

Etwas flog durch die Luft. Klirrend barst eines der stilvollen Sprossenfenster des Restaurants. Gäste, die dahinter gesessen haben, fluchten und schrien wild durcheinander. Juan Moreno hob drohend die Faust. José brüllte: »Macht, daß ihr wegkommt! Die Polizei ist verständigt! Sie muß jeden Moment…«

Seine Warnung ging im Splittern einer weiteren Scheibe unter. Männer und Frauen drängten aus dem Restaurant. Die Veranda war bereits leer, Ren und Joan die letzten Gäste, die hier ausharrten.

»Wir sollten auch in Deckung gehen«, sagte die Frau im schwarzen Abendkleid. Sie faßte Ren Dhark am Arm und wollte ihn vom Tisch wegdirigieren. Er streifte die Berührung ärgerlich ab.

»Du kannst dich in so einer Situation doch nicht in den Schmollwinkel zurückziehen!«

Dhark wollte etwas erwidern, da schoben sich Gestalten zwischen den Moreno-Brüdern hindurch, denen ihre Tätigkeit auf die Stirn geschrieben schien. *GSO,* durchzuckte es Dhark. *Eylers, Sie Bandit!*

»Commander, wir decken Ihren Abzug. Gehen Sie. Hinter dem Lokal wartet ein Schweber. Der Pilot wird Sie unverzüglich in Sicherheit bringen!«

Dhark spürte, wie sich seine Nackenhärchen aufstellten. Während er zu einer geharnischten Erwiderung ansetzte, begann er am ganzen Körper zu zittern. Es war keine Angstreaktion – aber was dann?

Was stimmte nicht mit ihm?

Erst die Halluzinationen, und nun…

»Nehmen Sie die Dame und bringen Sie sie in Sicherheit. Ich flüchte doch nicht vor ein paar Krawallmachern!«

»Seien Sie bitte vernünftig.« Insgesamt fünf GSO-Mitarbeiter schirmten Dhark und seine Begleiterin jetzt zur Straße hin ab. Plötzlich schrie einer von ihnen unterdrückt auf. Ein Wurfgeschoß hatte ihn am Kopf getroffen. Er ging blutüberströmt in die Knie.

»Wir haben Befehl, Sie notfalls auch gegen Ihren Willen zu beschützen«, keuchte der Wortführer der Gruppe. »Kommen Sie!«

Dhark fühlte sich gepackt. An Joans wüsten Flüchen erkannte er, daß auch sie wider Willen quasi abgeführt werden sollte.

Da fauchte es unheilkündend über sämtliche Köpfe hinweg.

Die GSO-Agenten erstarrten. Hinter ihnen waren beide Moreno-Brüder mit schweren Paraschockern in den Händen aufgetaucht. »Wir lassen uns nicht unseren Laden demolieren!« erklärten sie unisono. Und noch etwas lauter fügten sie hinzu: »Die Dosis schickt euch für vierundzwanzig Stunden in traumlosen Schlaf! Aber das ist nichts gegen den Kater danach! Haut ab! Verschwindet, Pack!«

Das Pack wurde von dieser Drohung nur noch mehr angestachelt. Erstmals gelang es Dhark, eine ungefähre Schätzung des Mobs vorzunehmen. Es mußten zwanzig, dreißig Leute sein. Ihr Anführer schien ein hagerer, glatzköpfiger Mann zu sein, der sich zwar im Hintergrund hielt, aber immer wieder durch Parolen auf sich aufmerksam machte.

Mitten auf der Straße war die Horde zum Stehen gekommen.

Vorerst.

Aber in ihren Gesichtern leuchtete die blanke Zerstörungswut. Dhark war nicht naiv genug, um zu glauben, daß die Sache bereits unter Kontrolle oder gar erledigt sei. Das Mütchen der Meute war noch nicht gekühlt.

»Marodeure!« raunte einer der GSO-Agenten. Sie hatten inzwischen alle Waffen von vergleichbarem Kaliber wie die Schocker der Moreno-Brüder gezogen.

»Niemand feuert!« zischte Dhark ihnen zu. »Und Sie schießen auch nicht mehr! Wenn einer von denen einen Blaster hat, gibt es hier ein Blutbad!«

»Was sollen wir denn sonst machen?« fragte ein GSO-Mann.

Dhark verstand nicht, was der Rädelsführer des Mobs rief, aber es klang aggressiver als alle Anfeuerungen zuvor.

Augenblicklich stürmte die geballte Menge los.

Niemand fragte mehr, ob er schießen durfte.

Fauchend entluden sich Schockenergien. Körper stürzten dumpf zu Boden. Dennoch brachen mindestens ein Dutzend der Angreifer durch. Dhark fühlte sich von jemandem zu Boden gerissen. Noch während er fiel, sah er, wie auch Joan unter einer Attacke auf den Bretterboden der Veranda geschleudert wurde.

Erst in diesem Moment akuter Gefährdung gelang es Dhark, ihr Geständnis und die damit verbundene menschliche Enttäuschung zu vergessen.

Er dachte nur noch daran, ihr zu helfen.

Dagegen hatte allerdings der schwergewichtige Kerl etwas einzuwenden, der sich mit voller Wucht gegen ihn geworfen hatte und nun versuchte, sich auf ihn zu setzen. Dhark reagierte, wie in unzähligen Übungseinheiten trainiert: Fast ansatzlos holte er aus und schmetterte dem Angreifer die Handkante gegen den Kehlkopf. Er hatte Glück, daß er auf Anhieb traf. Alle Anspannung wich aus dem Koloß. Röchelnd kippte er seitlich weg. Dhark stieß ihn von sich und rappelte sich auf.

Drei Schritte entfernt kauerte ein dürrer Hering auf Joan Gipsy. Der Hering entwickelte berserkerhafte Kräfte, seine Hände hatten sich um Joans Hals geschlossen und drückten erbarmungslos zu.

Er wird sie umbringen!

Der Gedanke setzte neue Kräfte in Dhark frei. Vielleicht hatte er minutenlang wirklich verdrängen können, wieviel ihm diese Frau bedeutete. Im Angesicht der lebensbedrohlichen Situation, in der sie sich befand, vermochte er dies nicht mehr.

»Joan!«

Mit einem heiseren Aufschrei hechtete er sich auf den Mann, der gerade dabei war, die letzte Hemmung abzustreifen. Er kicherte leise, während er zudrückte. Vermutlich hatte er sich mit Drogen aufgeheizt, bevor er mit der Horde losgezogen war.

Das Kichern erstarb. Dhark stieß ihn von Joan herunter, die sich nicht mehr rührte. *Zu spät,* flackerte es durch sein Hirn, während er einen Tritt des Dürren in den Bauch schluckte und das Gefühl hatte, von jemandem Tinte in die Augen gespritzt zu bekommen. Injiziert mit haarfeinen Nadeln.

Das hindert seine Faust nicht, ihr Ziel zu finden. Traumwandlerisch sicher schaltete er seinen zweiten Gegner aus. Er erschrak vor sich selbst, als er kurz mit dem Gedanken spielte, dem Mann den Todesstoß zu versetzen. Es wäre so leicht gewesen: den Kopf mit beiden Händen umfaßt, ein blitzschneller Ruck...

Was denke ich da?!

Die Anwandlung ging so schnell, wie sie ihn überkommen hatte.

Als er zu Joan hinüberzukriechen versuchte, stolperte jemand über ihn, traf ihn mit der Stiefelspitze in die rechte Niere und löste eine weitere Schmerzexplosion, eine weitere Entladung purer Finsternis in seinem Hirn aus. Er schnappte nach Luft. Kaum konnte er wieder atmen, rief er Joans Namen.

Sie antwortete nicht.

Sirenengeheul näherte sich wie ein dumpf wummernder Puls.

Dharks Blick war verschleiert. Tränen und Blut, das aus einer Platzwunde an der Stirn lief, behinderten seine Sicht. Jemand ging neben ihm in die Hocke. Zunächst schätzte er ihn als weiteren Angreifer ein, dann raunzte eine selbst nach Luft schnappende Stimme: »Halten Sie sich an mir fest. Ich bringe Sie hier weg!«

»Nein!«

»Aber...«

»Wo ist meine Begleiterin? Die Frau, die...«

»ACHTUNG, HIER SPRICHT DIE POLIZEI! STELLEN SIE JEDE KAMPFHANDLUNG EIN, LEGEN SIE IHRE WAFFEN ZU BODEN! JEDE ZUWIDERHANDLUNG WIRD SOFORT UND STRENGSTENS GEAHNDET!«

Die dröhnende Lautsprecherwarnung zerriß fast sein Trommelfell. Ihm war, als hinge der zugehörige Polizeischweber direkt über ihm.

Flüche, das Poltern umstürzender Stühle und Tische, hysterische Stimmen am Rande des Nervenzusammenbruchs...

... all das vermischte sich zu einem Konglomerat, das Ren

Dharks Bewußtsein wie ein unheimlicher Sog in die Ohnmacht hineinzuziehen versuchte.

Er wehrte sich mit aller Macht. Langsam klarte sein Blick auf. In der Nähe fauchte ein Schuß. Kein weiterer Paralyseschauer, diesmal war es ein sonnenheißer Blasterstrahl!

Der GSO-Agent, der versucht hatte, ihm aufzuhelfen, bäumte sich auf und wurde förmlich von Dhark weggerissen. Den Aufprall spürte er schon nicht mehr. Sein kopfloser Torso krachte schwer auf die Planken der überdachten Veranda.

Häßlicher konnte ein Plasmastrahl seine verheerende Wirkung nicht unter Beweis stellen.

Endlich lichtete sich das Chaos. Die Polizeischweber begannen das Lokal mit breit gefächerten Lähmstrahlen zu bestreichen. Wie durch ein Wunder entging Dhark dem Narkosebeschuß. Schützend positionierte er sich vor Joan Gipsys Körper. Und sah die Wunde, die ihm bislang entgangen war. Ihr Kleid war auf der rechten Brustseite, eine knappe Handspanne unter dem Schlüsselbein, dunkel verfärbt, mit Blut getränkt. Als er sie vorsichtig umdrehte, sah er, daß sich der ellenlange Splitter eines zerbrochenen Stuhlbeins in ihr Schulterblatt gebohrt hatte. Seine Spitze war vorn nur fingernagellang wieder ausgetreten, hatte aber vermutlich auch Lungengewebe verletzt. Eine besorgniserregend große Blutlache hatte sich dort, wo Joan lag, über den Bretterboden verteilt. Wieviel davon bereits durch die Ritzen gesickert war, wollte sich Dhark lieber nicht vorstellen.

Neben ihm tauchte ein weiterer GSO-Agent auf.

»Ist die Rettungsleitstelle verständigt?« blaffte Dhark ihn an.

»Da vorn kommen bereits die ersten Einheiten!« Der Mann wies zum östlichen Ende der Straße. Dann fiel sein Blick auf den Torso seines Kollegen, und er flüsterte: »Neville können die allerdings auch nicht mehr helfen…«

Obwohl er vor Sorge um Joan zu kaum einem klaren Gedanken fähig war, fragte Dhark heiser: »Sie kannten ihn gut?«

»Er war der Pate meines Sohnes.«

Da überkam ihn der Hauch einer Ahnung, daß es hier nicht nur um seine Joan Gipsy ging.

Seltsamerweise half ihm diese Erkenntnis, die Zeit bis zum Eintreffen der Ambulanz besser zu überstehen.

*

Der Gang war verlassen. Es war nur einer von vielen Gängen im Labyrinth des Klinikums.

Olaf Brøndby blieb vor einer der Türen stehen und flüsterte Bert Stranger, der im lindgrünen Arztkittel merkwürdig deplaziert wirkte, zu: »Hier. Sie müssen sich aber beeilen. Dieser Tschobe ist unberechenbar. Wer weiß, wann ihm einfällt, hier vorbeizukommen.«

»Wollen Sie nicht mit hineingehen?« fragte der dickliche Reporter durch den gazeartigen Atemschutz, der Mund und Nase bedeckte.

»Ich bleibe hier draußen. Wenn ich gegen die Tür klopfe, ist Gefahr im Verzug. Dann nehmen Sie augenblicklich Ihre Beine in die Hand!«

»Das kann ich nicht«, sagte Stranger. »Dafür sind sie zu kurz.«

»Ihren Humor möchte ich haben.«

»Sie haben bald sehr viel Zeit, sich darin zu üben.«

»Am liebsten würde ich Sie...«

Stranger hörte sich nicht an, was der Professor für Gefäßchirurgie liebend gern mit ihm getan hätte. *Wahrscheinlich operieren,* dachte Stranger, während er die Tür öffnete, in das schummrige Zimmer schlüpfte und die Tür hinter sich wieder ins Schloß fallen ließ.

Es war ein Einzelzimmer. Der Patient, den Brøndby ausgesucht hatte, war einer der wenigen, die darum gebeten hatten, nicht mit anderen zusammengelegt zu werden.

Stranger kam dies entgegen.

Auf Zehenspitzen huschte er zu dem Bett, um das herum ein regelrechter Gerätepark gruppiert war. Die Gestalt, die damit vernetzt war, schrumpfte optisch beinahe zur Bedeutungslosigkeit.

Es war ein Kind, wie Stranger es von Brøndby gefordert hatte. Ein Junge von etwa zehn, elf Jahren. Seine Augen waren geschlossen. Die Amplituden, die über die Überwachungsschirme huschten, wurden von leisen, einschläfernden Tonfolgen begleitet. Stranger verstand nicht viel von Medizin, aber genug, um zu erkennen, daß der Zustand des Jungen offenbar stabil war.

Brøndby hatte versichert, daß er auch ansprechbar sei. Der Tiefschlaf, in dem die Patienten teilweise eingeliefert worden seien, wäre durch einen normal-regenerativen Schlaf ersetzt worden. Da ständig mit den Patienten gesprochen werden mußte – eine Anordnung Tschobes – konnte man sie nicht im künstlichen Koma halten.

Stranger trat näher, räusperte sich.

»Terrun woger terra!«

Die Stimme kam aus dem Mund des Jungen, ohne daß er die Augen öffnete. Bert Stranger fuhr unwillkürlich zusammen, so fremdartig und elektrisierend klangen die Worte in unbekannter Sprache.

Nur eine Sekunde später sagte eine maschinenhaft emotionslose Stimme von dem kleinen Tisch am Kopfende des Bettes her: »Lebensgefahr für alle überall.«

Ein Translator. Eine Neuentwicklung nach ratekischem Muster.

Stranger faßte sich wieder und überwand die letzte Kluft, die ihn vom Bett des Jungen trennte.

»Wer bist du?«

Seine Frage wurde in das unverständliche Kauderwelsch übersetzt, das auch der Patient benutzte.

»Wer bist du?« fragte der Junge zurück und öffnete die Augen. »Manu Tschobe sagte, nachts würden wir in Ruhe gelassen. Wir sollten schlafen und Kräfte tanken. Morgen früh soll eine ähnliche Reihenuntersuchung stattfinden wie schon an Bord des Ringraumers. Nur mit optimierten Möglichkeiten.«

Der Junge sprach nicht wie ein Junge.

»Tschobe bat mich, noch einmal nach dem rechten zu sehen.« Die Lüge kam glatt über Strangers Lippen. »Er meinte auch, gerade den Kindern könne es helfen, wenn ich mir noch einmal ihre Sorgen anhöre. Wenn du also willst…«

»Wie ist dein Name?«

»Bert.«

»Ich bin Falon.«

»Freut mich, Falon.« Stranger blickte zu einem Stuhl. »Darf ich mich setzen – oder willst du lieber schlafen? Ich werde dich nicht lange aufhalten und schon gar nicht überanstrengen…«

»Bleib. Es ist faszinierend, mit einem von euch zu reden.«

Stranger hob kurz die Brauen, sagte aber nichts, sondern zog sich den Stuhl in die Lücke zwischen zwei Apparaten und setzte sich.

Falon sagte: »Ich dachte, es wäre bekannt, daß es bei uns keine Kinder in eurem Sinn mehr gibt. Schon lange nicht mehr.«

Stranger zögerte. Jedes weitere Eingeständnis von Unwissenheit konnte ihn auffliegen lassen. Aber wenn er nichts riskierte, würde er überhaupt nichts erfahren. Brøndby hatte dergleichen offenbar nicht versucht. Oder hatte er es versucht und war abgeblitzt?

»Du bist ganz offensichtlich ein Kind«, sagte er. »Wie alt bist du?«

»Und du?« fragte der Junge. »Wer bist du? Dich hat nicht Tschobe geschickt. Du weißt nichts über uns.«

»Ich bin gerade erst eingetroffen. Tschobe bat mich, mir selbst ein Bild von euch zu machen, ehe er mich einweihen wollte.«

»Ein sehr ungewöhnlicher Weg.«

»Dafür ist Tschobe bekannt.« Stranger tat, als wollte er sich von seinem Stuhl wieder erheben. »Aber wenn du kein Vertrauen zu mir hast…«

Der Junge sah ihn ausdruckslos an. »Bleib. Was willst du wissen.«

»Woher ihr stammt. Was passiert ist. Was fehlt euch genau?

Tschobe wollte nicht…«

»Ich bin ein Salter«, sagte der Junge. »Und eigentlich müßte ich dich…« Er stockte kurz, was durch leichtes Rauschen im Translatorteil unterstrichen wurde, dann fragte er: »Wie alt bist du?«

»Siebenundzwanzig.« Stranger sah keine Veranlassung, es nicht zu verraten. »Und du?«

»Eigentlich«, griff Falon den Faden von zuvor wieder auf, »müßte ich dich Kind nennen. Ich bin sehr viel älter als du. Wenn Tschobe dich noch nicht eingeweiht hat, wirst du es kaum glauben…«

»Versuche es«, drängte Stranger, obwohl er plötzlich einen unerklärlichen Kloß im Hals hatte.

»Zweihundertvierundzwanzig eurer Jahre.«

Ihm klappte die Kinnlade nach unten.

Schließlich schnappte er: »Findest du das witzig?«

»Witzig?«

»Warum nimmst du mich auf den Arm?«

Falons Blick wurde noch fragender. Offenbar hatte der Translator kein Äquivalent für »auf den Arm nehmen« gefunden.

Stranger entschied sich für den direktesten Weg. »Du lügst. Warum?«

»Ich lüge nicht. Vielleicht sagt dir der Begriff Salter auch nichts. Vielleicht glaubst du mir eher, wenn ich dir sage, wie ihr uns nennt.«

»Wie?«

»Mysterious«, sagte Falon.

Obwohl Stranger saß, hatte er das Gefühl, den Boden unter den Füßen entzogen zu bekommen.

Er starrte den Jungen an und hörte kaum, wie er sagte: »Ich bin einer der jüngsten. Olan, unser Ältester, ist weit über tausend Jahre. Aber ganz egal, welches Alter wir haben, wir sind alle davon betroffen.«

»Wovon?« hörte Stranger sich fragen, obwohl sein Verstand noch damit haderte, ein Kind von zweihundert Jahren vor sich zu haben.

»Vom Sterben, an dem das pollyde Arso-Verfahren schuld hat.«

Pollydes Arso-Verfahren?

»Wir wollten Immunität gegen die Strahlenattacken aus dem Hyperraum erlangen, was wir auch schafften. Der Nebeneffekt war uns willkommen: eine enorme Steigerung unserer Lebenserwartung. Doch dann mutierten wir, wurden extrem strahlenanfällig und mußten erleben, wie progressiver Zellverfall unser Volk binnen weniger Jahrtausende bis auf den kläglichen Rest dezimierte, den Ren Dhark in der Zweiten Galaxis fand, die er *Drakhon* nennt...«

Noch während Falon redete, klopfte es gegen die Tür. Erst einmal, dann, nach einer kleinen Pause, unaufhörlich.

»Ich muß gehen.« Stranger stand auf.

»Jetzt schon? Wir haben doch noch gar nicht...«

»Ich werde versuchen, wiederzukommen. Draußen ruft mich ein Kollege. Offenbar ist etwas Wichtiges vorgefallen.«

Es war die schlechteste Lüge seines Reporterlebens.

Als säßen ihm unsichtbare Furien im Nacken, stürmte Stranger aus dem Raum. Selten, daß er eine Gänsehaut bekam. Als er wieder zu Brøndby stieß, war sein ganzer Körper davon überzogen, und er zitterte beinahe wie der tarrosüchtige Arzt.

»Was ist los mit Ihnen? Sie sehen aus, als seien Sie dem Leibhaftigen begegnet...«

Stranger sah sich um. »Was ist? Warum haben Sie mich herausgerufen?«

»Weil gerade ein Pfleger vorbeikam, der mir sagte, daß Tschobe noch einmal seine Runde durch die Station machen will. Er muß jeden Moment auftauchen.«

»Ich muß noch einmal hinein!«

»Den Teufel werden Sie!« Brøndby verstellte ihm die Tür. »Und das ist jetzt mein völliger Ernst!«

Bert Stranger wußte, wann es genug war.

»Wie Sie meinen. Dann schleusen Sie mich jetzt ebenso unauffällig wieder hier raus, wie ich hereingekommen bin. Niemand darf Wind davon bekommen, daß ich hier war – haben Sie verstanden?«

Brøndby nickte verkniffen.

»Und vergessen Sie nicht, was wir sonst noch besprochen haben«, sagte Stranger, während sie den Gang hinunterliefen. »Ich werde morgen hier anrufen und mich vergewissern, daß eine Stelle frei geworden ist. Versuchen Sie nicht noch einmal, mich zu täuschen!«

»Was haben Sie von dem Jungen erfahren?«

»Daß er kein Junge ist.«

Brøndby verzog das Gesicht. »Sie sind ein unausstehliches Arschloch, Stranger. Ich werde eine Kerze anzünden, wenn ich nichts mehr zu tun habe mit Ihnen!«

Der Reporter grinste unverschämt.

»Das«, sagte er, »sollten Ihre Patienten auch tun.«

*

Joan Gipsys Puls flatterte bedenklich. Ren Dhark prüfte ihn immer wieder. Er nahm kaum noch wahr, was um ihn herum vorging. Wie parageschockte Körper in Fahrzeuge verfrachtet wurden und dann rasch den Schauplatz des Geschehens verließen, während der Bereich um das Lokal Los Morenos weiträumig abgesperrt wurde.

Natürlich tauchten auch die Fledderer auf.

Terra Television war allgegenwärtig. Terra-Press wollte dem in nichts nachstehen.

Wahrscheinlich hat sich längst herumgesprochen, was für ein illustrer Gast hier tafelte, als es passierte, dachte der weißblonde Mann, der am Boden kauerte, Joans Kopf in seine Armbeuge gebettet.

Er dachte es, als beträfe es einen anderen.

Vor seinem geistigen Auge tauchte der Shir auf.

Das lenkte Dharks Gedanken zu Olan. Zu den Saltern, die im

Flottenklinikum notversorgt wurden.

Die auch mit dem Tod rangen.

Wie Joan Gipsy.

»Loslassen... gaaanz vorsichtig...!«

Er erwachte wie aus tiefer Trance und ließ es zu, daß Joan auf eine Trage umgebettet wurde.

»Sind Sie auch verletzt, Sir?« fragte eine Stimme, die er nicht zuordnen konnte.

Eine andere sagte: »Er steht unter Schock. Geben Sie ihm ein Sedativum.«

Er hörte ein Zischen, den Einstich spürte er gar nicht. Fast augenblicklich überkam ihn eine widernatürliche Gelassenheit.

Jemand half ihm beim Aufstehen. Eine Assistentin in hellem Overall, das Äskulapsymbol auf der Brust.

»Wohin bringen Sie sie? Welches Hospital?«

»Ihre Frau?«

Die Ambulanzhelferin erkannte ihn nicht. Daß es schon zum zweiten Mal an diesem Abend war, daß er sein Inkognito wahrte, ohne es darauf angelegt zu haben, hätte ihn bei anderer Gelegenheit amüsiert.

»Nein, aber eine sehr gute Freundin...«

War sie das noch?

Man hatte sie auf ihn *angesetzt.* Ein superreicher Großindustrieller hatte das getan.

Warum?

Ren Dhark wollte in diesem Augenblick keine Antwort auf diese Frage. Er wollte, daß Joan Gipsy weiterlebte!

»Wie ist ihre Verfassung?«

»Ich weiß es nicht. Tut mir leid, das müssen Sie den Arzt fragen.«

»Wo ist er?«

»Im Schweber, bei der Patientin. Wenn Sie wollen, können Sie zusteigen. Wenn Sie ihr so nahestehen, gibt es keine Einwände, daß Sie die Fahrt mitmachen.«

Joan wurde bereits mit Fremdblut versorgt, um die gravierenden Verluste auszugleichen. Nur Sekunden hatte es gedauert, ihre Blutgruppe zu ermitteln. Das Instrumentarium war High Tech pur.

Terranische High Tech.

Ren Dhark schüttelte den Kopf über sich selbst. »Wie geht es ihr? Wird sie es schaffen?«

Niemand schien ihn zu hören. Der Schweber nahm Fahrt auf. Dhark saß auf der Bank, den Blick auf Joan und die Menschen gerichtet, die sich um sie kümmerten.

»Sie muß es schaffen…«

Er schloß die Augen. Seine Hände fanden wie von selbst zusammen, verflochten sich miteinander.

Großer Gott, wann hatte er zum letzten Mal für jemanden gebetet?

*

Nachdem Bert Stranger den Komplex des Flottenklinikums unbehelligt verlassen hatte, bestieg er seinen Schweber und stellte als erstes eine Verbindung zum GSO-Hauptquartier her. Er fragte, ob Bernd Eylers sich im Gebäude aufhielt und verlangte ihn zu sprechen. Wider Erwarten wurde nicht einmal der Versuch unternommen, ihn abzuwimmeln. Man bat ihn kurz um Geduld, das Emblem der GSO wurde eingeblendet, und leise Musik drang aus dem Lautsprecher. Es dauerte nur eine halbe Minute, bis die Musik erstarb und auf dem Schirm das Konterfei des GSO-Chefs erschien.

Bernd Eylers blickte den Reporter so geradeheraus und gelassen an, als wäre es das Selbstverständlichste auf der Welt, daß dieser ihn mitten in der Nacht zu sprechen wünschte. Nur bei genauerem Hinsehen war zu erkennen, daß die Gelassenheit gespielt war. Eylers' Allerweltsgesicht war ebenso Maske wie Strangers Babyface.

»Sie müssen schon selbst eine Story daraus machen«, sagte Eylers. »Im Schweiße Ihres Angesichts. Erwarten Sie von mir keine Informationen, die über das offizielle Statement hinausgehen.«

»Offizielles Statement? Wovon reden Sie?«

»Sie rufen nicht wegen des Vorfalls beim Restaurant an?«

»Welches Restaurant? Welcher Vorfall?«

Eylers' Haltung wurde eine Spur ablehnender. »Dann erklären Sie mir, warum Sie mich unbedingt sprechen wollen!«

»Das sage ich ihnen nur unter vier Augen.«

»Was bilden Sie sich ein?«

»Ich bilde mir ein, daß Ihnen nicht daran gelegen ist, daß die Öffentlichkeit erfährt, wen die POINT OF mitgebracht hat und wer seither im Klinikum der Sternenflotte auf Herz und Nieren untersucht wird...«

»Woher...?«

»Es spielt keine Rolle, woher ich davon weiß.«

»Wann können Sie hier sein?«

»In zwanzig Minuten.«

»In Ordnung. Dann bis nachher.«

Die Verbindung erlosch. Bert Stranger lehnte sich weit im Sitz seines Fahrzeugs zurück. Triumph wollte sich nicht einstellen. Falons bestürzende Eröffnung ging ihm nicht mehr aus dem Sinn.

»Wir sterben«, hatte der Junge, der ein Greis war, erklärt.

Wir, die Mysterious...!?

*

Der Ambulanzschweber raste heran. Erst die Schranke stoppte ihn. Eine der Torwachen trat ans offene Fenster auf der Fahrerseite. Sie mußte schreien, um das Sirenengeheul zu übertönen.

»Weisen Sie sich aus!«

»Öffnen Sie die Schranke! Informieren Sie die Notaufnahme... Machen Sie schon!«

»Ich habe meine Vorschriften.« Der Wachhabende blieb trotz der Hektik, die der Fahrer verströmte, ungerührt. »Ihre Legitimation. Sie sind mir nicht gemeldet worden. Und stellen Sie das verdammte Ding ab!«

Die Sirene erstarb.

Der Wächter schob den Kopf ein Stück weit ins Innere des Fahrzeugs, drehte ihn nach rechts und spähte in den hinteren Bereich, wo sich mehrere Gestalten um einen Mann bemühten, der halbnackt und von Wunden übersät zwischen ihnen lag.

»Was ist los mit Ihnen, Mann?« fauchte der Fahrer, unbeeindruckt von dem schweren Blastergewehr, das der Wachhabende geschultert trug. »Wollen Sie, daß er krepiert? Wollen Sie, daß der Commander vor die Hunde geht, nur weil ein Paragraphenreiter wie Sie kostbare Minuten verplempert?«

»Der Commander?«

»Jetzt sagen Sie bloß noch, es hätte sich noch nicht bis zu Ihnen herumgesprochen, was im Amüsierviertel passiert ist...«

»Der Anschlag?«

Der Fahrer nickte, wild mit den Händen gestikulierend.

»Das da hinten...«, die Torwache beugte sich noch weiter ins Innere, »... ist Ren Dhark? Ich wußte nicht, daß er unter den Schwerverletzten ist. Niemand hat mich...«

»Jetzt wissen Sie es! Mein Vipho ist defekt. Ich konnte uns nicht ankündigen. Aber wenn wir hier noch lange Smalltalk halten...«

»Schon gut.« Die Wache trat zurück, richtete sich auf und gab dem Mann hinter der Scheibe des Unterstandes einen Wink.

Die Schranke glitt zur Seite.

Mit Vollschub schoß der Schweber auf den Anbau der Notaufnahme zu.

A-Grav gestattete eine anschließende Vollbremsung, die normalerweise sämtliche Insassen gegen die Wände geschleudert hätte.

Wie erwartet wußte der Empfang bereits Bescheid.

Pfleger hasteten herbei, hebelten die rückwärtigen Flügeltüren auf.

Der Mann auf der Liege war notdürftig wundversorgt und bandagiert. »Ist ein OP frei?« rief der Arzt, der den Transport begleitet hatte.

»OP II, dritte Ebene wird bereits vorbereitet«, kam die Antwort einer Schwester, die ihm entgegenlief, ein Checkbrett mit dem Aufnahmeformular in der Hand. »Wenn Sie bitte…«

»Später! Ich komme zu Ihnen, sobald wir ihn über dem Berg haben!«

Die Insassen des Schwebers hatten den Schwerverletzten bereits von der Ladefläche gehoben und rannten mit ihm auf die offene Tür zu.

»Allmächtiger, wie ist das passiert?« fragte die Schwester mit Blick auf das blutige Etwas, das einmal ein Gesicht gewesen war.

»Eine Splittergranate! Keine Sorge: Er wird wieder so schön wie früher. Aber erst müssen wir dafür sorgen, daß er es überlebt!«

Der Aufzug wartete bereits auf den Nachzügler.

Sekunden später fuhren sie gemeinsam nach oben. Vorbei an Ebene drei.

»Ich hätte nicht gedacht, daß es so leicht sein würde«, sagte eine Stimme unter der blutverkrusteten, aufwendig modellierten Masse, die das eigentliche Gesicht verbarg.

»Die schwierigste Etappe kommt noch«, fauchte der Mann, der sich als Arzt ausgab.

Der Mann, der ein Robone war – genau wie jeder andere Teilnehmer an diesem Himmelfahrtskommando.

»Steckt die Filter in eure Nasen und atmet nicht mehr durch den Mund. Frank, alles klar bei dir?«

Frank Torr nickte karg.

Er war bereit. Und ob er das war.

Seine Finger streichelten über die rauhe Oberfläche einer der Gasgranaten, die die Taschen seines Kittels füllten.

Dann hielt der Aufzug, und die Tür glitt auf.

*

»Sie wird es überstehen.«

Wieder und wieder rief sich Ren Dhark den Satz des Oberarztes ins Bewußtsein, der Joan Gipsy den eingedrungenen Splitter und einen kleinen Teil ihres rechten Lungenflügels entfernt hatte.

Die Frau, die Dhark von einem Gefühlsbad ins andere stürzte, lag bereits auf der Intensivstation des städtischen Hospitals und würde nicht allein sein, wenn sie – so die Schätzung des Mediziners – in rund acht Stunden aus ihrer Narkose erwachte.

Dhark hatte gebeten, sofort verständigt zu werden, wenn dies geschah.

Man hatte es ihm zugesichert.

Und jetzt verließ er das Krankenhaus im Westteil der Stadt. Trat hinaus in die Kühle der Nacht, die ihm half, wieder klarer zu denken.

War er wirklich erst vor zwölf, vierzehn Stunden auf dem Raumhafen Cent Field gelandet?

War es wirklich nicht länger her, daß sich der Gesundheitszustand Olans dramatisch verschlechtert hatte, ausgerechnet in dem Augenblick, als die POINT OF in die Atmosphäre der ursprünglichen Salter-Heimat eingetreten war?

Natürlich war das zeitliche Zusammentreffen von Landemanöver und Kollaps Zufall. Was anderes hätte es sein sollen?

Es änderte aber nichts daran, daß Dhark um Olan bangte. Um ihn und hundertsieben andere Salter.

Salter – die letzten Mysterious!

Würde Tschobe ein Mittel finden, den Zellverfall nicht nur einzudämmen, sondern vielleicht sogar zu heilen?

Unter den Saltern waren etliche Kinder – nicht nach Lebensjahren, aber doch der biologischen Hülle nach zu urteilen.

Auch an sie mußte Dhark fortwährend denken, denn aus der Sicht ehemaliger Fast-Unsterblicher waren es wirklich noch Kinder.

Erstaunlicherweise leitete dieser Gedanke wieder zu Joan über. Schon bei ihrer dritten Begegnung, die in einer leidenschaftlichen Nacht gegipfelt hatte, war irgendwann das Gespräch auf Kinder gekommen. Dhark wußte nicht mehr genau, wie. Aber Joan hatte ihn gefragt, wie er über Nachwuchs denke. Und er hatte sich und ihr eingestehen müssen, daß er noch nie ernsthaft über dieses Thema nachgedacht hatte.

Sie hatte es kommentarlos hingenommen.

Jetzt, in diesem Augenblick, da hinter ihm das hell erleuchtete, postmoderne Gebäude lag, in dem das Hospital untergebracht war, vor ihm das Band der nächtlich illuminierten Straße und über ihm das funkelnde Diadem der Milchstraße, nahm er sich plötzlich die Zeit.

Kinder.

Eigene Kinder.

War das realistisch? Konnte ein Mann in seiner Position, mit seiner Verantwortung ruhigen Gewissens einer Frau zumuten, mit ihm zusammenzuleben und sogar Sprößlinge in die Welt zu setzen?

Es irritierte ihn, daß er ausgerechnet nach Joans Beichte daran denken mußte. Nach dem Geständnis, das eigentlich alles zwischen ihnen zerstört hatte…

… oder doch nicht?

Vorhin, als sie blutend und besinnungslos in seinem Arm geruht hatte, da hatte er ihr verziehen.

Verrückt, aber so war es gewesen.

Warum er jetzt wieder daran zweifelte, ob er die noch so frische Beziehung fortführen konnte – er wußte es nicht.

Wallis, Terence Wallis. Er würde Bernd Eylers bitten, ihm ein lückenloses Dossier über den Industriellen zukommen zu lassen. Und dann würde er Wallis zur Rede stellen.

Bisher war Dhark noch nie einer notwendigen Konfrontation aus dem Weg gegangen.

Und er hatte nicht vor, jetzt damit anzufangen.

Vielleicht klärte sich alles auf. Vielleicht würde Wallis' Reaktion bestätigen, was Joan im Restaurant versucht hatte, ihm klarzumachen.

»Sie hat sich in mich verliebt, hat sie gesagt«, murmelte Dhark leise vor sich hin. »Verdammt, ich müßte lügen, wenn ich behaupten würde, umgekehrt wäre es anders!«

Was war das? Die Midlife Crisis? Er stand kurz vor seinem dreißigsten Geburtstag und grübelte über Zukunft und Familie wie über etwas Unerreichbares?

Vielleicht waren die Mysterious auch daran schuld! Sie hatten ihn aus der Bahn geworfen! Oder besser dieses unbefriedigende Ende der Suche nach ihnen!

Ren Dhark entfernte sich ein paar Schritte in die Nacht. Er überlegte, ob er Dan anrufen sollte. Aber Dan hatte seine Anja gerade erst wieder in die Arme geschlossen, und es war nicht nötig, auch den beiden die Nacht zu verderben.

Morgen war immer noch Zeit. Morgen würde er sich mit seinem Freund treffen. Reden.

Und jetzt, schlafen gehen? Kopfschüttelnd begab er sich zu einem Schwebetaxistand. Ein Mann, jünger als er, griente verlegen, als er ihn erkannte.

»Oh, hoher Besuch.«

»Geht's auch etwas weniger offiziell?«

»Stets zu Diensten. Wohin soll ich Sie bringen?«

Dhark zögerte noch einmal kurz, überlegte, ob er in die vertraute Umgebung der POINT OF zurückkehren sollte. In diesen Leib aus Unitall, in dem er sich – wie ihm jetzt bewußt wurde – am sichersten fühlte. Doch dann nannte er ein anderes Ziel, eines, bei dem ihm fast ebenso flau im Magen wurde wie während der rasenden Fahrt mit Joan zum Hospital.

Auch jetzt wußte er nicht, was ihn am Ziel erwarten würde.

Eine neue Hiobsbotschaft – oder…

*

Unterwegs zu Eylers nahm Bert Stranger über Vipho Kontakt zur Terra-Press auf und erfuhr, was der GSO-Chef mit »Vorfall beim Restaurant« gemeint hatte. Wie es hieß, war Ren Dhark in den Übergriff einer aufgewiegelten Menschenmenge verwickelt worden. Ob er dabei leicht oder schwer oder überhaupt verletzt worden war, wußte bei Terra-Press noch niemand schlüssig.

Stranger war versucht, den Besuch bei Eylers abzublasen und wie das Heer seiner Kollegen Einzelheiten über den gewalttätigen Zwischenfall in Erfahrung zu bringen.

Er war selbst erstaunt, daß er es dann doch nicht tat. Der Grund war simpel: Wenn einer wußte – verläßlich wußte – inwieweit der Commander der Planeten in dieses Geschehen verwickelt war, dann Eylers!

Stranger traute sich zu, dem GSO-Chef alle Informationen, die er von ihm haben wollte, auch zu entlocken. Immerhin besaß er bereits hochbrisantes Wissen, mit dem er locker pokern konnte...

Der Empfang in Eylers Büro war kühl.

»Setzen Sie sich.« Blaßgrüne Augen taxierten den Reporter beim Betreten des spartanisch eingerichteten Büros im Herzen der GSO-Zentrale, von der aus die Einsätze von mehr als zehntausend Agenten koordiniert wurden.

Eylers wies mit der Armprothese zu einer kleinen Sitzecke mit chromglänzenden Stühlen. Stranger folgte der Aufforderung.

»Ein Drink?«

»Danke, ich verabscheue billigen Fusel.«

»Wer sagt, daß ich nichts anderes habe?«

»Muß Ihr Ressort nicht ebenso den Gürtel engerschnallen wie andere Bereiche?«

»Möglich, aber damit haben Sie natürlich nichts am Hut, Stranger. Schon allein aus dem Grund, weil Ihnen auch jetzt schon kein Gürtel mehr paßt.«

»Sie übertreiben.«

»Natürlich.« Ein vages Lächeln huschte über Bernd Eylers' Züge. »Wie Sie.«

Er setzte sich dem Reporter gegenüber. »Aber wenn Sie nichts möchten, bleibe ich auch trocken.«

»Kommen wir zur Sache«, sagte Stranger. Er versuchte es zu vermeiden, die Prothese anzustarren, aber sie zog seine Blicke fast magisch immer wieder an. Vor der Gründung der GSO hatte Eylers für die Abwehr gearbeitet. Während eines Einsatzes hatte er seinen linken Unterarm durch einen Strahlschuß verloren. Seither trug er einen künstlichen Ersatz, bei dem weniger das Äußere als das mutmaßliche Innenleben Bert Strangers Phantasie ankurbelte. Es hieß, daß darin nicht nur die Motorik verborgen sei, die zum Bewegen der Fingerglieder nötig war, sondern auch verschiedene »Gimmicks«, im Klartext: Waffen.

Stranger überlegte kurz, ob er Eylers darauf ansprechen sollte, doch dann verzichtete er lieber.

»Woran, meinten sie vorhin«, fragte Eylers, »könne mir nicht gelegen sein, daß es an die Öffentlichkeit gelangt? Wenn ich recht verstanden habe, hat es mit dem Flottenklinikum zu tun...«

»Ersparen Sie uns dieses Geplänkel«, sagte Stranger. »Wie geht es Dhark?«

»Warum sollte es ihm schlecht gehen?«

»Sie haben mich selbst drauf gestoßen. Stichwort ›Los Morenos‹.«

Eylers zuckte die Achseln. »Wir sitzen hier wegen einer anderen Sache zusammen. Vielleicht sollte ich Sie in Sicherungsverwahrung nehmen. Irgendein Grund ließe sich sicher finden.«

»Wenn Sie unbedingt eine Lawine lostreten wollen...« Stranger blieb gelassen. Ähnliche Drohungen hatte er in seiner Karriere zum Überdruß über sich ergehen lassen. »Sie wissen ja, worauf die Presse am empfindlichsten reagiert. Es ist wie bei den Bullen: Sobald einer der ihren zur Zielscheibe wird, geht ein Sturm los. Wollen Sie das?«

»Ich will nur eines: vernünftig mit Ihnen reden.«

»Dann fangen Sie an: Wie geht es Dhark?«

»Auch wenn Sie es nicht glauben: Definitiv weiß ich es nicht. Kurz bevor Sie kamen erreichte mich eine Nachricht aus eben jenem Flottenklinikum, auf das Sie anspielen. Demnach wäre Dhark vor wenigen Minuten schwerverletzt dort eingeliefert worden. Mein bisheriger Kenntnisstand war der, daß nicht er, sondern eine Begleiterin von ihm, mit der er das Restaurant besucht hatte, schwerverletzt ins Alamo-Hospital transportiert wurde. Weiter hieß es, Dhark habe sie dorthin begleitet.«

»Haben Sie schon versucht, ihn über sein Armbandvipho zu erreichen.«

Eylers verzog nachsichtig das Gesicht. »Was glauben Sie? Fehlanzeige. Entweder ein Defekt, oder er hat abgeschaltet.«

»Hm...«

»Ich habe jemanden zum Klinikum geschickt, der mir in Kürze Bescheid geben wird, ob Dhark doch eine Verletzung davongetragen hat. Die Ambulanz, die jenen Mann einlieferte, schien sich jedenfalls sicher über die Identität des Schwerstverletzten zu sein.«

»Warum rufen Sie nicht einfach in der Klinik an. Man weiß doch, wie Dhark aussieht. Sie brauchen doch nicht...«

»Der Mann, um den es dort geht, hat schwerste Kopf- und Gesichtsverletzungen. Würden Sie jemanden identifizieren können, der ganz offensichtlich in eine Strahlbahn gelaufen ist?« Eylers hob die Prothese. »Ich weiß, was das bedeutet, und ich bin froh, daß es nur der Arm war.«

»Aber dann... wenn es Dhark wäre, dann...«

»... geht es um Leben und Tod bei ihm, richtig.« Eylers schüttelte den Kopf. »Vielleicht verstehen Sie jetzt, warum ich nicht in der Stimmung bin, mir alles von Ihnen bieten zu lassen.«

»Ich bin eigentlich ein sehr verträglicher Mensch.«

»Dann sollten Sie das öfter mal zeigen.«

»Wann wollte sich Ihr Mann melden?«

»Er müßte in diesem Moment bei der Klinik ankommen und wollte mir unverzüglich Meldung erstatten.«

»Ich hoffe, es handelt sich um eine Verwechslung. In der jetzigen Situation hätte es unabsehbare Folgen, wenn...«

»Die hätte es auch, wenn ein Schmierfink wie Sie Dinge breittritt, die keinesfalls jetzt schon an die Öffentlichkeit gelangen dürfen.«

Stranger nickte. Die Bezeichnung »Schmierfink« ließ ihn kalt.

»Sie meinen die Mysterious, die hier auf Terra behandelt werden und mit dem Tode ringen.«

Eylers atmete aus wie ein Blasebalg. »Sie wissen es also tatsächlich. Sie haben nicht nur geblufft.«

»Ich war in der Klinik. Ich habe sogar mit einem der Salter gesprochen – aber fragen Sie nicht, wie ich das geschafft habe.«

»Ich habe im Moment ganz andere Sorgen.«

»Keine Angst, ich weiß was ich meinem Ethos schuldig bin.«

»Sie haben Ethos? Ich dachte, das könnte sich ein Lohnschreiber gar nicht leisten...«

»Nur die schlecht bezahlten nicht.«

Eylers lächelte auch jetzt nicht. Tiefe Linien hatten sich in sein Gesicht gegraben. *Er ist alt geworden,* dachte Stranger. *Mein Gott, als sähe ich ihn seit Jahren zum erstenmal wieder.*

Noch während er dies dachte, glaubte er in Eylers' Augen Anzeichen zu erkennen, daß dieser einen ganz ähnlichen Eindruck von ihm gewann.

Stranger schwitzte. Er wischte sich über die Stirn. »Vielleicht könnte ich doch etwas Flüssigkeit vertragen – aber bitte nichts Hochprozentiges.«

»Sie wissen also, daß die POINT OF die Mysterious in Drakhon aufgespürt hat...« Eylers stand auf und trat vor einen Frischwasserbehälter. Er zog zwei Pappbecher, füllte sie und reichte einen davon dem Reporter.

Stranger nippte dankbar daran. Dann fragte er: »Drakhon?«

»Ich dachte, Sie wüßten bereits alles.« Spott troff in Eylers' Stimme.

»Es soll eine bislang unbekannte Sternenballung geben, in der...«

»Drakhon«, nickte der GSO-Chef. »So wird diese Galaxis genannt.«

»Der Name ist zweitrangig. Der Zustand, in dem die Mysterious gefunden wurden, ist Dynamit«, sagte Stranger. »Wenn ich so skrupellos wäre, damit an die Öffentlichkeit zu gehen...«

»... käme das gewissen Elementen sehr entgegen«, sagte Eylers.

»Wen meinen Sie?«

Das Vipho schlug an. Eylers ging zu seinem Schreibtisch, schaltete eine Aku-Glocke und nahm das Gespräch verdeckt entgegen.

Als er zurückkam, machte Stranger ein säuerliches Gesicht. »Sie verlangen von mir Kooperation, aber selbst sind Sie alles andere als kooperativ.«

»So wenig wie mich Terra-Press-Interna angehen, gehen Sie die inneren Belange der GSO an.«

»Wer war das? Ihr Mann, den Sie zum Klinikum schickten?«

»Nein, noch nicht.« Eylers schüttelte den Kopf. »Warum sollen Sie es nicht wissen, es paßt zu unserem Thema: Mir wurde gerade mitgeteilt, daß der Überfall auf das ›Los Morenos‹ offenbar kein Zufallsprodukt war. Der Rädelsführer wurde festgenommen. Ein Robone, wie sich herausstellte. Leider entzog er sich dem Verhör durch eine Giftkapsel, die in einem hohlen Kunstzahn versteckt war.«

Stranger horchte auf. »Dann ging es gezielt um Dhark?«

»Das würde Sinn machen.«

»Man wollte ihn ausschalten.«

»Es wäre nicht der erste Versuch.«

»Ich dachte, es gäbe wenigstens offiziell einen Friedensvertrag mit Allon Sawall und den Robonen?«

»Wieviel der wert ist, durften Sie ja in Afrika selbst hautnah miterleben.«

Das Vipho schlug erneut an. Diesmal verzichtete Eylers auf das schallschluckende Prallfeld. Stranger hörte, wie ein Mann schrie: »Sir! Hier läuft ein gigantisches Täuschungsmanöver. Wir...« Ein fauchendes Geräusch übertönte die Stimme des Agenten.

Eylers' Augen, die offenbar auch Bildkontakt hatten, weiteten sich. »Morton! Verdammt, Morton...«

Stranger sprang auf und eilte zu Eylers.

Er sah nur Schnee auf dem Viphoschirm, statische Geräusche

prasselten aus dem Lautsprecher.

»Er wurde erschossen«, stöhnte Eylers. »Vor meinen Augen erschossen... Im Flottenklinikum muß das völlige Chaos ausgebrochen sein!«

»Dann war der eingelieferte Verletzte entweder wirklich Dhark, und er soll nun endgültig ausgeschaltet werden, oder...«

»... oder es war jemand, der absichtlich für Dhark ausgegeben wurde, um sich leichteren Zugang in den Hochsicherheitsbereich zu verschaffen. Robonen... Wenn die tatsächlich dahinterstecken, was könnte sie dann wohl so ungeheuer ausgerechnet an dieser Klinik interessieren?«

»Die Mysterious.« Tonlos rann es über Strangers Lippen.

Eylers nickte betroffen. »Offenbar sind Sie nicht der einzige, der Wind von unserem Geheimnis bekommen hat. Wie sagten Sie so treffend, was das Wissen um die Existenz der Mysterious und ihren Zustand zum gegenwärtigen Zeitpunkt ist?«

»Dynamit.«

»Plastyt«, sagte Eylers trocken, »träfe den Zeitgeist wohl eher.«

*

Kurz zuvor:

Falon, der Salter, hörte, wie die Tür erneut geöffnet wurde.

»Bert?«

»Wer ist Bert? Nein, ich bin es, Manu Tschobe. Ich mache gerade meine Runde. Ich wollte noch einmal den morgigen Untersuchungsablauf mit jedem von euch durchsprechen. Bislang habe ich kein Zimmer betreten, in dem auch wirklich geschlafen wurde. Wie häufig sind eure Regenerierungsphasen?«

»Sie sind selten geworden.« Falon drehte den Kopf und blickte dem dunkelhäutigen Menschen vertrauensvoll entgegen. »Obwohl ich mich immer häufiger erschöpft fühle als früher. Aber erschöpft sein und Schlaf finden ist zweierlei. Außerdem hatten wir mehrere kurze Tiefschlafphasen während des Herflugs.«

Tschobe trat näher. »Wovon träumen Salter, wenn sie auf natürliche Weise einschlafen?«

»Ist diese Frage ernst gemeint?«

Der Arzt und Hyperfunkspezialist nickte, was der Translator mit Schweigen quittierte.

Aber simple Gesten wie diese hatte Falon rasch auseinanderzuhalten und auch korrekt zu interpretieren gelernt.

»Ich kann nur für mich sprechen«, sagte der alte Mann im Körper eines Kindes. »Ich träume vom Tod. Vom Eintritt in die Sphäre der Entitäten.«

Irgendwo draußen, auf dem Korridor oder in einem der angrenzenden Räume, ertönte in diesem Augenblick ein dumpfer Knall.

Eine Detonation, nicht heftig genug, um Boden oder Wände vibrieren zu lassen.

Dennoch... Manu Tschobe stand eine Sekunde wie erstarrt. Dann streifte er seine Lähmung ab und eilte zur Tür.

»Was war das?« fragte Falon.

Der Translator übertrug es blechern.

»Ich weiß es nicht.« Tschobe betätigte den Türöffnungsmechanismus. »Aber ich werde es gleich...«

Weiter kam er nicht.

Die Tür war offen. Aber etwas anderes verstellte ihm den Weg. Ein Mann. Ein bewaffneter Mann.

Der Schuß traf Manu Tschobe, obwohl er noch versuchte, zur Seite zu springen, und ließ ihn, wie vom Blitz gefällt, stürzen.

Falon wollte sich den Transfusionsschlauch, über den ihm eine spezielle Nährlösung zugeführt wurde, und die Neurosensoren vom Körper reißen... wollte aus dem Bett fliehen – aber er schaffte nichts mehr von alledem.

Schlagartig wurde er müde. Unglaublich müde. Zu spät gewahrte er das vom Gang her einströmende Gas.

Damit war sein Schicksal besiegelt.

3.

»Commander? Sind Sie das, Sir...?«

Ren Dhark schlenderte auf den Posten zu. Das Schwebetaxi hatte ihn vor der ersten Kontrollstelle abgesetzt und war bereits wieder in die Schatten der Nacht eingetaucht.

Dhark hob seine ID-Card und lächelte den Posten an. »Sie sehen mich an, als wäre ich ein Gespenst.«

»Aber...«

»Aber was?«

Eine weitere uniformierte Gestalt näherte sich aus dem Unterstand. Als er nahe genug war, um Dhark zu erkennen, fluchte er: »O Scheiße!« machte kehrte und rannte unter die Überdachung zurück.

»Habe ich eine ansteckende Krankheit?«

»Im Gegenteil, Sir. Sie sehen... sehen gesünder aus, als es eigentlich der Fall sein dürfte.«

Und dann erfuhr Dhark die Vorgeschichte. Noch während der Wachhabende redete, stürmte sein Kollege wieder heran. »Ich habe Alarm geschlagen! Das sieht nicht gut aus...«

»Wann war das mit der Ambulanz und mir als Schwerverletztem?«

»Es ist erst ein paar Minuten her, eine knappe Viertelstunde. Und vor fünf Minuten kam ein Typ von der GSO, der sich auch für Sie interessierte.«

»Mich?«

»Den Patienten, den wir durchließen...«

Dhark wollte sein Armbandvipho aktivieren, stellte aber fest, daß es bei den Auseinandersetzungen im ›Los Morenos‹ offenbar zu Bruch gegangen war. »Eine Verbindung zum GSO-HQ – sofort!« fuhr er die beiden Posten an. Zu dritt rannten sie zum Terminal des Unterstands.

Binnen weniger Sekunden war der Kontakt hergestellt.

»Eylers?«

»Dhark, Gott sei Dank!«

»Hier ist eine verdammte Schweinerei im Gange!«

»Ich weiß. Ich habe bereits jeden abkömmlichen Agenten der Stadt in Bewegung gesetzt. Wir vermuten, daß sich Robonen in die Klinik eingeschlichen haben...!«

Dhark wartete Eylers' heruntergehaspelte Begründung für diesen Verdacht noch ab, dann wandte er sich einem der Posten zu und entriß ihm das Lasergewehr.

»Sir!«

»Ich brauche ein Fahrzeug!«

»Sie wollen doch nicht selbst...? Der Alarm ist ausgelöst. Das Sicherheitspersonal wird...«

»Sie haben recht«, verwirrte Dhark den Wachmann endgültig – erst recht, als er ihm das Gewehr wieder in die Hand drückte.

»Ich brauche eine freie Phase zur POINT OF!«

Die verblüfften Zwischenrufe ignorierte er.

Er glaubte zu wissen, was die Stunde geschlagen hatte.

Und hoffte, sich zu irren, was die Frage nach dem Wem betraf...

*

Pjetr Wonzeff war einer der wenigen Flashpiloten, die sich nicht für einen »Landgang« entschieden hatten. Seine Familie lebte nicht mehr, sie war während der Besatzungszeit der Giants ausnahmslos umgekommen, und seine Freunde gehörten ebenso ausnahmslos der Besatzung der POINT OF an. Um daran etwas zu ändern, hätte er den Ringraumer verlassen müssen. Aber dazu hatte er einfach keine Lust. Lieber trieb er sich an Bord herum und fiel der Crew auf die Nerven, die gerade Schicht hatte und den Umstand verfluchte, nicht von Bord gehen zu dürfen. Der freiwillig dagebliebene Ukrainer mußte sich einiges anhören, von »nicht mehr alle Tassen im Schrank« bis »pervers« hagelte es die feinfühligsten Kommentare.

Wonzeff, selbst ein Lästermaul, hatte damit keine Probleme. Er zahlte es einfach mit gleicher Münze zurück.

Gerade hatte er überlegt, ob er Miles Congollon im Maschinenraum beehren sollte. Der Ingenieur war neben ihm die zweite Ausnahme, die aus freien Stücken hier ausharrte, anstatt Terra unsicher zu machen – da hörte der Ukrainer im A-Gravschacht zwischen zweitem und drittem Deck eine hochnervöse Stimme aus der Bordsprechanlage: »Hier Kontrollstand! Alle Flashpiloten sofort zu Deck fünf! Dies ist keine Übung – ich betone: Dies ist keine Übung! Sofortstart der Flash! Einsatzbefehl kommt vom Commander selbst! Einsatzziel: Flottenklinikum Cent Field!«

Während der Mann im Kontrollstand seinen Aufruf zu wiederholen begann, ging ein regelrechter Ruck durch Pjetr Wonzeff. *Endlich,* dachte er, *endlich hat diese dröge Langeweile ein Ende!*

Er glitt am dritten und vierten Deck vorbei und sprang dann wie von der Tarantel gestochen auf Ebene fünf heraus. Im Spurt erreichte er die Flashzentrale, der die »Blitze« unterstanden – allerdings konnte die Zentrale die Kommandoführung der Kleinraumer jederzeit an sich reißen.

»Bin ich der erste?« fragte Wonzeff atemlos, als er die Koordinationsstelle erreichte.

»Sie haben doch gar keinen Dienst…«

»Ist das von Bedeutung?«

»In diesem Fall nicht. Jede Sekunde zählt. Ab in die Null-Null-Zwei! Der Commander erwartet Sie mit seinem Flash am Haupteingang zum Klinikum, wo er zusteigen wird!«

»Mich?«, echote Wonzeff. »Und die anderen?«

»Wer nach Ihnen kommt, bleibt hier! Der erste wird auch der einzige sein – der Commander hat betont, daß er nur einen Flash will. Aber das konnte ich schlecht über Bordsprech hinausposaunen. Der erste mahlt zuerst. Worauf warten Sie noch?!«

Wonzeff gab keine Antwort mehr.

Eigentlich befand er sich schon an Bord von Dharks bevorzugter 002 und startete im Vollschutz des Intervallums durch.

*

Der Flash hielt mit deaktiviertem künstlichem Weltraum drei Schritte von Ren Dhark entfernt. Pjetr Wonzeff verzichtete darauf, die Stützbeine auszufahren. Das A-Gravpolster genügte für den beabsichtigten kurzen Zwischenstop. In der fugenlosen, blauvioletten Oberfläche des zylinderförmigen Kleinstraumers bildete sich die Zustiegsöffnung.

Auch Dhark verlor keine Zeit, kletterte hinein.

»Sie wurden mir schon angekündigt, Pjetr! Ich übernehme!«

Wonzeff murrte anstandshalber. In Wahrheit machte es ihm nichts aus, auch einmal die zweite Geige zu spielen.

Die Gedankensteuerung akzeptierte Dhark ohne Zeitverzögerung.

Die Luke schloß sich, und das drei Meter lange, fast fünf Tonnen schwere Beiboot der POINT OF verwandelte sich in ein Geschoß. Beharrungskräfte glichen die Andruckabsorber aus.

»Darf man fragen, was passiert ist, Sir?«

»Robonen. Sie haben die Torwache und das Personal der Notaufnahme ausgetrickst und dann die Station besetzt, in der die Salter untergebracht sind. Von Tschobe fehlt jedes Lebenszeichen. Die Zugänge sind von innen verschweißt. Eine bislang nicht identifizierte Person hat die Sprengung der kompletten Klinik für den Fall angedroht, daß versucht wird, die Blockade zu durchbrechen. Die Salter wurden zu Geiseln erklärt.«

Wonzeff wurde blaß um die Nasenspitze. »Robonen? Ich dachte...«

»Offenbar spielt Sawall falsch.«

»Aber wie sind die so schnell dahintergekommen, wer ins Klinikum verlegt wurde?«

»Ich weiß es nicht. Eine undichte Stelle beim Personal... Das zu ermitteln wird später noch Zeit sein.«

»Was haben Sie vor? Sollten wir nicht lieber verhandeln, zum Wohl der Geiseln?«

Flash 002 schwebte bereits über dem Hauptgebäude. Die zu überbrückende Entfernung war für den Impulsantrieb lächerlich klein. Die ellipsoid unter dem Rumpf verteilten Flächenprojektoren hatten nur schwachen Schub und Gegenschub leisten müssen. Momentan glommen sie in düsteren Farben in Bereitschaft.

»Ich werde kein Risiko eingehen – ich hoffe allerdings, die Salter verkraften in ihrer geschwächten Verfassung ihre eigene Erfindung, wenn sie nur auf Paralyse dosiert ist...«

»Strichpunkt?«

»Strichpunkt! Ich habe soeben den Klinikgrundriß vom dortigen Terminal überspielt bekommen. Die darüber- und darunterliegenden Bereiche sind bereits evakuiert worden. Ich beginne jetzt mit der Befächerung...«

Aus der Hülle des Flash löste sich eine bläulich schimmernde, breite Bahn, die bei Tag kaum sichtbar gewesen wäre, jetzt aber die Nacht förmlich aufspaltete. Die freiwerdende Energie griff die Substanz des Gebäudes nicht an. Tote Materie blieb davon völlig unbeeinflußt. Innerhalb der Konstruktion aus Stahl, Plastikbeton und Glas entfaltete sie jedoch ihre Wirkung.

Nach einer Minute stellte Dhark den Beschuß wieder ein.

In ihr künstliches Miniatur-Universum gehüllt, glitt nun auch die 002 durch das Dach des Klinikums, als wäre es nicht vorhanden.

Und für Ren Dhark, der den Kopf weit in den Nacken biegen mußte, um im Übertragungshologramm die Außenwelt betrachten zu können, begann der schwerste Einsatz seines Lebens.

Weil es um einen Einsatz ging, der höher als jeder bisherige war.

Zumindest seinem tiefsten Empfinden nach.

Die letzten Salter!

Skrupellose Robonen hatten die letzten noch lebenden Mysterious in ihre Gewalt gebracht…

… warum?

Was wollte Allon Sawall der Terra-Regierung abpressen?

»Ich hoffe, daß die Lähmstrahlen nicht nur die Salter außer Gefecht gesetzt haben«, unkte Wonzeff hinter dem Commander. Sie saßen Rücken an Rücken. Über ihnen flirrte das Holo an einer Stelle, die es Menschen nur in unbequemster Haltung erlaubte, Nutzen daraus zu ziehen.

Olan, dessen Anatomie nicht anders beschaffen war als die eines Menschen, hatte es damit erklärt, daß die Flash fast ausschließlich von Robotern mit einem sogenannten dritten Auge gesteuert worden seien.

Befriedigend fand Dhark diese Erklärung nicht – wie so vieles andere mehr.

In diesem Moment akzeptierte er sie jedoch.

Es war so verdammt nebensächlich.

Der außerhalb des Intervallums projizierte Brennkreis des Flashantriebs hinterließ glühende Furchen, wo immer er Decke, Boden oder Mobiliar berührte. Automatische Sprinkleranlagen wurden tätig. Löschwasser ergoß sich über die Brände. Regen, der durch die 002 hindurchfiel, weil sie dank ihres Intervallums kein direkter Bestandteil der normalen dreidimensionalen Welt mehr war.

Dann war das angestrebte Stockwerk erreicht. Genau im Hauptgang der Sektion, in der die Salter untergebracht waren, »materialisierte« der Flash. Das Intervallum erlosch ebenso wie der Brennkreis, der aber auch hier noch für eine Beregnung sorgte. Sechs gespreizte, spinnenbeinartige Teleskopausleger stützten den Zylinder.

»Sollten wir das Intervallum nicht besser noch aufrechterhalten, solange…?«

Wonzeff kam nicht dazu, seine Frage zu Ende zu stellen.

Die Luke öffnete sich. Dhark sprang nach draußen. Er hatte sich im Flash mit einem Handblaster versorgt.

»Nehmen Sie Verbindung mit draußen auf!« rief er dem Piloten zu. »Man soll das verschweißte Zugangsschott gewaltsam aufbrechen. In der Zwischenzeit kümmern wir uns bereits um die Salter!«

Von den Robonen redete er nicht.

Wonzeff, der der Situation weiterhin mißtraute, weil er – drastisch formuliert – schon Pferde hatte kotzen sehen, hielt es nicht für undenkbar, daß es Robonen, die bis hierher gelangt waren, auch irgendwie gelingen könnte, die Wirkung einer Strichpunktbestrahlung zu verdauen.

Was ihn aber nicht davon abhielt, Ren Dharks Befehl zu befolgen. Über Funk verständigte er den Sicherheitsdienst der Klinik von der veränderten Lage. Danach verließ auch er das Flash-Cockpit, wie Dhark mit einem Blaster terranischer Bauart ausgerüstet, bei dem die Einflüsse amphischer und giantischer Waffentechnik unübersehbar waren. Einziger Unterschied: Die von Menschen hergestellten und ihren Bedürfnissen angepaßten Blaster waren weit weniger klobig als ihre Vorbilder. Sie gingen eher in Richtung Mysterious-Technik. Filigran, aber nichtsdestotrotz bei Bedarf absolut tödlich.

Dhark stand schon ein gutes Stück entfernt und kniete neben einer reglos auf dem Gang liegenden Gestalt. »Personal!« rief er Wonzeff zu. »Kein Robone.«

»Kennt man die genaue Zahl der Eindringlinge?«

»Vier«, antwortete Dhark. »›Notarzt‹, ›Patient‹ und zwei ›Sanitäter‹.«

»Wir müssen also jedes Zimmer einzeln durchkämmen…« Wonzeff wischte sich über das nasse Gesicht. »Hoffentlich stellt jemand endlich die Sprinkleranlage ab!«

»In den Zimmern dürfte es trocken sein«, spottete Dhark, obwohl ihm anzusehen war, daß er seinen Humor vorläufig verloren hatte.

Sie teilten sich auf, kamen aber nur bis zur jeweils nächstgelegenen Tür.

Dann fauchte ein Schuß.

Innerhalb der Sektion.

Draußen war man noch mit den Vorbereitungen zum gefahrlosen Aufschweißen beschäftigt.

Der fokussierte Strahl verfehlte Wonzeff nur, weil dieser eine Sekunde zuvor über ein Tablett stolperte, das der paralysierte Pfleger bei seinem Sturz verloren hatte, und ins Straucheln geriet.

Der Schuß, der sich sonst tief in seinen Rücken gebohrt hätte, fräste nur eine äußerst schmerzhafte Schramme über Wonzeffs Oberarm. Die Hand, die sich bereits nach dem Türknauf ausgestreckt hatte, spreizte sich. Wonzeff stöhnte, warf sich aber im selben Atemzug herum und erwiderte das Feuer.

Gleichzeitig wurde Dhark aus entgegengesetzter Richtung unter Beschuß genommen.

»Seit wann sind Robonen dermaßen zäh?« keuchte er, warf sich flach auf den Boden, nahm den Blaster in Beidhandanschlag, zielte kurz durch den Regenvorhang hindurch und drückte ab.

Die Waffe war auf stärkste Schockwirkung gestellt.

Sie hätte einen Elefanten umgeworfen.

Den Robonen, der halb aus einer Tür hervorlugte, schaffte sie nicht. Er wankte zwar, aber dann schüttelte er sich wie ein nasser Hund und nahm Dhark erneut ins Visier.

Im letzten Moment konnte der sich zur Seite wälzen. Dort, wo er eben noch gelegen hatte, spritzte verflüssigter Bodenbelag nach allen Seiten. Einer der Spritzer traf Dhark am rechten Bein und durchdrang die Kleidung. Er biß die Zähne zusammen, daß es knirschte. Der Geruch verbrannten Fleisches – seines Fleisches – drang ihm in die Nase. Der Daumen bewegte den Sensorregler des Blasters. Der nächste Schuß, der aus seiner Waffe fauchte, war ebenso sonnenheiß wie der des Robonen.

Treffer!

Der Mann taumelte aus seiner behelfsmäßigen Deckung hervor und brach röchelnd zusammen. Dagegen war er also nicht gefeit. Täuschte sich Dhark, oder hatte der Tote Schaum vor dem Mund – blutroten Schaum?

»Verdammt!«

Dhark hörte Wonzeffs Fluch. Dann sah er, daß der zweite Robone in den Korridor gestürzt war. Er zuckte konvulsivisch. Drei, vier Sekunden lang. Dann lag er still.

»Das war ich nicht«, krächzte Wonzeff. »Verdammt, er fiel, ohne daß ich überhaupt die Chance hatte, ihn richtig ins Visier zu nehmen! Vielleicht verstellt er sich nur...«

»Das läßt sich leicht herausfinden.« Dhark dosierte die Energieleistung seines Blasters etwas zurück, dann zielte er auf die Beine des Gefallenen.

Der heiße Strahl fand sein Ziel, rief aber nicht einmal einen Reflex hervor.

»Tot. Der Bursche verstellt sich nicht, er ist mausetot.«

»Aber...«

»Zwei sind immer noch übrig.«

»Was ist mit Ihrem Bein, Commander?« Wonzeff eilte geduckt herbei und half Dhark, aufzustehen.

»Es stinkt. Ihr Arm sieht aber auch nicht viel besser aus.«

Hinter ihnen fiel krachend das rundum aufgelaserte Schott zu Boden. Uniformträger stürmten herein, die Waffen im Anschlag. Sie begannen sofort, sich zu verteilen. Niemand reagierte übernervös. Keinem saß der Druckfinger am Auslöser zu locker.

»Übernehmen Sie das, Pjetr. Durchkämmen Sie jeden Raum. Irgendwo muß auch Manu Tschobe stecken. Egal, welche Situation Sie vorfinden: Das Leben der Salter hat absolute Priorität!«

»Und Sie?«

»Ich...« Dhark humpelte bereits den Gang hinauf. »Ich sehe nach Olan.«

Er wußte, wo der älteste der Salter untergebracht war. Dhark hatte den Transport ins Klinikum begleitet. Bevor er Olan am Nachmittag verlassen hatte, hatte er ihm noch einmal Mut zugesprochen, Zuversicht ausgestrahlt, was die Heilungschancen betraf.

Dhark war sicher, daß Olan die aufmunternden Worte geglaubt

hatte.

Und jetzt?

Mußte sich Olan nicht verraten und verkauft vorkommen? Er hatte den Terranern vertraut. Was wußte Olan schon von den Robonen?

Dhark erreichte die Tür. Sie war geschlossen.

Es kostete ihn ziemliche Überwindung, den Öffnungsmechanismus zu betätigen. Die Waffe schußbereit in der Faust, tat er es schließlich.

Das Geräusch der zurückweichenden Barriere veranlaßte den Mann, der neben Olans Bett stand, sich gespenstisch langsam und bedächtig umzudrehen. Einen Mann mit völlig zerstörtem Gesicht...

*

Ren Dhark brauchte drei Sekunden, um zu begreifen, daß er den Robonen vor sich hatte, den die Besatzung des Ambulanzschwebers für ihn ausgegeben hatte. Die angeblichen Verletzungen waren die Arbeit eines begabten Maskenbildners. Fassade.

Teuflische Schminke!

»Sie kommen zu spät«, sagte der Mann. Er war unbewaffnet. Dhark entdeckte nirgends an ihm eine Waffe, aber als er kurz den Blick schweifen ließ, fand er einen Blaster am Fußende des Betts auf der Decke liegen. Er schien den Unbekannten jedoch nicht zu interessieren. In seiner schlaff herabhängenden rechten Hand hielt er eine Injektionsspritze. Sie war leer.

Olans Gesicht wurde durch den Mann verdeckt. Aber unter der Bettdecke rührte sich nichts.

Nicht mehr?

Es wäre illusorisch gewesen zu glauben, der Salter könnte angesichts der Geschehnisse nur schlafen.

»Warum haben Sie das getan?« fragte Dhark. Er stand immer noch im Rahmen der offenen Tür. Die Mündung seiner Waffe zielte auf den Attentäter, der wie ein Mensch aussah.

Waren es wirklich Robonen, die die Klinik überfallen hatten?

»Warum?« echote der Namenlose. Erst jetzt fiel Dhark auf, daß sein Gegenüber mit lahmender Zunge sprach. Als hätte die Bestreichung mit Strichpunktstrahlen doch etwas Wirkung gezeigt, aber eben nicht genügend.

»Ich habe keine Zeit für Plaudereien!« fauchte Dhark ihn an. »Gehen Sie von dem Bett weg! Sofort! Treten Sie mit hinter dem Kopf verschränkten Armen auf den Gang hinaus!«

Von draußen näherten sich Schritte. Dhark kannte den Klang. Es war Wonzeff, der kurz darauf hinter ihn trat, während der Mann am Bett immer noch nicht reagiert hatte, regelrecht stumpfsinnig vor sich hinstarrte.

»Ich habe den dritten gefunden… Sie offenbar den vierten. Damit hätten wir den Verein komplett.«

»Wo ist der dritte?«

»Um den brauchen wir uns keine Sorgen mehr zu machen. Er liegt tot in einem der Krankenzimmer, bläulichen Schaum vorm Mund, wie schon der Kandidat draußen auf dem Gang. Ich weiß nicht, wie, aber er hat sich offenkundig selbst umgebracht. Wahrscheinlich bereits unmittelbar nach unserem Auftauchen mit dem Flash…«

»Und die Salter?«

»In dem Zimmer, in dem ich war, leben sie noch. Es ist doppelbelegt. Auf die Schnelle konnte ich nur ihren Puls fühlen, sie waren nicht bei Bewußtsein. Das Kommando, das das Schott aufgebrochen hat, verteilt sich gerade über die Station. Sie sehen nach allen anderen und fahnden auch nach Tschobes Verbleib…«

Leben noch, wisperte es in Dharks Kopf. Dann kam vielleicht doch noch nicht alle Hilfe zu spät. Auch für Olan nicht.

»Ich werde Sie jetzt erschießen, wenn Sie nicht von dem Bett weggehen!« eröffnete er dem Attentäter. »Ich zähle bis drei. Eins, zwei…«

»Das wird Sie auch nicht mehr retten!« Schwerfällig, aber von plötzlich auflodderndem Haß getragen, wälzte sich die Zunge im Mund des Mannes. »Ihr Menschen seid das Ungeziefer der Galaxis – ihr nennt uns Robonen, als wären wir Maschinen, dabei sind wir gewiß die besseren Menschen! Ihr gebt euch als Wohltäter aus, aber eure Taten dienen nur dazu, Andersartige zu unterdrücken und euren Machtbereich auszudehnen! – Was immer ihr diesen hier…«, er nickte hinter sich, »… antun wolltet, es bleibt ihnen erspart. Wir haben sie erlöst. Ihr könnt sie nicht mehr mit eurer Scheinheiligkeit blenden…«

Dhark nutzte die kurze Pause, die eintrat, um zu fragen: »Was war in der Spritze? Was haben Sie Olan angetan?«

Der Attentäter zuckte zusammen, als wäre er mit offenen Augen und stehend kurz eingenickt gewesen, nun aber wieder halbwegs wach. »Olan? Hieß der Alte so?« Ein bitteres Lachen quälte sich aus seinem Mund. »Ich rede nicht nur von ihm. Wir haben alle erlöst.«

»Was haben Sie getan? Wissen Sie überhaupt, wer das ist?«

»Ihnen liegt etwas an ihnen, das genügt. Sie sehen aus wie wir Robonen – oder ihr verdammten Terraner – aber sie sprechen keine mir bekannte Sprache. Sie benutzen Translatoren, um sich überhaupt verständlich machen zu können…«

»Haben Sie mit Olan geredet?«

»Wozu?«

»Sie töten, ohne nachzudenken?!«

»Es ist nur ein Nadelstich. Sawall läßt Ihnen ausrichten, daß das erst der Beginn ist.«

Sawall, also doch.

Hinter Dhark preßte Pjetr Wonzeff wutschnaubend hervor: »Wir haben ein Abkommen mit den Robonen. Es herrscht…«

»Von heute an«, unterbrach ihn der Mann, an dessen Herkunft es nun keinen Zweifel mehr gab, »herrscht wieder Krieg – nicht diese spezielle Art von Frieden, die nur euch etwas nützt!«

»Ich höre mir das nicht länger an. Weg von dem Bett! Weg von Olan, oder…!«

»Ihr werdet uns nie wieder aufs Kreuz legen! Ihr seid die Verdammten – nicht wir! Mein Volk hat sich auf einen Planeten zurückgezogen, den ihr nie finden werdet! Von dort aus wird die nächste Welle gegen Terra schon vorbe…«

Dhark schoß. Er schoß nur ins linke Bein des Robonen, aber da dieser demonstriert hatte, wie unanfällig er gegen Paralysestrahlen war, wählte er Laser und zerfetzte ihm mit dem Treffer die Schlagader. Blut spritzte. Der Robone schrie erstickt auf und sackte zusammen. Am Boden liegend, begann er zu zucken wie sein Vorgänger draußen auf dem Gang.

Wonzeff schob sich an Dhark vorbei und eilte zu dem sich Windenden, der in seinen Armen starb.

»Dasselbe wie bei den beiden anderen«, keuchte Wonzeff. »Gift. Es war nicht der Schuß, irgendein Gift hat ihn umgebracht!«

Dhark hörte kaum hin. Er war bereits bei Olan, suchte dessen Puls an der Halsschlagader…

… und fand ihn.

Der Rhythmus jedoch war alarmierend.

»Sein Herz stolpert! Es müssen sofort…«

Plötzlich tauchte Manu Tschobe in der Tür auf, gestützt von einem Sicherheitsbeamten.

»Ich konnte nichts tun«, krächzte er. »Alles ging so schnell. Ich…«

»Manu – Olan braucht Hilfe! Diese Fanatiker haben ihm – und wahrscheinlich auch allen anderen – irgend etwas injiziert…« Dhark wies auf die Spritze, die neben dem toten Robonen am Boden lag. »Wenn es irgend möglich ist…«

»Ich werde es möglich machen. Der Lähmstrahl hat hauptsächlich meine untere Körperpartie lahmgelegt. Mit etwas Hilfe und einem starken Stimulans werde ich…« Er sprach nicht weiter, bedeutete Wonzeff, was er von ihm wollte. Der hob die Spritze auf und brachte sie dem Arzt.

»Ich gehe Ihnen zur Hand«, bot Wonzeff an.

»Dann können Sie gleich damit anfangen.« Tschobe instruierte

den Piloten, wie er ein kreislaufstabilisierendes Präparat vorzubereiten hatte. Die Injektion selbst übernahm der Arzt. Olan rührte sich nicht. Nur seine Lider schienen einmal kurz zu zucken.

»Mehr kann ich erst für ihn tun, wenn der Spritzeninhalt analysiert ist.«

»Wie lange wird das dauern?« fragte Dhark, der versuchte, nicht im Weg zu stehen. Der Sicherheitsbeamte hatte den toten Robonen aus dem Raum geschleift. Nun stützte Wonzeff den dunkelhäutigen Arzt, der sich aus eigener Kraft kaum auf den Beinen halten konnte.

»Je nachdem, was es ist... wenn wir Glück haben und das Analysegerät kennt den Stoff, nur ein paar Minuten.«

»Beeilen Sie sich. Ich bleibe hier und warte.«

»Wie Sie wollen.«

Tschobe und Wonzeff verließen den Raum.

Ren Dhark blieb allein bei Olan. Die eigenen Schmerzen, die von der Beinverletzung ausstrahlten, ignorierte er. Die Hand des Greises fühlte sich unerwartet heiß an.

Fieber?

Bei genauerem Hinsehen entdeckte Dhark Schweiß, der auf Olans Oberlippe perlte und ihm vorher nicht aufgefallen war.

Plötzlich fing der Salter heftigst an zu zittern. Unwillkürlich umfaßte Dhark die Hand fester. »Ruhig, ganz ruhig...« Er wollte nach Tschobe rufen. In diesem Moment schlug Olan die Augen auf.

Von einer Sekunde zur anderen standen sie offen und sahen aus wie Fenster.

Tore in die Unendlichkeit.

Noch während Ren Dhark nach Worten suchte, sagte Olan mit erstaunlich klarer Stimme: »Du warst mit der Antwort nie zufrieden, nicht wahr?«

Verständnislos blickte Dhark ihn an, wurde sich bewußt, daß er noch immer Olans Hand hielt, wollte die seine zurückziehen, fast etwas beschämt, aber das gestattete der Salter nicht. Er hielt sie fest.

»Nun kommt das Ende doch schneller als erwartet. Nun werde ich die Grakos doch nicht bis zum Ende des Universums jagen können... das wird nun eure Aufgabe bleiben. Deine...«

»Wovon...«

Olan schüttelte den Kopf. Sein faltiger Hals hatte noch nie so zerbrechlich gewirkt. Rote Flecken zeichneten sich darauf ab. Sie waren eben noch nicht da gewesen. Ganz sicher nicht!

»Ein Salter fühlt, wenn es zu Ende geht... du erinnerst dich an die Kapseln beim See? Eine davon gab ich dir. Ich wünschte, du hättest sie bei dir. Ich wünschte, wir hätten sie alle mitgenommen, nicht nur die eine, die ich dir schenkte. Dann könnten wir auf traditionelle Weise Abschied nehmen...«

Ren Dhark wirkte auf einmal wie der einsamste Mensch der Welt. Seine Stimme zitterte, als er den Alten fast beschwörend anflehte: »Du wirst nicht sterben!«

»Doch, das werde ich. Wie wir alle. Deshalb...«, unversehens wurde die Stimme schwächer, war nur noch ein Flüstern. Olan zog Dhark zu sich herunter. Der verstand. Brachte sein Ohr dicht an den Mund des Salters, um ihm zu lautes, zu kräftezehrendes Reden zu ersparen.

»Deshalb sollst du die Wahrheit erfahren. Zumindest ihren Kern, denn dir alles zu erklären, bleibt mir keine... keine Zeit mehr...«

Süßlich verdorbener Atem stieg Dhark aus Olans Mund entgegen. Er spürte, wie sich in seiner Brust ein harter Knoten formte und in seinem Hals ein Kloß.

»Du darfst dich nicht überanstrengen. Manu Tschobe wird gleich zurück sein, und dann...«

Und dann?

Es waren Versprechungen, an die Dhark selbst nicht mehr glaubte. Nicht mehr, seitdem Olan gesagt hatte: »Ein Salter fühlt, wenn es zu Ende geht.«

Noch tiefer, noch näher zog Olan das Ohr des Terraners an seinen Mund. Und flüsterte, hauchte, atmete ihm die Worte hinein, die ihn erst erschauern, dann erstarren, dann seltsam befreit aufstöhnen ließen.

Und Olans Lippen schlossen sich für immer.

*

Bert Stranger erreichte zum zweiten Mal an diesem Tag das Klinikum der Terranischen Flotte. Diesmal benötigte er Olaf Brøndbys Unterstützung nicht. Ein anderer öffnete ihm Tür und Tor noch unproblematischer: Bernd Eylers saß neben dem Reporter von Terra-Press im Schweber – ein Begleiter, der Stranger sämtliche Türen öffnete.

Um diese Unterstützung zu erhalten, hatte Stranger sich nicht gescheut, den GSO-Chef mit der Drohung unter Druck zu setzen, doch noch mit seinem Insider-Wissen über die Mysterious an die Öffentlichkeit zu gehen.

Damit er darauf verzichtete, hatte er sich von Eylers die Gegenleistung ausbedungen, mit in den Hexenkessel am Rand von Cent Field genommen zu werden. Wenn schon keine gescheite Story für ihn abfalle, hatte er argumentiert, wolle er doch wenigstens »für den Hausgebrauch« auf dem laufenden bleiben.

Was auch immer er darunter verstand.

»Eines Tages wird jemand kommen und Ihnen Ihr vorlautes Mundwerk stopfen«, hatte Eylers resignierend eingewilligt.

»Ich werde es Sie wissen lassen«, war Strangers Antwort gewesen. »Ich glaube, diese Genugtuung am Ende Ihrer Tage bin ich Ihnen schuldig.«

»Am Ende meiner Tage?«

»Wenn Sie dereinst alt und grau sind. Vorher wird so etwas ohnehin nicht passieren.«

Das Klinikum war nicht mehr wiederzuerkennen. Binnen weniger Stunden hatte sich das Bild total geändert. Nicht mehr Ruhe und Sicherheit strahlte der Komplex aus, sondern das genaue Gegenteil.

»Wie ist ihr aktueller Kenntnisstand?« wollte Stranger wissen, nachdem Eylers wieder einmal eine Viphonachricht erhalten, den Ton aber so leise reguliert hatte, daß nur er sie hatte verstehen können.

»Wollen sie das wirklich wissen?«

»Das ist die dämlichste Frage, die einem Mann wie mir je gestellt wurde.«

»Wir haben sie verloren«, sagte Eylers.

»Verloren?«

»Die Mysterious sind gerade endgültig zur Legende geworden.«

*

Als Manu Tschobe, auf Pjetr Wonzeff gestützt, den Raum betrat, erlebten die beiden Ren Dhark wie ausgewechselt. Er hielt immer noch Olans Hand, und es war ihm nicht anzusehen, daß er gerade durch die Hölle gegangen war. Weil ihn erneut eine Vision oder Halluzination heimgesucht hatte, eine, die alle vorangegangenen Anwandlungen weit in den Schatten stellte.

Warum hast du ihn nicht beschützt? hatte der Shir in sein Gehirn hinein geschrien – der friedfertige, fürsorgliche Shir. *Hattest du nicht versprochen, auf sie achtzugeben? Auf die letzten ihrer Art…?*

Ihrer Art.

Nur mit Mühe hatte sich Dhark gegen die mentale Attacke behaupten können. Er hatte gemeint, seinen Schädel in tausend Splitter zerbersten zu fühlen…

… aber danach war sein Kopf so klar wie lange nicht mehr gewesen.

Als hätte der Sturm, der ihn durchbrauste, alle Trübungen hinfortgefegt.

»Ich bringe keine guten Nachrichten«, sagte Manu Tschobe.

»Das habe ich auch nicht erwartet.« Ren Dhark nickte grimmig.

»Die Spritze enthielt tödliche Keime«, fuhr Tschobe fort. »Für

Menschen ebenso tödlich wie für Salter oder jede andere bekannte humanoide Spezies!«

»Sie wußten ja auch nicht, mit wem sie es zu tun hatten«, sagte Dhark ganz in Gedanken. »Sie wußten offenbar nur, daß uns diese Geschöpfe wichtig sind... waren... den hundertfachen Mord nannte der Robone verniedlichend Nadelstiche...« Dhark hob den Kopf. »Olan ist vor wenigen Minuten gestorben. Besteht für uns Gefahr durch diese... Keime?«

Als Manu Tschobe von Olans Ableben hörte, nickte er, als hätte er nichts anderes erwartet – Dharks nachgeschobene Frage jedoch verneinte er. »Die Keime sind nur gefährlich, wenn Sie in die Blutbahn geraten. Das flüssige Medium, in dem sie gebunden waren, verhindert eine unkontrollierte Ausbreitung an der Luft. Sobald die Flüssigkeit verdunstet, sterben die Keime ab. Aber um ganz sicher zu gehen, werden wir die komplette Station und alle Personen, die sich hier aufhielten, dekontaminieren.« Tschobe trat näher und betrachtete Olan, dessen Züge entspannt wirkten, als hätte er nicht sehr gelitten. »Erlangte er noch einmal das Bewußtsein, bevor...?«

»Ja.«

»Konnte er sprechen? Wußte er, wie es um ihn stand?«

Dhark nickte, umging eine Antwort aber mit der Gegenfrage: »Was ist mit den anderen Saltern?«

»Noch während ich mit der Analyse beschäftigt war, erreichten mich die ersten Todesmeldungen.«

Dhark schloß die Augen. Olans letzte Worte klangen in ihm nach.

Er hatte selbst noch keine Zeit gefunden, sie zu verarbeiten. Deshalb konnte und wollte er sie auch noch keinem anderen mitteilen.

Auf dem Gang wurde es nach einer kurzen Phase trügerischer Ruhe wieder lauter. Wenig später betrat Bernd Eylers in Begleitung eines kugelrunden, kleinwüchsigen Mannes mit Unschuldsgesicht Olans Sterbezimmer.

»Ist es wahr?« fragte der Chef der GSO aufgewühlt, als er Dhark erblickte.

»Was meinen Sie?«

»Sind alle...? Ich meine, hat es alle... erwischt?«

»So sieht es aus.«

Der nach außen hin immer etwas unsicher wirkende Eylers strich linkisch über seine Prothese. Ohne Dhark anzusehen, sagte er: »Ich übernehme selbstverständlich die Mitverantwortung für diese Katastrophe...«

»Reden Sie keinen Unsinn, Bernd! Das ist Flottenzuständigkeit. Aber für das was hier passiert ist, suche ich keinen Sündenbock. Das System hat versagt. Das Sicherheitssystem. Soll ich Bulton den Kopf abreißen? Immerhin ist er Dan Rikers Stellvertreter und der hat so kurz nach seiner Rückkehr sein Amt noch nicht wieder angetreten... das wäre unsinnig.« Dhark wies hinüber zu Bert Stranger, der ihm kein Unbekannter war. »Erklären Sie mir nur, was die Presse hier macht!«

»Stranger ist nicht die Presse. Glücklicherweise nicht. Er...« Eylers zögerte. »Er weiß, daß der Anschlag den letzten Mysterious galt. Er wird es für sich behalten – solange es nötig ist.«

Ren Dhark fragte nicht, woher der Reporter das wußte. Er hatte Bert Stranger als heillos penetranten Schnüffler kennengelernt – aber einen von der raren Sorte mit Gewissen.

»Wenn Eylers Ihnen das abnimmt«, sagte Dhark, »sehe ich keinen Grund, es nicht zu tun.«

»Wie überaus freundlich«, spottete Stranger, biß sich aber sofort auf die Zunge. Er begriff, daß dies nicht der Ort und nicht der Moment war, sarkastisch zu werden.

»Nicht wahr?« ging Dhark darauf ein. »Und weil Sie so verständnisvoll sind, sollen Sie auch nicht mit leeren Händen von hier fortgehen. Schreiben Sie Ihren Bericht über den Anschlag der Robonen. Eylers wird Sie mit allen Details versorgen. Verwenden Sie nur nirgendwo die Begriffe Salter oder Mysterious! Begnügen Sie sich mit ›die Fremden‹, die die POINT OF auf irgendeinem Randplaneten aufgelesen und von ihrer letzten Expedition mitgebracht hat.« Er stand auf und straffte sich. »Ist das ein Angebot? Wenn ja, noch eine letzte Bedingung: Ich will Ihren fertigen Text erst gegenlesen, bevor er in Druck geht! Einverstanden?«

Bert Stranger zögerte keinen Moment. »Einverstanden«, kam es aus dem so kindlich wirkenden Mund von Terras gewieftestem Reporter. »Ich denke, damit muß und kann ich leben.«

*

Dan und Anja Riker hatten keine Gelegenheit, sich den erhofften »zweiten Flitterwochen« hinzugeben. Unmittelbar nachdem das Attentat der Robonen bekannt geworden war, erreichte Dan Riker die Nachricht seines Stellvertreters Bulton. Riker versprach, sich schnellstmöglich vor Ort zu begeben. Seine Frau ließ es sich nicht ausreden, ihn zu begleiten.

Als sie die TF-Klinik erreichten, war der böse Zauber jedoch bereits beendet. Traurige Bilanz: hundertacht tote Salter, vier tote Robonen.

Bevor Riker herausfinden konnte, ob sich Ren Dhark noch im Klinikum aufhielt, erreichte ihn dessen Anruf aus der POINT OF.

»Wo bist du? Kannst du sofort kommen – und Anja mitbringen?«

»Anja?«

»Ich habe dem Checkmaster ein paar hochbrisante Fragen zu stellen, und ich wüßte niemand, der ihn besser damit füttern könnte als sie.«

Hochbrisante Fragen?

Dan und Anja tauschten Blicke. Die M-Mathematikerin hatte mitgehört.

»Ren, ich wollte dir sagen, wie leid es mir tut, was passiert ist. Wir wissen, was die Entdeckung der Mysterious gerade für dich bedeutet hat und was du dir vom Überleben der letzten Salter versprochen hast…«

Dhark unterbrach die Verbindung fast brüsk. Seine letzten Worte waren: »Wir sehen uns. Beeilt euch bitte. Es ist verdammt wichtig. Ihr ahnt nicht, wie sehr…«

*

Manu Tschobe fand aus dem Staunen nicht mehr heraus. Er hatte die toten Robonen obduziert und dabei eine krankhafte Veränderung ihres zentralen Nervensystems entdeckt, hervorgerufen durch ein unbekanntes, superstarkes Stimulans, das sich alle vier Attentäter offenbar unmittelbar vor ihrem Anschlag verabreicht hatten.

Das Rätsel ihrer Resistenz gegenüber Strichpunktbestrahlung oder Paraschockern hatte damit seine Lösung gefunden.

»Die Körper der Robonen hätten den Dauerstreß, den dieses Horroraufputschmittel auslöste, ohnehin nicht überlebt«, meldete der Afrikaner unmittelbar nach seiner Entdeckung an Ren Dhark in der POINT OF. »Ihre Nerven- und Muskelfasern wären von dem unheimlichen Medikament langsam zerfressen worden. Schwachsinn und Tod – in dieser Reihenfolge – wären unvermeidbar gewesen.«

»Dann war das Unternehmen von vornherein als Selbstmordkommando angelegt«, kommentierte Dhark die Entdeckung von seiner Kabine aus. »Diese unbelehrbaren Fanatiker! Wann hören Sie endlich auf, in uns ihre Todfeinde zu sehen? Ich hatte wirklich gehofft, Sawall hätte aus den Fehlern der Vergangenheit gelernt und seine Leute im Griff!«

Tschobe nickte, wechselte aber dann das Thema. »Habe ich die Erlaubnis, Salter-Körper zu obduzieren? Uns bietet sich hier eine einmalige Gelegenheit…«

Ren Dhark ließ ihn nicht ausreden. »Unter keinen Umständen!«

Tschobe hatte diese Abfuhr nicht erwartet. »Gibt es triftige Gründe für Ihre ablehnende Haltung?«

»Die gibt es in der Tat.«

»Und darf ich sie erfahren?«

»Der letzte Wille Olans. Er bat mich, nicht zuzulassen, daß die Körper nach dem Ableben geschändet werden.«

»Nannte er es so: geschändet?« fragte Tschobe.

Dhark nickte, aber seltsamerweise glaubte Tschobe ihm in diesem Fall kein Wort.

»Was soll also mit ihnen geschehen?«

»Wir werden ihnen die letzte Ehre erweisen, indem wir sie einäschern – wie sie es selbst zu tun pflegten.«

»Ihr letztes Wort?«

»Mein letztes Wort.«

Manu Tschobe fügte sich mit unverhohlenem Widerwillen.

*

Er versteht es nicht, dachte Ren Dhark, nachdem die Verbindung unterbrochen war. *Wie sollte er auch? Haben wir nicht immer versucht, soviel Wissen wie irgend möglich über andere Rassen zu gewinnen? Wäre es pietätlos, die Leiber der Toten zu öffnen, um das Wissen über die Salter zu erweitern?*

Er glaubte es selbst nicht. So wenig wie es tatsächlich Olans letzte Willensbekundung gewesen war, die sterblichen Reste unangetastet zu lassen.

Dazu hatte Olan gar nicht mehr genug Atem gehabt.

Nein, es war sein, Ren Dharks, ureigener Entschluß.

Ein Entschluß, der jeglicher Logik entbehrte und ihm selbst suspekt vorkam. Erst recht nach dem, was Olan ihm mit seinen letzten Atemzügen anvertraut hatte!

Nicht zum erstenmal kam er sich – gerade in seinem Verhalten bezüglich der Salter – fremdbestimmt vor.

Als Dan Riker und seine Frau eintrafen, ahnten sie nichts von Dharks innerer Zerrissenheit. Anja umarmte ihn, Dan klopfte ihm aufmunternd auf die Schulter.

Sie glaubten immer noch, daß der Tod der Mysterious ihn in

eine schwere Krise geworfen hätte. Außerdem hatten sie von seiner Beinverletzung gehört. Als sie Dhark darauf ansprachen, wiegelte er ab. Er sei ärztlich optimal versorgt worden. Damit war das Thema für ihn erledigt. Er humpelte auch nicht mehr.

»Setzt euch, bitte«, bot er Dan und Anja Platz in seinem privaten Reich an. »Wir müssen über etwas ganz anderes, sehr viel Dringlicheres reden. Ihr seid die ersten, die es erfahren.«

Seine Freunde kamen der Aufforderung nach, während Dhark stehenblieb. Nervös knetete er seine Hände.

»Du machst es aber spannend«, murrte Riker. »Hat es mit den hochbrisanten Fragen zu tun, die du dem Checkmaster stellen willst – so stellen, daß er sich nicht wieder in seine gefürchteten Antworten versteigt, die mehr an Orakel erinnern?«

»Es hat mit der Beichte zu tun«, erwiderte Dhark, dabei die Gesichter seiner Freunde nicht aus den Augen lassend, »die Olan auf dem Sterbebett ablegte.«

»Beichte?« Anja hob erstaunt die Brauen. »Was belastete ihn denn?«

Dhark zögerte nur noch einen winzigen Moment, dann sagte er den Satz, der schlagartig die Temperatur im Raum zum Absturz zu bringen schien: »Die Lügen, die er und seinesgleichen uns aufgetischt haben!« Er schürzte die Lippen, ehe er in die Todesstille hinein hinzufügte: »Seine letzten Worte waren: *Wir haben gelogen, weil wir unbedingt auf unsere Urheimat zurückwollten, um dort zu sterben. Aber wir Salter sind nicht die Mysterious. Setze deine Suche nach den wahren Mächtigen fort und ergründe ihr schreckliches Geheimnis…*«

Sprachlos starrten sie ihn an.

Fassungslos vor Entsetzen…

… und Unverständnis.

*

»Und wie«, fragte Dan Riker nach einer Weile, »soll es nun weitergehen? Die Salter nicht die Mysterious… sind die Mysterious dann am Ende doch die Grakos? Wie sollten Olans Andeutungen von einem schrecklichen Geheimnis sonst zu verstehen sein? Und wenn die Salter nicht identisch mit den Mysterious waren – warum haben sie uns diese Lüge dann aufgetischt? Woher wußten sie, daß wir die Mysterious suchen? Wieso verwendeten sie Mysterious-High Tech wie ihre eigene? Muß ich dich an die Szene in der Zentrale erinnern, als sie uns auf die uns unbekannten Gul-Transmitter hinwiesen, die getarnt in der Zentrale existieren? Was ist mit ihrem Hilferuf, den wir auffingen? Was mit Erron-1, Erron-2, Erron–3…? Es hat doch am Ende alles gepaßt! Und sagtest du nicht, sie wollten um jeden Preis in ihre Urheimat Terra zurückkehren? Dann stimmt doch zumindest das, was sie uns über Lemuria erzählten. Über ihre Flucht ins All, weg von dem damals zur tödlichen Gefahr gewordenen Heimatplaneten! Die Salter sind Menschen… wenn sie uns nur diesen Teil ihrer Geschichte erzählt und darum gebeten hätten, nach Hause gebracht zu werden – wir hätten ihnen diese Bitte doch niemals abgeschlagen!«

Ren Dhark nickte, als hätte er all diese Überlegungen längst selbst angestellt. »So hilfsbereit haben sie uns offenbar aber nicht eingeschätzt – zumindest anfangs nicht. Als Olan starb, hatte er es offenbar begriffen. Er starb als Freund. Ich kann es nicht anders nennen…«

»Und jetzt willst du dem Checkmaster all die Ungereimtheiten, die sich aus Olans Beichte ergeben, präsentieren und versuchen, ihm eine Stellungnahme abzuringen, die ihm etwas über seine wieder in geheimnisvolle Sphären entrückten Erbauer entlockt.«

Dhark starrte Anja an, die gesprochen hatte. »Genau«, sagte er schlicht.

»Dann«, erwiderte die Frau, die oft genug bewiesen hatte, daß sie mit den Macken des Checkmasters am besten umgehen konnte, »sollten wir das sofort in Angriff nehmen. Worauf warten wir noch?«

Wie hätte sie oder ein anderer auch ahnen sollen, daß die Einbeziehung des Checkmasters einen noch nie dagewesenen Störfall heraufbeschwören würde...

*

Es dauerte eine geschlagene Stunde, alle Ungereimtheiten, die ihnen ohne lange Recherche einfielen, aufzulisten und in die Formelsprache der Mysterious zu übersetzen. Anja übernahm letzteres und fütterte den Checkmaster auch höchstpersönlich mit den entsprechenden Eingabefolien.

In der Zentrale des Ringraumers war niemand sonst über die Brisanz dieses Aktes informiert.

Dhark und seine Begleiter hatten kein Aufhebens um ihr Erscheinen auf der Brücke gemacht. Nach wie vor hatte Leon Bebir, der 2. Offizier, das Kommando inne. Er hielt sich diskret im Hintergrund, bezähmte seine durchaus vorhandene Neugierde.

Zumindest, solange alles seinen normalen Gang nahm.

Das änderte sich jäh, etwa eine Minute, nachdem Anja Riker ihre Dateneingabe abgeschlossen und das Warten auf die Stellungnahme des Bordrechners begonnen hatte.

Es begann mit einem unheilvollen Glühen, das über die Bereitschaftsanzeigen des Checkmasters huschte.

Und es endete mit dem völligen Zusammenbruch aller gekoppelten Systeme.

Mit anderen Worten: Von einem Moment zum anderen stand die Crew der POINT OF im Dunkeln, und in den Ringraumer kehrte dieselbe Stille ein, in der Ren Dhark und seine Gefährten ihn damals, 2051, auf Hope zum allerersten Mal betreten hatten.

Sämtliche Systeme fielen auf Null.

Der Checkmaster, so hatte es den Anschein, hatte vor dem Fragenkatalog, mit dem er konfrontiert worden war, nicht nur kapituliert – er hatte sich selbst deaktiviert.

Totgeschaltet.

Und sämtliche relevanten Bereiche des Schiffs mit in die Stasis gerissen!

Erst als die Notaggregate anliefen, um die Luftversorgung wieder zu gewährleisten und darüber hinaus für schummrige Beleuchtung sorgten, entdeckte Dan Riker, daß der Checkmaster vor seinem völligen Kollaps offenbar noch eine Folie ausgeworfen hatte.

Eine Folie mit einem einzigen, kryptischen Satz:

Gefahr von Drakhon!

*

»Was ist passiert?«

Arc Doorn, das redefaule sibirische Technikgenie wollte nicht glauben, was der Flashpilot, der in seine karibische Urlaubsidylle eingebrochen war, ihm gerade mitgeteilt hatte.

»Der Checkmaster soll…?«

»… abgestürzt sein«, wiederholte der Flashpilot. »Sie müssen Ihren Urlaub sofort unterbrechen.«

»Wir haben ihn gerade erst angetreten«, murrte Doris, Doorns Frau, die sich in einem hauchdünnen Nichts von Bikini auf dem Sonnenstuhl vor der strohgedeckten Hütte räkelte. »Arc, du wirst doch nicht…? Ich hatte mich so auf dich gefreut…«

»Sie hören es«, grinste der ansonsten als mürrisch bekannte, bullige Sibirier den Piloten an. »Sie können uns nicht trennen.«

»Aber ich muß Sie in der POINT OF abliefern. Der Commander macht mir sonst die Hölle heiß.«

»Ich wüßte ein schöneres heißes Plätzchen für Sie«, sagte Doorn.

»Bitte?«

Der Sibirier wandte sich an seine Frau. »Ich kann mich meinen Pflichten in einem solchen Fall wirklich nicht entziehen – aber ich will dich auch nicht alleinlassen. Bleibt nur eine Lösung…«

In Doris Doorns Augen blitzte es auf. Nicht wirklich wütend. Aber wenigstens wollte sie den Anschein erwecken. »Schon kapiert.«

Nicht kapiert hatte es bis zu diesem Moment der Flashpilot.

Dessen Wut, als Arc Doorn ihn beiseite nahm und ihm die einzige Möglichkeit offerierte, wie er seinen Job doch noch erfüllen konnte und sich den Zorn seines Commanders nicht zuziehen würde, war echt.

Eine halbe Stunde später waren die beiden einzigen Plätze im Flash belegt – und der »Blitz« steuerte den nordamerikanischen Kontinent an.

»Ob er es uns je verzeiht, daß er die Rückreise in einem lahmen Linienjett antreten mußte?« fragte Doris Doorn, nicht vorhandenes Mitgefühl heuchelnd.

»Immerhin habe ich ihm die Wahl gelassen, bis zu unserer Rückkehr in unseren wohlverdienten Urlaub die Stellung zu halten...«

Ihr beider Lachen war noch nicht ganz verklungen, als sie im Schutz des Intervallums auch schon mit zigfacher Schallgeschwindigkeit ihr Ziel erreicht hatten.

*

Gefahr von Drakhon!

Wie ein Damoklesschwert schwebte das letzte »Lebenszeichen« des Checkmasters über der Besatzung der POINT OF.

Und Arc Doorn schuftete seit Stunden vergeblich, den Supercomputer der Mysterious wieder ins »Leben« zurückzuholen!

Wie sollte er das tun?

Wie, wenn dem Herz des Rechners nicht beizukommen war, vom Hirn mal ganz abgesehen?

»Sinnlos!« fluchte Doorn zum ungezählten Male, die Hemdsärmel hochgekrempelt, das bärtige Gesicht von Konzentration verzerrt. »Ich komme nicht 'ran! Ich kann den vermaledeiten Kasten ja nicht einmal öffnen, ohne ihn dauerhaft zu beschädigen. Dieses Ding ist rettungslos verloren, und mit ihm das ganze Schiff! Macht ein Museum daraus oder verschrottet es, aber mich behelligt bitte nie wieder mit einer Aufgabe, die kein sterbliches Wesen erfüllen kann!«

Niemand hatte den rotmähnigen, ungeschlachten Sibirier mit dem Boxergesicht je ein derart vernichtendes Urteil über die Zukunft des Ringraumers abgeben hören.

In entsprechende Minusbereiche sank die Stimmung an Bord.

Sollte das Schiff wirklich verloren sein, nur weil der Checkmaster sich an einer Frage die Zähne ausbiß?

Oder war gar eine unbekannte Sicherheitsschaltung aktiv geworden, weil Anja Riker ihn mit der einen verbotenen unter einer Milliarde erlaubter Fragen konfrontiert hatte?

Wenn ja, konnten nur Margun und Sola diesen Befehl im Checkmaster verankert haben.

Oder wie immer die wahren Erbauer dieses Schiffes und seines Superhirns auch heißen mochten – Mysterious und keine Salter wie Olan und dessen letzte Artgenossen.

Ren Dhark stand mit geballten Fäusten unter der Galerie der Ringraumerzentrale und wollte nicht glauben, daß Arc Doorns Bemühungen zum Scheitern verurteilt waren.

Was für eine Bedrohung lauerte in der Zweiten Galaxis, der man den Namen Drakhon gegeben hatte? War zu befürchten, daß diese noch unbekannte Gefahr auf die Milchstraße übergriff?

»Commander, ich schaffe es nicht!«

Schweißüberströmt tauchte Arc Doorn vor Dhark auf und stemmte die Fäuste in die Hüften.

»Wo ist ihr phänomenales Gespür für Fremdtechnik geblieben, Arc?«

Der seit seiner Heirat überhaupt nicht mehr nachlässig gekleidet oder ungepflegt herumlaufende Sibirier zuckte in einer fast mitleiderregenden, tragikomischen Geste mit den Schultern. »Der Checkmaster ist Schrott, Commander, keine funktionierende Technik mehr. Und wie soll ich mich in etwas einfühlen, das tot ist?«

»Schon gut, Arc. Ich weiß, daß Sie Ihr Bestes versucht haben.«

»Ich würde es noch tagelang weiterversuchen, wenn ich wenigstens einen Ansatz fände...«

Doorn drehte sich um und hieb mit der Faust auf die Unitallverkleidung des Rechners. »Ich…«

Weiter kam er nicht.

Ein nie gehörtes Geräusch, entfernt an ein Wehklagen in einem alten Spukgemäuer erinnernd, ging durch die Zentrale. Es fesselte auf Anhieb die Aufmerksamkeit aller Anwesenden, obwohl es nur drei, vier Sekunden andauerte.

Als es wieder erstarb, waren Arc Doorns Augen groß wie Monde.

»Commander…«, zitterte es aus seinem Mund. »Commander…«

»Ich sehe es, Arc.«

Aus dem Checkmaster heraus summte und rumorte es von einem Augenblick zum anderen wieder wie in alten Zeiten. Und in der Symbolschrift der Mysterious, die Ren Dhark aus dem Effeff beherrschte, seit er eine entsprechende Mentcap geschluckt hatte, meldeten pulsierende Glyphen unablässig: ACHTUNG: NEUSTART DES SYSTEMS… NEUSTART DES SYSTEMS… NEUSTART…

*

»Begreife einer die Mysterious!«

Nach genau fünf Stunden, acht Minuten und ein paar Sekunden absoluter Nonaktivität übernahm der Checkmaster wieder die Kontrolle über das gesamte Bordsystem, als wäre nichts geschehen.

Als Dan und Anja Riker, die sich kurz bei Miles Congollon im Maschinenraum aufgehalten hatten, in die Zentrale zurückkehrten, arbeitete der M-Rechner bereits wieder auf höchster Leistungsstufe.

»Gratuliere, Arc!« Anja lief dem Sibirier freudestrahlend entgegen, mußte aber erleben, daß dieser das Lob verweigerte.

Mit wenigen Worten klärte Doorn sie auf, was geschehen war.

»Automatischer Neustart?« Auch Anja Riker verstand die Welt

nicht mehr.

Dan Riker bemerkte den Glanz in Ren Dharks Augen, der mehr war als nur Freude über das erneute Funktionieren des wichtigsten M-Elements innerhalb des Ringraumers. »Ren, du wirst doch nicht…? Das kannst du nicht riskieren!«

»Ich kann und ich muß! Anja, Arc, helft ihr mir dabei, dem Checkmaster die fällige Erklärung für seine Warnung vor der Drakhon-Gefahr zu entlocken?«

Im ersten Moment malte sein Ansinnen auch in deren Gesichter blankes Entsetzen.

Doch nicht für lange.

»Natürlich…«

»Anja!«

»Willst du warten, bis sich die Drohung selbst definiert, weil sie uns erreicht hat?« fuhr Anja ihren Mann an.

Dan Riker schüttelte hilflos den Kopf. Das Augenzwinkern Dharks brachte sein Gemüt noch mehr in Wallung.

»Tut, was ihr nicht lassen könnt – aber wehe, unser schönes Schiff ist danach wirklich nur noch Schrott!«

»Wir werden ganz sanft mit ihm umspringen«, versprach Doorn. Er hatte längst Feuer gefangen, war wieder ganz in seinem Element. Die erlittene Schmach völliger Ohnmacht schien vergessen.

*

»Wir wurden also betrogen, manipuliert…«, murmelte Ren Dhark, als er ohne weitere Zwischenfälle die Stellungnahme des Checkmasters auf Folie gedruckt ausgehändigt bekommen hatte.

»Wovon redest du?« Ahnungsvoll trat Dan Riker zwischen seine Frau und Dhark.

»Von der Antwort des Checkmasters, warum er kollabierte. Hier steht es schwarz auf Weiß… wir alle bekamen von den Shirs falsche Realitäten vorgegaukelt! Sie haben unseren Verstand und unser Gedächtnis manipuliert.«

»Das gibt der Checkmaster als Erklärung für seinen Blackout an?«

Dhark nickte, als fiele es ihm in diesem Augenblick wie Schuppen von den Augen. »Jetzt ergeben die Halluzinationen, die ich hatte, einen Sinn. Die Shirs... wie konnten sie uns nur so täuschen...?«

»Wie konnten sie den Checkmaster mit ihren Parakräften täuschen?« fragte Anja folgerichtig. »Er ist doch nur eine Maschine... oder doch nicht?«

Schon früher hatten sie gemutmaßt, daß der Supercomputer möglicherweise auch über eine biologische Komponente verfügte.

War hier der Beweis für diese These?

»Hier steht«, las Dhark weiter vor, »daß uns manche vermeintlichen Erlebnisse in Drakhon nur vorgegaukelt wurden. Die Krankenstationen auf Lazarus beispielsweise seien kein Mysterious-Produkt...«

»Dann würde es sich auch nicht, wie von Olan behauptet, um Erron-2 handeln, oder?« Der Einwand kam von Arc Doorn. »Dann existiert das echte Erron-2 immer noch unentdeckt irgendwo, und wir wissen rein gar nichts über seine wahre Natur...«

»Wer weiß, was auf der Welt der Shirs wirklich geschehen ist«, murmelte Dhark, als hätten ihn Doorns Worte gar nicht erreicht. »Möglicherweise wurde uns nur eingeimpft, die Salter nach Hause zu bringen... von den Shirs. Wer sind diese Wesen? Wir haben ihre Macht völlig unterschätzt...«

»Haben Sie uns auch ihre Friedfertigkeit nur vorgegaukelt?« fragte Anja ahnungsvoll.

Dhark ließ die Hand mit der Folie sinken. »Fragen wir den Checkmaster.«

Aber der Checkmaster schwieg beharrlich. Nicht nur auf diese, auch auf alle anderen Fragen, die ihm in bezug auf Salter, Mysterious, Shirs oder die ominöse Gefahr aus Drakhon gestellt wurden.

»Wenigstens stürzt er nicht wieder ab«, mäkelte Arc Doorn am Ende eines langen Tages.

»Was geht in deinem Kopf herum?« fragte Dan Riker, als Ren Dhark ihn zu einem Vieraugengespräch in seine Kabine bat.

»Tausend Dinge.«

»Und die wichtigsten?«

Zu Rikers Verblüffung lenkte Dhark die Sprache zunächst nicht auf kosmische, sondern auf zwischenmenschliche Probleme. Er erzählte von Joan Gipsy und dem, was sie ihm gestanden hatte.

Riker hörte zu, stellte nur ab und zu ein paar Zwischenfragen. Am Ende sagte er: »Das klingt nicht, als hätte sie dich wirklich verraten, Ren. Verrenne dich da nicht in etwas, wenn dir an der Frau wirklich etwas liegt... das tut es doch?«

Dhark nickte.

»Dann wirf die Flinte nicht voreilig ins Korn. Du mußt ihr ja nicht gleich Staatsgeheimnisse anvertrauen. Laß die Themen Drakhon und Mysterious außen vor. Aber gib ihr noch eine Chance. Sie braucht dich im Moment mehr denn je. Hast du dich überhaupt schon erkundigt, wie es ihr nach dem Anschlag geht?«

»Nein.«

»Dann hol das verdammt noch mal nach. Sofort. Und besuche sie. Du...«

»Ich lasse es mir durch den Kopf gehen. Aber momentan hat die Sicherheit Terras Vorrang. Ich habe einen Entschluß gefaßt, den ich mit dir besprechen wollte.«

Dan Riker konnte nur den Kopf über die Sturheit seines Freundes schütteln. »Welchen?«

»Ich möchte unverzüglich mit der POINT OF nach Reet starten. Die Nogk sind schwache Telepathen, also parapsychisch geschult. Vielleicht können Sie uns einen solcherart modifizierten Energieschild konstruieren, daß wir gegen die Einflußnahme der Shirs bei unserem nächsten Besuch gefeit sind.«

»Du hast vor, sie noch einmal zu behelligen?«

»Hast du eine Alternative anzubieten?«

Dan Riker schüttelte den Kopf. Nach kurzem Schweigen sagte er: »Es wird einige Zeit brauchen, die Stammbesatzung aus ihrem

Urlaub zurückzubeordern. Minimum ein paar Stunden. Du hättest also Gelegenheit, dich von deiner Flamme zu verabschieden...«

»Meine Flamme, wie du es nennst«, widersprach Dhark, »wird auch noch brennen, wenn ich zurückkehre. Ich werde mich lediglich noch einmal vergewissern, daß sie wirklich über den Berg ist.«

»Kann es sein, daß du ein verdammter Gefühlskrüppel bist? Daß du gar nicht weißt, wie man mit einer Frau umgeht, die etwas für dich empfindet – und die dir selbst auch nicht egal ist?«

»Bei dir und Anja ist das anders. Das kannst du nicht vergleichen. Sie hat dich...«

»Ja?«

»... noch nie hintergangen, oder?«

Riker nickte. »Das ist es also. Verletztes Ego! Da kann dir keiner heraushelfen außer du selbst. Aber du wärst ein Narr, wenn du ihr nicht ein kleines bißchen entgegenkämst. Womit ich nicht sagen will, daß du diesem Terence Wallis nicht sämtliche Höllenhunde der GSO auf den Hals hetzen solltest.«

Ren Dhark lächelte.

»Ist bereits geschehen. Weißt du, wo Dro Cimc abgeblieben ist? Ich hätte ihn gern auf dem Flug ins Corr-System dabei...«

4.

Im Hauptkontrollraum des Towers von Cent Field, dem größten Raumhafen der Erde, herrschte an diesem Spätherbstmorgen des Jahres 2057 Alltagsroutine, wie man diese Hektik nannte. Die Blicke von Colonel Simon Gray, dem Schichtführer für den militärischen Teil des Raumhafens, glitten immer wieder zu dem Display, das einen besonders abgesicherten Teil des Flugfeldes zeigte.

»Möchte bloß wissen, was da wieder los ist«, fluchte Gray laut, als ihm der Schirm zeigte, daß der kleine Privatjett neben dem Ringraumer immer noch nicht abgehoben hatte. »Erst schicken sie den einen Jett weg, nur um wenig später einen anderen anzufordern! Startpläne gelten auch für hohe Tiere!«

Der Crew war der Stoßseufzer natürlich nicht entgangen, und schallendes Gelächter erfüllte die große Halle.

»Würden Sie das auch dem Commander und seinen Freunden ins Gesicht sagen, Sir?« lachte ein Mann drei Bildschirme weiter. »Einen Monatssold, daß nicht!«

Colonel Simon Gray grummelte etwas vor sich hin und starrte weiter auf das Display, denn den Start der POINT OF wollte er unbedingt persönlich überwachen.

Zehn Minuten vergingen noch in quälender Langsamkeit, dann hob sich der kleine Jett in die Luft und nahm Kurs auf Alamo Gordo.

»Na endlich«, seufzte Gray grimmig auf. »Die POINT OF hinkt ja nur 30 Minuten hinter dem Zeitplan her.«

Dann verschwand das Bild auf dem Schirm vor ihm und machte einem Gesicht Platz, das alle auf der Erde kannten.

»Entschuldigen Sie die kleine Verzögerung, Colonel, aber wir mußten erst eine Dame überzeugen, daß wir nicht in die Sommerfrische aufbrechen! Ihr Ärger ist gleich vorbei, Colonel, aber unserer beginnt erst! Überraschend aus dem Urlaub geholte Ehemänner sind keine besonders angenehmen Reisegenossen – besonders, wenn sie Arc Doorn heißen! Es dauert, bis sie sich von dem Schock erholt haben«, sagte Dan Riker mit einem um Verständnis heischenden Lächeln. »POINT OF erbittet Starterlaubnis!«

Natürlich verstand der Schichtführer des Raumflughafens, denn wer würde sich schon gern mit dem Oberbefehlshaber der Terranischen Flotte anlegen?

»Erlaubnis erteilt! Wir haben das vorgesehene Startfenster freigehalten, Sir«, sagte Gray. »Gute Fahrt und glückliche Heimkehr!«

»Danke, Colonel«, erwiderte Riker. »Und Ihnen wünsche ich, daß Ihre Schicht von jetzt ab ruhiger verläuft!«

*

»Da geht sie hin«, murmelte Gray, als sich draußen das wohl kampfstärkste Schiff der Erde langsam vom Plastikbeton des Flugfeldes abhob und in immer rascher werdender Fahrt in die Höhe schoß, bis es nur noch ein winziger Punkt am Himmel war. Es dauerte nur wenige Stunden, dann war die POINT OF, das Flaggschiff der TF, selbst über To-Funk nicht mehr zu erreichen. Die Schwankungen des galaktischen Magnetfeldes machten einmal mehr die Kommunikation über weite Strecken unmöglich. Von den Schirmen der Hyperortung war Ren Dharks Schiff zu diesem Zeitpunkt schon lange verschwunden.

*

Pluto.

Ein Staubkorn in der unendlichen Weite der Milchstraße, von einem Staubkörnchen in 20.000 km Entfernung umkreist. Ein

Staubkorn von gut 2.300 km Durchmesser, zu klein, um mit seiner Schwerkraft mehr als das schwere Methangas an sich zu binden. Und selbst dieses Gas war zu kilometerstarkem Eis erstarrt, denn das Licht der Sonne brauchte über fünfeinhalb Stunden, um diese unwirtliche Welt zu erreichen. Danach war es zu schwach, um die Myriaden Sterne am Himmel zu überstrahlen.

Die Menschen tauften diese Welt auf den Namen des griechischen Gottes der Unterwelt, Pluto. Dem Begleiter gaben sie den Namen Charon, nach dem mythischen Fährmann der Unterwelt, der die Seelen der Verstorbenen über den Grenzfluß setzt.

Dennoch existierte auf diesen frostkalten Planeten mit seinen von kosmischem Staub bedeckten bizarren Eisgebirgen und seinem knapp halb so großem Satelliten Leben.

Die Menschen hatten auf den beiden Himmelskörpern die äußersten planetaren Stützpunkte des Sonnensystems errichtet.

Nie wieder sollten sich die Ereignisse des Jahres 2051 wiederholen.

Nie wieder!

Pluto und Charon waren in waffenstarrende Festungen verwandelt worden, die jedem Angreifer einen wahrhaft höllischen Empfang bereiten würden.

*

Vizeadmiral Paul de Grasse, Kommandant der Flottenstation Pluto, drückte sofort nach dem Gespräch mit Schikibo Togo den Knopf seiner Kommunikationsanlage, der ihn mit seinem Stabschef verband.

Doch das Gesicht von Flottillenadmiral Michel Tromp zeigte keinerlei Überraschung, als de Grasse ihm von der Unterhaltung mit dem Befehlshaber der Terra Defence Forces berichtete. Dann dämmerte de Grasse die Wahrheit.

»Seit wann wissen Sie es, Tromp?« fragte der muskulöse Franzose leicht verärgert seinen Flaggoffizier.

Der breitgesichtige Niederländer grinste ihn an. »Seit gut einer halben Stunde, Sir! Über den kleinen Dienstweg. Nebugatow wollte wissen, was ich davon halte! Sein Kurier mit allen Unterlagen traf per Transmitter ein. Ich wollte mich gerade auf den Weg zu Ihnen machen, um Bericht zu erstatten!«

De Grasse lachte auf.

»Entweder wurden wir gerade Zeuge einer klassischen Zangenoperation, oder bei TDF Command weiß die rechte Hand nicht, was die linke tut, Tromp. Da Clark dabei mitmischt, würde es mich wundern, wenn unsere Kampfgruppenchefs nicht auch schon Bescheid wüßten. Bis die hohen Tiere in Cent Field sich mit vielen Wenns und Abers zu einer Entscheidung durchgerungen haben, vergehen erfahrungsgemäß Wochen. Auch wenn der Plan selbst abgeschmettert wird, sollten wir an der vordersten Front gründlich darüber nachdenken. Einiges könnte für uns bestimmt nützlich sein. Also rufen Sie für 17 Uhr alle erreichbaren Kommandanten und Kommandeure zu einer Lagebesprechung zusammen, Tromp!«

Der Flottillenadmiral nickte.

De Grasse dachte noch kurz über die Auswirkungen auf den Pluto nach, wenn der Plan tatsächlich angenommen werden sollte.

Mit dieser Entscheidung wäre Pluto noch mehr Dreh- und Angelpunkt der solaren Verteidigung.

*

Die 2/73. Halbflottille der TF war einmal mehr auf der äußerst beliebten »Oberen-Planeten-Kreuzfahrt«, wie diese Art von zusätzlichen Patrouillen zwischen Uranus- und Plutobahn genannt wurden. Die dazu eingeteilten Verbände folgten dabei keiner festgelegten Route, sondern streiften frei im zugeteilten Patrouillengebiet herum, schnüffelten hier, suchten da und vermieden peinlich alles, was irgendwie nach Routine roch. Für die Besatzungen war es fast wie ein Tagesausflug, denn die meisten Kommandanten nutzten diese Gelegenheit, um sich mit ihren Einheiten mal so richtig auszutoben.

Genau das hatte Commander Carlos Oquendo, der das Kommando über die fünf modernen Kugelraumer vom Typ Sternschnuppe innehatte, auch mehr als ausgiebig getan, kaum daß ihn der Flottillenchef entlassen hatte.

In diesem Augenblick verfolgte der Spanier die Bewegungen seiner Schiffe auf dem Taktikdisplay.

Die Schiffe hielten in Keilformation und langsamer Fahrt – knapp unter 0,36 Licht – auf eine Stelle im Weltraum zu, an der laut Karte ein fast 100 km großer Irrläufer sein sollte.

Er war der Anlaufpunkt für seine Schiffe, bevor sie Kurs aus dem System nahmen. Nach dem Treffen mit der anderen Hälfte der 73. Flottille fand die Patrouille dann mit einem simulierten Angriffsanflug auf die Plutobasis ihren krönenden Abschluß.

»Den Felsbrocken mit allem überprüfen, was Sie haben und Kartenvergleich, bevor wir ihn beim Passieren in Augenschein nehmen, Billings«, befahl der Commander seinem Ortungsoffizier diesen schon zigmal durchgeführten Check.

»Aye, Aye, Skipper«, kam postwendend die Bestätigung. »Überprüfung läuft.«

Oquendo sah zum Chrono. Es wurde Zeit, sich auf den Weg zu machen, denn der Alte…

»Skipper! Wir haben außer dem Irrläufer noch eine Schwerkraftanomalie auf dem Schirm«, unterbrach Billings' Stimme die Gedanken des Spaniers. »Auf unserem Kurs. Knapp 25 Lichtsekunden hinter dem Irrläufer!«

»Und die anderen Messungen?«

»Nichts, Skipper, absolut nichts!«

Commander Oquendos Augen weiteten sich vor Überraschung, dann zuckte seine Hand zu einem großen roten Knopf auf seiner Kommandokonsole und drückte ihn, bevor er sich auf der Kommandantenfrequenz meldete.

»Kiellinie, untere Gefechtsfahrt«, befahl Oquendo mit plötzlich trockener Kehle. »Die HAVOC an zweiter Position. BESTRASCHNI übernimmt Spitze! Kommandofolge wie festgelegt.«

Fast gleichzeitig mit seinen Worten flammten auf allen fünf Kugelraumern seiner Halbflottille große rote Lampen auf und begannen in einem wilden Rhythmus zu flackern, begleitet von einem quäkenden Hupton, der alle anderen Geräusche überlagerte.

Klar Schiff zum Gefecht!

Der Alarm verwandelte die gelassene Betriebsamkeit auf den Zerstörern MOUSQOUET, KAGERO, ELLET, HAVOC und BESTRASCHNI von einer Sekunde zur anderen in ein Ameisengewimmel.

Im Inneren der Raumer kreischten die Generatoren, Meiler und Konverter protestierend auf, als der unersättliche Energiehunger der sich blitzschnell aufbauenden Schutzfelder sie beinahe in die Knie zwang.

Das Klagen klang tiefer und tiefer, verstummte fast, bevor es zu einem triumphierenden Gebrüll anschwoll, das verkündete, daß nun alle Aggregate auf Vollast liefen, um den gewaltigen Energiebedarf für Prallschirme und Waffen zu decken.

Die Schutzfelder standen bereits, als die ersten Antennen aus der Bordwand fuhren und sich drohend einem noch unbekannten Feind entgegenstreckten, bereit, Tod und Verderben zu speien, wenn der Feuerbefehl kam.

Binnen weniger Sekunden waren die Zerstörer kampfbereit, denn der weitaus größte Teil der Besatzung befand sich schonauf Gefechtsstation. Die wenigen, die sich aus welchen Gründen auch immer nicht an ihrem Platz aufhielten, ließen an Ort und Stelle alles fallen, was sie in den Händen hielten und hetzten los, um ihre Positionen einzunehmen.

Während Commander Oquendo noch auf die Vollzugsmeldung der Zerstörerkommandanten wartete, leitete er schon seine nächsten Schritte ein.

»Meldung an Flottille und Pluto. Geben Sie unsere Entdeckung und Position durch. 2/73. klärt Anomalie auf. Ende!«

Der Fregattenkapitän wußte, daß er sich auf die Ausführung seiner Befehle blind verlassen konnte und gab deshalb die nächste Order an seine Zerstörer.

»Wir passieren Anomalie mit 0,5 Licht in 1,5 Sekunden Abstand. Bereit für Breitseite mit voller Energie. Feuerschlag: Koordination und Auslösung HAVOC. KAGERO schert sofort aus und hält Fühlung. Ich wiederhole: KAGERO hält Fühlung! Nach Passieren Übergang auf Kreiskurs! Viel Erfolg, Männer!«

Einen Moment fragte sich Oquendo, ob er nicht doch etwas voreilig gehandelt hatte, denn noch bestand die Wahrscheinlichkeit, daß die Anomalie wirklich nur eine Anomalie war und keine Schattenstation der Grakos. Aber dann sagte er sich, daß man in diesen gefährlichen Zeiten gar nicht vorsichtig genug sein konnte.

Die Antworten von Flottille und Pluto bestätigten Oquendas Meldung und hießen seine Entscheidung gut.

*

Knapp eine Minute nach Abgabe der Meldung an Pluto und Flottillenführer und 28 Sekunden nach dem Ausscheren der KAGERO aus dem Verband erreichten die vier übrigen Sternschnuppen die Position, aus der Commander Oquendo notfalls das Feuer auf die Anomalie eröffnen wollte. Die Aufforderung zur Identifikation, vom Funker auf allen Frequenzen des elektromagnetischen und des Hyperfunkspektrums herausgejagt, blieb ohne jede Resonanz.

Oquendo nickte dem Feuerleitoffizier der HAVOC zu.

Die Breitseiten von vier Zerstörern zuckten auf die Anomalie zu und zauberten ein konvexes Gittermuster von grellen Entladungen ins All, als die hochenergetischen Strahlen von einem unsichtbaren Hindernis gestoppt wurden.

Der Tod kam so schnell über die Besatzungen der MOUSQOUET, ELLET, HAVOC und BESTRASCHNI, daß sie ihn nicht kommen sahen. Nur vier gewaltige Blitze zeigten den Männern im

Kommandostand der KAGERO, daß der Tod keinen ihrer Kameraden verschont hatte.

Der einzig überlebende Zerstörer der 2/73. Halbflottille floh mit ständig steigender Fahrt Richtung Sonne. Der Kommandant des Zerstörers hatte auf eine Nottransition verzichtet, um die Schattenstation so lange wie möglich unter Beobachtung zu halten.

Die so gewonnenen wenigen kostbaren Sekunden reichten aus, um auf der Flottennot- und offenen Frequenz eine Meldung abzusetzen.

»KAGERO an alle! Schattenstation stößt zahlreiche Schiffe aus! Allgemeiner Kurs soleinwärts!«

Die Wiederholung der Meldung brach nach dem Wort »zahlreiche« übergangslos ab.

*

Vizeadmiral Paul de Grasse starrte mit leerem Blick auf das große Taktik-Holo der tief in den Fels getriebenen Befehlszentrale, während auf Pluto und im ganzen Sonnensystem Alarm ausgelöst wurde. Die Hektik um ihn herum schien er überhaupt nicht wahrzunehmen.

Oquendos erste Meldung hatte den diensthabenden Offizier nicht veranlaßt, besondere Maßnahmen einzuleiten, denn die Patrouillen stießen ab und zu auf derartige Anomalien. Die Vorgehensweise bei solchen Entdeckungen gehörte inzwischen zur Patrouillenroutine.

Doch aus einem ganz besonderen Grund war Admiral de Grasse bei dieser Meldung sofort in die Zentrale geeilt.

Er traf gerade noch rechtzeitig ein, um mitzuerleben, wie im Taktik-Holo der fünfte blaue Punkt zu blinken begann. Als er den Namen des Schiffes hörte, atmete der Admiral hörbar durch.

»Wäre es Ihnen lieber, wenn ich das übernehme, Sir?«

De Grasse blickte seinen Stabschef Flottillenadmiral Tromp an und schüttelte verneinend den Kopf. »Danke, Simon, aber gerade diesen Befehl muß ich selber geben! Er ist am nächsten dran! Sie lösen Rotalarm aus!«

Admiral de Grasse wandte sich entschlossen an den Hauptfunker.

»Geben Sie folgenden Spruch an die TROMBLON durch: Admiral de Grasse, Flottenstation Pluto, an 73. Flottille. Augenblicklichen Kurs beibehalten! Die Fühlung mit Feind ist unter allen Umständen wiederherzustellen und unbedingt zu halten«, sagte er mit leiser Stimme, während er die fünf blauen Punkte beobachtete, die mit der höchsten soleinwärts vertretbaren Fahrt auf die Stelle im Sonnensystem zustrebten, an der ihre fünf Schwesterschiffe zerstört worden waren. Vor seinen Augen änderten sie plötzlich die Richtung und gingen auf einen Abfangkurs.

Nur mit halben Ohr hörte der Admiral dem Funkmaat zu. Er war zu sehr damit beschäftigt, abzuwägen, welche Geschwader er in Richtung Erde in Marsch setzen sollte und welche er auf Pluto zurückhalten konnte, ohne die Verteidigung entscheidend zu schwächen. Erst als die TROMBLON antwortete, hielt er einen Augenblick inne.

»Führer 73. Flottille an Flottenstation Pluto. Bestätige Gefechtsorder: Fühlung mit dem Feind herstellen und unbedingt halten. Captain de Grasse Ende.«

Die Stimme seines Sohnes verklang, und der Admiral wußte, daß er Pierre zum letzten Male gehört hatte, wenn kein Wunder geschah. Vielleicht konnte er eines bewirken.

Aber dazu mußten die Schattenschiffe erst einmal wiedergefunden werden.

Dann lenkte die nächste Schreckensmeldung die Aufmerksamkeit des Vizeadmirals ab.

»Erschütterung des Raumzeitgefüges! Entfernung zehn Lichtminuten, Sir!«

»Alarmstart für alle Einheiten! Die Geschwader sollen sich im Raum formieren!« befahl de Grasse und fügte nach einer kurzen Pause hinzu: »Oquendas Aufmerksamkeit hat ihre Angriffspläne durchkreuzt, sonst hätten die Schatten unbemerkt noch tiefer ins System einsickern können. Jetzt haben sie ihre Tarnung aufgehoben, um unsere Kräfte zu zersplittern!«

»Zu unserem Glück, Sir!« ergänzte Admiral Tromp die taktischen Schlußfolgerungen seines Vorgesetzten. »Denn sonst hätte die Schattenstation zuerst Pluto angegriffen. Und während uns die Reserven zu Hilfe eilten, wäre die Erde eine leichte Beute für die Schattenschiffe geworden!«

*

General Celal Edirne betrat gelassen den zentralen Feuerleitstand und winkte dem Obristen des 132. Regimentes ab, als dieser Meldung machen wollte.

»Wie sieht es aus, Simmons?« fragte er nur, als er zum Lagedisplay ging. Ein rascher Blick in die Runde zeigte ihm, daß seine Mannschaft vollständig zur Stelle war. Die ersten Minuten nach der Auslösung eines Alarms waren immer die hektischsten, denn man wußte nie so genau, ob auch wirklich alle Soldaten in so kurzer Zeit aufgetrieben werden konnten.

»Ich habe das 134. auf Charon und die ersten sechs Pluto-Abteilungen feuerbereit an das Hauptquartier gemeldet, Sir«, erklärte der Offizier. »Der Rest trudelt, wie nicht anders zu erwarten, so langsam ein.«

»Ihr Stellvertreter hat Einsatzbereitschaft der Ausweichzentrale gemeldet. Jetzt warten wir nur noch auf die Feuerpläne der Flotte«, fuhr der Regimentschef fort. »Möchten Sie Tee oder Kaffee, Sir? Es kann eine lange Nacht werden!«

»Tee wäre fein, Simmons«, sagte Edirne.

Der General blieb vor dem Lagedisplay stehen und studierte das verwirrende Muster der blauen Punkte, die auf dem Bildschirm einen wilden Tanz um einen unsichtbaren Punkt herum vollführten.

»Die Flotte hat alles hochgebracht, was raumtüchtig ist, Sir«, bemerkte der Chief an den Kontrollen. »Aber das Spektakel spielt sich außerhalb unserer Reichweite ab!«

»Dann hoffen wir mal, daß die Matrosen die Schattenstation näher an Pluto heranlocken, Chief«, antwortete Edirne. »Schließlich wollen wir doch dabei kräftig mitmischen!«

Der General wandte sich an Simmons. »Setzen Sie sich mit de Grasse in Verbindung. Fragen Sie ihn nur, wie er sich unsere Mitwirkung vorstellt.«

Dann richtete der General seine Aufmerksamkeit wieder auf das Display und verfolgte mit ohnmächtiger Wut, wie sich die Flotte auf einen unsichtbaren Feind stürzte.

»Verdammt«, fluchte er laut und ballte die Faust, als zwei blaue Punkte auf dem Schirm erloschen. »Wenn wir doch nur dazwischenfunken könnten!«

*

Marschall Bulton ließ sich in die Polster seines Dienstjetts fallen.

»Feierabend«, seufzte er zufrieden. »Und bisher keine einzige Katastrophe!«

»Man sollte den Tag nicht vor den Abend loben, Sir«, sagte Captain Patters mit ernster Miene. »Dienstschluß beginnt erst mit Verlassen des Kasernengeländes oder solcher Gebäude, die dienstrechtlich Kasernen im Sinne der Bestimmungen sind, sowie aller Einrichtungen, die zu Kasernen erklärt wurden«, dozierte sein Adjutant mit salbadernder Stimme. »Erst wenn Sie Cent Field verlassen haben, sind Sie außer Dienst! Also liegen noch 300 Meter zwischen Ihnen und dem Feierabend!«

Bulton schüttelte seinen Kopf. Patters war ein verdammt guter Adjutant, aber der Marschall hatte Zweifel, daß er jemals einen höheren Rang als Major erreichen würde. Der Captain war manchmal einfach zu unflexibel.

»Dann machen Sie Ihren Boß ganz schnell glücklich, Captain,

und kutschieren Sie ihn über die magische Grenze«, lachte Bulton.

»Ihr Wunsch ist mir Befehl, Sir«, antwortete der Adjutant und wandte sich an den Piloten. »Geben Sie Gas, der Marschall will nach Hause!«

Der Jett hob langsam ab und nahm Kurs auf Alamo Gordo, während Patters zu zählen begann.

»Noch 200 Meter, Sir!«

»Noch 100 Meter, Sir!«

»Herzlichen Glück... Beileid!« sagte sein Adjutant bitter, als das rote Signal am Aktenkoffer des Marschalls zu blinken begann. »Es wäre auch zu schön gewesen.«

*

Konteradmiral Vittorio Gambini, Führer der leichten und schweren Kreuzergeschwader der Flottenstation, glaubte verrückt zu werden, als er einen weiteren Ringraumer in einem Feuerball verglühen sah. Der dritte innerhalb weniger Minuten und der zehnte insgesamt. Wenn das so weiterlief, gingen der Flotte bald die kampfkräftigsten Schiffe aus, weil die Kommandanten der Ringraumer-Verbände ihre Angriffe nach seiner Meinung zu tollkühn und unkoordiniert vortrugen.

Der Italiener konnte die jungen Kommandanten leider nur zu gut verstehen. Aber nach seiner festen Überzeugung vergaßen sie in ihrem Eifer oft, daß die Flotte nicht nur aus ihren Schiffen bestand. Was Clark gemacht hatte, war aus der damaligen Lage richtig gewesen, weil er nichts anderes zur Hand hatte.

Nein, der Tod dieser Besatzungen war nicht umsonst gewesen, sagte dem Admiral der gesunde Menschenverstand, denn die Glutbälle halfen dabei, die Position der Schattenstation zu markieren.

Das hätte man auch mit anderen Mitteln erreichen können, dachte Gambini. Nun fehlten drei weitere Schiffe für den Hauptangriff. Und das würde mehr Leben kosten, als die Kommandanten einsparen wollten, indem sie die leichteren Schiffe schonten.

Vielleicht liegt das daran, daß die Flotte zu stark expandiert hatte und junge, fähige Leute in Positionen katapultierte, die vielleicht doch noch eine Nummer zu groß für sie waren, überlegte der kurz vor der Pensionierung stehende Gambini weiter. *Nicht was ihre taktischen Fähigkeiten betraf, die hatten sie ausreichend bewiesen, aber ihre strategischen...*

»Kommandeure kämpfen nicht«, zitierte er halblaut einen Satz seines Lehrers von der Kriegsschule. »Sie lassen kämpfen!«

Als kurz hintereinander wieder zwei Ringraumer von seinem Taktikdisplay verschwanden, beschloß der Admiral zu handeln.

»Befehl an den Verband«, sagte er zu seinem Flaggoffizier. »Wir gehen rein! Aber nur mit reduzierten Besatzungen. Die Kommandanten sollen alles entbehrliche Personal in den Beibooten zur Basis zurückschicken. Vollzug in fünf Minuten. Und jetzt verbinden Sie mich mit de Grasse.«

Drei Minuten später blickte Gambini in das Gesicht seines Vorgesetzten, der ihn mehr als irritiert ansah.

»Was ist bei euch los, Vittorio?« fragte ihn der Vizeadmiral direkt. »Die Ortung meldet mir, daß deine Sternschnuppengeschwader damit beginnen, Beiboote aussetzen! Was soll das?«

»Ich gehe rein, Paul«, antwortete Gambini. »Meine Schiffe werden die Abwehr der Schattenstation beschäftigen, dann können die Ringraumer einen massierten Angriff durchführen und sich nicht bei dem aufreiben, was eigentlich unsere Aufgabe ist!«

»Das ist Wahnsinn«, fauchte sein Gegenüber. »Die S-Kreuzer verkraften weit mehr als deine Blechdosen!«

»Glaubst du, daß wüßten meine Leute und ich nicht?« fauchte Gambini zurück. »Aber es war immer schon unsere Aufgabe, den Gegner zu beschäftigen, Paul, damit die schweren Brocken zum Einsatz kommen können. Meine Blechdosen, wie du so treffend sagtest, sind entbehrlicher als die S-Kreuzer. Nur haben das einige der jungen Leute anscheinend vergessen. Mach das deinen Kommandanten klar, gib ihnen endlich den Befehl, sich zu massieren und uns unsere Arbeit tun lassen.«

Der Italiener sah, wie es hinter der Stirn des Vorgesetzten heftig arbeitete, dann schien sich de Grasse entschieden zu haben.

»Also meinetwegen, Vittorio«, sagte der Vizeadmiral endlich. »Wir machen es so. Zuerst verstärke ich den Druck auf die Rückfront der Schattenstation. Gleichzeitig weicht das Deckungsgeschwader hinhaltend kämpfend zurück, während Harper scheinbar schwer angeschlagen das Schlachtfeld räumt. Das täuscht eine Schwächung unser Verteidigung vor. Ich hoffe, daß die Schatten dieses Angebot annehmen und auf Pluto vorstoßen, bis in die Reichweite unserer Batterien. Du springst für Harper in die Bresche. Die Schatten werden sich nicht so stark auf dich konzentrieren, weil deine Blechbüchsen keine große Gefahr darstellen. Sobald du das Signal bekommst, greifst du mit allen Schiffen ohne Rücksicht auf Verluste an, denn direkt hinter dir stößt Harper in die Schattenstation vor. Wenn alles klappt, fallen eure Angriffe mit dem Feuerschlag der Artillerie zusammen. Sorge du nur dafür, daß der Feind nicht in deine Richtung ausbricht.«

»Danke, Paul«, antwortete Gambini. »Wann kann Harper seinen Angriff starten?«

»Ich schätze frühestens fünfzehn bis zwanzig Minuten nach der Ablösung«, meinte de Grasse. »So lange müßt ihr durchhalten! Viel Erfolg, Vittorio!«

Admiral Gambini drehte sich zu seinem Flaggoffizier um.

»Rundruf auf allgemeiner Verbandsfrequenz!«

Sekunden später stand die Verbindung.

»Jetzt schlägt unsere Stunde«, begann Gambini mit fester Stimme seine Befehle zu geben. »Die Flotte gruppiert zum Angriff um. Wir gehen in Wellen mit höchster Fahrt rein und wieder raus. Wir greifen in zwei gestaffelten Geschwaderkiellinien an. Ausweichkurse durch gekoppelte Zufallsgeneratoren. Feuerkonzentration auf einen Punkt. Sowohl beim Anflug als auch beim Abdrehen. Unsere Schiffe sollen Harper die Zeit verschaffen, damit er sich neu formieren kann. Wenn wir etwa zwanzig Minuten durchhalten, kann er seine Ringraumer zum entscheidenden Angriff ansetzen, unterstützt durch die Bodenbatterien! Terra erwartet, daß wir unsere Pflicht tun, Männer!«

»Glauben Sie, daß viele unserer Männer Nelsons Signal von Trafalgar kennen, Sir?« fragte ihn sein Flaggoffizier leise.

»Nicht viele«, entgegnete Gambini sachlich. »Aber Appelle an Pflicht und Ehre verfehlen selten ihre Wirkung! Auch wenn das zynisch klingen mag, es ist die Wahrheit!«

*

Colonel Jess Harpers INFLEXIBLE tanzte, wirbelte durch das Geflecht der Strahlenarme, die aus der Schattenstation nach den terranischen Schiffen griffen. Die Andruckausgleicher waren bis zur Höchstgrenze belastet. Harper dachte mit Schaudern daran, was geschehen würde, wenn sie auch nur für eine Nanosekunde ausfielen.

Bisher hatte sich seine Kampfgruppe gut geschlagen. Dank Clarks und Huxleys Erfahrungen, über die mittlerweile jeder Offizier der TF informiert war, hatten sich die früheren Gemetzel nicht wiederholt. Harper hatte »nur« zwei seiner S-Kreuzer verloren, aber auch keinen Schritt Boden gewonnen. Seine Schiffe waren nie nahe genug herangekommen, um ins Innere der Schattenstation zu gelangen. Das Abwehrfeuer war einfach zu heftig.

Es war noch ein Unentschieden, doch wenn das Gefecht so weiterging, blutete die Kraft der Flotte langsam aber sicher aus, während die Schattenstation anscheinend unaufhaltsam auf Pluto vordrang.

Es mußte etwas geschehen!

Harper zog die INFLEXIBLE scharf nach rechts oben weg. Die Generatoren heulten protestierend auf, als Sternensog, Intervalle und Strahlantennen gleichzeitig gewaltige Energien verschlangen. Im Abdrehen jagte der Waffenoffizier eine Breitseite Nadel auf die mutmaßliche Position der Schattenstation.

Harper warf einen schnellen Blick zum Taktikdisplay. Eines seiner Schiffe brach in Richtung Pluto aus. Anscheinend schwer getroffen verließ es das Schlachtfeld. *Nur noch zweiundzwanzig,* dachte der Colonel grimmig, als die INFLEXIBLE in eine weite Kehre ging, um zu einem erneuten Anflug anzusetzen. Auf dem Schirm tat sich jetzt einiges mehr. Und nicht zum Vorteil der TF, wie es aussah. Das Geschwader zwischen Pluto und dem Angreifer schien dem Druck nicht mehr standhalten zu können, denn es wich langsam zurück. Auch die Sternschnuppen waren in Bewegung geraten. Sie formierten sich zu Kiellinien.

Wahrscheinlich wollen auch sie sich zurückziehen, schoß es ihm durch den Sinn. *Ist auch besser so! Wenn wir schon Mühe haben, uns zu behaupten, dann sind sie hier überflüssig.*

Ein besonderer Piepton verriet Jess Harper, daß auf der Plutoführungsfrequenz ein Gespräch für ihn einlief. *Bestimmt der Befehl, das Deckungsgeschwader zu unterstützen.* Der Colonel überlegte sich noch, welche Schiffe er abgeben konnte, als das angespannte Gesicht des Vizeadmirals vor ihm sichtbar wurde.

»Ich kann fünf S-Kreuzer entbehren, Sir«, wollte Harper sagen, doch de Grasse schnitt ihm den Satz mitten im Wort ab.

»Ich will keine Schiffe von Ihnen, Harper!« sagte der Admiral mit einer Stimme, die dem Colonel sofort verriet, daß die sonst eher kollegialen Umgangsformen jetzt ad acta gelegt waren. »Ich will, daß dies Ihr letzter Anflug wird! Dabei, während oder kurz danach ziehen Sie das ganze Geschwader aus dem Gefecht und sammeln sich weiter zurück, um sich sofort...«

»Aber dann ist ja die ganze Flanke entblößt«, entfuhr es Harper schreckensbleich. »Steht es so schlimm um die Erde?«

Der Admiral lächelte hintergründig. »Sie sollten mich nicht so voreilig unterbrechen, Colonel Harper. Das kostet nur Zeit und Menschenleben. Sie gruppieren sich um zum Angriff auf die Schattenstation. Mit voller Fahrt heran und mit Dauerfeuer durch!«

»Und wer übernimmt unsere Positionen, Sir?« fragte Harper immer noch verwirrt.

Inzwischen hatte die INFLEXIBLE den Scheitelpunkt der Kurve erreicht.

»Gambini stößt mit seinen Sternschnuppen in die Lücke und verschafft ihnen fünfzehn Minuten Zeit zur Vorbereitung, Harper! Fünfzehn Minuten, keine Sekunde mehr! Dann kommt der Befehl zum Angriff. Verstanden?«

Dann war der Colonel sich selbst überlassen.

Fünfzehn Minuten, davon ungefähr drei Minuten für den Anflug, der Rest absetzen, Schlachtplan entwickeln und umgliedern. Der Alte und sein Busenfreund Gambini mußten verrückt geworden sein, wenn sie die kleinen Einheiten aufs Spiel setzten. Sein Angriff mußte Erfolg haben, sonst starben die Männer umsonst.

Harper wandte sich an den Kopiloten.

»Du hast die Verantwortung für diesen Anflug«, sagte er und entdeckte zu seiner Überraschung, daß seine Stimme plötzlich einen autoritären Klang angenommen hatte. »Bereite dich dabei auf einige überraschende Kommandos vor!«

Dann ging Harper auf die Kampfgruppenführungsfrequenz und erteilte kurz und knapp seine Befehle für diesen Anflug, wie die einzelnen Captains das Absetzen vornehmen sollten und wo gesammelt wurde.

Erstmals seit Beginn der Schlacht steuerte Harper die INFLEXIBLE nicht selber, sondern beobachtete sozusagen aus einer höheren Warte das Geschehen.

Den ersten Teil des Anflugs saß er noch etwas nervös auf dem Kommandantensitz. Zweimal geriet er sogar in Versuchung, seinen Ko abzulösen, doch er unterließ es und widmete sich ausgiebig dem Taktikdisplay.

Der Punkt, der nach den wenigen auf dem Tarnschirm aufleuchtenden Treffern zu urteilen die Position der Schattenstation verriet, war schon wieder ein Stückchen näher auf Pluto zugewandert. Die sechs Sternschnuppengeschwader hatten sich zu einer doppelten Kiellinie formiert und rückten in Richtung Charon ab. Das wirkte unverdächtig, aber Harper erkannte, daß sie trotzdem durch eine blitzschnelle Wendung seine Kampfgruppe ersetzen konnten.

Zwei blaue Punkte verschwanden kurz hintereinander in einer Nottransition, als sie unter sich kreuzenden Strahlenbahnen hinwegtauchten.

Dann war die INFLEXIBLE auf Reichweite der Nadelstrahlwaffen heran. Die bisher gut gehaltene Formation des Geschwaders brach auseinander, und erneut begann der wirbelnde Tanz jedes einzelnen S-Kreuzers gegen die scheinbar aus dem Nichts kommenden Attacken der Schattenstation.

Harper nahm das dumpfe Dröhnen aller Aggregate und die im Leitstand einlaufenden Meldungen aus dem Schiff überhaupt nicht mehr wahr, so als habe die INFLEXIBLE plötzlich keine Bedeutung mehr für ihn.

Als der Kopilot den Ringraumer abdrehte, sah Harper, daß sein Geschwader »offiziell« auf neun Einheiten zusammengeschmolzen war. Ein nicht zu übersehendes Debakel.

»Beim nächsten Schuß der Schattenstation Nottransition«, befahl er zur Überraschung des Kopiloten.

Bevor die INFLEXIBLE in die Transition ging, sah Harper auf dem Displaychrono, daß seinem Geschwader noch genau zehn Minuten und 18 Sekunden Zeit bis zum nächsten Angriff blieben. *Verdammt wenig für uns,* dachte er. *Und für die Sternschnuppen eine kleine Ewigkeit.*

*

»Wann sind sie in Schußweite?«

Diese Frage stellte sich nicht nur General Edirne, sondern das gesamte Personal der Feuerleitzentrale der Raumabwehrartillerie.

»Den umgerechneten Daten von Charon nach noch fünf Minuten, Sir«, antwortete der Leiter der Ortung geflissentlich.

»Wie viele Schiffe müssen bis dahin noch dran glauben, Sir?« fragte ein Chief-Mastersergeant am Zentralfeuerleitsensor.

»Ich weiß es nicht, Chief«, antwortete der General. »Aber wenn die Sternschnuppen ihre Sache weiterhin so gut machen, wahrscheinlich weniger als man angenommen hatte.«

»Jetzt hat es wieder einen leichten Zerstörer erwischt«, bemerkte ein Offizier neben dem General. »Und noch sind es vier Minuten!«

»Feuerleitung! Beginnen Sie mit der Vorbereitung zum Feuerschlag. Sobald die Schattenstation in Schußentfernung steht, muß bei uns alles klar sein!«

»Simmons, wie weit ist Harper?«

»Seine S-Kreuzer sind bereit, Sir«, erwiderte der Regimentschef. »Harper und seine Leute müssen sich überschlagen haben. Jetzt warten sie nur noch auf den Befehl zum Angriff.«

»Die Schattenstation rückt zügig auf Pluto vor, wenn wir unseren Anzeigen trauen können«, meldete die Ortung. »Noch zwei Minuten, wenn nichts dazwischen kommt.«

»Geben Sie die Meldung an das Deckungsgeschwader weiter, damit es beginnt, eine Lücke für uns zu öffnen«, befahl Edirne.

»Eigenenergie auf Vollast und Stationsstromnetz zugeschaltet, Sir«, meldete der Leitende Offizier der Energiezentrale eine Minute später.

»Zielkoordinaten überprüfen und weitergeben an die Stellungen«, kam die nächste Order Edirnes. »Meldung an Flotte: Raumabwehrartillerie löst Feuerschlag aus.« Der General blickte auf sein Chrono. »… in dreißig Sekunden… ab jetzt!«

Während die Uhr unerbittlich weiter vorrückte, veränderte sich das Bild auf dem Taktikdisplay der Feuerleitzentrale dramatisch. So sollte es wenigstens auf den Stab der Schattenstation wirken, der hoffentlich nicht ahnte, daß das alles zum Schlachtplan der Terraner gehörte.

Die Linie des Deckungsgeschwader bog sich in der Mitte durch und zerbrach. Die beiden Linien wichen zur Seite aus und öffneten der Schattenstation eine Lücke, durch die sie auf Pluto vorstoßen konnte. Der Kommandierende Offizier der TF mußte die Gefahr erkannt haben, denn fast unmittelbar darauf verstärkten die Verteidiger ihre heftigen Attacken auf die Flanken der Schatten, wobei die Kreuzergeschwader sich besonders hervortaten.

»Die Station erhöht die Fahrt. Die Schatten haben es geschluckt«, stellte General Edirne fest, lauter als er es eigentlich beabsichtigt hatte.

»Alle Batterien... fertigmachen!«

In den Stellungen überprüften die Geschützführer blitzschnell ein letztes Mal die Kontrollen und meldeten es den Batterieoffizieren, die es an den Kommandostand weitergaben.

Edirnes Blick haftete auf einer dünnen blauen Linie auf dem Taktikdisplay, während seine rechte Hand wie ein rüttelnder Falke über dem Feuerknopf schwebte.

Im Gefechtsstand herrschte atemlose Stille. Wie gebannt starrte alles auf den Taktikschirm, wo der Kreis von blauen Punkten um ein ortungtechnisches Nichts langsam auf Pluto zuwanderte, die dünne, blaue Linie erreichte...

... und überschritt.

Die Hand des Generals stieß auf den Knopf herab, und obwohl es absolut nicht erforderlich war, sprach er den Befehl laut aus, auf den seine Männer seit Beginn der Abwehrschlacht gegen die Schattenstation so sehnsüchtig gewartet hatten:

»Raumabwehrartillerie... alle Batterien... FEUER!«

Von 81 Stellen auf der Oberfläche des neunten Planeten zuckten die überstarken Kampfstrahlen in die Höhe und vereinigten sich an einem Punkt im All.

Der Himmel über Pluto wurde taghell, als die geballte Feuerkraft der Abwehrbatterien auf Anhieb den Tarnschirm der Schattenstation traf und auf ihm haften blieb. Die gewaltigen Energien der Geschütze, genährt von fast allen Aggregaten der Flottenstation, machten das Unsichtbare sichtbar und brachten es wie von Thors Hammer getroffen zum Halten.

Alle Soldaten auf Pluto, die irgendwie einen Blick auf ein Display erhaschen konnten, glaubten, das gewaltige Gebilde der Schattenstation wie unter den Hieben eines riesigen Vorschlaghammers erzittern zu sehen. Verstärkt wurde dieser Eindruck noch durch das Flackern der Beleuchtung, als die Batterien auf die letzten Reserven der Energieversorgung zurückgriffen, um die Wirkung des Feuers so lange wie möglich aufrechtzuerhalten.

*

Colonel Harper hatte die Zeit bis zum Feuerschlag der Raumabwehrartillerie mit feuchtklammen Händen verfolgt. Es behagte ihm überhaupt nicht, aus der Ferne zusehen zu müssen, wie weit vor ihm die Sternschnuppen verglühten, weil sie ihm den Weg zum Angriff ebneten.

Aber sie machten es den Schatten schwerer als er es getan hatte, wie Harper neidlos anerkannte. Was ihnen an Kampfkraft fehlte, machten sie durch ihre Zahl und perfekten Manöver mehr als wett. Der alte Gambini beherrschte seine Geschwader wie ein guter Florettfechter seine Waffe. Seine Schiffe tasteten die Deckung der Schatten immer wieder nach einer Schwachstelle ab, indem sich die kleinen Schiffe mit ihren Vorstößen in Geschwaderverbänden so nahe an die Station heranwagten, daß man sie nicht länger ignorieren konnte und das Feuer auf sie eröffnete.

Dennoch verlor Gambini doppelt soviel Schiffe wie er, stellte der Colonel fest. Aber was Tonnage oder Kampfkraft betraf, war das ein Klacks im Vergleich zu einem oder zwei S-Kreuzern.

Als dann die Schattenstation unter dem Ansturm der planetengestützten Artillerie erbebte, gab er seiner Kampfgruppe den Angriffsbefehl. Zwar nicht nach Vorschrift, aber sich und den Besatzungen aus der Seele gesprochen: »Macht die Bastarde fertig, nach allen Regeln der Kunst!«

*

Zweiundzwanzig S-Kreuzer reagierten wie aus einem Guß auf dieses Kommando und setzten sich in Bewegung. Wie vollblütige

Rennpferde, die zu lange auf das Startsignal gewartet hatten, sprangen sie los. Ihre Suprasensoren schalteten von langsamer Fahrt auf volle Beschleunigung und forderten von den halbkugelförmigen M-Konvertern Unmengen von Energie für die Andruckabsorber und Flächenprojektoren.

Die lange Linie von Ringraumern ging wie ein einziges erzernes Wesen in die Kurztransition. Kaum einer der Männer schenkte dem undefinierbaren Pfeifen Beachtung, weil alle darauf brannten, das zu vollenden, was die Artillerie und die todesmutigen Besatzungen der Kreuzergeschwader vorbereitet hatten.

Fünfzehn Lichtsekunden vom Schauplatz der immer noch tobenden Schlacht tauchte die Formation wieder im Normalraum auf. Sofort begannen die Suprasensoren die Geschwindigkeit herabzusetzen und zwar so, daß die Spitze der Kiellinie die langsamste Fahrt kurz vor dem Einflug in die Station erreichte.

Das Blatt hatte sich zu Gunsten der Menschen gewendet. Die Anzahl der grellen Energiefinger war zusammengeschmolzen wie Butter in der Sonne. Die wenigen, die noch nach den terranischen Schiffen griffen, flackerten schon leicht, weil die Schutzschirme der Schattenstation alle Energie schluckten, um dem brutalen Angriff der stationären Batterien standzuhalten.

Viel Zeit hatte Harper nicht zu verschenken, denn sonst könnten sich die angeschlagenen Schatten vielleicht doch noch durch eine Nottransition aus der tödlichen Umklammerung befreien.

Harpers INFLEXIBLE war das zehnte Schiff in der langen Kiellinie seiner Kampfgruppe. Der Colonel hatte schweren Herzens darauf verzichtet, selbst die Spitze zu übernehmen.

Der Adrenalinspiegel des Colonels stieg dramatisch an, als die Schattenstation in Sichtweite kam. Das Abwehrnetz der tödlichen Strahlen war auf der Angriffsfront des Geschwaders fast ganz erloschen, weil die Schatten die schweren und leichten Zerstörer wohl nicht mehr als wirklich gefährliche Gegner einschätzten. Aber einige dicke Strahlenfinger begannen jetzt, nach den Stellungen der Batterien auf Pluto und Charon zu tasten, um sich dieser

Bedrohung zu entledigen. Hoffentlich konnte die Artillerie ihr Feuer noch so lange aufrechterhalten, bis seine Ringraumer im Ziel waren.

Harpers Körper verkrampfte sich, als die überlebenden Schiffe der Sternschnuppengeschwader vor seinem ersten Ringraumer zur Seite spritzten, um eine Lücke für den Angriff zu öffnen. Obwohl alles in blitzartiger Geschwindigkeit geschah, glaubte der Colonel, mitten in einer Zeitlupenaufnahme zu stecken.

Seine ersten vier S-Kreuzer verschwanden nun buchstäblich im Nichts. Harper wußte, daß diese Schiffe jetzt mit aller Kraft abgebremst und im Inneren der Station das Feuer eröffnet hatten, um dann mit Vollast zu verschwinden und der zweiten Gruppe Platz für ihre Breitseiten zu machen.

Dann tauchte die INFLEXIBLE im Schutz ihrer Intervalle selber in das Nichts ein. Harper erblickte zum ersten Mal das, was für Huxley und Clark beinahe schon zur Routine geworden war. Die seltsam fremdartige Konstruktion der Schattenstation und das Werk der Zerstörung, das die Schiffe vor ihm binnen weniger Sekundenbruchteile angerichtet hatten.

Die Station stand kurz vor der völligen Vernichtung.

»Angriff abbrechen und ausschwärmen«, brüllte er in das Flottennetz.

Auf dem Display sah er, wie die wie Perlen auf einer Schnur aufgereihten Schiffe der beiden letzten Gruppen nach backbord abdrehten und auf höchste Fahrt gingen. Auch alle anderen Schiffe der Flotte flogen halsbrecherische Ausweichmanöver, um aus der unmittelbaren Nähe der Schattenstation zu entkommen, bevor sie explodierte.

Als die Schwärze des Alls vor Harper erschien, atmete er tief durch.

Hinter ihm ging die Schattenstation ihrem Untergang entgegen. Zuerst brach ihr Schutzschirm zusammen, und das monströse Gebilde der Schattenkreaturen war für Bruchteile von Sekunden sichtbar. Das konzentrierte Feuer der Abwehrbatterien auf Pluto stanzte ein trichterförmiges Loch mitten durch die Station, bevor die Strahlen sich in der Unendlichkeit des Raums verloren.

Dann erglühte für wenige Sekunden eine neue Sonne, blähte sich auf wie ein riesiger Ball und brach in sich zusammen.

Die Flottenstation Pluto war ihrer Vernichtung noch einmal um Haaresbreite entgangen. Unbesiegt, doch angeschlagen. Wie schwer die Wunden waren, die geleckt werden mußten, würde sich zeigen, sobald alle Verlust- und Schadensmeldungen eingetroffen und ausgewertet waren.

*

Paul de Grasse nahm erleichtert wieder seinen angestammten Platz in der Zentrale ein, nachdem er es die letzten Minuten vor lauter Nervenanspannung nicht mehr auf seinem Sessel ausgehalten hatte. Die Begeisterung um ihn herum war für ihn ohne Bedeutung.

Der Vizeadmiral blickte gespannt seinen Flaggoffizier, Flottillenadmiral Tromp, an, und in den Augen de Grasses war die Frage zu lesen, die er sich seit Beginn des Abwehrkampfes verkniffen hatte.

Doch zuerst erhielt de Grasse eine Antwort auf eine Frage, die er gar nicht gestellt hatte und wegen der Schlacht um Pluto ganz vergessen hatte.

»Marschall Bulton meint, er käme schon allein zurecht, wenn wir ihm hier draußen den Rücken freihielten! Ansonsten würde er sich sofort melden«, sagte der Niederländer. »Das war die eine Nachricht, Sir! Was Ihren Sohn betrifft, ist die Lage ehrlich gesagt noch unklar«, fuhr Tromp in einem neutralen Ton fort. »Wir wissen bis jetzt nur, daß die TROMBLON als einziges Schiff der Flottille überlebt hat. Aber so schwer getroffen, daß sie aufgegeben werden mußte und die Mannschaft von Bord ging. Die Suche nach Überlebenden wurde sofort eingeleitet, als das Gebiet als gesichert gemeldet wurde. Man wird ihn finden. Und solange wir nichts Ge-

genteiliges hören, sollten Sie die Hoffnung nicht aufgeben!«

Admiral de Grasse nickte zustimmend.

»Wie sieht die Verlustliste aus, Tromp?«

»Zwei Batterien erhielten einen Volltreffer. Ein weiterer zerstörte ein Wohnquartier. Die Zahl der Opfer am Boden ist noch nicht bekannt. Die Ringraumer melden 20 Totalausfälle und acht nicht mehr kampffähige Schiffe. Die Sternschnuppengeschwader wurden schwerer mitgenommen. Fast 30 Prozent ihrer Schiffe sind vernichtet oder schrottreif geschossen. Admiral Gambini starb mit seinem Flaggschiff BLÜCHER.«

»Mein Gott, Tromp«, sagte de Grasse. »Vittorio stand drei Monate vor der Pensionierung!«

Der Vizeadmiral verdrängte die Gedanken an Gambini aus seinem Kopf und machte sich an die Pflichten, die nach jedem schweren Gefecht auf einen Kommandeur warteten.

»Befehl an die Ringraumer. Geschwader Harper übernimmt Sicherung der Plutoumgebung. Alle Zerstörer suchen das Gebiet nach Überlebenden ab. Die anderen Einheiten landen sofort. Die Schiffe, die mehr als 80 Prozent kampffähig sind, ergänzen ihr Personal und bereiten sich auf einen neuen Einsatz vor!«

De Grasse blickte seinen Flaggoffizier nachdenklich an.

»Das war knapp, Michel! Und es hat taktische Mängel offengelegt, obwohl wir verhältnismäßig glimpflich davongekommen sind! Beim nächsten Mal sind wir vielleicht die Gelackmeierten!«

*

»Werden diese Typen das denn nie leid?«

Robert Driscoll, Kommandant von Ast-197, lachte leise, als er sah, was der Wartungsspezialist meinte.

Auf dem Hauptschirm der Asteroidenstation tummelten sich Unmengen von Punkten unterschiedlicher Farbe. Eine große Anzahl davon in einem strahlenden Blau, das sie als Schiffe der TF auswies.

Die meisten der Punkte bewegten sich auf klar erkennbaren Kursen durch das Sonnensystem. Eine Ausnahme bildeten nur zwei blaue Fünfergruppen zwischen der Uranus- und Plutobahn.

Driscoll hatte ihnen seit ihrem ersten Erscheinen auf dem Bildschirm ab und zu einen Blick gegönnt und sofort gewußt, was los war.

»So schnell nicht«, grinste er. »Das, was Sie dort sehen, sind eindeutige Anzeichen von Kommandantenkoller, Mister Conklin. Der befällt besonders junge Offiziere, die ihren ersten Verband übernommen haben!«

Driscoll gab eine Tastenkombination ein, und auf einem der Nebendisplays erschienen Zahlen.

»Das ist die 73. Zerstörerflottille«, meinte Driscoll, nachdem er die Daten kurz studiert hatte. »Kommandant und ein Halbflottillenführer sind neu! Schätze, noch drei, vier Wochen, dann hat sich ihr Koller gelegt, oder sie bekommen mächtigen Ärger von unten und oben!«

»Wie nennt sich das, was die jetzt machen?« fragte der Techniker.

»Ihr Kommandant spielt Krieg, Conklin«, erklärte Driscoll, der das Manöver natürlich kannte. »Die Marine fährt in Kiellinie, wenn man einen Gegner beim Passieren mit Feuer belegen will... aber weshalb er ein Schiff ausscheren läßt, kapiere ich nicht!«

Knapp eine halbe Minute später kannte er den Grund. Von einem Lidschlag zum anderen wurde aus dem jovialen Mann mit gepflegten Umgangsformen wieder der Kommandant der Asteroidenstation 197.

»Nun, Conklin«, sagte er mit der Gelassenheit des alten Berufssoldaten zu dem Techniker, während er auf den roten Knopf drückte, der auf seinem und allen anderen Asteroiden Alarm auslöste, »genießen Sie das Zivilisten selten zuteil werdende Privileg, eine Asteroidenstation im Einsatz gegen die Schatten zu erleben!«

Der Zivilist war schon beim Quäken der Hupe und dem Aufheulen der Generatoren erschrocken zusammengezuckt, doch bei den letzten Worten des Kommandanten wurde er kreidebleich.

»Sie meinen, die kommen hier vorbei?« entfuhr es ihm heiser.

»Das läßt sich leider nicht vermeiden, denn Ast-197 liegt direkt zwischen ihnen und der Erde«, stellte Driscoll trocken fest. »Außerdem glaube ich nicht, daß das Kurierschiff sich jetzt noch hertraut«, fuhr er fort und zeigte auf den Hauptschirm.

Das Bild verriet, daß sich das Sonnensystem in einen Hühnerhaufen verwandelt hatte. Erde und Pluto spuckten unermüdlich blaue Punkte förmlich aus, ebenso die anderen Planeten, auf denen Kriegsschiffe stationiert waren. Was schon im All war, strebte in Höchstfahrt auf die befohlenen Positionen zu. Während die Zahl der blauen Punkte anwuchs, suchten die andersfarbigen offensichtlich Schutz auf den bewohnten Welten. Die Schiffe mit Kurs aus dem System gingen so schnell wie möglich in Transition.

Driscoll hatte während des Gesprächs an den aufblinkenden Flächen gesehen, daß alle Stationen von Ast-197 Einsatzbereitschaft gemeldet hatten.

»Kommandant an Ortung und Feuerleitung. Lagekonferenz«, befahl er via Führungsnetz.

Auf dem Kommandantenschirm vor Driscoll teilte sich das Bild, und die Gesichter zweier Männer erschienen.

»Die Messungen lassen keine klare Deutung zu. Doch ich habe etwas auf dem Schirm, das mit knapp Licht in Richtung Erde unterwegs ist. Über Anzahl und Größe der Schattenschiffe kann ich nur Vermutungen anstellen, doch bei abnehmender Entfernung ändert sich das bestimmt, Sir.«

»Weiter dranbleiben, und halten Sie mich auf dem Laufenden, Ben«, dankte Driscoll dem Mann.

*

Colonel P. S. Clark rannte so schnell er konnte auf die Shuttles zu, die ihn und seine Offiziere zu den wartenden Schiffen bringen sollten.

Im Laufen stopfte er sich einen der Kräcker in den Mund, die er sich beim hastigen Aufbruch aus der Casinobar noch hatte schnappen können.

Sein Geschwader hatte normalen Wochenenddienst, was besagte, daß die Besatzungen den Kasernenbereich nicht verlassen durften.

Aus diesem Grunde hatte Clark sein Offizierskorps samt Damen zum Dinner geladen. Derartige Gelegenheiten boten sich im normalen Dienstbetrieb selten, weil seine Kameraden sonst nach Feierabend ausschwärmten wie die Hummeln.

Weil das Essen erst um 19.30 Uhr mit seiner Ansprache beginnen sollte, hatten sie in der Bar auf die Ankunft der Damen gewartet. Doch der Casinooffizier hatte dem Dinner ein Ende bereitet, bevor es noch begonnen hatte. *Dann sollten sich die Ladys eben einen schönen Abend machen,* dachte Clark, als er sich in den Sitz neben dem Fahrer schwang.

Mit heulenden Sirenen und Blaulicht setzte sich der Transporter in Bewegung und sauste im halsbrecherischen Tempo hinaus zum Landefeld. Auf der Fahrt entgingen dem Colonel die bereits drohend in den Himmel ragenden Antennen der direkten Raumhafenabwehr nicht. Es schien ernst zu sein, und Clark brannte darauf, sich endlich in das TF-Kommandonetz einklinken zu können.

Die kleine Kolonne war nicht die einzige, die zu den Schiffen jagte. Es war ein ganzer Strom von Shuttles unterwegs, denn es galt nicht nur ein Geschwader zu bemannen, sondern alle auf Cent Field stationierten, wobei die S-Kreuzer Vorrang vor den Kugelraumern besaßen.

Transporter spuckten ununterbrochen ihre menschliche Fracht aus, die sofort in Windeseile im Bauch der Raumer verschwand.

Dann hielt Clarks Shuttle am Landeplatz der COLOSSUS, seinem Flaggschiff, bis die EUROPA die Werft verlassen hatte. Sie lag dort, um durch den Einbau zusätzlicher Fernmelde- und Feuerleiteinrichtungen zum echten Flottenführungsschiff zu werden.

P. S. Clark hatte nur seine wichtigsten Offiziere als Stab mitgenommen, während der Rest seiner Mannschaft auf das Ende der Werftarbeiten wartete.

Der Colonel schwang sich aus dem Shuttle und hetzte auf das Schiff zu.

Wenig später erreichte er heftig atmend die Kommandozentrale. Aus alter Gewohnheit steuerte er auf den Sitz des Kommandanten und Piloten zu.

Doch zwei Gründe hinderten ihn am Erreichen seines Ziels. Der eine davon war, daß der Sessel schon von Captain Pedro Sidonia besetzt war, einem der dienstältesten S-Kreuzer-Kommandanten überhaupt und begeisterten Anhänger der alten Flottentraditionen.

Der zweite war, daß der Lieutenant der Flotteninfanterie lauthals verkündete: »Geschwaderkommandant an Deck!«

Worauf sofort alle Anwesenden ihre Arbeit einstellten und Front zu ihm machten.

Clark ließ das Melderitual geduldig über sich ergehen, bevor er sich zu der Empore begab, wo auf diesem Schiff sein Platz war, hoch über dem Routinealltag schwebend und ihn daran gemahnend, daß er nicht mehr Herr eines Raumers war, sondern über deren fünfundzwanzig gebot.

»Geschwaderstatus!« sagte er knapp und ließ sich in einen bequemen Drehsessel fallen, der ächzend unter seinem Gewicht nachgab.

Der Taktikoffizier des Geschwaders legte sofort das entsprechende Diagramm auf Clarks eigenes Display.

Mit einem Blick sah der Colonel, daß alle seine Schiffe von der Technik her startbereit waren, nur die grünen Säulen der Besatzungsstärken waren noch nicht bei allen auf Sollstärke. Aber ein Start mit Minimalpersonal war jederzeit möglich. Doch das konnte er immer noch entscheiden, wenn er mehr Einzelheiten kannte.

»Lage Sol?«

»Auf Hauptdisplay, Sir!«

Clark studierte aufmerksam den Schirm. Solauswärts von Pluto tanzten blaue Punkte wie Mücken um ein Nichts im All, das sich unendlich langsam dem neunten Planeten näherte.

Zwischen Uranus- und Jupiterbahn bewegte sich eine rote Ballung geradlinig und zielstrebig ins Innere des Systems vor. Verfolgt von nur einem einsamen blauen Punkt.

Obwohl aus allen Richtungen starke Verbände zu seiner Unterstützung herbeieilten, würde der Punkt bald erlöschen.

»Gibt es schon Daten über Anzahl, Typen, Kampfkraft oder vermutliche Absichten der Schatten, Phil?«

Clark blickte seinen Taktikoffizier an. Philip Cartier war ein Frankokanadier mit einem Schuß Indianerblut in den Adern, der ihm von Bulton als taktischer Berater angedient worden war.

»Die Schattenschiffe fliegen in sehr enger Formation, Sir! Deshalb dringt die Ortung nicht durch! Es sind 100, 200 oder auch mehr. Was sie vorhaben? Zur Erde durchstoßen! Ob mit massierten Kräften oder ausgeschwärmt, um die Verteidigung aufzusplittern, wird sich zeigen!«

Clark nickte zustimmend. Phils Einschätzung der Lage deckte sich so ziemlich mit seiner.

Clarks Blick wanderte weiter in Richtung der unteren Planeten bis zur Erde, wo sich langsam ein Sperriegel blauer Punkte formierte.

»Verbindung mit Flottenoberkommando. Den Boß persönlich«, sagte Clark zum Funker. »Mal sehen, welche Befehle er für uns hat.«

*

Robert Driscoll aß in aller Gemütsruhe das mit Sicherheit letzte Sandwich seines Lebens und sah auf den sich annähernden Feind. Die Ballung hatte inzwischen die Form eines Kegels angenommen, dessen Spitze in Richtung Terra zeigte.

In fünf Minuten zogen die Schattenschiffe an Ast-197 vorbei.

In Kernschußweite!

Aus diesem Grunde arbeitete nur die passive Ortung. Alle anderen Energieverbraucher waren auf unterste Stufe herabgefahren oder ganz abgeschaltet. Ein flüchtiges Abtasten des Asteroiden zeigte jetzt nur einen toten Felsbrocken.

Die Asteroidenstation würde das Feuer eröffnen, bis die unvermeidliche Antwort sie auslöschte.

Die Besatzung war dabei, in die Boote zu gehen, bis auf einige Freiwillige, die erforderlich waren, den Feuerschlag auszulösen.

Driscoll hatte sich dafür entschieden, denn seine Batterien waren stärker als die der Zerstörer giantischer Bauart, die jetzt Fühlung mit den Schatten hielten.

Er brauchte nicht toter Mann zu spielen, um weiterhin den Kegel zu beobachten und jede Veränderungen zu melden.

Driscoll blickte hinaus und genoß die Schönheit der Sterne.

Es war ein guter Tag zum Sterben.

Er fragte noch einmal Energiezentrale und Geschützstände auf Bereitschaft ab, bevor er zur Hangarschleuse schaltete.

»Alle Mann in den Booten, Harlan?«

»Ja, Sir«, antwortete sein Stellvertreter. »Ich habe nur auf Ihren Anruf gewartet, bevor ich an Bord gehe und die Luken schließe!«

»Vergessen Sie nicht, das Licht auszumachen«, unternahm Driscoll einen Versuch, zu scherzen.

Driscoll hörte, wie Harlan schluckte, bevor er antwortete.

»Viel Glück, Sir! Und danke im Namen der Mannschaft.«

Driscoll unterbrach die Verbindung abrupt und wartete ungeduldig auf seinen Moment.

Und als der gekommen war, löste Driscoll den Feuerschlag aus.

Zum letzten Male erwachten die Generatoren zum Leben, als sie mit ihren riesigen Energien die Antennen der Geschütze speisten und nährten.

Ein gewaltiger Blitz fuhr in die Flanke des Kegels, zerfetzte jeden Schirm auf den er traf mit titanischer Urgewalt und drang drei Schiffsreihen tief ein, bevor seine Kraft von Schutzfeldern der Raumer auf der gegenüberliegenden Seite absorbiert wurde.

Driscoll sah noch, wie die Beiboote der Station mit Höchstgeschwindigkeit in Richtung Saturn verschwanden, bevor die tödlichen Strahlen der Schattenschiffe diesen Teil des Asteroiden zerschmolzen und verdampften, bevor die Kälte des Alls die Reste zu einer glasigen Masse erstarren lassen konnte…

Als ewiges Monument für Ast-197!

*

»Das Feuer der Station hat für einen Augenblick eine Lücke in den Kegel geschlagen, Sir!«

Konteradmiral Nigel Davenport, dem man alle die Schatten begleitenden Kreuzergeschwader und Zerstörerflottillen unterstellt hatte, wandte den Kopf seinem Flaggoffizier zu.

»Jetzt melden Sie mir nur nicht, daß sie wieder geschlossen ist, Captain«, fauchte er aufgebracht. »Wo bleibt die verdammte Analyse? Oder hat die Ortung etwa diese Chance nicht genutzt?«

Der Marinecaptain zuckte bei dieser Anfuhr zusammen. Diese hohen Tiere waren unter Streß manchmal einfach unberechenbar.

»Doch, Sir, das hat sie«, antwortete er mit gefaßter Stimme. »Die Kegelwand war an der Stelle drei Raumer tief. Wir stellten eine Reihe von Schiffstypen fest, die größten davon 300 bis 400 Meter. Genauere Analysen werden von dem unbeschreiblichen, lichtlosen Leuchten verhindert, das die Schattenschiffe umgibt. Wir haben es mit ungefähr 300 Angreifern zu tun!«

»Geben Sie das ans Hauptquartier weiter und fragen Sie bitte nach, wann wir eingreifen sollen. Und was die S-Kreuzer eigentlich vorhaben? Hier spielt die Musik und nicht dort, wo die hinwollen!«

*

P. S. Clarks acht S-Kreuzer Geschwader jagten mit höchster Fahrt solauswärts, dabei bewegten sie sich auf Kursen, die sie eigentlich weit weg vom Schauplatz des Geschehens führten.

»Ast-197 hat die Deckung der Schatten aufgerissen, Sir!«

Clark, der aufmerksam das große Hauptdisplay beobachtete, auf dem sich der Kegel inzwischen der Jupiterbahn näherte, sah zu seinem Taktikoffizier hinüber.

»Drei Reihen tief gestaffelt! Ungefähr 300!«

Seit Ast-197 hatten die Schatten jeden Asteroiden auf ihrem Kurs weggeblasen, der eine mögliche Bedrohung darstellen konnte. Darunter auch Ast-201 und Ast-178, bevor sie einen Schuß abgeben konnten.

»Das ist wenigstens etwas, Phil«, antwortete der Colonel. »Befehl an die leichten Einheiten! Sie sollen die Katze am Schwanz packen! Mal sehen, wie die Burschen darauf reagieren!«

Clark blickte wieder auf das Taktikdisplay und schüttelte den Kopf.

»Die müssen uns doch auf ihren Schirmen haben, Phil, und bleiben dennoch auf direktem Kurs zur Erde. Wenn sie ihn weiter beibehalten, landen sie direkt auf Cent Field! Wird ein schweres Stück Arbeit sein, sie davon abzuhalten!«

Der Frankokanadier nickte zustimmend.

»Wir könnten das Wendemanöver sofort einleiten und beginnen, sie von der Erde abzudrängen. Zwei Grad hier und jetzt würden dafür schon reichen, Sir!«

»Einverstanden, Phil«, sagte Clark. »Dann zeigen wir den Schatten mal, was der alte Nelson uns beigebracht hat! Neuer Befehl an Davenport! Er soll sich die abgesprengten Teile vorknöpfen!«

*

Konteradmiral Nigel Davenport fluchte wie ein Rohrspatz. *Was hatte sich Bulton eigentlich dabei gedacht, diesem Grünschnabel das Kommando zu überlassen,* schoß es ihm durch den Kopf, als von seinen Verbandsführern die Bestätigung der neuen Order einliefen.

»Da bekommt man den ersten vernünftigen Befehl des ganzen Tages, und schon wird man zurückgepfiffen. Das ist ja zum Mäusemelken«, entfuhr es im so laut, daß sein Stab es mitbekam.

Zur Untätigkeit verdammt mußte Davenport zusehen, wie der kegelförmige Schiffspulk weiter seine Bahn in Richtung Erde zog.

Wann entschied sich der »Schattenexperte« endlich zum Angriff?

»Admiral! Die S-Kreuzer kommen rein!«

Die aufgeregte Stimme seines Flaggoffiziers riß Davenport aus seiner Mißstimmung.

Er sah auf das Display.

Die gesamten Ringraumergeschwader kamen gerade aus einer engen Wende und hielten auf die Schattenschiffe zu.

Mit einem Schlag war Davenports Ärger verflogen.

»Clark teilt den Kuchen in Häppchen, die auch wir verdauen können! Befehl an die Kreuzer und Zerstörer: Gegner nur im Verband stellen, niederkämpfen oder aufhalten, bis die dicken Pötte eingreifen!«

Dann sah Davenport händereibend zu, wie die schweren Kaliber der TF die Schlacht eröffneten. Seine Schiffe waren bereit, das ihrige dazu beizutragen.

*

»Die ignorieren uns noch immer, Phil?«

In P. S. Clarks Stimme schwang purer Unglauben mit, so als könnte ihm der Frankokanadier eine Antwort darauf geben, weshalb die Schatten nicht auf die auf sie zujagenden Geschwader reagierten.

»Aber nicht mehr lange! Mein Wort darauf«, fuhr der Colonel grimmig fort.

Dann lehnte er sich in seinem Sessel zurück und versuchte seine Anspannung zu verbergen, denn er war sich nicht sicher, ob seine Strategie den erwünschten Erfolg haben würde. Aber das durfte er den Leuten nicht zeigen.

Mit den Strahlgeschützen der Schattenschiffe konnten die Intervalle schon fertig werden, dachte Clark, als aus dem Kegel die ersten Energiefinger nach den S-Kreuzern griffen.

Die eigentliche Raumschlacht um Terra hatte begonnen und würde wohl erst im Erdorbit ihr Ende finden.

*

Burt Collingwoods MINOTAURUS hatte die Spitzenposition des S-Kreuzergeschwaders inne, das die Basis des Kegels aus Schattenraumern auf der Backbordseite angreifen sollte, um einen Teil der Formation vom Rest der Flotte abzuschneiden.

Der Kegel bewegte sich mit 0,5 Licht in Richtung Erde, daher war es kein Problem, den Angriff anzusetzen.

Collingwood gab dem Sternensog mehr Energie. Der Lärm in der MINOTAURUS schwoll zum Getöse an, als der S-Kreuzer einen Satz nach vorn machte und auf 0,8 Licht beschleunigte.

Dann war die MINOTAURUS in Schußweite. Die vorderen Antennen hämmerten mit Nadelstrahl auf das von den Suprasensoren festgelegte Ziel ein.

Fast gleichzeitig mit ihm eröffneten die Schattenraumer der Kegelrückfront das Feuer auf sie und die anderen vier Kreuzer des Verbandes.

Die MINOTAURUS erbebte unter den Volltreffern. Die Intervalle ächzten, als sie den Ansturm absorbierten. Die Belastungsanzeigen schnellten hoch auf 400 %, und das obere Intervall brach zusammen. Für Sekundenbruchteile umtosten Kaskaden tödlicher Energien das untere Feld, aber es hielt stand.

Dann war die MINOTAURUS durch. Collingwood ging auf Maximum Sternensog und zwang den Kreuzer in einen engen Bogen, um sich wieder in die Kiellinie seines Geschwaders einzureihen.

Nach dem vierten Anflug kam sich Collingwood wie auf einem Karussell vor, das sich unermüdlich im Kreise dreht. Doch das hier war kein Vergnügen, sondern tödlicher Ernst. Mit hohem Tempo an den Feind ran, Feuern und beten, daß die Schirme hielten. Es war eine Achterbahnfahrt durch Hölle und Himmel.

Das Abwehrfeuer der Schatten hatte Wirkung gezeigt. Beim zweiten Angriff hatte die MINOTAURUS schwere Treffer auf der Backbordseite einstecken müssen, als Collingwood beim Abdrehen die Kurve zu scharf anging und drei Strahlen sie trafen, weil sie ein anderes Schiff verfehlt hatten. Die Unitallpanzerung hatte Schlimmeres verhindert, aber durch die Aufheizung eines Teils der Außenhaut waren in den dahinter liegenden Sektionen eine Reihe von Aggregaten ausgefallen und mehrere Männer schwer verletzt worden. Die DERFFLINGER und die YAVUZ aus Collingwoods Verband waren weniger glücklich. Mehrere Volltreffer auf geringe Distanz führten zum Totalverlust der Schiffe.

Insgesamt hatte das Geschwader bereits fünf Ringraumer verloren, aber der Preis, den der Gegner dafür zahlen mußte, war bedeutend höher gewesen. Viermal höher, denn die S-Kreuzer waren nur kurze Zeit unter Beschuß und konnten mit Hilfe von Zufallsgeneratoren beim Anflug um die jeweilige Ideallinie pendeln. Zwar nur geringfügig, aber bei 0,8 bis 0,9 Licht reichte das schon, um den gegnerischen Strahlkanonen ein schwierigeres Ziel zu bieten.

Die Schattenschiffe dagegen konnten nicht ausweichen, denn dazu waren ihre Abstände zu gering. Sie hätten schon ihre Formation auflösen und sich der TF stellen müssen.

Genau aus diesem Grunde beißen wir sie ja auch in den Hintern, dachte Collingwood. *Wenn sie das machen verlieren sie an Fahrt. Und wenn sie die Geschwindigkeit hochfahren, müssen sie die Abstände so vergrößern, so daß wir zwischen ihnen hindurchstoßen können.*

Deshalb zog der Kegel stur seine Bahn und steckte alle Schläge gleichmütig wie ein Boxer weg, so schwer sie auch waren. Jeder Raumer, den die TF ins All blies, wurde durch ein Schiff aus dem Kegelinneren ersetzt. Der Kommandeur der Schatten nahm ungerührt die hohen Verluste in Kauf, um seine Flotte zusammenzuhalten. Bis kurz vor dem Ziel, dann würden sie ausschwärmen. Es war ein reines Rechenexempel. Denn die Zahl seiner Schiffe war höher als die der TF.

Captain Collingwoods Anspannung stieg jedesmal sprunghaft an, wenn die MINOTAURUS im Karussell der Raumer wieder an die Reihe kam und wich grenzenloser Erleichterung, wenn der Kegel hinter ihm zusammenschrumpfte. Und Collingwood fragte sich, wie lange er oder sein Schiff das durchhalten würde.

Unermüdlich hämmerte das Geschwader auf das ausgewählte Kreissegment ein, während die Zahl seiner S-Kreuzer langsam zusammenschmolz.

Es ist mal wieder soweit, dachte Collingwood, als der Kreis mit dem Segment vor ihm rasend schnell anwuchs. Diesmal war das Abwehrfeuer irgendwie anders. Zwar leckten die Energiezungen in noch höherer Zahl nach den angreifenden Ringraumern, doch fehlte ihnen der Biß! Die MINOTAURUS wurde sechsmal getroffen, doch nur zwei Treffer kurz hintereinander bereiteten dem Intervallfeld Probleme. Der erste Strahl ließ zum wiederholten Male das obere Minikontinuum um den Raumer zusammenbrechen, doch das untere verdaute den zweiten ohne Schwierigkeiten.

Erst als der S-Kreuzer dem Abwehrfeuer das Heck zeigte, begriff Collingwood, was das bedeutete.

»Meldung an Geschwaderchef«, befahl er dem Funkoffizier. »Den Schatten gehen die dicken Pötte aus! Sie schicken leichtere Einheiten in die Bresche!«

Noch bevor die Meldung bestätigt wurde, kam der Befehl, den sich Collingwood nach jedem Auftauchen aus der Hölle herbeigesehnt hatte. Als das Signal ertönte, das eine Botschaft von allerhöchster Stelle anzeigte, schaltete er sofort auf Bordanlage um.

»Geschwader Minimato! Angriff abbrechen, Steuerbordachteraus sammeln. Dampierre ist jetzt an der Reihe! Danke, daß ihr sie weichgeklopft habt«, verkündete P. S. Clark persönlich. Collingwood wußte, daß diese anerkennenden Worte der Besatzung guttun würden.

Die MINOTAURUS steuerte direkt in den Himmel der Kampfpause, während andere noch einmal durch die Hölle mußten, bevor sie ihre Wunden lecken konnten.

Vierzehn Ringraumer hatten überlebt, doch keiner von ihnen ohne Blessuren. Bei fast allen S-Kreuzern hatten Bug und Steuerbordseiten stark gelitten. Davon zeugten deutlich sichtbar die geschwärzten Schrammen in der Außenhaut. Und nur die Kommandanten und die unmittelbaren Vorgesetzten konnten die Namen der Toten, Vermißten und Verwundeten, die jetzt fein säuberlich gelistet von unten nach oben gemeldet wurden, mit den entsprechenden Gesichtern in Verbindung bringen.

Die MINOTAURUS war nur noch zu 60 Prozent gefechtstauglich. Aber das war nicht ganz so schlimm, wie diese Angabe vermuten ließ. Ihre Backbordantennen waren fast alle noch einsatzbereit.

»Na ja, dann muß ich halt eben mit der anderen Seite angreifen«, murmelte der Kommandant, bevor er auf Lautsprecher ging.

»Achtung! Captain an Besatzung. Ich bin stolz auf jeden von euch. Die Kombüse schickt warme Mahlzeiten und Getränke auf die Gefechtsstationen. Ende!«

Dann erst blickte Collingwood auf das Chrono und schüttelte überrascht den Kopf. Diese anderthalb Stunden waren ihm unendlich lange vorgekommen.

*

Seit fünfundvierzig Minuten saß Admiral Davenport wie auf glühenden Kohlen. Die gleiche Zeit hatte er den S-Kreuzern gegeben, die Nuß zu knacken.

Doch es dauerte länger, als er erwartet hatte.

In wenigen Minuten nahm das Warten ein Ende, dann mußten seine Geschwader und Flottillen ran.

Neunzig Minuten lang schlug die TF schon unermüdlich auf die

Schattenschiffe ein.

Clarks S-Kreuzer ließen die Schatten kräftig zur Ader.

Fünf seiner Geschwader lieferten sich mit der achteren Steuerbordflanke des Gegners ein laufendes Gefecht auf Reichweitengrenze der Antennen. Die Ringraumer pickten sich geschwaderweise ein Schattenschiff am hinteren Rand des Kegels heraus und pflasterten es mit den hochenergetischen Strahlen zu, bis es in einer Sonne verging. Dann knöpften sie sich den nächsten Gegner vor. Keine besonders geniale Strategie oder taktische Raffinesse, sondern genau kalkuliertes, methodisches Dezimieren des Gegners, ohne die eigenen Kräfte zu sehr in Gefahr zu bringen.

Eine Wirkung war dem Kegel äußerlich allerdings nicht anzusehen, aber das Nachhalten der für Sekunden erglühenden und dann verlöschenden Sonnen bewies, daß der Erfolg manchmal jedes Mittel rechtfertigte.

Davenport rechnete noch mit zwei, drei Anflügen des ausgeruhten Geschwaders, bis sich das Kreissegment abspaltete, denn anscheinend schafften die Schatten es nicht mehr, ihre Hintertür mit stärkeren Schiffen zu besetzen.

Davenport sah auf dem Hauptdisplay, wie sich das nächste S-Kreuzergeschwader zu einem spitzwinkligen, vertikal ausgerichteten Keil mit sehr geringen Abständen formierte, während sich Minimatos stark zusammengeschmolzener Verband abwartend im Hintergrund hielt.

Dann sprangen die fünfundzwanzig Ringraumer wie aus dem Stand an, beschleunigten mit einem Wahnsinnstempo, das kurz vor dem Feind extrem abgebremst wurde, bis das Geschwader nur etwas schnellere Fahrt machte als die Schatten.

Die Spitze des Keils bohrte sich brutal in die Rückfront des Kegels aus Schattenschiffen, deren bizarre Formen von dem unbeschreiblichen, lichtlosen Leuchten umhüllt waren.

Es war keine Schlacht mehr, sondern ein grausames Gemetzel – allerdings kein einseitiges.

Die auf höchste Leistung geschalteten Antennen wüteten unter den Feindschiffen. Die Breitseiten der Ringraumer durchschlugen auf diese Kurzdistanz brutal jeden Schirm und verdampften feste Materie zu atomaren Wolken. Die Schatten wehrten sich verzweifelt, doch die Konzentration des Feuers ihrer schwächer bestückten Schiffe auf nur wenige Ziele forderte ihren Blutzoll.

Fünfundzwanzig Ringraumer hackten sich eine Bahn durch die Schattenschiffe und trennten auf diese Weise ein größeres Stück der Backbordflanke des Kegels ab.

Vor Davenport schien das Universum zu explodieren, weil soviel Schiffe in grellen Lichtbällen vergingen. Selbst die Displays zeigten nur ein Gewitter von grellen Blips.

Doch als die Ortung wieder Daten lieferte, ließ der Konteradmiral seine Hunde von der Leine.

»Hetzen und vernichten! Kein Schatten darf wieder Anschluß an die Flotte finden. Gute Jagd, Davenport!«

*

Geduld ist eine alte Soldatentugend, hieß es nicht ohne Berechtigung, denn die Hälfte seines Lebens wartete der Soldat vergebens.

Das Schlimme beim Warten war die Ungewißheit darüber, ob es überhaupt zum Gefecht kam, fand Lieutenant Jaime Juarez, zweiter Feuerleitoffizier an Bord des schweren Kreuzers ZARA.

Seit Stunden verfolgte er die beiden Raumschlachten auf den Schirmen. Bei der um Pluto stand es ebenso unentschieden wie im Sektor vor ihm.

Und bei beiden blieben die Zerstörer außen vor, weil sie in diesem Kampf nur Kanonenfutter für die Giganten abgegeben hätten.

Aber in den letzten Minuten hatte sich die Waagschale immer mehr zugunsten der leichten Streitkräfte geneigt.

Als die Ortung wieder klare Ergebnisse lieferte, wußte Juarez, daß die Warterei vorüber war. Clarks Ringraumer hatten einen Sieg errungen und einen Teil des Kegels abgeschnitten.

Juarez' Finger bearbeiteten die Tastatur des Feuerleitsensors mit der Meisterschaft eines Konzertpianisten. Die Daten der Ortungszentrale wurden analysiert und weitergeleitet an Taktik- und Waffenoffizier.

Die ZARA und mit ihr alle Kreuzer und Zerstörer stürzten sich wie hungrige Wölfe auf die von ihrer Flotte abgeschnittenen Schattenschiffe.

Die Kommandanten und Mannschaften waren wie entfesselt, als sie endlich ihren aufgestauten Frust entladen durften.

Die ZARA und ihre drei leichteren Schwestern reihten sich in den Strom der Kreuzer und Zerstörer ein, der auf die Schattenraumer zujagte.

Die Schattenschiffe wehrten sich verzweifelt, doch gegen diesen berserkerhaften Zorn besaßen sie nicht den Hauch einer Chance.

Vor allen Dingen die Geschütze der wenigen verbliebenen schweren Brocken der Schatten schlugen Lücken in die anstürmenden Kugelraumer der terranischen Flotte. Doch ihr Abwehrfeuer konnte nicht verhindern, daß der kleine Pulk der Schatten immer weiter aufgesplittert wurde.

Juarez nahm an der Vernichtung dieser Teile der Schattenflotte nur am Display teil. Er hatte dafür zu sorgen, daß sein Captain die Waffen der ZARA am besten zur Wirkung bringen konnte.

Die ZARA und ihre Schwestern hatten sich zwischen einen bereits waidwunden dicken Brocken und den Kegel geschoben, um zu verhindern, daß er wieder Anschluß gewann und dort Schutz suchen konnte.

Der Kampf war hart, das hörte jetzt auch Juarez, denn das Aufheulen der Aggregate drang selbst in die schallgedämpfte Zentrale der ZARA. Der Lieutenant konzentriert sich nur auf seinen Feuerleitsensor und die Stimme des Captains, alle anderen Geräusche drängte er zurück. Ebensowenig nahm er die schweren Treffer wahr, die die ZARA heftig durchschüttelten.

Juarez hatte alle Hände voll zu tun, um das Feuer des Geschwaders auf die Schirme des Schattenraumers zu koordinieren. Immer wieder versuchte der Feind, die Strahlenbarriere der Kreuzer zu überwinden. Doch jedesmal mußte er dem konzentrierten Feuer ausweichen.

Von achtern näherte sich ein blauer Punkt dem Geschwader, um die CENTAURUS zu ersetzen, denn der leichte Kreuzer zog sich gerade kampfunfähig aus dem Gefecht zurück. Ihr Captain hatte einen Augenblick lang nicht aufgepaßt und sich eine Breitseite eingefangen.

Juarez' Finger tanzten über die Konsole. Der Ersatz war die MINOTAURUS, ein S-Kreuzer aus Minimatos Geschwader. Juarez ahnte, was jetzt kommen würde, und gab neue Daten an seinen Captain weiter.

Dreißig Sekunden später suchte sich die ZARA neue Ziele und fand sie im Überfluß, denn die S-Kreuzergeschwader hatten einen weiteren Teil des Kegels abgetrennt.

Die Zeit hatte jede Bedeutung für Lieutenant Juarez verloren. Er saß an seinem Suprasensor und arbeitete einen Feuerleitplan für das Geschwader nach dem anderen aus. Die Zahl der einsatzfähigen Antennen der ZARA war auf unter zwanzig gesunken, und bei jeder neuer Sonne, die sie zum Erglühen brachten, fielen weitere aus.

Bald würde sich die ZARA unter die Schiffe einreihen, die sich aus der Schlacht zurückziehen mußten.

Die ZARA kämpfte schon lange nicht mehr mit ihren ursprünglichen Schwesterschiffen, zwei von ihnen waren selbst zu Sternen aufgeblüht und vergangen. Überlebende Kreuzer aus zusammengeschmolzenen Verbänden hatten sich an ihrer Stelle zur ZARA gesellt. Auch die MINOTAURUS hatte sich waidwund zurückgezogen, und ein anderer Ringraumer leistete nun die Schwerstarbeit, den Schattenschiffen den Rest zu geben.

Juarez wollte jetzt nicht in der Haut Clarks stecken, obwohl er schon oft davon geträumt hatte, später selbst einmal ein solches Kommando zu haben. Aber was er an seiner Stelle noch hätte tun können, wußte er auch nicht. Es war zum Verzweifeln.

Der inzwischen bedeutend kleiner gewordene Kegel der Schattenschiffe zog weiterhin unbeirrbar seine Bahn zur Erde, ohne sich um das Schlachtfest hinter ihm zu kümmern.

Ast-Stationen hatten innerhalb der Jupiterbahn schreckliche Wunden in seine Flanken gerissen, ohne ihn aufzubrechen oder von seinem Ziel abbringen zu können.

Die Verluste der TF waren hoch, aber ihre Raumer hatten ihren bisherigen Auftrag mehr als erfüllt. Wenn der Kegel die Erde erreichte, dann waren höchstens noch sechzig, siebzig Schiffe von ihm übrig. Mehr als genug, um verheerende Zerstörungen anzurichten, besonders wenn sie ausschwärmten. Daran zweifelte der Lieutenant nicht, die Frage war nur, wann ihr Kommandeur den entsprechenden Befehl ausgab.

Auf halber Strecke zwischen Erde und Mars formierten sich nun die Schiffe der Erdverteidigung, um den Kegel gebührend in Empfang zu nehmen, wie Juarez auf seinem Display sah.

Die Verbände legten sich quer vor den anfliegenden Kegel, weil dem Flottenoberkommando keine Wahl blieb, als ihn frontal mit konzentrischem Feuer zu stoppen.

Der Lieutenant wußte nicht, ob das auch alles so funktionieren würde, wie das Flottenoberkommando es sich ausgedacht hatte. Aber er hoffte es inbrünstig. Dann verdrängte er jeden Gedanken an die Zukunft aus seinem Kopf, im Augenblick zählte nur die Gegenwart. Und die mußte er erst einmal überleben.

Lieutenant Jaime Juarez erfüllte bittere Genugtuung, als durch seinen Feuerleitplan ein weiteres Schattenschiff eins mit dem Universum wurde. Er hatte längst aufgegeben, die Abschüsse zu zählen.

*

Auf Alamo Gordo und Cent Field schien längst die Sonne des neuen Tages, doch tief unter der Erde im Hauptbefehlsstand von Terra Command spielte das keine Rolle.

Generalleutnant Martells Stab hatte alle Hände voll zu tun, um die einströmende Datenflut in geordnete Bahnen zu lenken, während der Kommandierende General und sein Stabschef Bill Carter die Lage auf dem großen Sol-Display aufmerksam studierten.

Der rote Kegel war auf allen Seiten von blauen Punkten eingekreist. Das war aber auch das einzige, was noch einigermaßen zu erkennen war, denn nur noch eine gute Lichtminute von der Erde entfernt erzitterte der Weltraum unter gewaltigen Energien, die jede genaue Ortung fast unmöglich machten.

Die Terranische Flotte hatte die Schattenschiffe mit einem massiven Feuerschlag empfangen, der die Spitze der Formation förmlich plattschmolz und den Kegel merklich verlangsamte.

Mit diesem entscheidenden Schlag hatte sich das Blatt gewendet.

»Jetzt dauert es nicht mehr lange, Sir«, sagte der breitgesichtige Zweisternegeneral zu Martell. »Togo meldete gerade erste Nottransitionen von Schattenraumern!«

»Warum beginnen sie erst jetzt damit, so kurz vor ihrem Angriffsziel, Bill?« reagierte Martell auf diese Information. »Warum haben sie sich seit ihrer Entdeckung von uns zusammenschießen lassen?«

»Gewaltsame Aufklärung, nehme ich an«, versuchte der Stabschef eine Erklärung. »Der erste abgeschlagene Angriff der Schattenstationen war wohl nicht mehr als ein Erkundungsvorstoß. Jetzt stellen sie fest, wie stark unsere Verteidigung wirklich ist und wo die Schwachstellen sind, General!«

»Um dann mit aller Kraft anzugreifen«, entfuhr es Martell, und er blickte Bill Carter entsetzt an. »Mein Gott, die Schatten müssen über unheimliche Materialreserven verfügen, daß sie so viele Schiffe für den Vorstoß in unser System einsetzen. Wie groß mag dann erst die Hauptflotte sein?«

»Sir, da ist etwas abgelaufen, das Sie sich unbedingt ansehen sollten«, unterbrach der Chief am Displaypult die beiden hohen Offiziere. »Ich fahre den Ausschnitt mit Wiederholung und Zeitraffer hoch!«

Das Bild auf dem Großschirm brach zusammen und sprang dann in die Vergrößerung.

Der rote Kegelstumpf war von blauen Punkten umgeben, dazwischen eine Zone greller Entladungen, deutliches Zeichen für die tobende Schlacht.

Aber deshalb hatte der Chief das Gespräch nicht unterbrochen, sondern weil die obere Kreisfläche sich langsam vorwölbte und auseinanderbrach. Aus der Tiefe des Stumpfes schoß ein Pulk Schattenschiffe mit einer Wahnsinnsbeschleunigung hervor, direkt auf die Sperrlinie der TF zu. Bevor deren Kommandanten überhaupt reagieren konnten, traf der Pulk auf die Linie. Eine Wolke greller Bälle entstand, aus der einige rote Punkte auftauchten und auf die Erde zujagten.

»Kamikaze, Bill«, kommentierte Martell nüchtern. »Damit haben sie den letzten Sperriegel vor Terra geknackt!«

»Totale«, befahl der KG dem Chief-Mastersergeant.

»Siehst du es jetzt, Bill?« fragte Martell. »Ihr Oberbefehlshaber hat all seine Ziele erreicht, genügend Material gesammelt und wird gleich zum Rückzug blasen. Dieser selbstmörderische Angriff auf die Erde erleichtert ihm die Absetzbewegung! Strategisch gut geplantes, durchgeführtes und mit einem taktisch genialen, aber brutalen Schachzug abgeschlossenes Unternehmen, bei er jetzt seine Schiffsverluste insgesamt minimalisiert. Respekt, mein Feind, Respekt!«

Bill Carter sah seinen Chef überrascht an, bis ihm klar wurde, daß Martell allein das rein militärische Können meinte.

»Hoffentlich haben die Schatten nicht noch mehr seines Kalibers«, seufzte der Stabschef. »Der hat mir schon gereicht, Sir!«

»Dann wollen wir mal mit dem Rest aufräumen und uns auf das nächste Aufeinandertreffen vorbereiten«, wechselte Martell das Thema. »Ortung, stellen Sie fest, über welchem Teil die Erde die Schattenschiffe voraussichtlich eintreffen, wenn sie diesen Kurs weitersteuern!«

Schweigend warteten Martell und Carter auf die Analyse, während auf dem Sol-Display der rote Kegelstumpf sich aufzulösen begann. Schneller und immer schneller erfolgten die Transitionen, bis das Sonnensystem von Schattenschiffen frei war – abgesehen von den wenigen, die zur Erde durchbrachen und von terranischen Schiffen verfolgt wurden.

»Wir haben das Ergebnis, General Martell! Die Schatten kommen über Brasilien an. Geschätzte Anzahl mindestens zwei, höchstens fünf«, rief der Chef der Ortung laut durch den Raum, um Zeit zu sparen und den Jubel zu übertönen, der den Rückzug der Schatten begleitete.

»Konzentrieren Sie alles über Brasilien, was binnen kürzester Zeit dort eintreffen kann. Wenn die Analyse stimmt, werden wir mit denen fertig, weil die Flotte die anderen unterwegs abschießen wird. Und falls nicht, haben wir ja noch den Nogk-Schirm! Da kommt kein fremdes Schiff durch.«

*

Abgespannt und sehr müde verfolgte General Martell die kurze, aber mit erbitterten Kämpfen verbundene Verfolgungsjagd, die sich auf der oberen Erdbahn abspielte.

Die Prognosen der taktischen Abteilung bewahrheiteten sich im großen und ganzen. Sechs Schattenschiffe kamen bis in die Nähe des Nogk-Schirms.

Das kampfkräftigste von ihnen wurde von der MERRIMAC empfangen. Die Besatzung des Schulschiffes, die in den letzten Jahren immer das Artillerieschießen der TF gewonnen hatte, erfüllte die in sie gesetzten Erwartungen voll und ganz.

Auch die Hornissenstaffeln rechtfertigten ihre Daseinsberechtigung zur völligen Zufriedenheit der oberen Führung.

Kommandanten, deren Schiffe von Bewaffnung und Feuerleitung her auf die Bekämpfung von Raumern ausgerichtet waren, die Hunderttausende von Tonnen maßen, neigten schnell dazu, diese Winzlinge zu unterschätzen oder gar nicht erst zur Kenntnis zu nehmen.

Ein Schattenschiff ging in einem Wirbel von Hornissen unter, allerdings nicht, ohne vorher große Breschen in den Schwarm geschlagen zu haben.

Ein weiterer Schattenschiffskommandant hatte aus dem Fehler seines Kameraden gelernt und hielt sich die Raumjagdgeschwader mit massierten Feuerschlägen vom Leibe. Das gelang ihm ganz gut. Allerdings unterschätzte er dabei die Reichweite und Zielgenauigkeit der stationären Batterien um São Paulo. Ein massiver Feuerschlag von der Planetenoberfläche setzte der Existenz seines Schiffes ein feuriges Ende.

*

Das letzte, schon schwer angeschlagene Schattenschiff wurde hoch über Rio de Janeiro von der 218. Zerstörerflottille gestellt. Diese Einheit gehörte zu den Verbänden, die nur im Alarmfall in Dienst gestellt wurden und mehr oder minder Routineaufgaben übernehmen mußten, damit die ursprünglich damit betrauten aktiven Verbände zur Flotte stoßen konnten.

Dem Flottillenchef fehlte zwar einige Erfahrung im Kampf, aber er machte alles richtig und dennoch alles falsch.

Wie aus dem Lehrbuch umstellten seine zehn älteren, aber noch nicht ausmusterungsreifen Schiffe den Schattenraumer, stießen vor, zogen sich zurück, erzielten Treffer, steckten welche ein, wichen langsam zurück und warteten auf ein größeres Schiff der TF, das den Schatten den Rest geben sollte – die klassische Vorgehensweise von Zerstörern.

In seinem Eifer, den Auftrag gut auszuführen, unterliefen Fregattenkapitän Andrea Sidonia drei Patzer, von denen jeder allein für sich betrachtet kaum Konsequenzen nach sich gezogen hätte.

Doch in dieser speziellen Kombination waren die Auswirkungen für die Bevölkerung der Region Rio de Janeiro im nachhinein äußerst fatal.

*

Als die Entfernung der 218. Flottille zum weltumspannenden Nogk-Schirm im Laufe des Gefechtes immer weiter abnahm, erregte das keinerlei Besorgnis. Die drei Zerstörer vor dem Bug des Schattenraumers brauchten nur zur Seite auszuweichen, dann hätten zwei der planetaren Forts um Rio völlig gereicht, um das letzte Schattenschiff im Sonnensystem vom Himmel zu holen.

Aber sie hielten ihre Positionen und beharkten den Gegner unablässig. Was konnte den Zerstörern denn schon passieren? Im Notfall Militärkennung senden, und schwupp waren sie hinter dem Schirm in Sicherheit.

Kurz über dem Nogk-Schirm setzte Commander Sidonia mit seinen Zerstörern zur letzten Attacke an. Als der Widerstand schwächer als erwartet ausfiel, führte der Fregattenkapitän, anstatt jetzt den Angriff abzubrechen, seine Schiffe auf Kernschußweite heran.

Alle zehn Zerstörer, schön nah um das Schattenschiff herum gruppiert, gaben gleichzeitig ihre Kennung an die Zentrale.

Der Suprasensor erkannte die Schiffscodes an und analysierte die Positionen. Seiner maschinenhaften Logik nach konnte er daraus nur auf einen Verbandsflug schließen, was ja auch irgendwie stimmte, und so öffnete er für alle einfliegenden Schiffe eine Lükke im Schirm.

Der Kommandeur der bodengestützten Abwehr reagierte schnell.

Das Feuer seiner Batterien fegte die drei Zerstörer samt ihrem Flottillenchef aus dem Universum und schoß das Schattenschiff endgültig zum Wrack, das immer noch feuernd auf den südamerikanischen Kontinent zustürzte.

Die Raumabfangjäger bekämpften das Wrack bis zum Aufschlag in Rio de Janeiro. Zum Glück für viele Bewohner fand er nicht in der City statt, sondern in den Außenbezirken, wo der Stadtrand an ein Dschungelreservat grenzte. Ohne die angrenzenden Wohngebiete zu gefährden, schossen die Hornissen mit allen Waffen so lange auf die Absturzstelle, bis das Wrack explodierte.

*

Im fernen Alamo Gordo hatte John Martell voller Entsetzen das Geschehen verfolgt.

Sofort gab der KG der Erdverteidigung dem Militärbezirk Rio de Janeiro den Befehl, die Absturzstelle abzuriegeln und nach überlebenden Schatten zu suchen.

Die Antwort traf drei Stunden später im Hauptquartier ein.

Die Gitterkonstruktion hatte sich beim Aufprall gestaucht und war dann durch den Beschuß in Brand geraten. Das hatte ohne Zweifel die Selbstzerstörungsautomatik in Gang gesetzt. Auf überlebende Schatten gab es keinerlei Hinweise. Kein Lebewesen hätte die Wucht eines derartigen Aufpralls überstehen können. Einzelheiten würden folgen, sobald die Wissenschaftler ihre Untersuchungen abgeschlossen hätten.

John Martell gab sich vorläufig damit zufrieden. Falls tatsächlich Schatten mit dem Leben davongekommen waren, würden sie sich irgendwie, irgendwann bemerkbar machen. Dann würde man sich um sie kümmern müssen. Der General beschloß, Rio sorgfältig im Auge zu behalten.

Aber erst mußte Bilanz gezogen werden. Positiv, wie auch negativ. Die Schattenstation war vernichtet, ihre Flotte geschlagen worden. Doch offenbar handelte es sich bei beiden nur um die Vorboten einer späteren Invasion.

5.

Capitano Esteban Dalmao blickte gar nicht erst von den Akten auf, als sich die Tür zu seinem Dienstzimmer öffnete, ohne daß es vorher geklopft hatte. Natürlich war es sein Boß, denn kein Untergebener hätte sich so etwas herausgenommen.

Der Polizcichef von Pajero, wie der Vorort am Stadtrand von Rio hieß, wedelte zornig mit einer Folie in der linken Hand.

»Was soll dieser Vorschlag, Dalmao? Seit wann befassen sich meine Beamten mit den Anzeigen dieser Leute? Nur weil ein paar von ihnen schattenhafte Gestalten gesehen haben wollen, die angeblich Menschen töten oder verschleppen? Wie käme ich dazu, diese Untersuchung zu genehmigen? Ich verschwende keine Mittel ehrlicher Steuerzahler an Leute, die keine Abgaben entrichten!«

Vor allen Dingen nicht an dich, dachte der Polizist, bevor er versuchte, seinen Vorgesetzten von der Notwendigkeit zu überzeugen, in der Sache etwas zu unternehmen.

Dalmao war in der Favela gewesen, wo man die ersten Toten gefunden hatte. Drei Familien waren brutal mit Strahlern getötet worden. Wahrscheinlich hatte nur der ausgebrochene Brand – ob es überhaupt einer war, bezweifelte er stark – ein schlimmeres Massaker verhindert. Die ersten Morde waren vor einer Woche geschehen. Seither hatten sich derartige Vorfälle gehäuft. Im Schutz der Dunkelheit wurden Menschen verschleppt und tauchten nie wieder auf. Dalmao war sich nicht sicher, ob die unheimlichen Gestalten nicht in Wahrheit verkleidete Killerbanden von Grundbesitzern waren, die die Bewohner der Slums vertreiben wollten.

Die Angst ging in den Favelas um. Der Capitano befürchtete, daß die Furcht in Gewalt umschlagen könnte und er seine Männer gegen diese Ärmsten der Armen einsetzen mußte.

»Wir sollten zumindest einige Nächte die Streifen bis zum Reservat patrouillieren lassen, Colonello Rivera«, sagte Dalmao ruhig. »Das Militär...« – bei diesem Wort machte es Klick im Kopf des Polizeioffiziers – »... hat uns sowieso gebeten, die Absturzstelle im Auge zu behalten. So schlagen Sie zwei Fliegen mit einer Klappe, Colonello! Der General ist glücklich, und alle Leute sehen, wie ernst Sie Ihre Pflichten nehmen!«

Dalmao mußte sich ein Lächeln verkneifen, als er das schmierige Lächeln über das feiste Gesicht des Polizeichefs gleiten sah. Er hatte den Köder geschluckt. Sich beim General der Region Liebkind machen zu können, mußte dem Colonello einfach gefallen.

»Na gut, Capitano, dann sehen Sie sich mal besser selbst bei Dunkelheit dort um«, reagierte Rivera hinterhältig lächelnd. Dann war Dalmao wieder allein.

»Wenn du glaubst, du hättest mir dadurch den Feierabend versaut, dann irrst du dich gewaltig, Colonello«, murmelte er zornig, bevor er sich mit der zuständigen Polizeistation verbinden ließ und für heute abend einen Polizeijeep mit schwerer Bewaffnung anforderte, samt einem leichten Blaster für sich.

Dann überlegte er, ob er den Verdacht, der ihm vorhin gekommen war, sofort weiterleiten sollte oder erst dann, wenn er sicher war, daß diese geheimnisvollen Gestalten keine bezahlte Killerbande waren. Schließlich entschied er sich, erst einmal abzuwarten.

*

Der Polizeijeep war ein älteres, von der Armee ausgemustertes Schwebermodell, das sogar von der Miliz abgelehnt worden war. Und schwere Bewaffnung bedeutete, daß auf einer Stange hinter dem Beifahrersitz ein schwerer Blaster oder Paraschocker montiert werden konnte. Capitano Dalmao hatte sich für den Blaster entschieden – wenn schon denn schon.

Dalmao nahm die Meldung des Caporals entgegen und erklärte dann ihm und den beiden weiteren Polizisten, was er vorhatte.

Der Blasterschütze war nicht besonders glücklich, weil er ihm den Platz hinter der Waffe überlassen und sich mit dem Handblaster zufrieden geben mußte, aber das störte den Capitano nicht weiter.

Dalmao ließ aufsitzen, nahm hinter dem Blaster Platz und richtete sich auf eine lange Nacht ein.

Solange der Jeep innerhalb von Pajero unterwegs war, brannten die Scheinwerfer. Doch auf allen Ausfallstraßen zum Dschungelreservat wurden sie ausgeschaltet und die Geschwindigkeit des Jeeps gedrosselt, damit man nicht aus Versehen Fußgänger überfuhr.

Stunde um Stunde patrouillierte der Jeep in den Straßen, an denen die Slums entstanden waren. Hielt an, wenn ihnen Bewohner der Favela begegneten, und setzte die Fahrt fort, nachdem ihnen Dalmao einige Fragen gestellt hatte.

Der Capitano fühlte sich zurückversetzt in alte Zeiten, als er noch selber Streife gefahren war, und schwärmte seinen Begleitern in den höchsten Tönen davon vor.

Nur wenn ihnen andere Bodenfahrzeuge begegneten, wurde Dalmao leicht nervös. Wenn Killerkommandos unterwegs waren, dann sicher nicht zu Fuß. Doch die Überprüfung der Papiere verlief immer negativ.

Eine Stunde nach Mitternacht beschloß Dalmao zur Freude der Polizisten, die nächtliche Patrouille mit einer letzten Fahrt in Richtung Absturzstelle abzuschließen. Der Capitano hatte auch nicht erwartet, schon in der ersten Nacht Erfolge verbuchen zu können. Geduld war schon immer eine der wichtigsten Polizeitugenden gewesen.

Das Militär hatte keine Rücksicht auf die Naturschutzgesetze genommen und kurzerhand von der Hauptstraße aus eine Schneise, die in eine kleine Lichtung mündete, in den Urwald geschlagen, um Platz für seine Transporter zu schaffen. Die richtige Stelle für eine Zigarettenpause, bevor man zurück nach Pajero fuhr.

»Können wir die Scheinwerfer wieder einschalten, Capitano?« fragte ihn der Caporal kurz vor der Stelle, wo sie abbiegen mußten.

»Natürlich, aber erst, wenn wir in der Schneise sind«, antwortete Dalmao und hielt sich am Blaster fest, um nicht umzufallen, als das Fahrzeug in die scharfe Kurve ging.

Der Jeep bog von der Hauptstraße ab und schwebte in die Schneise ein. Die Scheinwerfer gleißten auf und…

… bannten in knapp hundert Metern eine kleine Gruppe auf der Stelle.

Als Dalmao die merkwürdigen, nur entfernt menschenähnlichen Gestalten sah, zögerte er keine Sekunde. Da er die Hände schon an der Waffe hatte, brauchte er nur noch zu feuern.

Der schwere Blaster röhrte auf. Sein gleißender Strahl entfesselte ein Inferno, als die kleine Gruppe in einem Feuerball verging.

Das konnte nicht allein vom Blaster stammen, dachte Dalmao überrascht und klammerte sich an der Waffe fest, während der Jeep zurück auf die Straße schoß und hielt.

»Was war das denn, Capitano?« fragten die drei Polizisten unisono.

»Das waren Schatten, Männer. Einige dieser Bestien haben anscheinend einen Absturz überlebt, den angeblich keiner überleben konnte! Jetzt aber nichts wie weg, vielleicht waren das nicht alle«, antwortete Dalmao erbittert.

Das ließ der Fahrer sich nicht zweimal sagen und drückte den Fahrtregler voll durch. Aus dem Stand jagte der Schweber los, preßte die beiden Männer in die Sitze. Der Capitano warf sich nach vorn, um die Stange zu packen, bevor er über Bord ging.

Der schnelle Aufbruch rettete ihnen das Leben, denn aus der Dunkelheit des Dschungels zuckten Blitze, von denen einer die Jacke des Capitanos auf dem Rücken versengte.

Mit höchster Geschwindigkeit schoß der Jeep die Straße in

Richtung Pajero entlang und kam erst vor der Polizeistation wieder zum Halten.

Mit käsebleichem Gesicht schwang sich der Capitano aus dem Schwebejeep und lief in das Gebäude. Die Gespräche, die er jetzt führen mußte, duldeten keinen Aufschub.

Das Gesicht des Offiziers vom Dienst im Hauptquartier war nach der Meldung von den Schatten genauso bleich wie meines, wenn nicht noch käsiger, dachte Dalmao, bevor er den Colonello aus seinen Träumen riß.

*

Chief-Mastersergeant Erwin Kulawski trat zufrieden aus dem luftbeweglichen Gefechtsstand der 1. Weltraumlegion ins Freie und schaute sich nach seiner Chefin um.

Auf den ersten Blick konnte er die Stabschefin des Raumkorps nicht entdecken, nur eine Gruppe hoher Offiziere, einschließlich des Legionskommandeurs, und die üblichen niederen Chargen, die sich immer in der Nähe der Kommandeure aufhielten.

Beim zweiten Blick in die Runde sah er, wie sich bläulichgrauer Qualm mit dem Zigarettenrauch über der Offiziersgruppe vermischte.

Colonel Harriet Stowes mußte allerbester Laune sein, denn sie hatte sich eine Pfeife angesteckt und qualmte wie ein Dampfroß.

Das tat sie im Gelände selten, es sei denn, sie dachte nach oder war mit sich und der Welt zufrieden.

Der Chief trat zu den Offizieren, blieb vor dem Legionskommandeur stehen und grüßte. Chief Kulawski verzog keine Miene, als der Generalmajor ihm verschwörerisch zuzwinkerte und den Gruß zackig erwiderte.

Dann reichte der Brigadier ihm die Hand. »Willkommen in Baumholder, Chief! Der General hat Sie schon angekündigt. Bringen Sie uns gute oder schlechte Kunde?«

»Was wäre gut, was wäre schlecht, Sir?« fragte Kulawski.

»Wenn Sie sich zu mir versetzten ließen, Chief, wäre das gut. Ich würde sogar einen Oberst finden, der sich nicht in Ihre Arbeit einmischt und alles blind unterschreibt. Schlecht wäre, wenn Sie uns Colonel Stowes entreißen wollten. Also, was führt den Tel- und Schattenexperten nach Baumholder?«

»Letzteres, Sir«, antwortete Kulawski lächelnd. »Und noch etwas als Dreingabe! Anforderung für eine Kompanie mit passender Kleidung für einen Ausflug von unbestimmter Dauer an die Copacabana!«

»Aber nicht zum Flirten, wette ich«, stellte der Brigadier trokken fest, blickte ihn kurz überlegend an, bevor er einen hochgewachsenen, blonden Mann ansprach. »Colonel Hassel, Ihr Regiment hat bisher als einziges Kampferfahrung. Also nehmen Sie an der Besprechung teil. Meine Dame, meine Herren, besprechen wir die Einzelheiten der Abkommandierung in meinem Büro.«

*

Colonel Harriet Stowes' erster Eindruck von Rio de Janeiro war außerordentlich positiv, als der Großraumtransporter zur Landung auf dem südwestlich der Metropole gelegenen Militärfliegerhorst »General Martin« ansetzte.

Der Pilot war schon über der See in Sinkflug gegangen und flog jetzt in Mindesthöhe parallel zur Küste, um über die weltberühmten Strände Ipanema und Copacabana die bekannte Christusstatue anzusteuern, bevor er Kurs über die Innenstadt auf General Martin nahm. Aus dieser relativ niedrigen Höhe bot die gigantische Metropole einen prachtvollen Anblick, an dem sich die Obristin nicht sattsehen konnte. Daß in den Außenbezirken der Glanz der Weltstadt einige Risse bekommen hatte, störte die Frau mit dem herben Gesicht nicht. *Wo Licht ist, ist auch Schatten,* dachte Harriet Stowes, und das brachte sie wieder auf den Boden der Tatsachen zurück.

Die 8. Kompanie des 1. Leichten Raumlanderegiments hatte die lange Reise von Baumholder/Deutschland nach Rio nicht unternommen, um hier Urlaub zu machen.

Knapp fünf Minuten später bedankte sich die Obristin bei den Piloten für die Einladung ins Cockpit und ging nach hinten, um das Ausladen zu überwachen und sich nach dem Führer umzuschauen, der sie an den Einsatzort bringen sollte.

Die dreizehn halboffenen, leicht gepanzerten Mannschaftsschweber, samt Fahrern vom schweren Regiment ausgeliehen, und ihr Jeep schwebten zuerst aus dem Heck des riesigen Jetts, bevor der große Versorgungstransporter erschien, um seinen Platz am Ende der Kolonne einzunehmen. Dann erst saßen die Besatzungen auf und harrten der kommenden Dinge.

Nachdem sich ein Major der Regionalverteidigung bei ihr gemeldet hatte, gab die Obristin das Signal zum Aufbruch.

Der Jeep des Majors setzte sich in Bewegung, gefolgt von den restlichen Fahrzeugen.

Von »General Martin« aus führte der Weg durch eine sich schier endlos ausdehnende Vorstadt, der sich eine aufgelockerte Bebauung aus Fabriken und Arbeitersiedlungen anschloß.

Die Soldaten genossen nach dem langen Flug die Fahrt in den halboffenen Schwebern. Sie bewunderten das südamerikanische Flair der Stadt und vor allen Dingen die unvergleichliche Schönheit der Brasilianerinnen auf den Bürgersteigen.

Nach zehn Minuten erreichte die Kolonne eine Ringautobahn nach Norden und verließ sie wieder, um in östlicher Richtung einer Ausfallstraße zu folgen.

Erst jetzt wurde Harriet Stowes so richtig bewußt, welche gewaltigen Dimensionen Rio de Janeiro wirklich besaß, denn sie befanden sich immer noch im Stadtgebiet und näherten sich nun den Randbezirken, wo die Schattenseiten der Metropole offen zutage traten.

Die Fahrt durch Pajero erinnerte die Obristin an die Außenbezirke von Timbuktu, die sich nur durch Architektur und Bevölkerung unterschieden, im schlechten Zustand der Gebäude und der unübersehbaren Armut der Menschen jedoch kaum. *Man sollte die Behörden in den Hintern treten, die derartige Zustände dulden,* dachte sie beim Anblick des allgegenwärtigen Verfalls einer einst wohlhabenden Kleinstadt.

Doch auf das, was sie hinter Pajero erwartete, waren weder die Obristin noch die Soldaten vorbereitet.

Der Schrecken begann knapp hinter dem Ortsrand.

Die gute Laune der Soldaten verschwand schlagartig beim Anblick des menschlichen Elends beiderseits der Ausfallstraße.

Fast einen Kilometer lang waren die Abhänge mit erbärmlichen Behausungen übersät. Zusammengeschustert aus Balken, Latten und allen nur denkbaren Materialien. Plastikbahnen als Wände oder Dächer. Zahllose, winzige Verschläge auf rostrotem Lateritboden, der sich nach jedem Regenguß unweigerlich in eine Schlammwüste verwandeln würde.

»Die Schweineställe meines Vaters sind wahre Paläste gegen das hier«, entfuhr es Harriet Stowes.

»Und die Behörden von Rio behaupten immer, Favelas gäbe es nicht mehr«, flüsterte Chief Kulawski der Obristin zu.

In diesem Augenblick drehte sich der Major um.

»Wir sind gleich an der Absturzstelle, Colonello Stowes,« sagte er, und in seiner Stimme klang unüberhörbar mit, was er von Frauen hielt, die in Kampftruppen dienten. »Sie können sich dort gerne umsehen, während wir weiter zu der Stelle fahren, wo die letzten Kämpfe stattgefunden haben.«

*

Chief-Mastersergeant Kulawski schloß den Battle-Master an das Hauptpult des mobilen Gefechtsstands an.

Sekunden später baute sich auf dem großen Gefechtsdisplay die Generalstabskarte der Region Rio de Janeiro auf.

»Zeigen Sie uns bitte die Lageentwicklung ab erster bestätigter Meldung, Chief«, sagte die Obristin.

Ein roter Kreis erschien, die Absturzstelle nahe Pajero, ein, zwei, drei dicht daneben, Sichtungen durch Capitano Dalmao und namenlose Kleinbauernfamilien im Dschungelreservat, wie Harriet Stowes erfahren hatte. Punkt folgte auf Punkt und zeichnete den Weg, den die Schatten genommen hatten. Ein verwirrendes Muster, das jeder Logik Hohn zu sprechen schien.

»Wie verhalten sich die Schatten, General Ordonez?« fragte der weibliche Offizier seinen Kameraden von der Armee.

»Wie Guerilleros, Colonel«, antwortete der hagere dunkelhäutige Mann, wobei seine brauen Augen zornig aufblitzten. »Hinterhalte, Rückkehr auf der eigenen Spur, Überfälle auf kleine Dörfer an ihrem Marschweg und überall sinnlose Zerstörungen. Sie kämpfen nur, wenn sie gestellt werden. Dann aber hart und geschickt. Verwundete nehmen sich das Leben, wenn unsere Soldaten nah genug heran sind. Tote Schatten vergehen in einem Feuerball, der im Radius von zehn Metern alles zum Kochen bringt. Unsere Spezialisten vermuten eine thermische Reaktion des Körpers, obwohl auch eine auf Puls oder Gehirnstrommuster programmierte Bombe denkbar wäre.«

»Was zerstören die Schatten vorrangig, Sir?« fragte Chief Kulawski den General.

»Eigentlich alles, was der Infrastruktur schadet, Kulawski,« antwortete der Stabschef. »Nur warum sie die großen Überlandleitungen nicht antasten, bleibt für unsere Operationsanalytiker ein Rätsel.«

»Vielleicht ernährt sich diese Lebensform von Hochspannung oder elektromagnetischen Feldern«, dachte Harriet Stowes laut.

»Wir wissen einfach zu wenig über die Schatten! Ehrlich gesagt, eigentlich gar nichts«, fügte sie hinzu. »Nur daß sie äußerst heimtückisch und hinterhältig sind!«

»Ich habe jetzt alle großen Stromleitungen und Kraftwerke markiert, Colonel Stowes«, meldete Chief Kulawski. »Vielleicht hilft uns das auf die Sprünge!«

Ein grobmaschiges Netz grüner Linien überlagerte nun die Karte der Region. An verschiedenen Stellen blinkten die Kraftwerke grün.

Einige Minuten lang betrachteten die Anwesenden das so entstandene neue Bild und versuchten, einen Sinn in dem Muster aus Linien und Punkten zu entdecken.

»Könnten Sie die Schattensichtungen der jeweiligen Tage auf eine reduzieren, Chief«, fragte ein junger Capitano, und Sekunden später erschien das neue Bild.

»Das ist es! Sie bewegen sich im Bogen vorwärts. Wobei der unregelmäßige Zickzackkurs nur Verschleierungstaktik ist.«

Chief Kulawskis Finger flogen mit einer Geschwindigkeit über die Tastatur, die man diesem an einen Preisboxer erinnernden Mann niemals zugetraut hätte, und zauberten die extrapolierten Daten auf das Display.

»Wenn ihre Vermutung richtig ist, Capitano, dann passieren die Schatten heute Nowa Friburgo nördlich und sind zwei Tage später in Ciudad Bajadoz. Ein lohnendes Ziel, denn dort ist ein Teil der Reserveflotte stationiert. Sie könnten ein Raumschiff kapern, um von der Erde zu verschwinden«, stellte der Stabschef nachdenklich fest und fügte zufrieden hinzu: »Jetzt haben wir sie. Uns bleiben 48 Stunden, um die Falle vorzubereiten.«

»Was ist Nowa Friburgo?« fragte Harriet Stowes.

»Ein thermonukleares Megakraftwerk. Nicht mehr ganz neu, aber das größte der Region. Es versorgt den brasilianischen Abschnitt des Nogk-Schirms mit Energie, Colonello Stowes«, stillte der General ihre Neugier.

»Es tut mir leid, Ihnen wegen Bajadoz widersprechen zu müssen, Sir!« Colonel Stowes' Alt klang fest und bestimmt. »Die Schatten haben ein ganz anderes Ziel: Nowa Friburgo! Ich werde es Ihnen beweisen!«

Bevor sie sich noch an den Chief wenden konnte, hatte Kulawskis analytischer Verstand die Gedanken seiner Chefin aufgegriffen und in Befehle an den Battle-Master umgesetzt.

Auf dem Display waren nun die seitlichen Abweichungen der

Schatten von ihrer Marschroute besonders kräftig hervorgehoben.

»Sie brauchen ihre südliche Ausweichbewegung nur um fünf Kilometer verlängern, Sir, und schon ist das Kraftwerk in ihrer Hand! Wenn Nowa Friburgo zerstört wird, schwächt das den Schutzschirm über der Region! Vielleicht bricht das Feld sogar vollständig zusammen! Was das bei dem momentanen Hoch im galaktischen Magnetfeld für die Bevölkerung bedeutet, brauche ich Ihnen ja nicht zu erklären.«

Die Zufriedenheit auf dem Gesicht des Generals wich nackter Panik.

»Mein Gott! Vielleicht haben sie das Kraftwerk sogar schon eingenommen! Juarez! Verbindung mit Nowa Friburgo herstellen und Sicherheitsdienst alarmieren! Verstärkung ist unterwegs!«

*

Das Megakraftwerk Nowa Friburgo lag etwas über 100 km nordöstlich von Rio de Janeiro in einem Talkessel des Orgelgebirges. Den westlichen Rand bildeten einige nackte Felskuppen, die im Volksmund »verbrannter Berg« genannt wurden. Ein Fluß, der Rio das Bengales, lieferte das Kühlwasser für das Kraftwerk.

Nowa Friburgo verdankte seinen Namen schweizerdeutschen Einwanderern, die hier vor über zweihundert Jahren eine Siedlung gegründet und ihr den Namen ihrer Heimatstadt gegeben hatten.

Das heutige Kraftwerk wurde an Stelle eines alten Atomreaktors gebaut, den man aus Sicherheitsgründen in diesem Talkessel errichtet hatte. Damals waren die meisten Menschen aus Angst vor der noch neuen, als unheimlich empfundenen Kernkraft in andere Landstriche Brasiliens gezogen.

*

Chief Kulawski blickte durch das Zielfernrohr seines Multikarabiners vom Typ GEH&K Mark 08/56 auf das Kraftwerk vor ihm. Automatisch erschien das anvisierte Ziel samt Entfernungsangabe in optimaler Vergrößerung auf dem Kampfdisplay seines modifizierten Helms.

Die Spuren eines Kampfes waren unübersehbar. Die Schatten hatten ganze Arbeit geleistet. Als der alarmierte Sicherheitsdienst Stellung beziehen wollte, wurde er schon von den Schatten erwartet und mit vernichtendem Kreuzfeuer empfangen.

Die Bewohner einer nahen Siedlung, wohl die Angehörigen kleiner Angestellter und Arbeiter, waren entweder tot oder geflohen. Daß letzteres vielen gelungen war, glaubte der Chief nicht. Die Schatten waren so gnadenlos wie kein anderes bekanntes Volk im Universum.

Daß dieses Gefecht nicht ganz einseitig verlaufen war, bewiesen große Flecken verbrannten Bodens.

Die Schatten hatten das Kraftwerk erobert. Blieb nur zu hoffen, daß sie nicht genügend Sprengstoff besaßen oder sich in der irdischen Technik nicht genügend auskannten, um die Zerstörung einzuleiten.

Bis jetzt deutete alles daraufhin, daß Nowa Friburgo noch arbeitete und Strom in das weltumspannende Energienetz des Nogk-Schutzschirms einspeiste. Das bewies das Flimmern um die dicken Kabel, die vom Dach des Gebäudes zu den großen Leitungsmasten führten.

Die Schatten hatten augenscheinlich im Wald rund um das Kraftwerk Stellung bezogen, um den zu erwartenden Angriff abzuwehren. Warum sie sich gerade dort zum Kampf stellten, war Kulawski ein Rätsel. Er an ihrer Stelle hätte sich im Gebäude verschanzt, weil jeder eigene Gefallene zur Zerstörung beitragen würde. Jetzt hatten sie den breiten Sicherheitsstreifen in ihrem Rücken. Statt ihnen freies Schußfeld zu bieten, behinderte er bei dieser Art der Aufstellung den Rückzug. Aber wer vermochte sich schon in die verqueren Gedankengänge der Schatten hineinversetzen?

Die Sache ist ganz einfach, dachte der Chief, wobei ein ironisches Lächeln über sein Boxergesicht glitt. *Sie sitzen davor, wir müssen nur durch!*

*

»Colonel, Meldung von den Regulären. Infanterie und Schweber sind in Ausgangsposition und warten nur auf Ihr Signal!«

Harriet Stowes nickte zum Zeichen, daß sie die Worte des Funkers gehört hatte, und setzte die Befehlsausgabe fort.

»Die Schatten stecken im Dickicht rund um die Anlage. Wir stoßen beiderseits der Zufahrt wie ein Schneepflug vor und schieben sie zur Seite. Volle Fahrt ins Unterholz, dann abgesessen, weiter vorgehen und die Flanken sichern. Der I. Zug hält sich etwas weiter zurück, um dann, wenn die Bahn frei ist, direkt zum Kraftwerk durchzustoßen. Captain Terry führt den Bodenangriff, ich bin beim I. Zug. Viel Glück, wir werden es brauchen! An die Fahrzeuge und aufsitzen!«

*

Die zweispurige Zufahrtsstraße führte kerzengerade auf das Kraftwerk zu. Das einzige nennenswerte Hindernis war das jetzt geschlossene schwere Schiebetor, abgesehen von den im Dickicht lauernden Schatten. Obwohl das Klima gemäßigt war, hatte die tropische Sonne die seit Jahrzehnten verlassenen Plantagen wieder in einen Urwald verwandelt.

Chief Kulawski dachte schaudernd an die Verluste. Waldkampf war fast so schlimm wie Häuser- und Straßenkampf. Zum Glück beteiligte sich die Obristin nicht daran. Aber der von ihr gewählte Platz war auch nicht viel besser. Klugerweise hatte sie den dritten Mannschaftstransporter genommen. Ob seine Chefin das Gittertor lebend erreichte, hing nur davon ab, ob die Straße vermint war oder nicht. Erwin glaubte nicht daran, daß die Schatten Minen besaßen. Aber jeder Soldat konnte leicht Ersatz herstellen.

Der Gedanke, daß die Schatten das Kraftwerk auf so ungewöhnliche Weise verteidigten, bereitete ihm immer noch großes Unbehagen. Was hatten sie wirklich vor? Gab es einen Plan im Plane?

Doch dann konzentrierte sich der Chief-Mastersergeant auf das Naheliegende, denn vor ihm heulten Antriebsaggegrate auf.

Die 8. Kompanie des 1. Raumlanderegiments griff an.

Die vollbesetzten Fahrzeuge der beiden Züge preschten mit Höchstgeschwindigkeit einen halben Meter über dem Erdboden schwebend auf den Waldrand zu, ohne daß ihnen Abwehrfeuer entgegenschlug.

*

Das Unterholz stoppte den Mannschaftstransporter der 9. Gruppe erst nach gut dreißig Metern, weil es im Waldinnern nicht so dicht war, wie die Führung vermutet hatte.

Corporal Fritz Mardick rollte sich über die Bordwand ab und ging mit schußbereitem Multikarabiner in Stellung.

Er wartete, bis seine Leute abgesessen waren und im Unterholz ausschwärmten. Seine Gruppe deckte den rechten Flügel des III. Zuges. Mardick hoffte nur, daß die Regulären später rechtzeitig aufschlossen, um die Front auszudehnen und die in der Luft hängende Flanke zu sichern.

»Dann gib mal Zunder«, befahl der Corporal dem Bordschützen, der sich nicht lange lumpen ließ.

Der schwere Blaster des Gefechtsfahrzeuges röhrte auf. Der Soldat zerteilte das Unterholz etwa zwanzig Meter vor ihm mit der gleichen Meisterschaft, mit der ein guter Chirurg das Skalpell handhabte.

Er wußte genau, wann er den Finger vom Feuerknopf nehmen mußte, um nicht einen der Bäume zu fällen.

Geduckt warteten seine Dreierteams auf ganz bestimmte Reaktionen. Doch weder schlugen ihnen die tödlichen Strahlen entgegen, noch erglühte vor ihnen der Feuerball, der den Tod eines

Schattenkriegers verkündete.

Der Bordschütze schnappte sich seinen Multikarabiner, sprang vom Transporter und hockte sich neben Mardick, dem Funker und dem Fahrer hin. Der Corporal nickte den dreien zu, dann huschte er von ihnen gefolgt auf seine Position in der Kampflinie zu, dem äußersten rechten Flügel.

»Achte Gruppe... Marsch«, befahl er über Gruppenfrequenz und eröffnete als erster seines Teams den Kampf gegen die Schatten.

Auch an drei Stellen links vor ihm ertönte das bellende Geräusch, wenn auf Mini-Rak gestellte Karabiner feuerten.

Nur sehr kurze Feuerstöße, um Munition zu sparen.

Auf beiden Seiten der Straße erwachte die Schlacht.

Mardick ging leicht geduckt vor, bedachte alles vor ihm, was als mögliches Versteck für einen Schatten in Frage kam, imit einem kurzen Feuerstoß. Dabei achtete er nur auf das Dickicht vor sich, denn die anderen Soldaten seines Teams sicherten zur Seite und nach oben in die Bäume.

So kurz hinter dem Waldrand rechnete man normalerweise noch nicht mit Widerstand, der setzte erst dann ein, wenn man den Gegner tiefer hereingelockt hatte.

Aber der Chief hatte allen Soldaten eingeschärft, daß sie die Schatten nicht auf die leichte Schulter nehmen sollten. Es waren gemeine, hinterhältige Gegner, bei denen man sich besser auf jede Heimtücke gefaßt machte.

Nach etwa 150 Metern stellte Mardick das Feuer ein. Der nächste Mann seines Teams stieß an ihm vorbei, um die Spitze zu übernehmen, während der Corporal nun das Vorgehen sicherte.

Ein Mann ging vor, nicht zu langsam, nicht zu schnell und zwei gaben Deckung, bevor die Positionen wechselten. Das war Credo des Raumkorps, das die Verluste bedeutend verringerte.

Die Mündung seines Karabiners folgte den Augen Mardicks, als der Corporal seine Blicke durch das sozusagen obere Stockwerk des Waldes wandern ließ. Das dichte Blätterdach schirmte die

Sonne völlig ab, so daß dort oben ein geheimnisvolles Halbdunkel herrschte, ein verwirrendes Muster aus Hell und Dunkel, in dem kaum etwas deutlich auszumachen war.

Die Uniform klebte jetzt schon auf Mardicks Haut, und jeder Schritt verursachte neue Schweißausbrüche. Das Bellen der Karabiner auf beiden Seiten der Straße, die schwüle Hitze und die anhaltende Erwartung, daß der Feind sich endlich zum Kampf stellte, trieb den Puls des Corporals nach oben.

Mardicks Blicke wanderten weiter durch die Kronen, streiften eine längliche, dunkle Stelle im Halbschatten und wanderten weiter.

Längliche, dunkle Stelle!

Die Waffe des Corporals glitt das kurze Stück zurück, bellte auf, und ein greller Feuerball riß ein großes Loch in das Blätterdach.

Die Kompanie war auf den Feind gestoßen.

Die erste Explosion war der Auftakt zum Kampf. In das Bellen der Multikarabiner mischte sich jetzt das Sirren von Strahlwaffen. Schmerzensschreie gellten auf und bewiesen, daß die Schatten sich wehrten.

Wenn es gelang, einen Schattenkrieger zu treffen – was leider selten genug der Fall war – bestätigten sich die Informationen, welche die Truppe vor dem Einsatz von der Feinaufklärung erhalten hatte. Sterbende Schattenkrieger vergingen in einer thermischen Reaktion, die alles in einem Umkreis von zehn Metern verkochen ließ. Mardick, der diese Information bis vor wenigen Augenblicken belächelt und für die Ausgeburt der Phantasie eines Bürokratenhirns gehalten hatte, hoffte jetzt nur, daß die Reaktion auf chemischer Grundlage erfolgte und keine r-Strahlung freisetzte.

Der III. Zug stieß weiter vor und drängte die Schatten langsam zurück, Meter um Meter, Gefallenen um Gefallenen. Seine Mannschaftsstärke schmolz dahin. Gesprengte Teams schlossen sich zu neuen zusammen und kämpften sich erbittert weiter durch die Hölle vor in Richtung Nowa Friburgo.

*

Private Fjodor Fjodorowitsch war nie in seinem Leben das gewesen, was man einen gläubigen Christen hätte nennen können. Aber jetzt, wo er die Spitze des Dreierteams übernommen hatte, schwor er sich, der Heiligen Mutter von Kasan 100 Kerzen anzuzünden, wenn er an das Ufer der Kasanka zurückkehren durfte.

Fjodor ließ die Mündung des Karabiners wandern. Sein Blicke folgten der Waffe und versuchten, ein Ziel für die Mini-Raks zu finden. Ein Magazin hatte er schon nutzlos vergeudet, und die Anzeige des zweiten machte klar, daß auch sein Inhalt sich dem Ende zuneigte.

Bis jetzt hatte Fjodor noch keinen Schatten gesehen und hoffte, daß er die Zeit, bis ein anderer die Spitze übernahm, unbeschadet überstand.

Fjodor feuerte das Magazin auf einen dicken Stamm leer, hinter dem er etwas gesehen hatte, und begann sofort mit dem Wechseln des Magazin.

Als er die nachgeladene Waffe wieder hob und seine Blicke nach vorn richtete, sah er einen Schattenkrieger aus seiner Dekkung kommen und erstarrte.

Zehn Meter vor ihm!!!

Wenn Fjodor schoß, würde er mit dem Schatten verkochen!

»Deckung!« schreien und Feuerknopf betätigen erfolgte fast gleichzeitig.

*

Colonel Stowes blickte mit fest zusammengekniffenen Lippen auf den Wald beiderseits der Zufahrtsstraße. Dort gingen die beiden Züge unter herben Verlusten vor. Sie hatten die Hälfte der Strecke erreicht, das meldete Lieutenant Gomez, der nach Captain Terrys Tod die Kompanie führte.

»Befehl an Gomez und die Flieger«, befahl die Obristin dem

Zugfunker. »Jetzt machen wir Nägel mit Köpfen. Die Achte bleibt, wo sie ist, bis die Reserven aufgeschlossen haben. Die Schweber sollen den hinteren Waldrand auf unserer Angriffsseite unter Dauerbeschuß nehmen! Besonders beiderseits der Straße.«

Die Befehle gingen heraus. Das Getöse der Schlacht verstummte beinahe, um nur eine Minute später erneut aufzubrüllen.

Genau diese Zeit benötigten die Kampfschweber, um in die Schlacht einzugreifen.

Ihre Kettenformationen stiegen hinter der Hügelkette steil in die Höhe und stießen auf den Waldrand herab.

Breitgefächertes Blasterfeuer bestrich das Blätterdach und erzielte die erhoffte Wirkung.

Eine Serie von thermischen Reaktionen in der Abfolge des Überflugs verwandelte die Kronen der Bäume in lohende Fackeln und setzte den Wald in Brand.

»Das hätten wir von Anfang an machen sollen«, sagte Chief Kulawski zu Colonel Stowes, als die ersten Rauchwolken in den Himmel stiegen und Detonationen die Luft erzittern ließen.

»Hätten wir, Chief«, bemerkte die Obristin trocken. »Aber wer hätte ahnen können, daß die Schatten sich wirklich im Wald in einer derart exponierten Stellung konzentrieren? Wir müssen zum Kraftwerk, bevor sie es hochjagen.«

Harriet Stowes ging auf die Kommandofrequenz des ersten Zuges. Der Zugführer und stellvertretende Kompaniechef meldete sich augenblicklich.

»Sir?«

»Wir greifen an, Lieutenant! Volle Fahrt und durch bis zum Hauptgebäude!«

Das angespannte Gesicht des Mannes leuchtete kurz auf, als der lange erwartete Befehl endlich erteilt wurde. Er nickte und unterbrach die Verbindung.

Die Obristin spürte, wie das Verhalten der Besatzung ihres Transporters augenblicklich umschlug. Bisher waren die Soldaten bloße Augenzeugen gewesen, nur zum Warten verurteilt, während ihre Kameraden und Freunde vor ihnen kämpften und starben. Hin und her gerissen zwischen dem Wunsch, ihre Kameraden zu entlasten oder nicht in dieses Inferno hineinzumüssen. Jetzt war es entschieden, sie gingen in die Hölle.

*

Das erste Fahrzeug schwebte an und erhöhte dann langsam aber stetig die Geschwindigkeit. Das zweite, dritte und vierte folgte ihm unmittelbar.

Als der letzte Transporter die lange Grade der Zufahrtsstraße erreichte, hatten die Mannschaftsschweber die befohlenen Abstände bereits eingenommen.

Das Kraftwerksgebäude schimmerte weiß am Ende der Straße, knapp zwei Kilometer entfernt. So nah und doch so weit...

Die Männer hielten ihre Multikarabiner schußbereit, obwohl die Wahrscheinlichkeit, bei dem eingeschlagenem Tempo ein anvisiertes Ziel zu treffen, auf Null zuging.

Das wußten sie genau. Dennoch würden sie feuern. Um den Feind in Deckung zu zwingen oder Zufallstreffer zu erzielen, aber hauptsächlich, um ihre eigenen Nerven zu beruhigen.

*

Private Istvan Horthy war froh, daß er dem I. Zug zugeteilt worden war. Deshalb war es ihm erspart geblieben, wie die anderen Bordschützen abgesessen in diesem Urwald kämpfen zu müssen.

Die Schüsse, die jedes andere Geräusch überdeckten, die Schreie der Verwundeten und dann diese thermischen Reaktionen, die in den Wipfeln aufblühten, ließen sein Herz in die Hose rutschen. Ein Gefühl, das der Veteran bisher bei keinem seiner früheren Einsatz kennengelernt hatte.

Als diese seltsame Obristin sich mit ihrem Chief und einem Milchgesicht von Corporal auf seinem Fahrzeug eingenistet hatte, war sich Horthy sicher, daß er an diesem Tage keinen Strahlschuß aus seinem überschweren Blaster abgeben würde. Stabschefs und Colonels mieden normalerweise jeden Ort, wo man die Kugeln pfeifen hörte.

Warum sollte es dann bei der Obristin anders sein, auch wenn sie mit ihren Karabiner umging, als hätte sie ihn nicht nur auf dem Schießstand benutzt. Doch er hatte sich geirrt, diese Harriet Stowes scheute das Kampffeld nicht, sondern suchte es sogar.

Jetzt war der I. Zug an der Reihe.

Das erste Drittel der Strecke wurde für Istvans Geschmack viel zu schnell zurückgelegt. Der II. und III. Zug hatten es von Schatten gesäubert, dieser Teil galt als gesichert. Daher drohte aus dem Dickicht zu beiden Seiten keine Gefahr.

Nur auf der Straße selbst, falls diese Ungeheuer sie vermint hatten. Aber Istvan war ja auf dem dritten Transporter und somit vorerst noch aus der Gefahrenzone. *Die Betonung liegt auf noch,* dachte Horthy bitter.

Auf dem zweiten Drittel begann die Schießerei.

Die Soldaten auf dem Spitzenfahrzeug begannen wild in den Wald hineinfeuern. Wobei sie sich bemühten, wie Horthy feststellte, die Wipfel- und Bodenregion durchzustreuen, weil dort die Schatten stecken konnten.

Ein Blitz zuckte aus dem Dickicht und verfehlte den Blasterschützen nur knapp. Der Schatten hatte die Geschwindigkeit des Fahrzeugs unterschätzt. Der Soldat am Blaster nicht. Sein Dauerfeuer sorgte dafür, daß jetzt in der grünen Wand neben der Straße eine große Lücke klaffte.

Hundert Meter dahinter, kurz vor dem Ende dieses gefährlichen Teils, erwischte es das Spitzenfahrzeug. Oder besser, der Schweber erwischte eine Mine und landete schleudernd halb im Straßengraben, halb auf der Böschung, wo die Besatzung sofort weiterfeuerte, was das Zeug hielt.

Als Horthys Transporter das Loch in der Straße wild umkurvte, sah er, daß die Mannschaft bis auf den Fahrer überlebt hatte.

Er drehte kurz den Kopf, um zu sehen, ob das nachfahrende Fahrzeug anhielt, damit die Männer aufsitzen konnten. Doch es fuhr genau wie seines weiter.

»Die Stowes ist wirklich ein harter Brocken«, murmelte er halblaut und köpfte zum wiederholten Male zwei, drei kleinere Bäume auf der ihm zugewiesenen Straßenseite.

Dann waren die verbliebenen Fahrzeuge auf dem letzten Teil der Strecke.

Schaudernd blickte der Private auf das, was vor dem Angriff der Schweber einmal dunkelgrüner, dichter Wald gewesen war. Hier mußten sich viele Schatten aufgehalten haben. Zeugnis von ihrem Tod legte ein Wirrwarr aus gekappten oder umgestürzten Bäumen ab, zwischen denen immer noch die Flammen kleinerer Brandherde züngelten.

Horthy bekam mit, wie die Obristin mit verschiedenen Stellen Kontakt aufnahm und ein Stakkato von Befehlen erteilte. Welche und wem, konnte er nicht verstehen, denn hinter ihnen erklangen wieder die sattsam bekannten Kampfgeräusche.

Dann meldete sie sich auf Bordsprech zu Wort.

»Sobald wir die freie Fläche erreicht haben, zur Spitze aufschließen und seitlich verschoben weiterfahren, damit die Bordschützen das Tor wegblasen können. Dann durch bis zum Hauptgebäude und absitzen. Ende!«

Die Obristin schien keine Bestätigung ihrer Befehle zu erwarten, denn sie sah wieder nach vorn, den Blick auf ihr Ziel gerichtet.

*

Harriet Stowes sah das Tor immer näher kommen. Bald waren sie auf der Freifläche. Hinter ihnen begannen die Multikarabiner wieder aufzubellen, gepaart mit den eindeutigen Geräuschen von Waffen älterer Bauart. Die Regulären griffen jetzt mit an, um den Wald zu säubern, genauso wie sie auf den anderen Seiten ihre Vorstöße begannen.

Ihre Befehle waren tatsächlich sofort in die Tat umgesetzt worden, was die Frau ein wenig verwirrte. Daß Generäle die Order eines rangniederen Offiziers befolgten, war schon eine Seltenheit, aber daß sie einem weiblichen Colonel gehorchten, grenzte an ein kleines Wunder. Der KG mußte ihnen wirklich eingeheizt haben, daß diese südamerikanischen Machos spurten.

Ihr Fahrzeug zog vor, und dieser ungarische Meisterschütze zerlegte gekonnt das Schiebetor auf der rechten Seite. Dann waren sie im Innenbereich und stoppten vor dem Haupteingang zum Kraftwerksgebäude.

Von zwei Stellen in der Flanke schlug ihnen Abwehrfeuer entgegen und tötete oder verwundete mehrere Soldaten, die sich über die Seitenwände abrollten. Harriets Karabiner flog wie von selbst an ihre Schulter. Der kurze Feuerstoß fuhr in ein Nebengebäude. Als eine Detonation es in die Luft gehen ließ, wußte sie, daß sie ihr Ziel nicht verfehlt hatte.

Die Schattenkrieger haben einen großen Nachteil, dachte Harriet Stowes, bevor sie sich wieder auf ihr eigentliches Ziel konzentrierte. *Tötet man einen von ihnen, sterben die anderen mit ihm, falls sie sich in einem Umkreis von zehn Metern aufhalten.* Die Entscheidung für Mini-Rak-Feuer war daher richtig gewesen.

Ohne weiter unter Beschuß genommen zu werden, gingen die sieben Teams beiderseits der großen Tür in Stellung und schoben ihre Deckungstruppe zu den Ecken des Gebäudes vor.

Vier leichtere Detonationen erklangen, die Tür zitterte und bebte, als die Angeln weggesprengt wurden, und klatschte auf den Plastbetonboden.

Den Multikarabiner im Hüftanschlag sprang Harriet Stowes den Teams vor ihr nach und durch die Öffnung. Sie hetzte nach rechts, bereit, sofort das Feuer zu eröffnen, wenn sich irgendwo ein Schatten als lohnendes Ziel anbot.

Aber sie fand kein einziges in der großen Halle.

Sie sah nur die riesige, dicke Glasscheibe, die von der Halle aus einen Blick auf die Schaltzentrale bot, einige Türen zu Nebenräu-

men oder Fahrstühlen, sowie Sitzgruppen und den Empfang.

Außer dem Stoßtrupp befand sich keine lebende Seele im Erdgeschoß, wie ihr die Soldaten wenig später berichteten. Der einzige Hinweis darauf, daß die Schatten überhaupt hiergewesen waren, waren Tote und die Tatsache, daß sie alle Zugänge in die unteren Geschosse blockiert hatten.

Harriet Stowes hatte mit wachsender Anspannung auf diese Meldungen gewartet. Doch statt darüber erleichtert zu sein, bewirkten sie das Gegenteil, weil sie felsenfest mit einem Hinterhalt der Schatten gerechnet hatte.

Aber wo steckten sie dann?

Warum hatten sie Nowa Friburgo erst erobert, es dann ohne Zerstörungen wieder verlassen und die Verteidigung auf das Gelände vor dem Kraftwerk beschränkt?

Fragen, auf die sie keine Antworten fand, denn sie entzogen sich im Augenblick jeder menschlichen Logik.

»Etwas ergibt hier keinen Sinn, Chief«, sagte sie nervös zu ihrem alten Kampfgefährten Erwin Kulawski. Beide hatten sich von den anderen abgesondert und starrten durch die Glasscheibe nach unten in die riesige Schaltzentrale.

Die Körper der ermordeten Techniker lagen verstreut am Boden, dort, wo der Tod sie ereilt hatte. Die Anzeigen auf den Pulten oder an den Wänden waren zu klein, um von oben aus gelesen werden zu können. Doch alles schien unter Kontrolle zu sein, denn es gab keinerlei Hinweise auf eine Fehlfunktion.

»Entgegen unserer Lageeinschätzung ist das Kraftwerk nicht in die Luft geflogen, sondern sogar noch in Betrieb geblieben. Es sei denn…« Harriet Stowes machte eine bedeutungsschwangere Pause, »… sie haben irgendwo eine Zeitzünderbombe gelegt oder eine andere Teufelei ausgeheckt, damit Nowa Friburgo erst mit einiger Verzögerung hochgeht!«

»Dort unten liegt die Antwort auf alle Fragen, Sir«, antwortete ihr der Chief-Mastersergeant. »Wir sollten sowieso nicht all zu lange damit warten. Ich bin kein Techniker und kann daher nicht einschätzen, wie lange ein Kraftwerk ohne technisches Personal fehlerfrei läuft.«

»Dann brauchen sie ja gar keine Sprengladung anzubringen, um Nowa Friburgo hochzujagen, Chief, das geschieht von ganz allein, wenn wir es nicht abschalten«, entfuhr es der Obristin, deren Gesicht plötzlich bleich geworden war.

»Sehen Sie nur, Sir«, schrie der Chief erschrocken auf. »Die Anzeigen schießen auf einmal wie wild nach oben!«

Die Obristin starrte nach unten in die Zentrale.

Kulawski hatte recht. Die Anzeigen an der Wand hatten sich auf dramatische Weise verändert. Lichtsäulen, vor zwei Minuten noch ruhig und grün leuchtend, brannten jetzt tiefrot, flackerten wild und schossen beunruhigend schnell in die Höhe, so als sei irgendwo ein Damm gebrochen. Selbst die kleinsten Anzeigen flakkerten, tanzten auf und ab, zeichneten bizarre Muster auf die Schaltwand, die wohl nur Ingenieure richtig lesen konnten.

Aber auch einem Laien wie Harriet Stowes konnte nicht entgehen, daß etwas nicht in Ordnung war.

»Wir müssen sofort nach unten«, schrie Kulawski. »Den Meiler herunterfahren, bevor er sich unwiderruflich überlädt! Denn die Anlage hängt noch am weltweiten Verbundnetz für den Nogk-Schirm – wenn das überladen wird, kann die komplette Energieversorgung zusammenbrechen! Und mit ihr der Schirm!«

Harriet fuhr zu den Soldaten herum.

»Brecht die Türen auf! Sonst kommen wir hier nicht mehr lebend raus! SCHNELL!«

Wie um die Wirkung ihrer Worte zu unterstreichen, begannen in diesem Augenblick überall Sirenen aufzuheulen, Lampen an Decke und Wänden, denen man bisher keine Beachtung geschenkt hatte, flackerten in einem furchterregenden Rhythmus, und eine ruhige Männerstimme verkündete über verborgene Lautsprecher ununterbrochen:

»NOTFALL! NOTFALL! ANLAGE SOFORT RÄUMEN! NOTFALL! NOTFALL!«

»Nicht durch die Türen! Dazu reicht die Zeit nicht«, widerrief der Chief die Befehle seiner Vorgesetzten. Seine Waffe ruckte hoch, und eine Salve Mini-Raks ließ die große Scheibe bersten. Mit kräftigen Tritten befreite er dann eine Stelle bis zum Fußboden von Scherbenresten.

Kulawski sah sich in der Halle um, so als suche er nach etwas Bestimmten. Sein Blick fand einen hochgewachsenen Mann.

»Du da! Zu mir, schnell! Ihr zwei auch!«

Kulawskis Stimme ließ keinen Widerspruch zu. Die drei Soldaten rannten auf den Chief zu.

»Ihr helft mir da runter! Ihr beide haltet den Langen an den Beinen, ich schnappe mir seine Hände und dann ab über die Brüstung. Den Rest schaffe ich dann schon allein!«

Der große Soldat packte Erwins Hände mit festen Griff, und der Chief ließ sich langsam mit dem Bauch über die Kante des Hallenbodens nach unten gleiten. Winzige Scherben zerschnitten seine Uniform und ritzten die Haut, doch der Schmerz erschien Erwin unwichtig, denn die Sirene und die sich immer wiederholende Aufforderung aus den Lautsprechern mahnten zur Eile.

Dann erschien der Oberkörper des Soldaten über dem Rand und folgte ihm in die Tiefe. Kulawski sah die Schweißperlen auf dem Gesicht und bekam Angst, daß der Soldat seinen Griff lockern könnte.

Langsam, unendlich langsam, so erschien es dem Chief, verstrich die Zeit, obwohl es nur Sekunden waren, bis der Soldat und er nur noch von den Händen der Männer, die die Beine des Langen fest umklammerten, vor dem Sturz in die Tiefe bewahrt wurden.

Kulawski blickte nach unten. Seine Füße baumelten drei Meter über dem Boden. Das reichte!

»Laß mich los«, brüllte er den Soldaten an und spürte, wie dessen Hände sich öffneten.

Geschickt federte der Chief den Fall ab und stand sofort wieder.

»NOTFALL! NOTFALL! ANLAGE SOFORT RÄUMEN! NOTFALL! NOTFALL!«

Kulawski blickte sich wild um. *Wo ist das Hauptpult? Das, das oder das?*

»Direkt vor der Schaltwand!«

Er gehorchte, ohne zu wissen, wer da gebrüllt hatte.

Eine Ewigkeit danach stand er vor dem Pult.

Welches war der verdammte Schalter?

Das mußte er sein, groß und unübersehbar unter einer Abdekkung.

»NOTFALL! NOTFALL! ANLAGE SOFORT RÄUMEN! NOTFALL! NOTFALL!«

Kulawskis Hände zitterten, als er nach der Haube griff.

Mein Gott, hoffentlich ist sie nicht abgeschlossen, schoß es ihm durch den Sinn.

Ein Gebirge fiel dem Chief vom Herzen, als die Klappe sich anheben ließ.

Seine Pranke schlug auf den Knopf.

»NOTFALL! NOTFALL! ANLAGE SOFORT RÄUMEN! NOTFALL! NOTFALL!«, verkündete die Stimme aus den Lautsprechern ungerührt.

Erwin Kulawski senkte den Kopf und schloß die Augen. Er hatte es nicht geschafft. Die Notabschaltung kam zu spät.

»NOTFALL! NOTFALL! ANLAGE SOFORT RÄUMEN! NOTFALL! NOTFALL!«

Das Durchgehen des Reaktors war nicht mehr zu verhindern. Das Ende des Nogk-Schirms, der die Menschheit vor den Strahlenstürmen aus den Tiefen des Alls schützte, war besiegelt.

Müde ging Kulawski zur breiten Treppe in die Haupthalle. Zeit spielte jetzt keine Rolle mehr. Er würde sterben, denn lange konnte es nicht mehr dauern, bis der Meiler hochging. Und mit ihm würden noch viele andere sterben. Milliarden vielleicht.

Erwin Kulawski begriff nicht, woher plötzlich das Geschrei kam. Weshalb jubelten alle, wo er doch versagt hatte?

Der Chief drehte sich um.

Dann erkannte er, weshalb die Leute schrien.

Die Instrumentenwand! Die roten Lichter tanzten nicht mehr wie verrückt, sondern in einem ruhigeren Rhythmus. Die Notabschaltung fuhr den Meiler doch noch herunter.

»Meldung an Ordonez! Er soll einen Ingenieur ans Gerät schaffen, der uns sagt, was hier jetzt zuerst getan werden muß«, rief er mit heiserer Stimme.

Dann stieg Kulawski die Stufen zur Tür hinauf, die in die Haupthalle führte und trat zur Seite, als sie gesprengt wurde.

Wütend wimmelte er die hereinströmenden Männer ab, die ihm auf die Schulter klopfen wollten. Das hätte jeder andere auch gekonnt, vielleicht sogar noch schneller, weil er nicht soviel Gewicht auf die Waage brachte.

Als Chief-Mastersergeant Kulawski das Hauptgebäude verließ, empfingen ihn vertraute Laute.

Im Wald wurde immer noch gekämpft. Aber nicht mehr in unmittelbarer Nähe, sondern weiter entfernt. Diese Schlacht war geschlagen.

Doch der Sieg in einer Schlacht bedeutete nicht, daß auch der Krieg gewonnen wurde.

6.

Das Bett sah aus, als hätte jemand berghoch dreckige Wäsche darauf gestapelt und hinterher mit einer Steppdecke zugedeckt. Der mächtigen Wölbung nach zu urteilen handelte es sich dabei mindestens um die Schmutzwäsche der letzten sechs Wochen. Allein der Umstand, daß sich der Berg in gleichmäßigen Abständen auf und nieder bewegte, deutete darauf hin, daß unter der Decke ein Mensch lag und schlief.

Und was für ein Mensch! Massige zwei Zentner erstreckten sich reglos über die gesamte Matratze, die sich bis zum Fußboden hätte durchbiegen müssen, wäre das nicht durch einen speziell verstärkten Lattenrost verhindert worden.

Plötzlich kam neue Bewegung in die Szenerie. Die Person unter der Decke drehte sich auf die Seite. Ein Arm rutschte heraus und baumelte schlaff über der Bettkante. Arm? Keule wäre wohl die bessere Bezeichnung für dieses muskulöse Etwas gewesen. Wo die Faust dieses Mannes hinschlug, wuchs unter Garantie kein Gras mehr.

Und nicht nur auf Grashalme schien es der Schläfer abgesehen zu haben, auch vor Bäumen machte er nicht halt. Seinen lauten Schnarchtönen nach zu urteilen sägte er gerade eine breite Schneise durch einen dichten Wald.

Die Ursache für seinen tiefen und festen Schlaf stand auf seinem Nachtschrank: eine leere Flasche teurer Markencognac. Am Vorabend war sie noch voll gewesen.

Das Schnarchen verebbte, ging in ein Röcheln über. Eine Weile war es ganz still im Zimmer, man hätte eine Stecknadel fallen lassen können. Dann wurde die Stille plötzlich von einer krächzenden

Stimme zerrissen.

»Wie spät ist es, Jimmy?«

Die Antwort klang mechanisch, wie von einem Automaten.

»Elf Uhr und elf Minuten nach terranischer Zeitrechnung.«

»Wie spät?« krächzte es entsetzt aus Richtung Bett. »Schon nach elf?«

»Elf Uhr und elf Minuten«, wiederholte die Mechanikstimme.

Sekundenbruchteile später flog die Bettdecke hoch, und der erwachte Mann richtete sich zu voller Größe auf. Besser gesagt: zu vollem Gewicht. Sein gewaltiger Bauch ähnelte einem Globus ohne Kontinente. Die Stirn glänzte bis zu seinem Hinterkopf. Was ihm auf dem Kopf an Haaren fehlte, machte sein verfilzter Bakkenbart problemlos wieder wett. Kurz und gut, Chris Shanton war der Alptraum einer jeden frisch verliebten Frau, die sich am Hochzeitstag besorgt die Frage stellte, wie ihr wohlgeratener Bräutigam wohl nach zehn Ehejahren aussehen mochte.

Der siebenundvierzigjährige, grobschlächtige Diplomingenieur war nicht verheiratet. Er hatte nur zwei große Lieben: den Alkohol und Jimmy.

Genaugenommen handelte es sich dabei um Haßlieben.

Chris Shanton mochte den belebenden Geschmack von Cognac und das Gefühl, sich mit jedem Glas ein bißchen mehr zu berauschen. Die körperlichen Folgen hingegen mochte er weniger, insbesondere am Morgen danach, wenn es in seinem Kopf wie in einem Steinbruch hämmerte und sich seine Zunge anfühlte wie Rauhfasertapete.

Mitunter schaffte Shanton es wochenlang, die Finger von der Flasche zu lassen, vor allem dann, wenn es wichtige Aufgaben zu bewältigen gab. Er war ein Mann, auf den man sich im Notfall felsenfest verlassen, auf den man bauen konnte. Aus diesem Grund hatte ihm Ren Dhark, der Commander der Planeten, die Entwicklung und Kontrolle eines einzigartigen Verteidigungssystems überlassen. Hunderte von mehr oder minder großen Asteroiden befanden sich rund um die Erde auf von Suprasensoren errechneten

Umlaufbahnen, als Träger von Abwehrforts. Erreichbar waren die »Ast« genannten Forts unter anderem durch Transmitterstationen. Shanton hatte als Oberbefehlshaber des Systems überall Zutritt, und er verlor nie den Durchblick.

Schon oft hatte er überlegt, sein Amt niederzulegen, um frei für andere Aufgaben zu sein. Dhark ließ das allerdings nicht zu. Erst kürzlich, bei seinem Abflug nach Reet, hatte er einen erneuten Vorstoß Shantons, in die Stammbesatzung der POINT OF übernommen zu werden, mit einem Scherz im Keim erstickt und das Gesuch unmißverständlich abgeschmettert. Der Commander war sich bewußt, daß die technische Verantwortung für sämtliche Abwehrforts einen ganzen Kerl erforderte – und er wußte aus eigener Erfahrung, daß Chris Shanton so einer war.

Die zweite Haßliebe von Chris Shanton hieß Jimmy. Außen schwarzes Zottelhaar (täuschend echt nachgebildet), innen ein Gewirr von Drähten, Aggregaten und Spezialsensoren.

Der Robothund verfügte über außergewöhnliche Fähigkeiten.

Zog sich das Fell über seiner Stirnpartie zurück, wurde ein starker Scheinwerfer freigelegt. Fuhr er seine Beine ein, schoben sich Kugeln aus seinen Füßen, auf denen er in Blitzgeschwindigkeit vorankam. Seine Nase barg ein hochempfindliches Zählrohr in sich, mit dem er Strahlenspuren »erschnuppern« konnte. Mit den elektronischen Infrarot-Augen tastete er Menschen ab und verglich sie mit seiner umfangreichen Speicherdatei. Und seine Zunge war eine tödliche Waffe!

Dies alles war nur ein Bruchteil seines Könnens. Sein Erbauer bastelte ständig an ihm herum, um die eingebauten Fähigkeiten noch zu verbessern und durch weitere zu ergänzen.

Nachts schloß sich Jimmy selbständig an die Steckdose an, lud sich sozusagen »im Schlaf« auf. Auch sonst agierte er weitgehend eigenständig, dank eines Sicherheitsschalters, der im Notfall die übrigen Programmierungen überbrückte. Sobald das geschah, handelte der Robothund nach eigenem Ermessen und ignorierte jeden Befehl.

Sehr zum Leidwesen von Chris Shanton, der jenen Schalter am liebsten wieder entfernt hätte. Seiner Ansicht nach gehorchte ihm der Hund viel zuwenig. Oftmals widersprach er ihm sogar, und das noch auf ziemlich freche Weise. Kein Wunder, daß Shanton seine einzigartige Erfindung nicht in Serie gehen ließ. Andererseits hatte Jimmy schon so manches Mal das bessere Gespür bewiesen, weshalb eine Deaktivierung der Sicherheitsschaltung nicht in Frage kam; das mußte Shanton wohl oder übel einsehen. Er begnügte sich damit, hin und wieder Jimmys Sprachmodul zu entfernen und ihn dann bellen zu lassen wie einen gewöhnlichen Straßenköter.

Mittlerweile war der Diplomingenieur aufgestanden und hatte geduscht. Nach einem kräftigen Frühstücksschluck fühlte er sich wieder topfit.

»Warum hast du mich nicht geweckt?« fragte er seinen Robothund vorwurfsvoll und fügte hinzu: »Unzuverlässige Töle!«

»Versoffener Dickwanst!« konterte Jimmy. »Du hast mir gestern abend strikt verboten, dich zu wecken.«

»Was geht dich mein Geschwätz von gestern abend an?« entgegnete Shanton ärgerlich. »Für zwölf Uhr habe ich eine Inspektion von Ast-333 angesetzt.«

»Erstens wolltest du Ast-222 inspizieren, nicht Ast-333. Zweitens hat mein elektronischer Terminkalender den Zwölf-Uhr-Termin für morgen gespeichert.«

»Es lag nie in meiner Absicht, Ast-222 aufzusuchen. Dieses Gerücht habe ich nur ausgestreut, damit auf Ast-333 heute niemand mit mir rechnet.«

»Eine Überraschungsinspektion also«, konstatierte der robotische Vierbeiner. »Warum hast du nicht wenigstens mir die Wahrheit gesagt?«

»Weil du von Tag zu Tag unberechenbarer wirst«, lautete Shantons Erwiderung. »Womöglich wärst du auf den boshaften Gedanken gekommen, den Kommandanten von Ast-333 zu warnen, nur um mir eins auszuwischen.«

»Boshaftigkeit ist eine rein menschliche Gefühlseigenschaft. Als seelenlose Maschine verfüge ich über keinerlei Gefühle.«

»Da bin ich mir in letzter Zeit nicht mehr so sicher. Als ich mir gestern den Mikrodatenträger mit alten und neuen Agentenfilmen anschaute, hast du voller Begeisterung vor dem Monitor gehockt. Setzt eine derartige Begeisterungsfähigkeit nicht auch Gefühle voraus?«

»Du verwechselst Begeisterung mit Wissensdurst. Ich habe lediglich meine Speicherdatei erweitert. Nun kannst du mich jederzeit zu diesem Thema befragen, ich weiß alles darüber.«

Shanton machte sogleich die Probe aufs Exempel. »Wer spielte dic Rolle des englischen Geheimagenten James Bond als erster, wer als letzter? Welcher Schauspieler verlieh der Darstcllung die meiste Aristokratie und Eléganz? Wie trinkt Bond seine Drinks am liebsten?«

Die Antwort kam wie aus der Pistole geschossen. »Sean Connery war der erste Darsteller. Das mit der Eleganz ist eine reine Geschmacksfrage. Zweifelsohne war Roger Moore der aristokratischste Bond, während Pierce Brosnan, der die Rolle zur Jahrtausendwende spielte, ein klein wenig eleganter wirkte. James Bond bevorzugt seine Getränke geschüttelt – nicht gerührt. Rein rechnerisch hat er im Laufe seines Agentendaseins mehr Drinks als Frauen zu sich genommen. Daher liegt die Vermutung nahe, daß er es bei seinen zahlreichen Liebesgespielinnen im Bett nicht immer zur vollen Leistung gebracht hat. Dieses tragikomische Element der Serienfigur stellte der Finne Lars Hekkins, der im Jahre 2011 in die Bond-Rolle schlüpfte, besonders gelungen dar. Der derzeit aktuelle James Bond wird von dem Iren Garret McSweeny gespielt. Sein neuestes Abenteuer heißt: ›Feuersonne über Planet Nullsieben‹. Den Part des Bösewichts hat wieder einmal ein Deutscher übernommen, ein zwielichtiger Adliger namens Erich von Dorn, weltweit bekannt aufgrund mehrerer politischer Skandale und Spendenaffären. Daß Bond niemals altert, ist eine spaßige, wenn auch unlogische Nuance, die den Reiz der Serie fürs breite Publikum…«

»Genug, genug!« rief der Diplomingenieur dazwischen. »Ich wollte ein paar kurze Antworten auf einige einfache Fragen, mehr nicht.«

»Wenn man einer Maschine Fragen stellt, erhält man bis ins letzte Detail präzise Antworten«, machte Jimmy ihm unmißverständlich klar. »Hättest du mich nicht unterbrochen, hätte ich noch stundenlang referiert, zum Beispiel über die Affektiertheit der Serienfigur.«

»Kein Bedarf«, schnitt Shanton ihm erneut das Wort ab. »Komm, wir begeben uns zum Transmitter, und dann nichts wie ab nach Ast-333.«

»Wie du befiehlst«, erwiderte sein Robothund gehorsam, konnte sich eine letzte Bemerkung allerdings nicht verkneifen. »In seinem aktuellen Abenteuer kommt Bonds affektiertes Gehabe mehr als deutlich zum Ausdruck. Wie üblich explodiert zum Schluß eine gewaltige technische Anlage, die ein machthungriger Welteroberer gebaut hatte. Der Held entkommt in letzter Sekunde in einem Gleiter, gemeinsam mit der langhaarigen, vollbusigen Komplizin des Schurken. Anstatt das liederliche Frauenzimmer umgehend der Justiz zu übergeben, schaltet er die Steuerung auf Automatik, schenkt sich und seiner Begleiterin zwei Martinis ein und sagt lächelnd zu ihr: ›Habe ich mich eigentlich schon vorgestellt? Mein Name ist Bond. James Bond.‹ – Mal ehrlich, Dicker, so benimmt sich doch kein normaler Mensch.«

*

Terence Wallis schenkte sich einen schottischen Whisky ein. Single Malt, pur – nicht mit Wasser oder Eis.

»Habe ich mich eigentlich schon vorgestellt?« fragte er seinen Besucher. Eine rhetorische Frage, denn auf Terra kannte ihn ohnehin jeder. »Mein Name ist Wallis. Terence Wallis.«

»Angenehm, Mister Wallis«, entgegnete der breitschultrige Mann, der ihm gegenübersaß, und reichte ihm die Hand über den

Schreibtisch. »Ich heiße Ben Rawhide und komme auf Empfehlung von...«

»Nehmen Sie es mir bitte nicht übel, daß ich Ihnen nicht die Hand gebe, Mister Rawhide«, unterbrach Wallis ihn lächelnd. »Das ist so eine Angewohnheit von mir, möglicherweise ein menschlicher Fehler, aber ich finde, jeder hat das Recht, so zu leben, wie er will.«

Ohne sichtbare äußere Zeichen einer Kränkung zog Rawhide seine Hand zurück.

»Sehe ich genauso«, behauptete er und dachte im stillen: *Wäre ich so reich und mächtig wie du, du Aasgeier, dann würde ich jede meiner Macken nach Herzenslust ausleben – und zwar ohne mich dafür zu entschuldigen.*

Vermögende Leute waren ihm zuwider. Seiner Meinung nach gehörte ausnahmslos jeder Millionär hinter Gitter, weil sich keiner von denen sein Geld auf ehrliche Weise verdiente. Diese krasse Ansicht hinderte ihn jedoch nicht daran, für die Großen und Mächtigen dieser Welt den Kopf hinzuhalten. Sein Ruf als Leibwächter eilte dem sportlichen Neununddreißigjährigen voraus.

Der fünfundvierzigjährige Amerikaner Wallis war nachweislich der reichste Mann der Erde. Sein Riesenvermögen hatte er durch geschickte Investitionen und Firmenkäufe gemacht. Seine größte Begabung lag darin, die Begabung anderer Menschen zu erkennen und jeden seiner Mitarbeiter entsprechend einzusetzen.

Bei Ben Rawhide hatte er irgendwie ein schlechtes Gefühl. Er konnte sich den mürrischen Bewerber nur schwer als Leiter seiner Sicherheitsabteilung vorstellen.

»Empfehlungen interessieren mich nicht im geringsten«, erklärte er ihm unumwunden. »Für mich zählt nur, was Sie für mich leisten. Ihr Vorgänger erfüllte leider keine meiner Erwartungen. Nach zwei Wochen mußte ich ihn wieder entlassen.«

»Nach vierzehn Tagen?« spöttelte Rawhide. »Na, wenn das nicht rekordverdächtig ist.«

Wallis hatte eine hochgeschossene Statur und langes, schon

leicht schütteres Haar, das er meist zu einem Pferdeschwanz gebunden trug. In jungen Jahren hatte er Basketball gespielt, heute bevorzugte er Golf. Die durchgängige Eleganz eines James Bond suchte man bei ihm vergebens. Zwar kleidete er sich gern distinguiert, doch gleichzeitig war er ein Fan von grellbunten Westen, die oftmals nicht zum übrigen, natürlich maßgefertigten Outfit paßten. In seiner Freizeit lief er sogar sehr leger herum. Als vermögender Industrieller verbrachte er seine freien Tage selbstverständlich nicht in einer Zweieinhalbzimmerdachwohnung mitten in der Stadt, sondern auf einem großen ländlichen Anwesen, einer Farm im Lancaster County, der immer noch von den Amischen geprägten sanften Agrarlandschaft westlich von Philadelphia.

»Ich schlage vor, Sie machen sich umgehend an die Arbeit«, sagte er zu Ben Rawhide.

»Heißt das, ich habe den Job?« fragte Ben und erhob sich von seinem Sitzplatz.

Wallis reichte ihm den Spezialsicherheitsausweis seines Vorgängers. »Viel Glück, Mister Rawhide. Was werden Sie als erstes tun?«

»Mich um Ihre persönliche Sicherheit kümmern, indem ich zunächst Ihr näheres Umfeld durchleuchte, also Ihren Stellvertreter, Ihre Privatsekretärin, den seltsam bewaffneten Wachmann vor Ihrer Tür und so weiter. Apropos Bewaffnung, tragen Sie eigentlich einen Strahler, Mister Wallis?«

»Nein. Schußwaffen beulen nur unnötig das Jackett aus.«

Rawhide grinste. »Sorry, aber auf Ihre Eitelkeit kann ich keine Rücksicht nehmen. Hier, mein Reserve-Paraschocker. Allein der Gedanke, daß Sie ›nackt‹ durch die Gegend laufen, bereitet mir Unbehagen.«

Er legte die Waffe auf Wallis' Schreibtisch ab und schickte sich an, das Büro verlassen.

Kaum streckte er die Hand nach der Türklinke aus, vernahm er ein leises Zischen, gefolgt von einem kurzen, lauten Geräusch. Erschrocken wollte Ben sich umdrehen, aber etwas hielt ihn fest.

Erst jetzt merkte er, daß in seinem Jackenärmel ein kleines, spitzes Messer steckte und ihn mit der hölzernen Türfüllung verband. Der Multimillionär hatte ihn mit einem gezielten Wurf daran festgenagelt.

Mit einem Ruck zog Rawhide das Messer heraus und reichte es seinem neuen Arbeitgeber, der es wieder unter seinem Hemdsärmel verschwinden ließ.

»Wie Sie sehen, kann ich durchaus auf Ihren Schocker verzichten«, sagte Wallis, ohne eine Miene zu verziehen. »Auf dem Golfplatz verfehle ich nur selten das Loch, und mit dem Messer bin ich noch besser als mit dem Schläger. Zu dem Wachmann draußen auf dem Flur habe ich vollstes Vertrauen, ich kenne ihn bereits aus meiner Schulzeit. Mit meinem Stellvertreter verhält es sich ähnlich, er ist ein enger Verwandter von mir. Und was meine Privatsekretärin anbetrifft, so ist sie ebenfalls über jeden Verdacht erhaben.«

»Verstehe«, murmelte Rawhide und steckte seine Waffe wieder ein.

»Gar nichts verstehen sie«, widersprach Wallis scharf. »Sie glauben wohl, jetzt hätten Sie sich ein Bild von mir gemacht. Schublade auf, Schublade zu.«

»Ich wollte Ihnen nicht zu nahe...«, setzte Rawhide zu einer vorsichtigen Rechtfertigung an.

»Kriechen Sie nicht«, fuhr Wallis ihm ins Wort. »Sagen Sie freiheraus, was Sie denken. Ich mag es nicht, wenn mir meine Mitarbeiter nach dem Mund reden. Antworten Sie mir aufrichtig. Nach welchen Kriterien beurteilen Sie mich, gemessen am ersten Eindruck?«

Ben Rawhide holte tief Luft. »Also gut, wie Sie wollen. Ich halte Sie für einen ziemlich eigenwilligen, etwas weltfremden Menschen, der offenbar mit seinem vielen Geld nichts Gescheites anzufangen weiß. Ihr Firmengelände umfaßt schätzungsweise achtzig Quadratkilometer. Zahlreiche Gebäude erstrecken sich in alle Richtungen, eines imposanter als das andere. Ausgerechnet das Verwaltungsgebäude ist das kümmerlichste von allen, gerade mal drei Stockwerke hoch. Für Ihr Büro gilt das gleiche. Die schlichte Ausstattung würde eher zu einem Abteilungsleiter passen. Sie hingegen könnten Ihre Geschäfte von einem Palast aus betreiben. Warum also so bescheiden? Oder ist es gar keine Bescheidenheit, sondern Geiz?«

In der Tat nahm sich die Verwaltung auf dem umfangreichen Firmengelände recht dürftig aus. Wallis Industries war das größte Industriekonglomerat der Erde, mit Firmen auf dem ganzen Globus. Von Schwerindustrie bis Hyperraumtechnologie war alles vertreten, der Firmeninhaber war in dieser Hinsicht geschäftlich flexibel. Die Firmenzentrale lag in Pittsburgh, Pennsylvania. Früher hatte es hier Stahlwerke gegeben, heute wurde Tofirit hergestellt und Roboterentwicklung betrieben. Auf dem Gelände waren auch ein Jettport und ein kleiner Raumhafen untergebracht.

Rawhide war noch nicht fertig mit seinen Auslassungen. »Ihre Weigerung, sich für den Notfall anständig zu bewaffnen, ist überaus leichtsinnig und naiv. Zudem sind Sie in meinen Augen ein Hypochonder. Daß Sie zur Begrüßung meinen Händedruck nicht erwidern wollten, spricht für eine manische Furcht vor Ansteckung durch körperliche Berührungen. – Nun? War das aufrichtig genug?«

Wallis nickte. »Ich danke Ihnen für Ihre Ehrlichkeit. Und jetzt zeige ich Ihnen, wie sehr der erste Anschein manchmal trügt. Sie halten mich für einen weltfremden Sturkopf, der es nicht versteht, stilvoll zu leben. In Wahrheit aber stehe ich mit beiden Beinen fest auf der Erde, und ich weiß sehr wohl etwas mit meinem Geld anzufangen. Ich gebe es nur nicht gern für überflüssige Dinge aus. Eine aufgeblasene Verwaltung ist in der Geschäftswelt überflüssig wie ein Kropf. Ich lege keinen gesteigerten Wert darauf, zu repräsentieren. Viel wichtiger ist es, effektiv zu arbeiten. In dieser Hinsicht stelle ich überdurchschnittliche Ansprüche an meine Mitarbeiter, schließlich zahle ich ihnen auch ein überdurchschnittliches Gehalt. Gemütlich machen können sie es sich zu Hause. Ich verlange ihnen nicht mehr und nicht weniger ab als mir selbst.«

Wallis räusperte sich kurz und fuhr dann fort.

»Ruhe und Entspannung finde ich auf meiner Farm im Lancaster County. Dort verfüge ich über all den Luxus, den ich an meinem Arbeitsplatz nicht brauche. Und bevor Sie mich nun als Workaholic einstufen, Mister Rawhide, sollten Sie wissen, daß ich nicht vierundzwanzig Stunden am Tag meinen Geschäften nachgehe. Erholsame Pausen halte ich für genauso notwendig wie intensive Arbeit. Ich speise gepflegt in guten Restaurants, und mit ›gut‹ meine ich ›wirklich gut‹. Mindestens einer meiner zahlreichen Schweber steht Tag und Nacht zu meiner Verfügung. Auf dem Firmenflughafen befindet sich eine ganze Sammlung davon, ganz zu schweigen von der Tiefgarage auf meinem Privatbesitz. Soweit zum Thema Geiz.«

Wallis legte seine Hand auf eine kleine Statue, die auf seinem Schreibtisch stand und die Jagdgöttin Diana darstellte.

»Messer werfen betrachte ich als eine Art Konzentrationsübung, genau wie mein Golfspiel. Mit Naivität oder gar Technikfeindlichkeit hat mein Verzicht auf eine Handfeuerwaffe nichts zu tun. Erstens verfüge ich über eine gut ausgebildete Wachtruppe, die mich beschützt, und zweitens...«

Er drückte den Kopf der Statue leicht nach unten. Rawhide zuckte erschrocken zusammen. Links und rechts von ihm entstanden zwei Öffnungen in der Wand, aus denen sich jeweils der Lauf eines Strahlengewehrs schob. Auch von der Decke her richtete sich ein Strahler auf ihn.

»Und zweitens habe ich hier überall ein paar technische Spielereien eingebaut, für den Fall, daß es einem Attentäter gelingt, die Wache vor der Tür zu überwältigen. Das ist übrigens gar nicht so leicht, denn mein alter Schulfreund ist Nahkampfexperte. Sein skurriles Outfit mag ja nicht jedermanns Sache sein, aber er war mir immer ein guter und vor allem verläßlicher Kamerad.«

Terence Wallis ließ die Waffen wieder einfahren und drückte den Knopf seiner Freisprechanlage.

»Lorna, kommst du bitte mal herein?« bat er.

»Bin schon da«, flötete es aus dem Lautsprecher.

Kurz darauf betrat eine atemberaubend schöne Frau das Büro des Multimilliardärs. Ohne den Besucher zu beachten, trat sie zu Wallis. Die Blicke, die sie ihm aus ihren von langen Wimpern beschatteten Augen zuwarf, waren alles andere als rein dienstlich.

»Kann ich irgend etwas für dich tun?« hauchte sie .

»Ich wollte dich mit unserem neuen Sicherheitschef bekanntmachen«, klärte er sie auf und machte eine Kopfbewegung in Rawhides Richtung. »Darf ich Ihnen meine Privatsekretärin vorstellen, Mister Rawhide? Lorna ist nicht nur wunderschön, sondern obendrein blitzgescheit. In erster Linie habe ich sie wegen ihres hohen Intelligenzquotienten eingestellt. Doch unsere Beziehung geht mittlerweile über das rein Berufliche hinaus. Miß Lorna hat überall und jederzeit ungehinderten Zugang zu mir. Das gilt selbstverständlich auch für meine Privaträume. Betraten Sie sie einfach als Mitglied der Familie.«

Soweit zu den körperlichen Berührungsängsten, dachte Ben Rawhide und stieß einen leisen Seufzer aus.

»Nun kennen Sie mein näheres Umfeld zur Genüge«, sagte Wallis. »Sie brauchen sich nicht weiter damit zu befassen. Ihre künftige Aufgabe besteht ausschließlich darin, sich um die Sicherheit auf dem Firmengelände zu kümmern. Für meine eigene sorge ich schon selbst. – Apropos Firmengelände. In Verwaltungsnähe gibt es einen weitläufigen Komplex mit Flachbauten. Darin sind unter anderem diverse Versuchslabore untergebracht. Robert Saam, einer der bedeutendsten Forscher unserer Zeit, arbeitet und wohnt dort. Er hat stets ungehinderten Zugang zu meinem Büro. Ich erwarte von Ihnen, daß Sie ihm mit der gebotenen Höflichkeit begegnen. Überhaupt sollte Höflichkeit für Sie das oberste Gebot sein, unsere Wachmannschaft ist nämlich keine Schlägertruppe.«

»Einer der bedeutendsten Forscher unserer Zeit«, äffte Rawhide seinen Boß leise nach, während er sich kurz darauf zum Gebäudeausgang begab. »Begegnen Sie ihm mit der gebotenen Höflichkeit.

– Keine Sorge, Mister Wallis, ich werde den alten Knacker mit Samthandschuhen anfassen.«

Seine erste Kontrolle führte er im Eingangsbereich der Verwaltung durch. Er machte sich mit den beiden dort postierten Wachmännern bekannt und ließ sich alles zeigen. Anschließend verließ er das Haus, um sich auf dem übrigen Gelände umzusehen.

Unmittelbar vor dem Verwaltungsgebäude kam ihm eine Person entgegen, die es unverkennbar eilig hatte. Der junge Mann machte einen leicht verwirrten Eindruck, wirkte fahrig und nervös. Beinahe wäre er mit dem neuen Sicherheitschef zusammengestoßen, erst in letzter Sekunde bremste er seinen Schritt ab.

Rawhide ließ ihn nicht vorbei.

»Ausweiskontrolle.«

*

Ast-333 gehörte mit seinem Durchmesser von 5.678 Metern zu den mittelgroßen Asteroiden, auf denen für den Schutz der Erde gesorgt wurde. Nach außen hin sah er nicht anders aus als die zahllosen Gesteinstrümmer, die stetig durchs All kreisten, die meisten davon zwischen den Bahnen von Mars und Jupiter. Nichts deutete darauf hin, daß dieser Asteroid einstmals mittels A-Grav und Pressorstrahlen in seine heutige Umlaufbahn befördert worden war.

Der ins Innere des Felsbrockens führende A-Gravschacht war perfekt getarnt, wie auf allen Abwehrforts. Die Kommandozentrale befand sich ungefähr im Mittelpunkt des Asteroiden. Dort stand Chris Shanton dem sichtlich nervösen Kommandanten des Forts gegenüber.

»Ja, Sie haben mich richtig verstanden«, sagte er zu ihm. »Ich führe hier und jetzt eine gründliche Inspektion durch. Gnade Ihnen Gott, wenn nicht alles in vorschriftsmäßigem Zustand ist!«

»Zu… zu Befehl«, stammelte der junge First Lieutenant, weil ihm nichts Gescheiteres einfiel.

»Ich gebe keine Befehle«, ranzte Shanton ihn an. »Das überlasse ich dem Militär. Ich erteile lediglich Anweisungen. Ein kleiner, aber feiner Unterschied.«

Es bereitete ihm diebische Freude, das Überraschungsmoment auszunutzen und den noch recht unerfahrenen Kommandanten von Ast-333 ein wenig zusammenzustauchen. Mit dem Militär stand Shanton mitunter auf Kriegsfuß (eines seiner Lieblingswortspiele). Zwar verfügte er über umfangreiche waffentechnische Kenntnisse, einen offiziellen militärischen Rang besaß er jedoch nicht. Für manchen pedantischen Offizier war das Grund genug, seine Anweisungen erst nach zeitraubenden Rückfragen bei Terra Defence Forces Command zu befolgen.

Vor allem der aufstrebende Militärnachwuchs mühte sich redlich ab, Shanton Knüppel zwischen die Beine zu werfen, und sei es nur, um der Mannschaft zu demonstrieren, daß man sich nicht von jedem »dahergelaufenen Zivilisten« herumkommandieren ließ. Erfahrenere Militärhasen hingegen hatten es nicht nötig, sich auf diese Weise bei ihren Untergebenen Respekt zu verschaffen. Ihnen war bekannt, mit welchen Sondervollmachten Ren Dhark den Diplomingenieur ausgestattet hatte und daß Shanton in seiner Funktion als technischer Chef des Defensivsystems, dessen Entwicklung in erster Linie ihm zu verdanken war, schalten und walten durfte, wie er es für richtig hielt.

»Wo möchten Sie mit Ihrer Inspektion beginnen?« erkundigte sich der First Lieutenant.

»Wo schon?« knurrte der Dicke. »Natürlich auf dem Maschinendeck.«

»Es liegt drei Stockwerke unter der Zentrale«, erklärte der Kommandeur.

»Weiß ich. Ich habe es höchstpersönlich dort plaziert.«

»Leider kann ich Sie auf Ihrer Inspektion nicht begleiten, Sir, aber mein Stellvertreter Second Lieutenant Preston steht Ihnen gern zur Verfügung.«

»Vergessen Sie's, ich finde meinen Weg allein.«

»Sir, ich muß leider darauf bestehen...«

»Sind Sie taub?« fuhr Shanton aus der Haut. »Ich sagte, daß ich keine Begleitung wünsche. Die Ast-Stationen kenne ich wie meine Hosentasche. Sie können sich anderweitig nützlich machen, indem Sie mir die aktuellen technischen Daten zusammenstellen, damit ich sie nachher einsehen kann. Ach ja, und noch eins: Nennen Sie mich nicht Sir!«

Mit diesen Worten begab er sich zum A-Gravschacht, der Jimmy und ihn nach unten beförderte.

Der First Lieutenant fühlte sich in seiner Kompetenz beschnitten.

»Was fällt diesem rüden Kerl ein?« schimpfte er leise und blickte in die Runde. Keiner seiner Mitarbeiter in der Zentrale wagte es, über ihn zu lachen.

Er bestellte seinen Stellvertreter zu sich.

»Lieutenant Preston meldet sich wie befohlen!« grüßte ihn der Second Lieutenant nach dem Eintreten vorschriftsmäßig.

Innerhalb dieses Abwehrforts legte man auf derlei militärische Formalitäten größten Wert. Hätte der Kommandant geahnt, wie locker es auf manchem Kampfraumer zuging, hätte es ihm glatt die Sprache verschlagen. Insbesondere auf Ren Dharks POINT OF, dem Aushängeschild der Terranischen Flotte, herrschte durchgehend ein freundlicher Umgangston. Die Mannschaft des Commanders kannte sich zum größten Teil aus der Zeit, als nach der Notlandung auf Hope der skrupellose Rocco für eine geraume Weile die Macht an sich gerissen hatte. Was hatte man nicht schon alles gemeinsam durchgestanden! Jedes gefährliche Abenteuer schweißte das Team an Bord ein Stückchen mehr zusammen, wie ein großes Orchester, das von Auftritt zu Auftritt besser wurde.

Im Gegensatz dazu würden die »Musiker« von Ast-333 wohl noch geraume Zeit benötigen, um sich aufeinander einzuspielen. Ihre Arbeitsinstrumente beherrschten die »Orchestermitglieder« zwar perfekt, doch mit den zwischenmenschlichen Melodien quälten sie sich ziemlich ab. Tonangebend war in erster Linie militärischer Drill, unter Leitung eines etwas zu jungen »Dirigenten«, der erst noch lernen mußte, daß in manchen Situationen piano, wenn nicht sogar pianissimo die angebrachtere Tonart war.

Knapp und präzise erteilte der Kommandeur dem Second Lieutenant seine Anweisungen. »Chris Shanton befindet sich zur Inspektion auf unserem Asteroiden, auf dem Maschinendeck. Folgen Sie ihm, und weichen Sie ihm keinen Schritt von der Seite. Sollte er Sie fortschicken wollen, machen Sie ihm deutlich, daß Sie ausschließlich Befehle von mir befolgen, verstanden?«

»Verstanden, Sir!«

»Wegtreten!«

Auch Chris Shanton war kein Mann der leisen Töne, schon gar nicht der ganz leisen. Seine polternde Art machte ihm nicht nur Freunde. Ihn scherte das herzlich wenig. Er war es gewohnt, mit dem Kopf durch die Wand zu gehen. Mochten die Leute ruhig schlecht über ihn denken, Hauptsache, er bekam, was er wollte.

Das Wartungspersonal verlor sich auf dem riesigen Maschinendeck. Nur wenige Männer und Frauen wurden hier unten zur Überwachung der Funktionen benötigt. Die Inbetriebnahme der Aggregate und Geräte erfolgte durch die Zentrale. Solange alles reibungslos funktionierte, hörten die Maschinisten selten etwas »von denen da oben«.

Um so überraschter war man über den hohen Besuch, der da plötzlich und unerwartet hereinschneite. So ziemlich jeder auf Ast-333 kannte den korpulenten Ingenieur mit seinem ungewöhnlichen Haustier, entweder von Fotos oder einfach nur vom Hörensagen. Ein paar wenige waren ihm auch schon persönlich begegnet, hier oder andernorts.

Der erste Maschinist, der Shanton über den Weg lief, war ein schmächtiger Staff Sergeant mit einem schmalen Oberlippenbart.

»Alles in Ordnung?« erkundigte sich der Dicke, während er gleichzeitig mit Argusaugen alles selbst überprüfte. »Gab es in letzter Zeit irgendwelche Pannen?«

»Nicht die geringste Kleinigkeit«, gab der Schmächtige wahrheitsgemäß Auskunft. »Die Maschinen laufen so präzise, daß man sich fast wünscht, es würde endlich einmal etwas passieren.«

»Besser nicht«, erwiderte Shanton. »Jede Fehlfunktion bedeutet einen Haufen Arbeit.« Er deutete auf den Paraschocker, den der Maschinist an seinem Gürtel trug. »Ist eigentlich jeder auf diesem Deck bewaffnet?«

»Logisch«, antwortete sein Gesprächspartner. »Im Angriffsfall müssen wir alle bereit sein, diesen Asteroiden und somit Terra zu verteidigen – das ist schließlich der Sinn des Forts. In der Messe steht ein Waffenschrank mit mehreren Blastern und Mi-Ras, und jeder von uns kann damit umgehen, verlassen Sie sich darauf. Die Paraschocker sind für den Nahkampf gedacht, weil man nie wissen kann, wie schnell das Unheil über einen hereinbricht. Daß der Feind überraschend das Maschinendeck stürmt, ist angesichts unserer Abwehrtechnik zwar höchst unwahrscheinlich, doch sollte dieser Fall jemals eintreten, sind wir wenigstens vorbereitet. Nur mit einem Schraubenschlüssel bewaffnet könnten wir gleich unser Testament machen.«

Shanton nickte nur. Seine Frage kam ihm im nachhinein überflüssig vor. Zwar hatte er es im Maschinenraum mit ausgebildeten Technikern zu tun, aber im Hauptberuf waren sie Soldat. Der Kampf war ihr Leben, nicht die Wartung der Gerätschaften.

»Und Sie sind gänzlich unbewaffnet hergekommen?« stellte ihm der Staff Sergeant die Gegenfrage.

»Dort ist meine Waffe«, entgegnete der Ingenieur und deutete auf seinen Robothund. »Wer sich mit mir anlegt, legt sich auch mit Jimmy an.«

Er erteilte dem Scotchterrier den Befehl, sich auf eigene Faust auf dem Deck umzusehen. Zwei Augenpaare sahen mehr als eins, vor allem, wenn das zweite Paar mit sensorischen Fähigkeiten ausgestattet war. Jimmy bestätigte den Befehl mit einem Schwanzwedeln und machte sich davon, hier und da ein bißchen schnüffelnd, wie sein Herrchen es ihm seinerzeit eingespeichert hatte.

Kaum war der Hund fort, griff der Maschinist nach seinem Schocker. Shanton drehte ihm gerade den Rücken zu. Bruchteile von Sekunden danach erfüllte ein tödliches Sirren die Luft.

Erschrocken wirbelte der Dicke herum. Maschinist, Techniker, Soldat – welche Bezeichnung auch immer auf den Staff Sergeant am meisten zutraf – es gab ihn nicht mehr. Der Mann lag tot am Boden, den Paraschocker noch in der Hand.

Shantons Blick fiel auf einen uniformierten Lieutenant, der ebenfalls eine Waffe in der Hand hielt. Mit unbewegter Miene steckte er sie zurück ins Halfter.

»Second Lieutenant Preston«, stellte er sich vor. »Offensichtlich kam ich im rechten Moment. Ich konnte diesen Mann gerade noch daran hindern, Sie von hinten niederzuschießen, Sir.«

Fassungslos starrte Shanton auf den Toten. Kaum hörbar murmelte er: »Nennen Sie mich nicht Sir.«

*

Dunkelblond, griechisches Profil, leicht slawische Gesichtszüge, leichtes Make-up, natürliche Wimpern und Brauen, grüne Augen. Naturfarbener Fingerlack, schmucklose Hände, Perle im linken Ohrläppchen. Scheinbar endlose Beine, verlockender Hüftschwung. Designerhosenanzug, leicht durchsichtige Bluse. So hatte sich Joan Gipsy in einem Interkontinental-Jett Ren Dharks Blicken präsentiert, und er hatte sich von ihr nur zu gern bezaubern lassen.

Selbst im Krankenbett blieb sie eine faszinierende Erscheinung, auch ohne modische Kleidung und frisch frisierte Haare. Bernd Eylers, der etwas linkisch wirkende Chef der Galaktischen Sicherheitsorganisation, konnte verstehen, daß sich der Commander der Planeten in diese Frau verguckt hatte. Doch er war nicht zu ihr in die Klinik gekommen, um ihre weiblichen Reize zu bewundern. Seine Aufgabe war es, sie zu verhören.

Aufgrund seines Amtes zählte Eylers zu den mächtigsten Männern auf Terra, gleich nach Ren Dhark und dessen Stellvertreter Henner Trawisheim. Normalerweise überließ er es seinen Mitarbeitern, Verhöre durchzuführen; er selbst blieb meist im Hintergrund. Nur bei brisanten Fällen ermittelte er persönlich – und dies war ein brisanter Fall.

Ein anderer mächtiger Terraner war darin verwickelt: Terence Wallis, der vermögendste Mann der Erde. Wallis gehörte keiner einflußreichen Organisation an. Wallis bekleidete auch kein wichtiges politisches Amt. Aber Wallis hatte Geld. Viel Geld. Und Geld war gleichbedeutend mit Macht, schon immer, ganz gleich, in welchem Jahrtausend man gerade lebte.

Was hatte Wallis vor?

Diese Frage ging Bernd Eylers nicht aus dem Kopf.

Plante er, die Weltherrschaft an sich zu reißen? Angesichts der zahlreichen Möchtegern-Potentaten, die in den vergangenen Jahren versucht hatten, mit hinterhältigen Intrigen und brutaler Gewalt ganz nach oben zu kommen, war dieser Gedanke nicht so abwegig, wie er sich zunächst anhörte. Rocco, Dr. Vert Kraft, Norman Dewitt... die Liste der Verbrecher, die Ren Dhark nach dem Leben getrachtet hatten und mit ihren Plänen gescheitert waren, erwies sich als erschreckend lang. Hinzu kamen unzählige fehlgeleitete Mitverschwörer, denen erst nach dem Tod oder der Festnahme ihrer Anführer klargeworden war, daß sie aufs falsche Pferd gesetzt hatten. Mitgefangen, mitgehangen.

Joan Gipsy war mittlerweile fast vollkommen von ihren Verletzungen genesen. Sie protestierte nicht gegen die Vernehmung in der Klinik und versprach, offen und ehrlich zu antworten, ohne etwas zu beschönigen.

»Ich nehme an, Sie sind in Rens Auftrag hier, Mister Eylers«, vermutete sie.

Bernd Eylers schüttelte den Kopf. »Die GSO wird bei Gefahr im Verzug auch ohne direkten Auftrag tätig. Wir sind eine unabhängige, nicht weisungsgebundene Institution.«

»Wenn Ren Dhark Sie nicht mit der Untersuchung des Falls beauftragt hat, woher wissen Sie dann von den Vorkommnissen im ›Los Morenos‹?«

»Zu den Stammgästen des Restaurants gehören hohe Offiziere der TF einschließlich ihres Oberbefehlshabers. Ich finde, das ist Grund genug, das Lokal gelegentlich von GSO-Agenten kontrollieren zu lassen, diskret und unauffällig, versteht sich.«

»Versteht sich«, entgegnete Joan ironisch. »Die diskrete und unauffällige Massenkeilerei, die Ihre Agenten ausgelöst haben, hat sicherlich kaum jemand bemerkt.«

»Bitte verdrehen Sie nicht die Tatsachen«, erwiderte Bernd Eylers in ruhigem Tonfall. Er hatte auf einem Stuhl neben dem Bett Platz genommen. Seine Armprothese links ließ er lässig über der Seitenlehne baumeln. »Nicht meine Leute waren schuld an dem Chaos, sondern der marodierende, von Robonenagenten aufgehetzte Haufen, der das Restaurant gestürmt hat. Ich hatte mehrere Agenten beauftragt, den Commander zu seinem Schutz heimlich zu überwachen. Als er in Gefahr geriet, griffen sie ein.«

»Ren hätte sich schon selbst zu helfen gewußt«, war Joan überzeugt.

»Ich bin nicht gekommen, um meine Vorgehensweise Ihnen gegenüber zu rechtfertigen«, machte Eylers ihr deutlich, und sein Ton wurde etwas schärfer. »Man hat mir von Ihrem überraschenden Geständnis berichtet, daß Sie Dhark im Restaurant gemacht haben.«

»Ihre Agenten haben offenbar gute Ohren.«

»Schwerhörige stellt die GSO erst gar nicht ein. Trifft es zu, daß der Großindustrielle Terence Wallis Sie beauftragt hat, sich gezielt an den Commander heranzumachen?«

»... an den Commander heranzumachen«, wiederholte Joan Gipsy. »Das klingt zu billig, um den Tatsachen gerecht zu werden! Mister Wallis hat mich in der Tat auf Ren angesetzt. Ich sollte den Kontakt zwischen den beiden herstellen.«

»War es dafür unbedingt nötig, mit Dharks Gefühlen zu spielen?« hielt Bernd Eylers ihr vor.

»Das war kein Spiel«, versicherte ihm die junge Frau. »Zugegeben, ich habe mich mehr eingebracht, als es für die Erfüllung meines Auftrags vonnöten war, aber das hatte ausschließlich private Gründe. Meine Gefühle für Ren waren echt – und sie sind es noch.«

Der GSO-Chef war ein aufmerksamer Beobachter. Über die Träne, die sich Joan verstohlen mit dem Handrücken von der Wange wischte, verlor er kein Wort.

»Kommen Sie mir jetzt bloß nicht mit Liebe«, provozierte er seine schöne Gesprächspartnerin, um ihr näher auf den Zahn zu fühlen. »Diese Schmierenkomödie kaufe ich Ihnen nicht ab. Was werden Sie als nächstes behaupten? Daß Wallis Sie gezwungen hat, Ren zu umgarnen? Welches Druckmittel hat er denn angewendet? Geld?«

Joan hielt sich nicht länger zurück. Ungeniert ließ Sie ihren Tränen freien Lauf.

»Was sind Sie nur für ein herzloser Mensch?« schluchzte sie. »Ist Liebe für Sie wirklich nichts weiter als eine Schmierenkomödie? Mir bedeutet dieses Wort mehr! Was ich für Ren empfinde, ist echt. Nur darum habe ich ihm von meinem Auftrag erzählt. Ebensogut hätte ich meine Rolle weiterspielen können. Hätte ich es nur getan! Dann wäre alles noch in schönster Ordnung.«

»Fragt sich nur, für wie lange«, konterte Eylers. »Früher oder später wären Ihnen meine Agenten auf die Schliche gekommen.«

Joan machte eine resignierende Geste. »Es hat offensichtlich keinen Sinn, die Unterhaltung fortzusetzen. In Ihren Augen bin ich ein eiskaltes, berechnendes Luder, und was ich auch sage, Sie glauben mir sowieso kein Wort.«

»Sie irren sich«, entgegnete Eylers und rang sich zu einem Lächeln durch. »Ich bin ein besserer Menschenkenner, als es den Anschein hat.«

Der Leiter des GSO war in der Tat nicht nur ein exzellenter Menschenkenner, er besaß auch einen untrüglichen Instinkt, der ihm signalisierte, daß Joan die Wahrheit sprach.

Und noch etwas teilte ihm sein Instinkt mit: Jemand stand plötzlich hinter ihm. Jemand, der sich ihm lautlos genähert haben mußte. Eylers sah die betreffende Person nicht, er spürte sie nur.

Nachdem Ren Dhark die verletzte Joan ins Hospital hatte transportieren lassen, hatte Eylers vor der Tür ihres Krankenzimmers einen Wachposten plaziert. »Zu ihrem persönlichen Schutz«, hatte er diese Maßnahme dem Chefarzt gegenüber begründet. In Wirklichkeit hatte er befürchtet, Joan Gipsy könnte versuchen, sich mit Wallis' Hilfe abzusetzen.

Scheinbar hatte jemand den Wächter ausgeschaltet und leise den Raum betreten. Eylers schalt sich einen Narren, daß er nichts gemerkt hatte. Sein Gespräch mit Joan hatte ihn total abgelenkt.

Er rechnete jede Sekunde damit, einen Schlag ins Genick zu bekommen oder das Sirren eines Paraschockers zu hören. Mit der rechten Hand tastete er nach seiner Prothese, die mit einer Gaswaffe ausgestattet war.

*

Ben Rawhide musterte sein Gegenüber amüsiert von oben bis unten. Der etwa fünfundzwanzigjährige, mittelgroße, hagere Mann war eindeutig nordischer Abstammung. Nicht nur seine herb-offenen Gesichtszüge ließen auf einen Nordeuropäer schließen, auch sein dichtes blondes Haar deutete darauf hin. Haar, das sich nicht bändigen ließ. Trotz Pudelmütze stand es irgendwie wirr zu beiden Seiten ab, als führe es ein Eigenleben.

»Gehen Sie mir endlich aus dem Weg!« schimpfte der norwegische Blondschopf ungehalten. »Ich will zu Terence Wallis, und zwar sofort!«

Der neue Sicherheitschef hatte ihn gestoppt, als er schnellen Schrittes auf das Verwaltungsgebäude zugegangen war. Weil er sich nicht ausweisen konnte, stand Rawhide wie eine lebende Mauer vor ihm und hinderte ihn am Weitergehen.

»Mister Wallis ist ein vielbeschäftigter Mann«, sagte Ben und deutete grinsend auf den Schal, den der Blonde um seinen Hals geschlungen hatte. »Sie sind wohl sehr wetterfühlig. Heute herrschen angenehme Temperaturen, eigentlich viel zu warm für diese Jahreszeit.«

»Vom 15. Oktober bis zum 15. März trage ich grundsätzlich einen Schal«, bekam er zur Antwort, »weil es in dieser Zeit nun mal kalt ist! Aber ich habe nicht die geringste Lust, mich jetzt mit Ihnen übers Wetter zu unterhalten. Schließlich habe ich meine Zeit nicht geklaut. Ich habe noch zu arbeiten.«

»Arbeit ist ein gutes Stichwort«, meinte Rawhide. »Meine besteht darin, auf diesem Gelände für die nötige Sicherheit zu sorgen. Dazu gehört auch, verdächtige Personen von der Verwaltung fernzuhalten.«

»Verdächtig?« regte sich der hagere junge Mann auf. »Was ist denn an mir verdächtig, bitte schön?«

»Beispielsweise der Umstand, daß Sie Ihren Lichtbildausweis nicht deutlich sichtbar am Revers tragen, wie es Vorschrift ist.«

»Ich sagte doch bereits, daß die verdammte Karte irgendwo in meiner Schreibtischschublade liegt. Wieso ist Ihnen das Ding so wichtig? Alle kennen mich, und ich habe jederzeit direkten Zugang zum Büro von Mister Wallis. Wenn Sie mir nicht glauben, fragen Sie doch die beiden Pförtner am Gebäudeeingang.«

Rawhide rümpfte die Nase. »Das sind keine Pförtner, sondern Sicherungskräfte, und ich bin ihr Vorgesetzter. So, nun haben wir aber genug über meine Arbeit geplaudert, kommen wir zu Ihrer. Wer sind Sie, und wofür werden Sie bezahlt?«

»Fürs Lernen«, antwortete der Hagere. »Lernen ist die einzige Beschäftigung, die Sinn macht. Auch ohne Bezahlung würde ich in einem fort lernen.«

»Lernen?«

»Ist Ihnen wohl kein Begriff, dieses Wort, wie? Für mich ist Lernen wichtiger als alles andere im Leben. Wissen Sie, wie und wo ich die Giant-Invasion überstanden habe? Lernend im Keller der größten schwedischen Universitätsbibliothek in Uppsala, fast völlig ohne Kontakt zur übrigen Menschheit. Als Immuner hätte ich mit den Lethargischen ohnehin nichts anfangen können, also zog ich es damals vor, meine Zeit sinnvoll zu verbringen. Und genau das gedenke ich auch jetzt zu tun, anstatt sie hier mit Ihnen zu verschwenden.«

Er machte auf dem Absatz kehrt. Eilig wie er gekommen war, ging er wieder davon.

»Na warte, die Sache hat noch ein Nachspiel«, brummelte der neue Sicherheitschef von Wallis Industries.

Er kehrte zurück in die Wächterloge. Von dort aus hatte man sein Streitgespräch schon seit geraumer Weile durch die Fensterscheibe beobachtet, ohne allerdings ein Wort zu verstehen.

»Haben Sie den ulkigen Vogel gesehen, mit dem ich mich gerade unterhalten habe?« fragte Ben einen der Wachleute und wartete die Antwort erst gar nicht ab. »Finden Sie heraus, auf welchem Teil des Geländes er arbeitet, und stellen Sie mir eine Viphoverbindung mit seinem Vorgesetzten her.«

»Mit Mister Wallis?« erwiderte der Wachmann.

»Nicht mit dem obersten Chef!« pfiff Rawhide ihn an. »Ich meinte den direkten Vorgesetzten dieses frechen Burschen. Seinen Abteilungsleiter oder sonstwen auf der unteren Ebene.«

»Mister Saam leitet all seine Abteilungen selbst. Insofern man im Zusammenhang mit seinen Forschungen überhaupt von Abteilungen sprechen kann. Im Grunde genommen weiß niemand so genau, was er macht und nach welchen Gesichtspunkten er sich seine diversen Aufgabenbereiche unterteilt. Robert Saam ist ein unermüdlicher Forscher – ohne direkten Forschungsauftrag. Anweisungen empfängt er ausschließlich von Mister Wallis persönlich.«

»Robert Saam?« Rawhide mußte schlucken. »Das war der ›alte Knacker‹, den Wallis als einen der bedeutendsten Forscher unserer Zeit bezeichnet hat?«

»Mister Wallis hält große Stücke auf ihn«, erklärte der Wachmann. Er richtete beide Daumen nach oben. »Die beiden stehen *so* miteinander. Seit Robert Saam die Steuerung der neuen Roboter entwickelt und damit den Aktienkurs von Wallis Industries auf einen Schlag verdoppelt hat, betrachtet der Chef ihn als eine Art Adoptivsohn.«

»Dieser Wirrkopf hat die Robotsteuerung entwickelt? Kaum zu glauben. Auf mich machte er den Eindruck eines Studenten mit einem losen Mundwerk.«

Der Wachmann schmunzelte. »Soweit mir bekannt ist, hat Saam seinerzeit sein Studium abgebrochen, weil ihm seine Professoren geistig nicht mehr folgen konnten. Die weitere Zusammenarbeit mit ihnen betrachtete er als reine Zeitverschwendung, und das sagte er ihnen auch offen ins Gesicht. Er hat halt eine freche Klappe. Nur Frauen gegenüber kriegt das Universalgenie kaum ein Wort heraus. Angeblich interessieren sie ihn nicht, weil sie ihn unnötig von der Arbeit ablenken. Ich halte das für eine Schutzbehauptung. Der Knabe ist furchtbar schüchtern. Der Umgang mit dem weiblichen Geschlecht ist wohl die einzige Herausforderung auf der Welt, der er nicht gewachsen ist. Na ja, eine Schwäche hat wohl jeder. Manchmal glaube ich, daß Saam im Labor lebt, obwohl Mister Wallis ihm ganz in der Nähe ein ansehnliches Apartment eingerichtet hat. «

Rawhide stieß einen wüsten Fluch aus. Danach begab er sich ohne Umschweife in Wallis' Büro, um sich die verdiente Zigarre abzuholen.

*

Second Lieutenant Preston galt unter seinen Kameraden als Langweiler. Er war ein nichtssagender Typ ohne besondere Merkmale, der nie auch nur einen Millimeter von den militärischen Vorschriften abwich. In den zurückliegenden Jahren hatte er die Befehle seiner Vorgesetzten stets korrekt ausgeführt. Trotz seines erschreckenden Mangels an jeglicher Eigeninitiative (oder gerade deswegen) hatte er es auf Ast-333 zum stellvertretenden

Kommandeur gebracht.

Genaugenommen traf nicht einmal das zu. Lieutenant Preston war einfach nur nachgerückt, nachdem der ursprüngliche Kommandant einer kurzen, schweren Krankheit erlegen war. Daraufhin hatte man dessen ehrgeizigen Stellvertreter, den First Lieutenant, zum vorläufigen Kommandanten ernannt, und dieser wiederum hatte sich den Second Lieutenant ins Team der Zentrale geholt, weil er niemals widersprach. Alles in allem eine Übergangslösung, die mehr als verbesserungsbedürftig war.

Oftmals fühlte Preston sich innerlich leer und ausgebrannt. Kein Wunder, schließlich glaubte er unerschütterlich an die ermüdende Geschichte seines ereignislosen Lebens. Eine Geschichte, die man ihm immer und immer wieder eingeimpft hatte, so lange, bis sie ein Teil von ihm geworden war:

Seine Eltern und seine Geschwister waren angeblich bei einem Giant-Angriff ums Leben gekommen. Ihn hatte man zu einem Lethargen gemacht. Nach seiner Wiedererweckung war er in den Militärdienst getreten, um die Erde künftig gegen derartige Übergriffe aus dem All zu verteidigen.

Kein Wort davon stimmte. In Wahrheit lebte seine Familie noch. Allerdings nicht auf Terra, sondern auf einem unbekannten Planeten, unter den selbsternannten »Wahren Menschen«, den Robonen. Ihr Anführer hieß Allon Sawall. Sein fernes Ziel war es, den »Verdammten«, wie sie die Terraner abfällig nannten, endlich den Platz in der Geschichte der Menschheit zuzuweisen, der ihnen seiner Meinung nach gebührte.

Um dieses Ziel zu erreichen, mußten die Verdammten unterwandert und ihre Anführer vernichtend geschlagen werden. Dabei schreckten Sawalls Vasallen auch vor Mord nicht zurück. Jeder kluge Kopf unter den Terranern stellte eine Gefahr für die Eroberungspläne der Robonen dar, besonders diejenigen, die leitende Funktionen im Verteidigungsbereich innehatten.

Chris Shanton stand ziemlich weit oben auf der robonischen Abschußliste. Weil nicht leicht an ihn heranzukommen war, hatte man gleich mehrere Agenten auf ihn angesetzt und als »Schläfer« auf verschiedenen Ast-Stationen eingeschmuggelt. Dabei war eine neuartige Form von hypnotischer Beeinflussung angewandt worden, eine Art schmerzlose Gehirnwäsche, die den jeweiligen Attentäter glauben machte, ein aufrichtiger Terraner zu sein. Auf diese Weise konnten die »Schläfer« sogar Lügendetektoren überlisten, waren sie beim Test doch felsenfest überzeugt, die Wahrheit zu sagen.

»Chris Shanton befindet sich zwecks einer Inspektion auf unserem Asteroiden, auf dem Maschinendeck. Folgen Sie ihm!«

Da war er, der Impuls, der den letzten noch verbliebenen Rest Erinnerung des Robonenagenten Preston aktivierte, ihn wieder in seine eigene Realität zurückholte. Die jahrelange Schlafphase war vorüber, plötzlich hatte er seinen Mordauftrag klar vor Augen. Er war wild entschlossen, die Tat wie geplant auszuführen, selbst wenn das seinen Märtyrertod bedeuten würde. Seine Eltern würden stolz auf ihn sein.

»Verstanden, Sir!« bestätigte er den Befehl seines Vorgesetzten.

»Wegtreten!«

Preston salutierte vorschriftsgemäß. Dann machte er sich auf den Weg zum Maschinendeck.

Shanton war so in die Unterhaltung mit einem der Maschinisten vertieft, daß er den Lieutenant nicht kommen hörte. Die Gelegenheit war günstig wie nie. Vorsichtig tastete Preston nach seiner Waffe.

»Ist eigentlich jeder auf diesem Deck bewaffnet?« hörte er Shanton fragen.

»Logisch«, antwortete dessen Gesprächspartner, ein Staff Sergeant. »Im Angriffsfall müssen wir alle bereit sein, diesen Asteroiden und somit Terra zu verteidigen – das ist schließlich der Sinn des Forts. In der Messe steht ein Waffenschrank mit mehreren Blastern und Mi-Ras, und jeder von uns kann damit umgehen, verlassen Sie sich darauf.«

Shanton nickte nur.

»Und Sie sind gänzlich unbewaffnet hierhergekommen?« stellte ihm der schmalgesichtige Techniker kurz darauf die Gegenfrage.

»Dort ist meine Waffe«, entgegnete der korpulente Ingenieur und deutete auf seinen rabenschwarzen Hund. »Wer sich mit mir anlegt, legt sich auch mit Jimmy an.«

Ein Haustier als Waffe? Preston nahm rasch die Hand von seinem Schocker.

Er war einer der wenigen auf Ast-333, denen Shantons ungewöhnlicher Vierbeiner kein Begriff war. Seine Auftraggeber hatten es versäumt, ihn ausreichend darüber zu informieren. Doch eine innere Stimme warnte den Lieutenant. Zweifelsohne ging eine Gefahr von dem Terrier aus, daher hielt er es für besser, Vorsicht walten zu lassen.

»Sieh dich hier ein bißchen um, Jimmy«, befahl Shanton dem Hund. »Wenn du etwas Ungewöhnliches entdeckst, erstattest du mir sofort Bericht, kapiert?«

Lieutenant Preston staunte nicht schlecht. Shanton überließ die Inspektion des Asteroiden einem dummen Tier?

Bevor er sich schnüffelnd davonmachte, streifte Jimmy Preston mit einem kurzen sensorisch unterstützten Blick. Ein uniformierter Militärangehöriger in einem militärischen Abwehrfort war mit Sicherheit nichts Ungewöhnliches, also kümmerte er sich nicht weiter um ihn.

Kaum war der Hund fort, griff Preston nach seinem Paraschokker, der auf tödliche Dosis eingestellt war. Jetzt oder nie! Shanton drehte ihm gerade den Rücken zu.

Der Maschinist nicht. Er erkannte Prestons Absicht und griff nach seiner Waffe. Seine Reflexe waren die eines ausgebildeten Soldaten…

… aber auch Preston war einer. Ein tödliches Sirren erfüllte die Luft. Sekundenbruchteile später lag der Staff Sergeant tot zu Shantons Füßen. Er war nicht einmal mehr dazu gekommen, dem Ingenieur eine Warnung zuzurufen.

»Second Lieutenant Preston«, stellte sich der Todesschütze vor, nachdem er die Waffe wieder eingesteckt hatte. »Offensichtlich kam ich im rechten Moment. Ich konnte diesen Mann gerade noch daran hindern, Sie von hinten niederzuschießen, Sir.«

Fassungslos starrte Shanton auf den Toten. »Nennen Sie mich nicht Sir«, murmelte er und beugte sich über den Leichnam.

Ganz wie du willst, Verdammter! erwiderte Preston in Gedanken und zog den Schocker erneut aus dem Halfter.

Chris Shanton nahm diese Bewegung aus dem Augenwinkel heraus wahr. Ohne auszuholen, so als ob es ihn nicht die geringste Anstrengung kostete, ließ er einen seiner keulenartigen Arme gegen die Kniescheibe seines Angreifers krachen. Die Wucht des Schlages holte Lieutenant Preston von den Beinen.

Obwohl ihn die Gegenwehr seines Opfers total überraschte, hielt Preston den Schocker fest im Griff. So schnell er konnte richtete er den Lauf wieder auf Shanton.

Doch das war nicht schnell genug. Dort, wo sich der Dicke gerade noch befunden hatte, war er nicht mehr. Er hatte sich geistesgegenwärtig zur Seite geworfen und robbte nun mit der Eleganz eines Walrosses auf einen engen Gang zu. Bis der Lieutenant erneut auf ihn angelegt hatte, war er hinter einem Maschinenblock verschwunden.

Preston folgte ihm humpelnd. Sein Knie brannte wie Feuer, aber darauf durfte er jetzt keine Rücksicht nehmen.

Zu seiner Verwunderung war der Gang leer. Vom Flüchtenden keine Spur.

*

Chris Shanton hatte sich wie eine Schlange gedreht und gewunden, um der Todesfalle zu entkommen. Nicht weit von seinem Verfolger entfernt preßte der Ingenieur sich neben einem niedrigen Gerät auf den Boden und wagte es kaum, zu atmen. Mit dem Vipho Hilfe anzufordern riskierte er nicht. Auch nach Jimmy zu rufen kam nicht in Frage.

Beim Bau der Maschinendecks hatte Shanton auch für den Brandschutz Vorsorge getroffen. Die Sicherheit des Wartungspersonals hatte dabei absoluten Vorrang. Ein Druck auf einen der strategisch verteilten Alarmschalter würde genügen, um die komplette Räumung des Decks zu veranlassen.

Shanton brauchte nur den Arm auszustrecken, schon würden die Sirenen losheulen. Seine Absicht war, Preston in Unruhe zu versetzen, damit er einen Fehler machte und überwältigt werden konnte.

Zu seinem Pech ließ sich der in Griffnähe befindliche Alarmknopf nicht bewegen. Shanton brauchte einen flachen Gegenstand zum Hinterhaken. Schwitzend kramte er in seinen Hosentaschen nach seinem Allzweckmesser. Er zog es leise heraus und klappte den Schraubendreher aus.

Solche Messer gab es schon ewig. Zu früheren Zeiten verfügten sie über höchstens zwanzig verschiedene Klingen mit unterschiedlichen Funktionen – heutzutage waren es fast hundertfünfzig. Zu früheren Zeiten fertigte man diese Klingen aus minderwertigem Material – heutzutage wurde hochwertige Qualität produziert. Zu früheren Zeiten brachen die Klingen immer ausgerechnet dann ab, wenn man sie am dringendsten brauchte – heutzutage war das ganz genauso. Nach etwa zehn Sekunden zerbrach der Schraubendreher mit einem hellen, knackenden Laut.

Das war die Art von Geräusch, auf die Preston gelauert hatte. Mit einem gekonnten Satz sprang er über das Aggregat hinweg…

… direkt in Shantons Faust hinein.

Obwohl der Ingenieur zweimal kräftig zuschlug, ging Preston nicht zu Boden. Es gelang ihm sogar, mit dem Paraschocker auf Shanton zu zielen und abzudrücken.

Doch wieder einmal erwies sich der Dicke als ungeheuer beweglich. Mit der Geschwindigkeit eines von einem Lastenschweber geworfenen Kartoffelsacks küßte er den Boden. Der tödliche Strahl zischte über ihn hinweg.

Shanton rollte sich hinter ein Aggregat, kam fix auf die Beine und rannte im Zickzack los. Im Laufen aktivierte er sein Vipho. Gleichzeitig rief er nach seinem Robothund.

»Jimmy!« ertönte es oben in der Zentrale, wo der diensthabende Sergeant das Gespräch entgegennahm. »Jimmy! Verdammt noch mal, wo steckst du denn?«

Der Sergeant informierte den Kommandanten, der gerade die Zentrale verlassen wollte. Kopfschüttelnd starrte der First Lieutenant auf den Bildschirm, wo Shantons verschwitztes Gesicht zu sehen war.

»Jetzt knallt er offenbar völlig durch«, bemerkte er leise.

»Das habe ich gehört!« brüllte Shanton, der den Kommandanten auf seinem Vipho sah. »Schicken Sie sofort ein paar bewaffnete Männer aufs Maschinendeck! Einer Ihrer Lieutenants ist hinter mir her und will mich umnieten!«

Der First Lieutenant krümmte keinen Finger. »Ein Offizier der Terranischen Flotte macht Jagd auf Sie? Das kann ich mir nur schwer vorstellen. Können Sie mir Genaueres darüber berichten?«

»Und ob!« schrie Shanton völlig außer sich. »Sobald ich wieder bei Ihnen bin, verfasse ich einen Bericht in zehnfacher Ausführung – und den gebe ich Ihnen dann zu fressen, Sie Armleuchter!«

Chris Shanton schaltete sein Vipho ab und schlug einen Haken nach links. Gerade noch rechtzeitig, denn hinter ihm ging ein weiterer Schuß ins Leere. Nur dem Umstand, daß die Gänge zwischen den Maschinen verwinkelt und unüberschaubar waren, verdankte der Dicke sein Leben, ansonsten hätte ihn sein Verfolger längst eingeholt.

In einer Nische zwischen zwei Apparaten blieb der Ingenieur stehen. Er brauchte unbedingt eine kurze Ruhepause, schließlich war er nicht mehr der Jüngste.

Von Preston war weit und breit nichts zu sehen. Shanton war sicher, daß der Mörder des Staff Sergeants irgendwo auf der Lauer lag. Aber wo?

Es gab mehrere A-Gravschächte auf diesem Deck. Möglicherweise wartete Preston vor einem davon auf ihn. Aber vor welchem?

Shanton verfluchte sich, weil er keine Waffe bei sich trug. Die Messe kam ihm in den Sinn. Der Staff Sergeant hatte von einem Waffenschrank gesprochen, mit Blastern und Mi-Ras.

Der Dicke überlegte, ob er sich dort bewaffnen sollte, verwarf diesen Gedanken jedoch gleich wieder. Mit derart schweren Handfeuerwaffen konnte man hier unten furchtbaren Schaden anrichten. Der Hochenergiestrahl des Blasters verfügte über einen enormen Schmelzeffekt, und die Kleinstraketen der zwanzigschüssigen Mi-Ra durchschlugen sogar Panzerwandungen und entwikkelten bei der Explosion die Kraft kleiner Bomben. Ihr Einsatz hier hätte das Ende der Station heraufbeschworen. Dieses Deck war sozusagen das Kernstück des Asteroiden. Ohne all die energieerzeugenden Aggregate und Geräte konnten die Jungs in der Zentrale oder in der Waffensteuerung so viele Schaltungen betätigen wie sie wollten, es würde nichts passieren. Der Tag, an dem die Maschinen versagten, war der Tag, an dem auf Ast-333 überall das Licht ausging.

»Was machen Sie hier?« fragte plötzlich jemand.

Shanton zuckte erschrocken zusammen. Vor ihm stand ein Wartungstechniker mit dem Dienstgrad eines Sergeants. Chris Shanton legte einen Finger auf die Lippen.

Erst jetzt erkannte ihn der Sergeant und salutierte vor ihm. »Entschuldigung, Sir, ich habe Sie nicht gleich…«

»Still!« zischte ihn der Dicke an und zog ihm den Paraschocker aus dem Halfter.

Wachsam schaute er sich nach allen Seiten um. Preston schien sich in Luft aufgelöst zu haben.

»Kann ich etwas für Sie tun, Sir?« erkundigte sich der Sergeant flüsternd.

»Ja«, kam es ebenso leise zurück. »Nennen Sie mich nicht Sir.«

Laute, befehlende Stimmen waren zu hören. Sie kamen aus Richtung der A-Gravschächte.

Shanton atmete auf. »Endlich hat dieser Armleuchter seine

Männer in Bewegung gesetzt. Wurde aber auch höchste Zeit.«

Seine Vermutung war richtig. Ein Trupp bewaffneter Soldaten verteilte sich auf dem Maschinendeck und brachte es unter Kontrolle.

Die Messe befand sich nicht weit von Shanton entfernt. Er gab dem Sergeant die Waffe zurück, klopfte ihm auf die Schulter und forderte ihn zum Mitkommen auf.

»Jetzt trinken wir erst mal einen starken Kaffee, Kleiner, den kann ich wirklich gut gebrauchen.«

»Wie Sie meinen, Si…, äh, Großer«, stammelte der Junge, der die Lage nicht so recht überblickte.

Noch war die Sache für Shanton nicht ausgestanden.

Im Aufenthaltsraum bot sich ihm ein Bild des Schreckens. Ein Mechaniker und eine Maschinistin hockten zusammengesunken reglos auf zwei Stühlen. Der Tod hatte die beiden offenbar ohne Vorwarnung ereilt, es dampfte noch in ihren Tassen.

Der mit der Rückwand zur Zimmerecke stehende Waffenschrank war aufgebrochen. Eine Mi-Ra fehlte.

»Dieser gottverdammte Mörder!« entfuhr es Shanton, der mit dem Sergeant in der Tür stehengeblieben war.

In dieser Sekunde krachte der Waffenschrank mitsamt Inhalt nach vorn. Ein gleißender Strahl zischte heran und erwischte den Sergeanten voll. Lautlos brach der Getroffene zusammen.

Second Lieutenant Preston tauchte hinter dem Schrank auf, in der einen Hand seinen Paraschocker, in der anderen eine Mi-Ra. Er stieg über den Schrank hinweg.

»Der Junge ist nur bewußtlos«, sagte er zu Shanton und deutete mit einer Kopfbewegung in Richtung der Stühle, »genau wie die beiden. Wir Wahren Menschen wollen euch Verdammte nicht gänzlich ausrotten. Mein Auftrag lautet: Töte Chris Shanton.«

»Und der Staff Sergeant?« herrschte Shanton ihn wütend an. »Wieso mußte er sterben? Was hatte er Ihnen getan?«

»Er wollte Sie retten, Shanton, da mußte ich auf ihn schießen. Mir blieb keine Zeit mehr, den Schocker auf Betäubung umzustellen.«

Der Ingenieur blickte über die Schulter nach hinten. Mehrere Bewaffnete näherten sich. Sie würden zu spät kommen. Preston hatte den Finger schon am Abzug der Mi-Ra. Jeden Moment würde hier die Hölle losbrechen.

Plötzlich und unerwartet flitzte etwas zwischen Shantons Beinen hindurch. Es war Jimmy, der die Situation innerhalb weniger Augenblicke erfaßte.

Der Robothund stellte sich auf die Hinterpfoten und machte Männchen. Sein seltsames Verhalten brachte Preston leicht aus dem Konzept. Anstatt den Finger zu krümmen, zögerte er eine Sekunde.

Das war genau die Sekunde, die Jimmy brauchte. Shanton wußte, was gleich passieren würde.

Schalldruck-Attacke!

Der Scotchterrier öffnete sein Maul. Eine Ladung geballter Schallwellen raste auf Preston zu und riß ihn von den Füßen. Er flog rücklings über den umgekippten Waffenschrank und knallte mit voller Wucht gegen die Wand. Die Waffen glitten ihm aus den Händen. Das Kinn sank ihm auf die Schulter, er rührte sich nicht mehr.

»Der Kerl ist nur bewußtlos«, äffte Jimmy den Lieutenant nach. »Wir Wahren Hunde wollen euch Wahre Menschen nicht gänzlich ausrotten. Mein Auftrag lautet: Rette den Dicken.«

*

Es war bereits später Nachmittag, als Bernd Eylers auf dem Jettport von Wallis Industries landete. Weil der GSO-Chef seinen Besuch nicht angemeldet hatte, rief der diensthabende Wachmann den neuen Sicherheitschef an. Ben Rawhide nahm Eylers auf dem Privatflughafen persönlich in Empfang.

»Was kann ich für Sie tun, Mister Eylers?« fragte er betont höflich, denn er wollte sich nicht gleich den nächsten Anpfiff von seinem Arbeitgeber einfangen.

»Ich möchte mit Terence Wallis reden«, antwortete der Leiter der Galaktischen Sicherheitsorganisation. Auch er bemühte sich, höflich zu bleiben, obwohl er sich über die unnötige Wartezeit ärgerte.

Rawhide musterte ihn unauffällig. Sonderlich respekteinflößend wirkte der GSO-Chef nicht auf ihn, eher harmlos und unscheinbar.

»Bitte weisen Sie sich aus«, forderte er ihn auf.

Eylers zeigte ihm seine Legitimation und wiederholte sein Anliegen. »Ich möchte mit Terence Wallis reden. Sofort und unter vier Augen.«

Diesmal sprach er keine höfliche Bitte aus, sondern eine Forderung. Rawhide paßte das ganz und gar nicht, aber er riß sich zusammen.

»Sind Sie angemeldet?« erkundigte er sich, obwohl er die Antwort längst kannte.

»Diese Frage habe ich schon Ihrem Wachmann beantwortet«, erwiderte Bernd Eylers. »Wie Sie sich wohl denken können, ist meine Zeit begrenzt. Ich fordere Sie daher auf, mich ohne lange Diskussionen zu Mister Wallis zu bringen. Das mit meinem unangemeldeten Termin regele ich dann mit ihm selbst.«

»So einfach geht das nicht«, blieb Rawhide stur. »Zunächst einmal werde ich Rückfrage bei Mister Wallis halten. Außerdem muß ich Sie noch nach Waffen durchsuchen.«

»Gar nichts müssen Sie«, entgegnete Eylers scharf. »Ich habe mich Ihnen gegenüber als Leiter der höchsten Sicherheitsorganisation auf Terra ausgewiesen. Von anderen Sicherheitsdiensten erhalte ich normalerweise bereitwillig Unterstützung. Darum möchte ich Sie bitten, meine Arbeit nicht weiter zu behindern und mich unverzüglich zu Mister Wallis zu führen.«

»Wir befinden uns hier auf Privatgelände und in meinem Zuständigkeitsbereich«, machte Rawhide ihm deutlich. »Selbst wenn Sie der Commander der Planeten höchstpersönlich wären, würde ich Ihnen vor einem Gespräch mit Mister Wallis sämtliche Waffen abnehmen. Es sei denn, Sie hätten einen richterlichen Durchsuchungsbefehl.«

»Allmählich machen Sie mich wütend«, knurrte Bernd Eylers, den sonst nichts so schnell aus der Ruhe brachte.

»Huh, da kriege ich aber Angst!« spottete Rawhide, wurde jedoch gleich wieder ernst. »Was ist nun? Haben Sie eine Waffe bei sich?«

»Natürlich«, antwortete der GSO-Chef kurz und knapp und hob die Armprothese.

*

Um auf Golfplätzen schneller voranzukommen, hatte man in früheren Jahren Elektrobuggys benutzt. Dank der fortschreitenden Entwicklung der Technik waren Autos aller Art inzwischen fast vollständig durch Schweber oder Schwebeplatten ersetzt worden. Auf Sportplätzen hatte sich das Modell Feodora durchgesetzt, ein offener Bodenschweber, der höchstens drei Meter aufsteigen konnte. Vorn gab es ausreichend Platz für eine Person, eventuell mit Kind. Wollte ein weiterer Erwachsener mitfahren, mußte er sich mit einem Notsitz begnügen, der hinten auf der freien Gepäckfläche angebracht war.

Die Bezeichnung Feodora hatte anfangs zu diversen Spekulationen geführt. »Das Fahrzeug heißt so, weil es leicht wie eine Feder dahinschwebt«, hatten die einen vermutet, während die anderen eine geschichtliche Erklärung parat hatten: »Im germanischen Recht gab es einst den Begriff Feod für die fahrende Habe der Kaufleute. Man könnte den Bodenschweber daher mit dem Pferdewagen eines fahrenden Händlers vergleichen. Vor dem Einsteigen wirft man seine Habe hintendrauf, beispielsweise Golfschläger, Sporttasche, Proviant – und ab geht die Fahrt.« Mittlerweile war allgemein bekannt, daß Feodora der Vorname der (inzwischen verstorbenen) Erfinderin des Bodenschwebers war.

Auf dem weiträumigen Gelände von Wallis Industries wurde der

Feodora als Fortbewegungsmittel für kurze Strecken verwendet. Es gab nur wenige Transmitter, und nicht jeder war berechtigt, sie zu benutzen.

Rawhide war per Feodora zum Jettport gefahren. Nun wurde er auch per Bodenschweber zum Verwaltungsgebäude gebracht. Er saß angeschnallt hinten auf dem Notsitz und gab keinen Mucks von sich. Seine Augenlider waren geschlossen. Eylers lenkte das Gefährt sicher ans Ziel. Den Weg zur Verwaltung hatte er sich vom Flughafenpersonal beschreiben lassen.

Niemand schritt ein, als der GSO-Chef ausstieg, sich seinen bewußtlosen Widersacher über die Schulter legte und nach drinnen trug. Den Wachleuten in der Pförtnerloge genügte Eylers' Legitimation. Sie stellten keine neugierigen Fragen. Was kümmerte sie der lädierte Zustand des neuen Sicherheitschefs, den sie eh nicht leiden konnten?

Vor der Bürotür des Multimillionärs ließ Eylers seine Last zu Boden gleiten. Ein finster dreinblickender Hüne verwehrte ihm den Zutritt. Eylers bezeichnete den Koloß insgeheim als »mongolischen Kleiderschrank«. Abgesehen von einem nach unten gebogenen Schnurrbart war der Kopf von Wallis' persönlichem Leibwächter völlig kahl, der Mann hatte nicht einmal Augenbrauen. An seinem Gürtel trug er ein Samuraischwert, das überhaupt nicht zu seinem eleganten Anzug paßte.

Bernd Eylers wies sich aus. Auch dieser Wachmann hatte damit kein Problem.

»Willkommen in der Zentrale von Wallis Industries, Mister Eylers«, begrüßte ihn der Hüne und trat beiseite. »Mein Name ist Jon Vassago.« Er deutete auf Rawhide. »Was ist ihm zugestoßen?«

»Er hat eine harmlose Dosis Betäubungsgas eingeatmet«, antwortete Eylers, während er den Bewußtlosen mit dem Rücken an die Wand lehnte. »Meiner Berechnung nach müßte er jeden Augenblick aufwachen.« Mit einem Blick auf das Schwert fragte er scherzhaft: »Gehört das zur Standardausrüstung?«

»Zu meiner schon«, erwiderte Jon Vassago mit breitem Lächeln.

»Robert Saam hat mich damit ausgestattet.«

»Saam? Nie gehört.«

»Das dürfte sich bald ändern. Der Knabe ist das größte wissenschaftliche Genie aller Zeiten. Mit Terence' Hilfe kommt er irgendwann ganz groß raus.«

»Terence?« wunderte sich Eylers. »Sie reden Ihren Boß beim Vornamen an?«

»Als Kinder sind wir in dieselbe Schule gegangen«, erklärte ihm der Leibwächter. »Danach verloren wir uns aus den Augen. Erst nach der Giant-Invasion brachte uns der Zufall wieder zusammen. Mir hatte das Schicksal übel mitgespielt, ich war ziemlich heruntergekommen. Terence nahm mich als seinen Beschützer in seine Dienste. Seither haben wir eine Menge zusammen erlebt.«

Wenn sein Chef genauso auskunftsfreudig ist, wird das eine angenehme Unterhaltung, dachte Eylers im stillen.

Er mochte den »mongolischen Kleiderschrank« auf Anhieb. Bestimmt hätte Vassago einen guten GSO-Mann abgegeben. Eylers bezweifelte allerdings, daß er ihm denselben Lohn wie Wallis bieten konnte. Die finanziellen Mittel seiner Organisation waren nicht unbegrenzt.

Die Sache mit dem Schwert ließ ihn nicht los. Wieso bedurfte es eines wissenschaftlichen Genies, um den Wächter vor Wallis' Tür mit einer simplen Schlagwaffe auszustatten? Einen handwerklich geschickten Waffenschmied brauchte man dafür, sonst nichts.

Wenig später saß Eylers dem reichsten Mann der Welt gegenüber. Wallis hatte ihn freundlich begrüßt, jedoch auf einen Händedruck verzichtet, wie es seine Gewohnheit war.

Das Gespräch verlief in friedlicher Atmosphäre. Es gelang Wallis, den GSO-Chef zu überzeugen, daß er nie vorgehabt hatte, Ren Dhark…

»… von seinem Thron zu stürzen. Ganz im Gegenteil, Mister Eylers, ich bin ein großer Bewunderer des Commanders. Er hat viel riskiert und viel bewegt. Die Menschheit steht in seiner Schuld. In meinen Augen ist er der Mann, den Terra braucht wie keinen zweiten.«

Terence Wallis legte eine kurze Sprechpause ein, dann redete er weiter.

»Doch ich sehe nicht nur Dharks Leistungen für die Menschheit, ich erkenne auch all die Mißstände auf der Erde. Die Welt befindet sich in einem technologischen Umbruch, ein Umstand, der nicht von allen Menschen akzeptiert wird. Ein Beispiel von vielen ist die Produktion der neuen Roboter. Ihr Einsatz ist uns allen von größtem Nutzen. Die Kehrseite der Medaille ist der Verlust von Arbeitsplätzen, was zu nicht unerheblichen sozialen Spannungen führt. Ein anderes Beispiel wären die Aussiedelungen, ein geeignetes Mittel gegen die Übervölkerung. Die zum Teil recht schlampig durchgeführte Planung führt vielerorts leider zu Unruhen.

Unruhen, Ausschreitungen, Kriege – das hat es schon immer gegeben, doch derzeit ist es besonders schlimm. Die Lage könnte eskalieren. Terra ist ein Pulverfaß, ein Funke genügt, um es zur Explosion zu bringen. Ein Funke wie der drohende Staatsbankrott beispielsweise. Eine weltweite Pleite muß auf jeden Fall verhindert werden. Zwar gibt es dafür bereits ein paar gute Ansätze, doch das genügt noch längst nicht. Radikale Ideen sind gefragt, außergewöhnliche Gedankengänge, auch in Bezug auf Kriegsstrategien. Die Giants haben Terra nahezu dem Erdboden gleichgemacht, so etwas darf nie wieder passieren. Schon die nächste Niederlage könnte unsere letzte sein.

Darüber und über vieles andere wollte ich mit dem Commander der Planeten reden und ihm in jeder Hinsicht meine Unterstützung anbieten. Miß Gipsy habe ich sozusagen zum Vorfühlen ausgeschickt. Sie sollte die Verbindung zwischen Dhark und mir herstellen. Ein blöder Einfall, wie ich im nachhinein zu meiner Schande eingestehen muß.«

»Kann man wohl sagen«, pflichtete Bernd Eylers ihm bei. »Mal rein privat gefragt: Haben Sie ein Verhältnis mit Joan Gipsy, eines, das über eine berufliche Verbindung hinausgeht?«

»Warum sind Sie eigentlich beim Geheimdienst und nicht der

Leiter des diplomatischen Korps?« entgegnete Wallis lächelnd und nippte an seinem Whiskyglas. »Selbstverständlich haben Joan und ich ein Verhältnis, genauer gesagt, wir hatten eins. Was soll ich machen, Frauen sind nun einmal meine große Schwäche. Für einen Mittvierziger habe ich mich gut gehalten, finden Sie nicht? Zudem verfüge ich über beste Manieren. Frauen mögen Kavaliere, auch heutzutage noch, im einundzwanzigsten Jahrhundert.«

Schau an, der Herr Milliardär ist eitel, dachte Eylers schmunzelnd.

Terence Wallis schien seine Gedanken zu erraten. »Zugegeben, ich bin ein wenig eitel, aber dazu stehe ich. Mit Joan und mir ist es inzwischen vorbei. Normalerweise bin ich es, der den Frauen den Laufpaß gibt, diesmal verhielt es sich jedoch anders. Sie verlor ihr Herz an Ren Dhark. Seit sie ihn näher kennt, bin ich bei ihr abgemeldet. Klar, zunächst war ich enttäuscht. Ich bin es nicht gewohnt, abgewiesen zu werden. Mittlerweile bin ich aber darüber hinweg. Es ist keine Schande, gegen einen Mann wie Dhark zurückstecken zu müssen. Und überhaupt: auch andere Mütter haben schöne Töchter.«

»Wieso haben Sie eigentlich diesen umständlichen Weg gewählt, um mit Dhark in Kontakt zu kommen?« wollte Eylers wissen. »Sie hätten sich doch direkt an ihn oder seinen Stellvertreter Henner Trawisheim wenden können. Auch bei der TF hat man stets offene Ohren für neue Ideen.«

Wallis winkte ab. »Ach, lassen Sie mich doch mit diesen militärischen Betonköpfen in Frieden! Und um an Dhark heranzukommen, braucht es mindestens ein hübsches Gesicht und schöne Beine. Oder glauben Sie, er hätte *mir* im Interkontinental-Jett mit verzehrenden Blicken nachgestiert? Im übrigen ist er fast niemals zu erreichen. Benötigt man ihn auf Terra dringender denn je, ist er irgendwo in den Tiefen des Alls verschollen. Seine irdischen Stellvertreter sind ständig von einem Kokon von Politikern umgeben – aufgeblasene Wasserköpfe, die verhungern müßten, würde man sie nach Leistung bezahlen. Mit denen will ich nichts zu schaffen haben. Ich möchte keine Politik machen, sondern produktiv an der wirtschaftlichen Entwicklung Terras mitarbeiten. Auch über die wirtschaftlichen Belange hinaus bin ich bereit, mich mit Leib und Seele einzubringen. Als aufrichtiger Freund und Partner des Commanders, nicht als Umstürzler.«

In Gedanken faßte Bernd Eylers das Ergebnis seiner heutigen Nachforschungen zusammen:

Joan Gipsy – schön wie die Sünde, Exgeliebte von Terence Wallis, unglücklich verliebt in den Commander der Planeten, erscheint aufrichtig.

Terence Wallis – typischer Kapitalist, offen zur Schau getragene Eitelkeit, unkonventionell mit einem Hang zu praktischen Lösungen, hält nichts von der klassischen Politik und ihrem Beziehungsgeflecht, denkt realistisch, ohne dabei seine Träume und Visionen zu verlieren, ist entweder ehrlich bis ins Mark oder ein perfekter Lügner.

Gerade der letzte Punkt machte Eylers noch zu schaffen. Meinte Wallis wirklich, was er sagte? Oder war er nur ein geschickter Blender, ein Meister auf dem Gebiet der Täuschung?

Der GSO-Chef interessierte sich nicht nur für den Multimilliardär selbst, sondern auch für dessen näheres Umfeld. Bisher hatte er den unsympathischen Sicherheitschef Ben Rawhide sowie den kolossalen Leibwächter Jon Vassago kennengelernt. Doch es war noch ein weiterer Name gefallen: Robert Saam.

Eylers sprach Wallis direkt auf Saam an.

»Soll ich Sie mit ihm bekannt machen?«

»Ich bitte darum.«

»Das paßt mir gut, ich wollte ihn sowieso aufsuchen«, sagte Terence Wallis und erhob sich aus seinem bequemen Bürosessel. »Wie ich erfahren habe, war er vorhin auf dem Weg zu mir, aber mein übereifriger leitender Sicherheitsbeauftragter hat ihn nicht durchgelassen.«

Eylers stand ebenfalls auf. »Ich hatte bereits das zweifelhafte Vergnügen, Mister Rawhides Bekanntschaft zu machen. Beinahe wäre er handgreiflich geworden.«

»Nicht zu fassen!« schimpfte Wallis. »Der Kerl steht erst seit ein paar Stunden in meinen Diensten, und ich habe mich schon mehrfach über ihn aufgeregt. Will er mir unbedingt ein Magengeschwür verschaffen? Ich hoffe doch, er hat Sie nicht verletzt.«

»Dazu ist es erst gar nicht gekommen. Ich habe ihn vorher schlafengelegt.«

»Holla! Mit Ihnen ist offenbar nicht gut Kirschen essen.«

»Das können Sie halten, wie Sie wollen. Jedenfalls gefällt es mir nicht, was Sie mit Miß Gipsy vorhatten...«

»Wie geht es Joan?« unterbrach Wallis ihn.

»Körperlich ist sie auf dem Wege der Genesung«, informierte Eylers ihn. »Ihre Verletzungen sind fast vollkommen ausgeheilt. Ihr seelischer Zustand macht mir jedoch Sorgen. Der Agent, den ich zu Miß Gipsys Überwachung abgestellt habe, berichtete mir davon, wie oft sie weint...«

»Sie lassen Joan überwachen?« wurde er erneut unterbrochen.

»Nur zu ihrer eigenen Sicherheit«, behauptete Eylers.

Wallis sah das anders, wollte aber eigentlich jetzt nicht darüber diskutieren Joans Verfassung war ihm wichtiger. Doch dann änderte er seine Meinung. Irgend etwas in ihm begann zu kochen. Dieser wortkarge, für Wallis' Geschmack ein wenig *zu* selbstbewußte Geheimdienstmensch ging dem Industriellen kräftig auf die Nerven.

»Ihre Sicherheitsgründe sind nur vorgeschoben«, sagte er Eylers auf den Kopf zu. »In Wirklichkeit befürchteten Sie, Joan könnte sich mit meiner Hilfe aus dem Staub machen.«

»Wenn Sie das wirklich meinen,« beschwichtigte Eylers, »dann ziehe ich meinen Mann ab.«

»Es würde schon genügen, ihn auszutauschen.«

»Austauschen? Gegen wen?«

»Gegen Ren Dhark. Ich bewundere seinen Heldenmut, doch was Joan anbetrifft, benimmt er sich wie ein Feigling. Anstatt sich vor einer klaren Aussprache mit ihr zu drücken, sollte er sie schleunigst besuchen. Jede Wette, daß sich ihr seelischer Zustand von dem Moment an schlagartig bessert.«

Daß Dhark in den unergründlichen Weiten des Weltalls unterwegs war, ohne Funkkontakt zur Erde, wußte Terence Wallis nicht.

Beide Männer gingen aus dem Raum. Vassago folgte ihnen ohne Aufforderung.

»Wo steckt Rawhide, Jon?« fragte Wallis seinen Leibwächter beim Verlassen des Gebäudes.

»Nach dem Aufwachen hat er sich wie ein geprügelter Hund davongeschlichen«, teilte Jon Vassago ihm mit.

»Ist auch besser so«, bemerkte Wallis. »Sobald er mir über den Weg läuft, gratuliere ich ihm.«

»Gratulieren?« wunderte sich sein alter Schulfreund.

Wallis nickte. »Er hat nur wenige Stunden gebraucht, um den Vierzehn-Tage-Rekord seines Vorgängers zu brechen.«

*

Robert Saam betrieb seine Forschungen ohne festes Konzept. Noch in der einen Minute stand er am Labortisch und schüttete undefinierbare Flüssigkeiten ineinander, schon in der nächsten saß er in der wissenschaftlichen Bibliothek und steckte seine Nase in einen enorm dicken Wälzer. Etwas später wiederum fand man ihn in der technischen Werkstatt, wo er ein von ihm entwickeltes Gerät ausprobierte.

Mit Mißerfolgen hielt er sich nicht lange auf. Was partout nicht funktionieren wollte, landete zwecks späterer Nachbesserung in einem Zwischenlager. »Geht nicht!« lautete in solchen Fällen Roberts einziger Kommentar, der bei seinen engen Mitarbeitern mittlerweile zum geflügelten Wort geworden war.

Sein fester Mitarbeiterstamm bestand aus drei Personen, aus dem sechzigjährigen kanadischen Wissenschaftler George Lautrec – ein ausgewiesener Könner auf vielen Gebieten – aus dem siebenunddreißigjährigen indonesischen Funk- und Ortungsspezialisten Saram Ramoya und aus der schönen Schweizer Biologin Regina Lindenberg, die mit ihren neunundzwanzig Jahren bereits mehr Auszeichnungen eingeheimst hatte als wesentlich ältere Kolleginnen und Kollegen in ihrem ganzen Leben. Der Anblick ihrer tief ausgeschnittenen Dekolletés machte Saam mitunter ganz schön nervös.

Darüber hinaus durfte Robert Saam, aufgrund einer allgemeinen Anweisung seines Mentors, über jeden greifbaren Experten verfügen, der für Wallis Industries arbeitete. Dieses Privileg betrachtete er als ganz selbstverständlich. Ein kluger Kopf benötigte halt ein gewisses Potential an Assistenten zur Unterstützung, und davon machte er Gebrauch, wann immer er es für nötig hielt.

Hin und wieder führte sein leicht egoistisches Verhalten zu Spannungen unter den Mitarbeitern. Dann blieb Terence Wallis nichts anderes übrig, als schlichtend einzugreifen. »Robbie denkt nun einmal in Bahnen, die die meisten Menschen nicht begreifen«, argumentierte er in solchen Fällen.

Robbie! Robert Saam konnte diese Verunglimpfung seines Vornamens nicht ausstehen. Das verschwieg er Wallis jedoch, weil er es sich nicht mit ihm verderben wollte. Aber wehe, jemand anderer wagte es, ihn so anzureden!

»Ich heiße Robert, nicht Robbie!« hatte er kürzlich einen Arbeitskollegen zusammengestaucht, der eigentlich nur nett zu ihm hatte sein wollen. »Ich bin ein menschliches Wesen, kein Seehund, klar?«

Genie und Wahnsinn lagen ja bekanntlich dicht beieinander.

*

Wallis und Eylers hatten unterwegs noch einen kleinen Abstecher zum Jettport gemacht. Dort hatte der Multimillionär seinem Besucher einen Schweber vorgeführt, den er erst kürzlich erworben hatte. Das Modell trug die werbewirksame Bezeichnung

Sportfly und wurde als »der wendige Kurzstreckenflitzer für SIE und IHN« angepriesen. Auf den heimischen Bildschirmen jagte derzeit ein Sportfly-Reklamespot den nächsten. Trotz stetiger Proteste kritischer Verbraucher wurde die Unsitte, Unterhaltungs- und Nachrichtensendungen mittels nerviger Werbeeinblendungen zu verhackstücken, nach wie vor unverändert praktiziert.

»Meine Vorliebe für rasante Fortbewegungsmittel liegt in der Familie«, erklärte Wallis dem GSO-Chef, als beide Saams Werkstattbereich betraten, gemeinsam mit Vassago, der in einigem Abstand hinter ihnen herging. »Schon mein Großvater war ein Autonarr. Mit seinem feuerroten Ferrari hat er mehrere Rennen gewonnen. Nach jedem Sieg streichelte er die Kühlerhaube seines Wagens und bedankte sich bei ihm wie bei einem menschlichen Wesen.«

»Merkwürdige Verhaltensweise«, meinte Bernd Eylers. »Ich würde mich nicht einmal bei einem Roboter für seinen Einsatz bedanken. Es sind seelenlose Maschinen, die exakt das tun, worauf wir Menschen sie programmiert haben. Na ja, zumindest trifft das auf die meisten zu.« Bei seinem letzten Satz dachte er an Shantons Robothund Jimmy, und er mußte unwillkürlich schmunzeln.

Den beiden Männern kam eine Person entgegen, die von Kopf bis Fuß in einen silberfarbenen Anzug gehüllt war. Auf Höhe der Augenpartie gab es einen transparenten Sichtschlitz und in der Mundregion eine Öffnung zum Atmen. Aus dem Hosenbein ragte ein stromführendes Kabel heraus.

Trotz dieser merkwürdigen Verkleidung erkannte Wallis seinen Schützling auf Anhieb.

»Kreierst du eine neue Mode, Robbie?« erkundigte er sich. »Oder wolltest du uns nur mal tüchtig erschrecken?«

»Derlei profane Späße betrachte ich als reine Zeitverschwendung«, antwortete Robert Saam, dessen helle, klare Stimme unter dem Anzug gedämpft klang. »Hilfst du mir mal aus dem Ding raus?«

Er drehte sich um. Wallis brauchte nicht lange, um auf den abgedeckten Reißverschluß zu stoßen, der sich vom Hinterkopf bis zum verlängerten Rücken erstreckte. Mit einem Ruck zog er ihn auf.

»Auch so eine praktische Erfindung, die nicht totzukriegen ist«, bemerkte er.

Saam schlüpfte aus dem Anzug, beweglich wie ein Aal. Er transpirierte stark. Seine Hemdsärmel hatte er hochgekrempelt. Auf seinen Schal hatte er ausnahmsweise verzichtet, jetzt band er ihn sich wieder um.

Wallis machte Eylers und ihn miteinander bekannt.

»Ich habe schon viel von Ihnen gehört«, bekannte Eylers und ergänzte: »Selbstverständlich nur Gutes.«

»Was sonst?« entgegnete Robert Saam selbstbewußt. »Ich bin eben der Beste.«

»Gib nicht so an, Robbie«, sagte Wallis zu ihm. »Irgendwo auf der Welt existiert immer jemand, der einen überflügelt.«

»Wenn du diesen Jemand gefunden hast, bringe ihn zu mir, damit ich mich mit ihm messen kann«, erwiderte Saam unbeeindruckt und reichte ihm den Anzug. »Hier, zieh du ihn bitte an. Anschließend führen wir einen kleinen Test durch.«

Wallis stellte keine Fragen. Er hatte vollstes Vertrauen zu seinem »Adoptivsohn«. Er entledigte sich seines maßgeschneiderten Jacketts und streifte sich den Silberanzug über. Saam zog den Reißverschluß zu.

»Ganz schön warm hier drin«, stellte Wallis fest.

»Dir wird gleich noch viel wärmer«, kündigte Saam an und winkte Jon Vassago heran. »Würden Sie mir einen Gefallen tun, Vassago?«

Der Leibwächter nickte.

»Schön, dann hauen Sie mal kräftig auf Ihren Chef drauf«, wies Robert ihn an. »Es soll ja Angestellte geben, die sich das zeit ihres Lebens wünschen. Keine Sorge, Sie können ihn nicht verletzen, jedenfalls nicht, solange er im Absorberanzug steckt.«

»Absorberanzug?« wiederholte Terence Wallis in gedämpftem

Tonfall. »Deine neueste Erfindung, nehme ich an.«

Saam machte eine lässige Geste mit der Hand. »Eher eine neue Spielerei, kaum der Rede wert. Der Anzug ist sozusagen als Nebenprodukt meiner diversen Forschungen entstanden. Die technischen Hilfskräfte, die ich mit der Fertigung beauftragt habe, hatten sowieso gerade nichts Gescheites zu tun.«

Vassago wurde nicht zum ersten Mal mit einer phantastischen Erfindung Saams konfrontiert, darum vertraute er ihm voll und ganz. Mit seiner mächtigen Faust holte er zu einem gewaltigen Schlag aus.

Wahrscheinlich wäre Wallis der Kopf weggeflogen, hätte sein Leibwächter den Schlag ausführen können. Gott sei Dank sprang Saam Vassago in buchstäblich letzter Sekunde in den Arm.

»Stop, doch nicht so!« schrie er erregt. »Wollen Sie Ihren Brötchengeber umbringen?«

»Ich denke, man kann ihn in diesem Ding nicht verletzen«, erwiderte Jon.

»Offensichtlich habe ich mich falsch ausgedrückt«, gestand Robert ein. »Sie sollen den Hieb nicht mit der Faust, sondern mit Ihrem Schwert ausführen, Vassago. Nur zu! Den Anzug können Sie mit den Energiekräften Ihres Schwertes nicht mal ankratzen.«

Vassago bezweifelte das. »Kaum vorstellbar. Mein Schwert durchtrennt einen Marmorblock wie ein Stück Butter. Bei Kleidungsstücken hatte die Flammenklinge noch nie Probleme, ganz egal, ob silberfarben oder goldgetönt.«

Saam stieß einen leisen Seufzer aus. »Wie Sie sich wohl denken können, handelt es sich bei dem Absorberanzug um kein normales Kleidungsstück. Doch darüber brauchen Sie sich nicht den Kopf zu zerbrechen. Ich wette, Sie haben bis heute noch nicht einmal die genaue Funktionsweise des Schwertes begriffen. Macht nichts, Hauptsache, Sie können damit umgehen. – Und nun ziehen Sie es endlich heraus und schlagen zu.«

»Nun mach schon!« forderte auch Wallis ihn auf. »Oder soll ich in diesem Ding ersticken?«

Geschickt zog Vassago das Schwert aus dem Schaft. Eylers staunte nicht schlecht. Die Klinge des Samuraischwertes brannte, als hätte man sie direkt aus dem Höllenfeuer gezogen.

»Das mit den Flammen ist lediglich eine optische Spielerei«, verriet ihm Saam, »um den Gegner zu erschrecken. Man kann sich nicht daran verbrennen.«

Zum Beweis hielt er seine Hand in die blau, rot und grün schimmernden Flammen. Eylers wollte sich selbst überzeugen, doch mehr als den kleinen Finger riskierte er nicht.

»Berühren Sie nicht die Klinge«, warnte Saam ihn. »Sie glüht schlimmer als das Innere eines Hochofens. Die Hitze wird von innen erzeugt, durch spezielle Energiefelder.« Er war bemüht, sich so einfach wie möglich auszudrücken, um seine Zuhörer nicht unnötig zu verwirren. »Die Hitzeenergien sind so stark, daß sie jedes Material problemlos durchtrennen. Nun ja, fast jedes, bei Unitall und Tofirit versagt das Schwert und prallt ab. Das ist nicht die einzige Unzulänglichkeit. Für Großeinsätze wäre es völlig ungeeignet, allein schon wegen der Unhandlichkeit. Doch für einen körperlich beweglichen Nahkämpfer wie Mister Vassago ist das eine recht passable Waffe.«

»Gegen ein Strahlengewehr nutzt ihm seine Nahkampferfahrung herzlich wenig«, konnte sich Eylers eine Bemerkung nicht verkneifen.

Jon schaute zu Saam, der ihm daraufhin kurz zunickte.

Mit gekonnter Fingerfertigkeit drehte Vassago am Schwertgriff. Die Flammen erloschen. Jon begab sich zu einem offenen Werkstattfenster, richtete die Schwertspitze gen Himmel und bewegte eine winzige Vorrichtung am Griff.

Mit einem scharfen Zischlaut entlud sich ein gleißender Energiestrahl aus der Spitze und verschwand in den Wolken.

»Raffiniert«, gab Eylers zu. »Damit dürften seine Gegner kaum rechnen.«

»Das ist auch der Sinn der Sache«, erwiderte Vassago grinsend.

»Fürs Erhitzen der Klinge und die Freisetzung der Strahlenenergie benötigt man megastarke Batterien«, informierte Saam das Trio. »Spätestens nach dem dritten Schuß müssen sie erneuert werden. Eine umständliche und zugleich kostspielige Angelegenheit. Aber Mr. Wallis hat's ja.«

Jon Vassago setzte das »Höllenfeuer« wieder in Gang. Danach hob er sein Schwert mit beiden Händen über den Kopf, visierte Wallis an und ließ es auf ihn niedersausen.

Die Klinge prallte mit solcher Wucht zurück, daß Vassago den Halt verlor und gegen eine Wand krachte.

»Ich nenne das den Absorbereffekt«, sagte Saam, den diese Reaktion nicht im geringsten überraschte. »Simpel ausgedrückt, absorbieren die im Anzug befindlichen Energien die gegensätzlich gepolten Energiekräfte des Schwertes, um sie eine Tausendstel Millisekunde später rigoros abzustoßen. So wie ein menschlicher Körper früher nach erfolgter Organtransplantation im nachhinein das Fremdorgan abstieß, anstatt sich wie vorgesehen mit ihm zu verbinden, ein Vorgang, der natürlich wesentlich länger dauert als in unserem Fall. Im Detail aufgeschlüsselt hört sich das wesentlich komplizierter an, aber es würde Stunden dauern, einem Laien auch nur annähernd die komplexen Zusammenhänge des Absorbereffekts zu erläutern.«

Vassago rappelte sich wieder hoch. »Glücklicherweise hält sich außer uns niemand in der Werkstatt auf. Ich mime nämlich nicht gern den Pausenclown.«

Mit Saams Hilfe befreite sich Wallis aus dem Anzug. Er schwitzte wie ein Stier.

»Ich verstehe nicht, wieso ausgerechnet ich für diese Demonstration herhalten mußte«, knurrte er, während er sich mit einem Taschentuch den Schweiß von der Stirn wischte. »Du hattest den Anzug doch bereits an, Robbie. Jon hätte genausogut dich mit dem Schwert attackieren können, der Schaueffekt wäre derselbe gewesen.«

»Stimmt«, bestätigte Robert. »Doch ich war mir nicht hundertprozentig sicher, ob das Experiment gelingen würde.«

»Experiment?« fragte Wallis entsetzt. »Soll das heißen, du hast den Absorberanzug noch nie zuvor getestet?«

»Wann denn, bitte schön?« fragte Saam zurück. »Mister Vassago hat das Schwert ständig bei sich, und es gibt nur dieses eine Exemplar. Hätte *ich* in dem Anzug gesteckt und es wäre etwas schiefgegangen, wäre ich vielleicht nicht mehr in der Lage gewesen, die Fehlerquelle zu beseitigen. Selbstverständlich sind diverse Labortests vorangegangen. Die Möglichkeit eines Versagens stand bei eins zu zehn Millionen – aber man weiß ja nie.«

Eylers verfolgte den Dialog gespannt. Er beobachtete Saam genauestens. Der junge Mann zuckte nicht einmal mit den Wimpern. Seiner starren Pokermiene konnte man nicht entnehmen, ob er seine Worte ernst meinte oder ob er seinen Mentor nur mal ein bißchen hochnehmen wollte.

Wallis wandte sich dem GSO-Chef zu.

»Ich ahne, was in Ihrem Kopf vorgeht, Mister Eylers. Sie überlegen, was es kosten würde, Ihre Agenten mit dem Wunderanzug auszustatten. Vergessen Sie's. Es lohnt sich für Wallis Industries nicht, ihn in Serie zu produzieren. Wegen der Wärme hält man es nur wenige Minuten darin aus. Zudem schützt der Anzug ausschließlich gegen einen Angriff mit Vassagos Flammenschwert, ansonsten taugt er zu nichts. Da aller Voraussicht nach auch das Schwert niemals in Produktion gehen wird, ist er somit total überflüssig. Es sei denn, Robbie baut noch einige nützliche Verbesserungen ein.«

»Vielleicht später mal«, warf Saam ein. »Ich erwähnte ja bereits, daß es sich bei dem Anzug um nichts weiter als ein Nebenprodukt handelt, entstanden aus einer Laune heraus, genau wie das Schwert. Es war recht lehrreich, sich ein Weilchen damit zu befassen, aber in nächster Zeit wende ich mich wieder wichtigeren Dingen zu.«

»Verstehe ich nicht«, bekannte Wallis. »Wenn dir dieser Anzug so unwichtig ist, wieso wolltest du mir vorhin unbedingt davon berichten?«

Robert Saam mußte kurz nachdenken. »Vorhin? Ach, du meinst, als mich dein impertinenter Sicherheitschef aufgehalten hat. Da wollte ich mit dir über ein anderes Experiment reden. Wie du weißt, befasse ich mich derzeit mit der Entwicklung einer neuen Generation von Suprasensoren.«

Eylers wunderte sich über die Verständigungsschwierigkeiten zwischen »Vater« und »Sohn«. »Ist das Firmengelände viphofreie Zone? Im Zeitalter modernster Kommunikationstechnik läßt sich nahezu jede Verbindung ruckzuck herstellen, egal an welchem Ort man sich gerade befindet.«

»Es sei denn, man ist ein bißchen zerstreut«, widersprach Wallis und deutete auf Saams leeres Handgelenk. »Robbie verteilt seine Siebensachen liebend gern quer durch sämtliche Labors und Werkstätten. Seine Mitarbeiter müssen ihm laufend alles nachtragen. Glücklicherweise trägt er keine Brille, sonst wäre er den halben Tag auf der Suche nach ihr.«

»Das Armbandvipho stört mich nun mal bei der Arbeit«, rechtfertigte sich Saam. »Miß Lindenberg und ich haben heute früh ein biologisches Experiment durchgeführt. Zuvor gab ich ihr mein Vipho zur Aufbewahrung. Oder habe ich es auf meinem Schreibtisch liegenlassen, als ich meine Berechnungen zur Bestimmung der Standorte von Schattenstationen durchführte? Nein, jetzt weiß ich es! Lautrec und ich hielten uns in Raum drei auf, als ich aufgrund einer bevorstehenden Reparaturmaßnahme…«

»Habe ich das eben richtig verstanden?« erkundigte sich Eylers verblüfft. »Sie führen Berechnungen durch, wie man die Standorte der Schattenstationen bestimmen kann?«

»Ja, ja, das hängt mit der eben erwähnten Entwicklung neuer Suprasensoren zusammen«, antwortete Saam geistesabwesend. »Moment, das zu reparierende Gerät stand nicht in Raum drei, sondern nebenan im zweiten Raum. Allerdings glaube ich, mich zu erinnern, das Vipho hinterher wieder umgebunden zu haben.«

»Das mit den Schattenstationen interessiert auch mich näher«, sagte Wallis. »Immerhin sind die Schatten für die heutige

Menschheit so etwas wie die Pest für die Menschen im Mittelalter. Wie weit bist du mit deinen Berechnungen?«

»Bis das Verfahren perfekt ist, dauert es wohl noch Jahre«, erwiderte Saam.

Eylers machte ein enttäuschtes Gesicht.

»Mein Ziel ist es, die Schiffe und Stationen der Schatten von der Erde aus auf eine Entfernung von vielen Lichtjahren orten zu können«, sagte Robert Saam und seufzte. »Bislang ist es mir leider erst gelungen, ein Verfahren zu entwickeln, mit dem man die Standorte im Umkreis von 300.000 Kilometern, also einer Lichtsekunde ausmachen kann. Glaube ich jedenfalls.«

»Was soll das heißen?« fuhr Eylers ihn unbeherrscht an. »Bereits solch ein Verfahren wäre ein bedeutsamer Durchbruch in der Abwehr dieses unheimlichen Gegners! Bisher mußten unsere Ringraumer immer auf gut Glück einfliegen, weil aus den Ursprungsorten der feindlichen Kampfstrahlen nur bedingt auf den Standort einer unsichtbaren Station geschlossen werden konnte. Kommen Sie mir nicht mit ›Glaube ich jedenfalls‹! Berechnungen haben nichts mit Glauben zu tun, sie sind entweder richtig oder falsch.«

»Ganz recht, Mister Eylers«, stimmte Saam ihm zu. »Aber um eine exakte Einstufung vornehmen zu können, müssen meine Berechnungen zunächst in der Praxis getestet werden. Was nutzt der Menschheit eine suprasensorbasierte Ortungsanlage auf dem Zeichenbrett? Erst wenn sie gebaut ist, wird sich herausstellen, ob sie funktioniert.«

»Na, dann baue sie halt!« ermunterte ihn Wallis. »Wie viele Mitarbeiter benötigst du? Und wieviel Platz soll ich dir auf dem Gelände zur Verfügung stellen? Am besten wäre, die Ortungsanlage gleich in einen Raumer der TF einzubauen.«

»Du scheinst keine Vorstellung davon zu haben, wie riesig diese Anlage wird. Für ein Raumschiff ist sie viel zu groß. Ich könnte mir aber gut vorstellen, sie auf einem Asteroiden zu installieren.«

Jon Vassago horchte auf.

»Auf einem Asteroiden?« hakte er nach. »Eine blendende Idee! Ich schlage vor, du fliegst mit, Terence, und ich begleite dich. Das wird ein Abenteuer!«

Eylers hob beschwichtigend die Hände. »Nicht so eilig, meine Herren! Ich muß dieses Thema erst mit Experten der TF und einigen Regierungsverantwortlichen besprechen. Außerdem wird einer unserer fähigsten Ingenieure Ihre Pläne und Berechnungen gründlich unter die Lupe nehmen, Saam.«

»Haben Sie kein Vertrauen zu mir?« bemerkte Robert Saam gekränkt.

»Vertrauen ist gut, Kontrolle ist besser«, erwiderte Eylers. »Ich habe Sie alle überprüfen lassen, bevor ich hierhergekommen bin. Im übrigen sind Sie nicht das einzige Genie auf Terra, Saam. Ich denke, Chris Shanton kann es durchaus mit Ihnen aufnehmen, zumindest auf seinem Fachgebiet.«

»Berühmte Namen sind mir schnurz«, konterte Wallis' Schützling. »Wir werden ja sehen, was er kann.«

7.

Echri Ezbal zu begegnen kam einer übersinnlichen Erscheinung gleich. Der hochgewachsene, knapp hundertjährige Brahmane hatte lange, schlohweiße Haare und einen wallenden Bart. Der hochintelligente Genetiker und Biochemiker arbeitete als Cyborg-Spezialist im Brana-Tal. Dieses Tal erstreckte sich in der Wildnis des Himalaja und wurde auf keiner regulären Karte als bewohnt verzeichnet. Es lag sozusagen in der Mitte von Nichts.

Besucher begrüßte Ezbal nach indischer Sitte mit einer stummen Verbeugung, einer Geste, die beruhigend und erhaben zugleich wirkte.

Jedenfalls auf die meisten Besucher. Es sei denn, man hieß Chris Shanton, und fremde Sitten waren einem völlig Wurst.

»Willkommen in meinem Haus, Shanton. Es ist mir eine Ehre, Sie nach tagelanger Abwesenheit wieder als meinen Gast begrüßen zu dürfen. Ich nehme an, Sie vermissen Ihr fabelhaftes Haustier.«

»Hallo, Ezbal! Ich und Jimmy vermissen? Wie kommen Sie denn darauf? Der verlauste Racker ist mir doch so was von egal.«

Wie ein altes Ehepaar, dachte der Inder schmunzelnd. *Sie können nicht miteinander leben, aber ohne einander schon gar nicht.*

Shanton war vor fünf Tagen mit seinem Robothund ins Brana-Tal gekommen, unmittelbar nach dem glimpflich ausgegangenen Zwischenfall auf Ast-333. Er hatte Echri Ezbal um Hilfe gebeten bei der schwierigen Aufgabe, Jimmy einen Robonenspürer einzubauen, ein sensorisches Gerät, das in der Lage war, einen nicht zurückgeschalteten Robonen von einem normalen Menschen zu unterscheiden.

Vor gut einem Jahr waren der Terranischen Flotte vier Cyborgs zur besonderen Verwendung überstellt worden. Einer von ihnen, Charly Snide, hatte überraschend einen Major als Robonenspion entlarvt. Shanton ging von der Überlegung aus, daß dies auch einem Roboter möglich sein müßte, wenn man ihn entsprechend präparierte.

Erste Versuche, an Jimmy die entsprechenden Einstellungen vorzunehmen, waren gescheitert. Nach zwei Tagen gemeinsamer Arbeit hatte Ezbal dann ohne Shanton weitermachen müssen. Die GSO hatte den Diplomingenieur zu sich gerufen…

… und erst jetzt war der Dicke wieder ins Brana-Tal zurückgekehrt, nach einer Abwesenheit von drei Tagen.

»Wie ist es Ihnen in der Zwischenzeit ergangen?« erkundigte sich der »Vater der Cyborgs«, wie man Ezbal liebevoll nannte.

»Ich habe in den vergangenen Tagen einiges erlebt«, gab Shanton ihm zur Antwort. »Ärgerliches und Erstaunliches. Damit verbunden hatte ich einen Haufen Arbeit an der Backe. Die Geschehnisse auf Ast-333 konnte ich für kurze Zeit völlig verdrängen. Demnächst werde ich ins All fliegen, mit einem grünen Jüngelchen, das mich beinahe zur Weißglut getrieben hat. Glücklicherweise geht die Reise erst nächste Woche los, so daß ich etwas Zeit für unsere Experimente mit Jimmy zur Verfügung habe.« Für einen Moment war er ganz still, dann sagte er leise: »Jimmy. Wenn er nicht gewesen wäre, hätte Preston mich glatt ins Jenseits befördert.«

»Das ist nicht der schlechteste Platz im Universum«, merkte Ezbal schmunzelnd an. »Sie machen mich neugierig. Erzählen Sie mir mehr über Ihre Erlebnisse der letzten drei Tage. Kommen Sie, wir setzen uns zu einer Tasse Tee in meine gute Stube.«

»Tee?« rief Shanton erschrocken. »Kaffee wäre mir lieber. Mit einem Gläschen Cognac dazu, bei dem das -chen auch weggelassen werden darf.«

»Ihr Wunsch ist mir Befehl, Shanton. Ein Fingerhut voll Kaffee mit einem Eimer Cognac.«

Sieh an, der alte Weißbart macht auch mal ein Späßchen, dachte Chris Shanton.

Ezbal war ihm manchmal ein bißchen zu steif, dennoch schätzte er ihn über alle Maßen. In seinen Augen zählte der Brahmane zu den bedeutendsten Männern der Erde. Schon in der Schule hatte Shanton von Echri Ezbal gehört, der um die Jahrtausendwende herum einen guten Namen gehabt hatte. Leider war er von vielen Kollegen wegen seiner gewagten Versuche verunglimpft worden. Später hatte er jahrzehntelang als verschollen gegolten. Nur wenige hatten seinen neuen Aufenthaltsort im Himalaja gekannt, wo er sich zur Nummer eins unter den Virusforschern gemausert hatte.

Beide Männer nahmen im geschmackvoll eingerichteten Wohnzimmer Platz. Ezbal klatschte in die Hände. Seine Haushälterin kam herein, und er bat sie freundlich, die gewünschten Getränke zu servieren.

»Als mich Eylers letzte Woche nach Alamo Gordo orderte, kam mir das ganz gelegen«, begann Shanton mit seiner Schilderung. »Gleich aus drei Gründen. Erstens sind Eylers und ich recht gute Freunde, wir kennen uns noch aus den frühen Hope-Tagen. Zweitens wollte ich sowieso mit ihm über eine bessere Absicherung meiner Ast-Stationen vor Robonenagenten reden. Und drittens nervte es mich, daß wir beide hier in Sachen Jimmy noch keinen Schritt vorangekommen waren.«

»In zwei Tagen kann man keine Berge versetzen«, warf Echri Ezbal ein. »Sie sollten lernen, sich in Geduld zu üben, mein Freund.«

»Ungeduld ist eine meiner menschlichen Schwächen«, räumte Shanton ein. »Per Transmitter traf ich im neununddreißigsten Stockwerk des Hochhauses ein, in dem die GSO ihr Hauptbüro hat. Die Diskussion mit Eylers führte zu nichts. Er machte mir nur zu deutlich bewußt, daß es einen hundertprozentigen Schutz vor Allon Sawalls Agenten nicht gibt. Die Möglichkeiten der GSO sind halt begrenzt. Wir kamen auch auf die fortwährenden Angriffe der Schatten zu sprechen. Mir kam ein furchtbarer Gedanke!

Wenn die Schatten es nicht schaffen, ihre Angriffe auf die Erde erfolgreich abzuschließen, könnten sie auf eine neue Strategie verfallen. Möglicherweise bringen sie die Sonne zur Explosion, wie es schon bei den Nogk geschehen ist. Nur von den Ast-Stationen aus könnte das verhindert werden. Doch die Abwehrforts sind weitgehend machtlos gegen die Schattenschiffe und Schattenstationen. Ein einziger massiver Überraschungsangriff würde einem Asteroiden nach dem anderen den Garaus machen. Sie wissen ja selbst, daß wir beim letzten Angriff der Schatten auch Ast-Stationen verloren haben. – Als unsere Diskussion an diesem Punkt angelangt war, holte Eylers einen Besucher herein, der nebenan wartete: Robert Saam.«

»Ist er Waffenexperte?« fragte Ezbal gespannt. »Weiß er, wie man die Schatten besiegen kann?«

»Schön wär's. Saam ist kein Mann, sondern noch ein halbes Kind. Hätte er eine Abwehrwaffe gegen die Schatten erfunden, würde ich ihn persönlich für den höchsten Orden unseres Planeten vorschlagen. Leider verfügt er lediglich über Pläne für den Aufbau einer Schatten-Ortungsanlage. Eine Anlage, bei der nicht einmal sicher ist, ob sie je funktionieren wird. Der Bursche ist entweder ein Genie – oder aber er nimmt den Mund zu voll.«

»Sie sind doch Ingenieur und kennen sich auf dem Gebiet der Ortung bestens aus. Daher würde ich vorschlagen, Sie unterziehen die Ideen des eifrigen jungen Mannes einer gründlichen Prüfung.«

»Was glauben Sie wohl, was ich in den vergangenen drei Tagen getan habe?« stöhnte Shanton. »Ich habe die Erfindung des verzogenen Rotzlöffels auf Herz und Nieren geprüft. Der militärische Kindergarten auf Ast-333 ging mir schon gegen den Strich, aber dieser Grünschnabel hat das Faß endgültig zum Überlaufen gebracht!«

»Verzogen?« warf Ezbal ein. »Demnach kennen Sie seine Eltern?«

Shanton schüttelte den Kopf. »Nein, das zweifelhafte Vergnügen hatte ich noch nicht. Aber irgendwer muß schließlich für Saams schlechtes Benehmen verantwortlich sein. Am laufenden Band redete er mir in meine Arbeit rein und gab mir hochnäsig zu verstehen, wie überflüssig diese Überprüfung seiner Meinung nach sei. Er behandelte mich wie ein lästiges Insekt, das man zertreten sollte. Dadurch verzögerte er das Ganze unnötig. Einige Tests mußte ich mehrfach durchführen, wobei er nur widerwillig mit mir kooperierte. Führte etwas nicht auf Anhieb zum gewünschten Ergebnis, lehnte er ab, sich weiter damit zu befassen. Seine Dauerfloskel ›Geht nicht!‹ brachte mich jedesmal in Wut. Es hätte nicht viel gefehlt, und ich hätte ihm eine gescheuert.«

»Gewalt löst keine Probleme. Statt zu streiten hätten Sie beide lieber versuchen sollen, sich menschlich näherzukommen. Dann wäre Ihnen die Arbeit mit Sicherheit schneller von der Hand gegangen.«

»Bei mir sind Sie mit Ihrem weisen Ratschlag an der falschen Adresse«, meinte Shanton. »Sagen Sie das lieber ihm.«

»Zum Streiten gehören immer zwei«, hielt Ezbal ihm vor. »Die logischste aller Weisheiten. Zu welchem Schluß sind Sie bei der Überprüfung der Ortungsanlage gekommen? Werden Sie sie in der Praxis ausprobieren?«

Shanton nickte. »Ja, das haben Saam und ich vor. Wir übernehmen gemeinsam die Leitung des Projekts. Dabei werde ich ihm genauestens auf die Finger sehen.«

»Es ist anständig von Ihnen, daß sie ihm trotz ihrer persönlichen Abneigung eine Chance geben. Bestimmt fällt es Ihnen nicht leicht, über den eigenen Schatten zu springen.«

»Mit Anständigkeit hat das nichts zu tun. Ich sagte ja, daß ich Ärgerliches und Erstaunliches erlebt habe. Robert Saam war sozusagen für beides zuständig. Sein arrogantes Benehmen ärgerte mich maßlos – seine geistigen Fähigkeiten hingegen erstaunten mich. Ein Gelingen seines Vorhabens liegt durchaus im Bereich des Möglichen. Weniger umständlich ausgedrückt: Donner und Doria, es könnte klappen!«

»Sie empfinden Robert Saams Verhalten als arrogant«, resümierte Ezbal nachdenklich. »Ich neige eher zu der Ansicht, daß er Angst vor Ihnen hat.«

»Angst? Vor mir?« wunderte sich Shanton. »Verstehe ich nicht, schließlich bin ich einer der friedfertigsten Menschen des Sol-Systems.«

»Darüber kann man geteilter Meinung sein«, entgegnete der greise Inder mit unergründlichem Lächeln. »Ich meinte nicht diese Art von Angst, sondern eine versteckte Furcht, die Saam niemals vor sich selbst zugeben würde.«

»Furcht? Wovor?«

»Davor, daß Sie besser als er sein könnten.«

»Könnten? Ich bin besser als er, auf jedem nur erdenklichen Gebiet.«

»Diese Einstellung empfindet er wahrscheinlich ebenfalls als Arroganz«, machte Ezbal seinem Besucher klar. »Sie sehen also, daß Sie ihm gar nicht so unähnlich sind.«

»Quatsch mit Soße!« fluchte Shanton. »Dieser Bettnässer und ich haben nichts, aber auch rein gar nichts gemein.«

»Darauf würde ich an Ihrer Stelle nicht meinen Kopf verwetten«, riet ihm der Brahmane. »Womöglich ist Saam ein uneheliches Kind, und Sie sind sein Vater, ohne es zu wissen. Nicht aufregen, Shanton, das war nur ein Scherz. Ich beurteile niemanden per Ferndiagnose. Vielleicht sollte ich bei Gelegenheit mal ein paar Worte mit dem jungen Mann wechseln.«

»Dann fassen Sie sich aber kurz«, gab Shanton ihm einen gutgemeinten Rat. »Lange Gespräche empfindet er nämlich als Zeitverschwendung. Überhaupt scheint der Zeitfaktor bei ihm eine wichtige Rolle zu spielen. Muße und Entspannung kennt der Knirps nur vom Hörensagen. Warten ist nicht sein Ding, dafür sei das Leben zu kurz, sagt er.«

»Wieder eine Gemeinsamkeit zwischen Saam und Ihnen«, stellte Ezbal fest. »Auch Sie gehören nicht gerade zu den geduldigsten Menschen.«

Shanton wurde das Thema allmählich unangenehm. Glücklicherweise brachte die Haushälterin die Getränke, so daß er sich nicht weiter dazu äußern mußte.

»Wie sind die Experimente mit Jimmy verlaufen?« wechselte er geschickt das Thema, nachdem er einen kräftigen Schluck Kaffee genommen hatte.

»Sie sind beendet«, antwortete ihm der Hausherr und nippte an seinem Tee.

»Demnach ist der Köter jetzt befähigt, Robonen zu erkennen?« vermutete Chris Shanton.

Ezbal schüttelte bedauernd den Kopf. »Leider sind sämtliche Experimente in diese Richtung fehlgeschlagen. Es ist mir und meinen Mitarbeitern nicht gelungen, die Erkenntnisfähigkeit der Snide-Zwillinge mit einem Gerät zu simulieren, das man Jimmy hätte einbauen können. Wir haben auf verschiedene Weise versucht, die biologischen Komponenten der beiden maschinell nachzuahmen und sind jedesmal gescheitert. Letztlich habe ich mich damit abfinden müssen, bei der Aufgabe versagt zu haben. Ich bin halt auch nur ein Mensch, nicht der liebe Gott.«

»Ich mache Ihnen keine Vorwürfe, Ezbal, denn ich bin sicher, Sie haben getan, was in Ihrer Macht steht. Wo ist Jimmy?«

»Seit gestern streunt er frei auf dem Gelände herum. Da Sie sein Erbauer sind, Shanton, vertraue ich darauf, daß er keinen Schaden anrichtet.«

»Keine Sorge, er ist darauf programmiert, Schaden zu verhindern, nicht darauf, welchen zu verursachen«, sagte der Diplomingenieur. »Wie ich Jimmy kenne, steht er gerade irgendeinem Ihrer Fachleute hilfreich zur Seite und…«

In dieser Sekunde gab es einen ohrenbetäubenden Knall.

Ezbal und Shanton sprangen erschrocken auf. Etwas war explodiert, ganz in ihrer Nähe.

»Das kam aus der Diele!« rief der Inder.

»Vorsicht, Ezbal!« stieß Shanton hervor. »Es hat sich angehört wie ein Granateneinschlag!«

Plötzlich schoß etwas mit einem fauchenden Geräusch ins Zimmer.

»Deckung!« schrie Shanton und riß seinen Gastgeber hinters Sofa.

*

Marschall Bulton schlug mit solcher Wucht auf den Tisch, daß es sich fast wie eine Explosion anhörte.

»Kommt nicht in Frage!« lehnte er das Ansinnen seines Gesprächspartners ab. »Die TF stellt keine Raumschiffe für private Unternehmungen zur Verfügung! Weder für Transporte noch für Geleitschutz.«

»Die Sicherung unserer Abwehrforts dürfte doch wohl im Sinne der Allgemeinheit sein«, erwiderte der Mann auf dem Bildschirm ruhig. »Und bitte senken Sie Ihre Stimme. Ihr Brüllen hört man garantiert bis ins Brana-Tal. – Ein 750er-Bergungsraumer hat genau die richtige Größe für unsere Zwecke. Unsere besten Fachleute reisen mit zur Ast-Zentrale, unter anderem Saams Spezialistenteam. Nicht zu vergessen die Männer fürs Grobe: Techniker, Vermesser, Handwerker. Wir richten ihnen im Schiff Wohnkabinen ein, denn wir können unmöglich alle auf dem Asteroiden unterbringen.«

Der Marschall beruhigte sich wieder. Klappern gehörte bei ihm zum Handwerk. Er legte die Stirn in Falten. »Muß es wirklich gleich ein Bergungsraumer sein? Davon besitzen wir nur ein begrenztes Kontingent. Als wir nach der Vernichtung der Giants nach und nach die im All treibenden Kugelraumer einsammelten, stießen wir anfangs auf kein einziges Schiff dieser Größenordnung. Erst später wurden ein paar wenige geortet und nach Terra gebracht. Ihren Informationen nach erreicht Saams Spezialanlage einen Umfang von 100 x 100 x 100 Metern. Wozu also solch ein Riesenschiff? Wir setzen die seltene Sternenklasse üblicherweise nur bei wichtigen Projekten ein.«

»Ach? Ist die Errichtung eines Schattenortungssystems etwa

kein wichtiges Projekt?«

»Sie meinen wohl den Versuch, ein Schattenortungssystem zu errichten, Wallis. Es gibt keine Garantie, daß diese Erfindung auch funktioniert. Wäre das der Fall, würde ich Robert Saam Huckepack ins Raumschiff tragen und auf seinem Weg durchs All Blumen streuen lassen.«

Wallis seufzte laut und vernehmlich. »Zweifler wie Sie haben schon immer den Fortschritt gehemmt. Ich vertraue Saam, und das sollten Sie ebenfalls tun. Oder haben Sie gedacht, er packt die Bauteile in einen kleinen Aktenkoffer und schreitet damit durch den Transmitter?«

Marschall Bulton antwortete mit einem Gegenseufzer. »Also gut, ich denke noch mal darüber nach. Ende.«

Mit diesen Worten kappte er kurzerhand die Verbindung. Der Bildschirm auf seinem Schreibtisch erlosch.

*

Es war kalt im Brana-Tal. Lausig kalt. Schnee auf fernen Gipfeln. Nebel in den Tälern. Sonnenstrahlen, die kaum wärmten. Nicht nur die Thar-Herden in den Bergen froren. Auch die Menschen, die sich in den wenigen bewohnbaren Gebieten des Himalaja angesiedelt hatten, hatten Probleme mit der unwirtlichen Witterung. Wer nicht nach draußen mußte, blieb in seiner warmen Behausung.

Roboter kannten keine Kälte. Extreme Temperaturen machten ihnen nichts aus. Tieren hingegen schon. Es sei denn, man war Tier und Roboter zugleich. So wie Jimmy, der sich innerhalb der Cyborg-Station genauso wohlfühlte wie außerhalb. Mit seinen sensorischen Sinnen erkundete er kreuz und quer das gesamte Gelände.

Zu seiner Überraschung traf er auf einen Artgenossen. Ein Hund kauerte frierend zwischen zwei Lagerhallen in einer Erdmulde. Urran, eine Mischung aus Schäferhund und Dogge. Der Rüde war eines der beiden Haustiere von Echri Ezbal. Eine Katze namens Choldi war Ezbals zweiter vierbeiniger Hausgenosse. Sie war nirgendwo zu sehen.

Robothund und Mischlingsrüde starrten sich eine Weile stumm an. Jimmy registrierte, daß es sich bei seinem Gegenüber um ein lebendes Wesen der niederen Art handelte.

»Kannst du mir mal verraten, was du hier draußen machst?« sprach er Urran an.

Ezbals Hund zuckte erschrocken zusammen. Laute dieser Beschaffenheit war er bislang nur von Menschen gewohnt. Allerdings klangen sie etwas eigentümlich in seinen Ohren. Es war wohl Jimmys mechanische Stimme, die ihn verunsicherte.

Jimmy schaltete sein meteorologisches Meßgerät ein. »Temperatur hundefeindlich«, stellte er lakonisch fest. »Nachts wird es hier draußen selbst für einen Warmblüter wie dich lebensgefährlich. Tagsüber ist die Gefahr geringer. Ich könnte mir allerdings vorstellen, daß es im Gebäudeinneren angenehmer für dich ist. Ehrlich, Kumpel, du würdest dich im Haus viel behaglicher fühlen.«

Selbstverständlich erwartete Jimmy von diesem niederen Wesen keine Antwort in Form von menschlicher Sprache, aber wenigstens ein »Wuff« hielt er für angebracht. Urran gab jedoch lediglich einen winselnden Laut von sich. Dabei ließ er die Ohren hängen.

»Bellen kannst du wohl nicht«, schätzte der Robothund. »Soll ich es dir beibringen? Na, komm schon! Laß dich nicht so hängen. Es geht ganz leicht.«

Urran knurrte, als Jimmy ihn mit der Nase anstupste.

»Für den Anfang war das nicht schlecht«, fand Jimmy. »Doch du mußt mehr aus dir herausgehen. Los jetzt! Bei drei bellen wir beide. Eins, zwei, drei! Wau, wau, wau, wau, wau...!«

»Wau, wau, wau, wau, wau...!« reagierte Urran, war sich aber nicht ganz sicher, ob er sich freuen oder besser in Verteidigungsstellung gehen sollte. Dieser fremde Hund war ihm irgendwie suspekt.

Ein intensiver Schnüffelangriff bestätigte sein Mißtrauen. Jimmy roch ähnlich wie einige der Geräte in den Gebäuden. Von Tiergeruch nicht die geringste Spur.

»Wollen wir ein Wettrennen machen?« schlug Jimmy vor. »Aber nicht mogeln!«

Er zog seine Beine ein, fuhr seine Kugeln aus und wetzte los. Richtung Wohnhaus wollte er seinen lebenden Artgenossen lokken. Doch Urran zögerte, ihm zu folgen.

Gerade wollte Jimmy wieder zu ihm zurückkehren, da sah er Choldi auf der Türschwelle stehen. Die getigerte Katze fauchte ihn an, drehte sich um und verschwand durch die Katzen- beziehungsweise Hundeklappe nach drinnen.

Tack, tack, tack! Das Geräusch der hin- und herschwingenden Klapptür hatte etwas Provozierendes an sich. Und Jimmy ließ sich nicht gern provozieren. Wollte sich dieses übergewichtige Untier allen Ernstes mit ihm anlegen?

»Mein frierender Hundekumpel hat offenbar Angst vor ihr«, kam es Jimmy in den von Sensorchips gesteuerten Sinn.

Der Scotchterrier führte einen kurzen Check nach harmlosen Abwehrwaffen durch. Laserstrahlen hielt er für nicht angebracht. Schließlich wollte er die Katze nicht umbringen, nur ein bißchen erschrecken. Er horchte weiter in sich hinein. Irgendwo in seinem Inneren gab es bestimmt was Passendes.

Hochspannungsschock? Nein, das ging ihm ebenfalls zu weit. Eine Schallattacke von geringer Dosis? Ja, das kam der Sache schon näher.

»Warte mal, jetzt hab ich's«, sagte er leise zu sich selbst. »Den Spaß gönne ich mir. Und meinem ängstlichen Kumpel schon überhaupt.«

Jimmy flitzte zurück zu Urran und rannte so lange um ihn herum, bis der begriff, daß er ihm folgen sollte. Leise traten beide durch die Klapptür.

Choldi lag in der Diele und schlief den Schlaf des Ungerechten.

Hunde zu ärgern war anstrengend, und Anstrengungen machten bekanntlich müde.

Urran schaute aus sicherer Entfernung zu, wie sich Jimmy lautlos an die Katze heranrobbte. Die Fluchttür behielt Ezbals Hund vorsichtshalber im Augenwinkel, man wußte ja nie.

Jimmy kam Choldi ganz nahe. Ihre Nasen berührten sich fast. Die Katze nahm den fremden Geruch auf und öffnete müde ein Augenlid. Kaum erblickte sie den schwarzen Hund, riß sie beide Augen weit auf.

Zu spät. Noch bevor Choldi richtig wach war, ertönte ein lauter Knall, wie bei einer Granatenexplosion. Der Katze sträubten sich die Haare. Sie sprang auf und raste einem Geschoß gleich mit angstvollem Fauchen in die Stube.

Jimmy lag unversehrt am Boden. Ihm war nicht das geringste passiert. Das Explosionsgeräusch hatte er täuschend echt nachgeahmt, eine Fähigkeit, die ihm sein Schöpfer eingebaut hatte, zu Ablenkungszwecken im Gefahrenfall.

Triumphierend stellte sich Jimmy auf die Beine und drehte sich zu Urran um. »Na? Wie war ich?«

Der Mischlingsrüde war spurlos verschwunden. Tack, tack, tack! machte die Klappe an der Tür. Urran hatte beim Explosionsknall fluchtartig das Haus verlassen.

Und nicht nur er hatte sich zu Tode erschreckt. Als Jimmy das Wohnzimmer betrat, kamen Chris Shanton und Echri Ezbal hinter dem Sofa hervor.

Der Dicke kapierte gleich, was geschehen war. Er war stinksauer.

»Diesmal bist du zu weit gegangen!« zeterte er los. »Ich habe dir den Geräusche-Chip zur Gefahrenabwehr eingebaut, nicht als Spielzeug!«

Auch Ezbal wurde zornig, ganz gegen seine Gewohnheit. »Höchste Zeit, daß jemand Ihre durchgedrehte Maschine zur Räson bringt!«

»Durchgedrehte Maschine?« entrüstete sich Jimmy. »Paß auf,

was du sagst, Rauschebart!«

»Das langt!« schimpfte der Inder. »Ich plädiere dafür, den ganz offensichtlich fehlgeleiteten Schaltkreisen Ihres Robothundes einen gehörigen Dämpfer zu verpassen, Shanton. Und zwar schleunigst, bevor er zur Gefahr für uns alle wird.«

»Ganz meine Meinung«, pflichtete Shanton ihm bei. »Als erstes baue ich ihm seinen Sprachchip aus. Den Sicherheitsschalter, der die übrigen Programmschaltungen überbrückt und ihm dadurch eine gewisse Eigenständigkeit verleiht, entferne ich ebenfalls. Auch sonst werde ich mir einiges einfallen lassen, um diese unberechenbare Töle ruhigzustellen.«

»Hoppla, jetzt wird's brenzlig!« entfuhr es Jimmy, und er machte stehenden Fußes kehrt.

Weit kam er nicht. Ezbal drückte auf einen verborgenen Knopf in der Wand. Ein Fangnetz löste sich oberhalb des Türrahmens aus der Verankerung. Jimmy verhedderte sich darin.

»Diesmal kommst du nicht ungeschoren davon«, kündigte Shanton an und ergriff den Robothund mit beiden Händen.

Plötzlich knickten seine Knie ein. Lautlos brach er zusammen.

Ezbal beugte sich über ihn. »Was hast du mit ihm angestellt?« fragte er Jimmy.

»Nichts, ehrlich«, versicherte ihm das Maschinenwesen. »Ich bin selbst total erschrocken. Der Zustand des Dicken macht mir schon seit geraumer Weile Sorge.«

»Rede keinen Unsinn«, entgegnete der Brahmane. »Du bist eine Maschine und kannst dich weder erschrecken noch sorgen.«

Er ließ Shanton sofort auf die Medo-Station bringen.

Der Befund war eindeutig: Kreislaufkollaps aufgrund eines ungesunden Lebenswandels. »Auf Angloter: Sie essen und trinken zuviel«, erklärte Ezbal dem Kranken schonungslos, nachdem der wieder zu sich gekommen war. »Nicht nur Ihr Kreislauf leidet darunter, auch Ihre Leber und Ihr Herz rebellieren. Herzrhythmusstörungen darf man nicht auf die leichte Schulter nehmen. Geben Sie Ihrer Leber Zeit, sich zu regenerieren. Am besten, Sie erholen sich ein, zwei Wochen hier im Brana-Tal. Ich verordne Ihnen eine strenge Diät, viel frische Bergluft und strikten Alkoholverzicht.«

»Warum versetzen Sie mir nicht gleich einen tödlichen Stromschlag?« stöhnte Shanton. »Dann hätte ich es schneller hinter mir. Saam ist bestimmt schon dabei, ein Raumschiff mit seinem ganzen Krempel zu beladen. Wenn ich Anfang nächster Woche nicht pünktlich zum Start anwesend bin, fliegt der Transporttrupp ohne mich los.«

»Und wenn schon«, winkte Echri Ezbal ab. »Ihre Gesundheit geht vor, Shanton. Sie haben Saams Vorhaben geprüft und für gut befunden. Warum wollen Sie dann unbedingt beim Transport mit dabeisein?«

»Dieser erbärmliche Wicht bringt es fertig und fängt mit dem Aufbau ohne mich an.«

»Soll er doch. Wenn Sie beide sich nicht dauernd streiten, geht es bestimmt schneller.«

»Und was ist mit Jimmy?«

»Um den kümmere ich mich«, versprach Ezbal und lächelte. »Sie werden Ihren kleinen Teufel nach meiner Spezialbehandlung nicht wiedererkennen. Aus dem mache ich ein richtig nettes Schoßhündchen.«

*

Chris Shantons Aufenthalt im Brana-Tal zog sich länger hin, als er anfangs gedacht hatte. Echri Ezbal hatte eine Krankenschwester zu seiner Pflege abgestellt, und die nahm ihren Job sehr genau. Nachrichten von außen ließ sie nur an ihn herankommen, wenn es gute waren.

Daß er des öfteren mit der Projektleitung von Ast-1 in Verbindung trat, konnte sie zwar nicht verhindern, aber sie sorgte dafür, daß er dort nicht selbst nach dem Rechten sehen konnte. Wann immer er einen Transmitter benutzen wollte, war dieser zufälligerweise gerade abgeschaltet oder defekt.

»Warum verlegt man mich nicht in eine richtige Klinik?« fragte er Ezbal, den er ab und zu in seinem Haus aufsuchte.

»Hier bei uns erhalten Sie die beste ärztliche Versorgung der Welt«, versicherte ihm der Brahmane. »Im übrigen wären Sie bereits fünf Minuten nach Ihrer Verlegung nach Ast-1 entschwunden, um die Aufbauarbeiten der Spezialortungsanlage zu überwachen.«

»Na und? Das ist schließlich mein Job. Wer weiß, was Saam während meiner Abwesenheit alles falsch macht.«

»Ich denke, er kommt gut und gern ohne Sie zurecht, Shanton. Die Projektleitung der Ast-Zentrale informiert Sie jeden Tag über die enormen Fortschritte des Projekts, oder etwa nicht?«

»Die Projektleitung bin ich, Ezbal. Ich bin der Chef von dem Laden und kenne mich am besten aus. Die auf Ast-1 stationierten militärischen Führungskräfte sind zwar gut ausgebildet, aber Saam steckt sie alle in die Tasche. Er ist im Augenblick der einzige dort oben, der weiß, was er tut. Und ich wäre der einzige, der ihm dabei auf die Finger sehen könnte. Mir macht dieser windige Bursche so leicht kein X für ein U vor.«

»Verdächtigen Sie ihn denn, etwas Unredliches zu planen?« wollte Ezbal wissen.

Shanton zuckte mit den Schultern. »Kann ich nicht genau sagen. Saam hat mir bis ins letzte Detail erklärt, was er vorhat. Trotzdem habe ich irgendwie ein komisches Gefühl.«

»Sie sind kein Gefangener und können gehen, wann und wohin Sie wollen«, erwiderte Ezbal. »Ich rate Ihnen allerdings dringend davon ab, sich unnötiger Aufregung auszusetzen. Bleiben Sie noch ein paar Tage hier in der Abgeschiedenheit der Berge, bis sie vollständig genesen sind. Danach werden Sie sich wie ein neuer Mensch fühlen.«

»Sie haben ja recht«, gestand Shanton seufzend ein. »Ich füge mich und vertraue auf die uralten Weisheiten indischer Heilkunst.«

*

Jimmy war seinem Herrn und Meister kein großer Trost. Seit sich Ezbal seiner angenommen hatte, war der Robothund wie ausgewechselt. Schweigend trottete er bei Spaziergängen neben Shanton her. Auf dessen Befehl hin machte er gehorsam Männchen oder holte Stöckchen, ganz wie ein normaler Hund. Freche Antworten gab es keine mehr von ihm, sogar das Bellen verkniff er sich. Rumgetobt wurde auch nicht, Jimmy marschierte mit seinem Herrchen brav im Gleichschritt. Alles in allem wirkte er völlig apathisch.

»Was hat dieser Guru bloß mit dir angestellt?« unterhielt sich Shanton mit seinem einst so lebhaften Hausgenossen, während er sich für den Mittagsschlaf fertigmachte. »Früher hast du mir besser gefallen.«

Jimmy antwortete nicht. Er lag unter dem Bett – nicht *auf* dem Bett wie sonst, was ihm sein Herrchen immer verboten hatte – so als ob er ein Schläfchen halten würde.

Langsam aber sicher fühlte sich Shanton reif für die Erholung von der Erholung. Wie lange würde er es hier wohl noch aushalten? Sollte er die gutgemeinte Behandlung einfach für beendet erklären und gehen?

Diese Entscheidung wurde ihm abgenommen, just in dem Moment, als es an die Tür klopfte. Die Krankenschwester schaute herein.

»Gott sei Dank, Sie schlafen noch nicht«, sagte sie. »Die Funkzentrale hat mich gebeten, Ihnen auszurichten, daß der erste Probeschuß erfolgreich absolviert wurde. So wurde es uns jedenfalls von der Ast-Zentrale mitgeteilt.«

»Probeschuß?« wunderte sich Shanton. »Was für ein Probeschuß?«

Die Krankenschwester mußte passen. »Weiß nicht. Für mich hörte sich das nach einer überaus guten Nachricht an, und ich dachte, Sie würden danach sicherlich besonders tief und fest schlafen.«

Shanton, der sich bereits bis auf die Unterwäsche ausgezogen hatte, warf sich einen Morgenmantel über. In dieser eleganten Aufmachung begab er sich zur Funkzentrale.

»He, was ist denn mit Ihrem Mittagsschläfchen?« rief ihm die Schwester nach.

»Es ist unnatürlich, mittags zu schlafen!« kam es zurück. »Ab heute ist Schluß damit!«

Kurz darauf war Shanton mit Ast-1 verbunden.

»Die Rede ist von dem Probeschuß, den Robert Saam aus seinem Linearbeschleuniger abgegeben hat«, erfuhr er vom zuständigen Kommandeur. »Für die Sonne war das ein Klacks. Es kam zu ein paar unbedeutenden Protuberanzen, sonst ist nichts passiert. Saam sagte, Sie wüßten über den Versuch Bescheid.«

»Er hat auf die Sonne geschossen?« Shantons Stimme überschlug sich beinahe. »Ist er wahnsinnig geworden? Nehmen Sie ihn sofort in Arrest! Das ist ein Befehl! Sollten Sie sich weigern, ihn zu befolgen, werde ich dafür sorgen, daß man Sie befördert! Aber nicht zum Fünfsternegeneral, sondern mit fünf Fußtritten hinaus ins All!«

Da war er wieder, der alte Chris Shanton, wie er leibte und lebte. Abrupt brach er die Verbindung ab und kehrte in sein Quartier zurück. Dort kleidete er sich um und verließ das Zimmer.

»Komm mit, Backpflaume«, forderte er vor dem Hinausgehen seinen Robothund auf. »Oder laß es bleiben, ist mir eigentlich egal.«

Als er in den Transmitter trat, war Jimmy natürlich bei ihm.

*

Die Verhaftung von Robert Saam erfolgte schnell und unauffällig, im Beisein von Terence Wallis und Jon Vassago. Die beiden hielten sich im Inneren des Asteroiden auf, in Saams Quartier, das er in eine Steuerzentrale umfunktioniert hatte. Stolz betrachtete er auf einem Bildschirm seine neueste Erfindung, eine mächtige, auf der Asteroidenoberfläche angebrachte Konstruktion. Von hier aus konnte sie ferngelenkt werden.

Saam durfte in seinem Quartier verbleiben. Ein Sergeant wurde abgestellt, der aufpaßte, daß er die Steuerschaltung, mit der er seine Erfindung bediente, nicht mehr berührte.

Wenig später betrat Shanton den Raum. Wallis kannte er aus der Presse, und er wußte auch, daß der Milliardär vorgehabt hatte, Saam auf dem Transportflug zu begleiten. Persönlich hatte er ihm allerdings bisher noch nicht gegenübergestanden.

»Haben Sie sich während der gesamten Dauer der Baumaßnahmen auf dem Asteroiden aufgehalten, Mister Wallis?« erkundigte sich Shanton, nachdem er Wallis und Vassago begrüßt hatte. Saam ließ er zunächst absichtlich links liegen.

Wallis verneinte. »Mein Leibwächter und ich sind heute zum zweitenmal auf Ast-1. Robbie sollte sich nicht überwacht vorkommen.«

»Es wäre aber besser gewesen, jemand hätte ihn überwacht«, knurrte Shanton. »Noch weiß ich nicht, was hier gespielt wird, doch ich kriege es schon heraus.«

»Was werfen Sie meinem Mandanten vor?« fragte Vassago.

»Ihrem Mandanten?« spottete Shanton. »Ich denke, Sie sind Leibwächter, Herr Rechtsanwalt.«

»Das eine schließt das andere nicht aus«, antwortete Wallis anstelle seines Freundes. »Jon hat Jura studiert und ein Anwaltsdiplom erworben. Auf diese Weise kann er mich nötigenfalls auch vor Gericht beschützen. Ich habe ihn beauftragt, Robbies Interessen zu vertreten.«

Shanton deutete auf Vassagos Schwert. »Tragen Sie das auch im Gerichtssaal?« Er erwartete keine Antwort auf die Frage und bekam auch keine.

Jimmy war ihm die ganze Zeit über nicht von der Seite gewichen. Kaum hatte er jedoch das Zimmer betreten, war er zu Saam gelaufen, um mit ihm zu spielen. Saam streichelte Jimmy und kraulte ihn. Der Hund gab ein wohliges Knurren von sich und bellte ihn mehrmals freudig an.

Sieh da, bei ihm kriegt er die Zähne auseinander, dachte Shanton verärgert. *Und mich guckt der verdammte Köter nicht mal mehr mit dem Schwanz an.*

»Mir wurde gemeldet, daß Ihr Mandant auf die Sonne geschossen hat, womit auch immer«, erklärte Shanton Vassago den Grund seiner Aufgebrachtheit. »Das riecht mir verdammt nach Hochverrat! Steckt Saam etwa mit den Schatten unter einer Decke? Wer sonst könnte Interesse daran haben, die Sonne…«

»Jetzt ist es aber genug!« fuhr Robert Saam ihm lautstark in die Parade. »Reden Sie gefälligst nicht über mich, als wäre ich nicht vorhanden, Shanton! Was ich getan habe, könnte die Menschheit eines Tages vor den Schattenangriffen retten. Wenn Sie mir ein paar Minuten zuhören würden, könnte ich Ihnen alles erklären.«

Shanton schaltete den Bildschirm ein. Saams kanonenförmige Konstruktion war in voller Größe zu sehen, umgeben von riesigen Meilern. Sie stand unter einer Druckluftkuppel, unter der sie gefertigt worden war. Das Dach der Kuppel war beweglich.

»Na, dann schießen Sie mal los, Sie Supergenie! Was zum Teufel stellt diese monströse Apparatur dar? Ich sehe auf den ersten Blick, daß es sich dabei nicht um die ursprünglich geplante Ortungsanlage für Schattenschiffe und Schattenstationen handelt. Die Konstruktionszeichnungen dafür habe ich genauestens studiert und sogar einige Verbesserungsvorschläge eingebracht…«

»… mit denen Sie mir mein kostbarstes Gut gestohlen haben: die Zeit«, ergänzte Saam. »Ihre Verbesserungsvorschläge waren so überflüssig wie Sie selbst. Ich hatte nie vorgehabt, die Anlage nach den Plänen zu bauen, die Ihnen vorgelegt wurden und mit denen Sie sich drei Tage lang beschäftigt haben. Drei Tage, in denen Sie auf meinen Nerven rumtrampelten und das Unternehmen unnötig verzögerten. Drei Tage kostbarer Zeit, die mir verlorenging.«

»Das mit der verlorenen Zeit scheint ja regelrecht ein Tick von

Ihnen zu sein«, spöttelte der Dicke.

»Wissen Sie, weshalb Sie hier sind?« fragte Saam ihn zu seiner Verblüffung.

»Natürlich weiß ich das«, erwiderte Shanton. »Ich bin hier, um festzustellen, ob Sie ein Hochverräter sind. Falls sich dieser Verdacht erhärtet, übergebe ich Sie der Justiz.«

»Schnickschnack!« stieß Saam ärgerlich hervor. »Sie sind hier, um etwas Nützliches aus Ihrem Leben zu machen. Etwas für kommende Generationen zu hinterlassen, so wie ich es versuche.« Er atmete tief durch und schien sich ein wenig zu beruhigen. »Natürlich war die Schattenortungsanlage nicht der einzige Grund für meinen Abstecher ins All. Sie ist nur ein Bestandteil des Monstrums da draußen, und ich bin fest überzeugt, daß sie funktioniert. In erster Linie kam es mir jedoch darauf an, hier oben meine neueste Erfindung aufzubauen und zu testen: den Linearbeschleuniger. Für den Transport der Einzelteile benötigte ich ein besonders großes Raumschiff. Terence verhandelte mit Marschall Bulton und beschaffte mir einen ehemaligen Giant-Bergungsraumer. Ich hatte vor, den Linearbeschleuniger direkt vor Ihrer Nase zu errichten und hatte mir dafür bereits jede Menge komplizierter Erklärungen zurechtgelegt. Der Zufall kam mir zu Hilfe. Sie wurden krank, und ich konnte ungestört daran arbeiten.«

»Woran?« fragte Shanton ungeduldig. »Was bewirkt Ihre Erfindung?«

»Sobald die eingebaute Ortungsanlage eine Schattenstation ausfindig gemacht hat, erzeugt der Linearbeschleuniger auf Knopfdruck ein etwa zweihundert Meter langes, grünlich schimmerndes Kraftfeld. Ich habe eine Stahlkugel von fünf Zentimetern Durchmesser innerhalb dieses Kraftfeldes fast auf Lichtgeschwindigkeit beschleunigt und dadurch mit immenser Energie aufgepumpt.«

»Fast auf Lichtgeschwindigkeit?« fragte Shanton ungläubig. »Wieviel Energie haben Sie denn dafür eingesetzt, junger Mann? Nach der Einstein'schen Formel $E = m \cdot c^2$ braucht man für die Beschleunigung eines festen Körpers auf Lichtgeschwindigkeit unglaubliche Energiemengen, weil die einzusetzende Energie E mit dem Quadrat der Lichtgeschwindigkeit steigt.«

»Richtig«, nickte Saam, »wobei die Naturkonstante der Lichtgeschwindigkeit c = 299.796 km/sek von Körpern nicht überschritten werden kann, sie können sich ihr bestenfalls annähern«, redete Saam weiter. »Mit wachsender Geschwindigkeit wächst nämlich auch die Masse. Der Energiegewinn des durch die einwirkende Kraft schneller werdenden Körpers findet sich in dessen zunehmender Masse wieder. Dadurch wird es für die einwirkende Kraft immer schwieriger, den anfänglich massearmen Körper zu beschleunigen.«

»Selbst für Beta-Teilchen, die so gut wie masselos sind, gilt eine Geschwindigkeitsobergrenze von 0,92 Licht. Und Sie wollen eine Stahlkugel von 5 cm Durchmesser und entsprechender Masse auf Lichtgeschwindigkeit bringen?!« Shanton schnaubte ungläubig.

»Ich komme mir vor wie im Schulunterricht«, raunte Vassago dem Multimillionär zu.

»Hauptsache, sie haben eine gemeinsame Gesprächsbasis gefunden«, flüsterte Wallis.

»Ich will nicht nur, ich habe!« stellte Saam trotzig fest. »Das Handikap bei meiner Erfindung ist die benötigte Energiemenge«, erklärte er seinem aufmerksamen Zuhörer. »Schon für die Beschleunigung der kleinen Stahlkugel waren haushohe Meiler notwendig, und selbst die brauchten volle zwanzig Minuten, um die Speicher für einen einzigen Schuß aufzuladen.«

»Dann müssen wir den alten Einstein eben austricksen«, schlug Shanton vor.

»Wir?« staunte Saam. »Heißt das, Sie wollen mit mir an einem Strang ziehen?«

»Ich fange allmählich an, das Potential Ihrer Erfindung zu erkennen«, lautete die vorsichtig formulierte Antwort. Zu mehr Zugeständnissen war der Dicke zunächst nicht bereit.

»Die Verwendung eines größeren Kalibers scheitert unweigerlich an der benötigten Energiemenge.«

»Welch ein Glück für die Sonne. Wollten Sie sie vom Himmel schießen, nur um zu beweisen, daß Ihre Erfindung funktioniert?«

»Die alte Lady verträgt das schon«, war sich Saam sicher. »Auf der Sonne wird ständig Masse in Energie umgewandelt.«

Die nachfolgende Fachsimpelei verfolgten Wallis und Vassago nur zeitweise mit. Als sie anfingen, den Faden zu verlieren, zogen sie sich leise zurück.

»Kehren wir heim?« sagte Wallis zu seinem Leibwächter.

»Nichts lieber als das«, erwiderte Jon Vassago. »Ich wollte Abenteuer im All erleben, doch hier oben werden meine Dienste nicht gebraucht.«

»Ich komme mir ebenfalls überflüssig vor. Was ich für Robbie tun konnte, habe ich getan, alles weitere ist jetzt allein seine Sache. Meine stille Hoffnung, auf dem Flughafen in Cent Field oder in der Ast-Zentrale mit Ren Dhark zusammenzutreffen, hat sich nicht erfüllt. Der Mann ist offenbar schon wieder unterwegs. Aber aufgeschoben ist nicht aufgehoben. Eines Tages stehe ich dem Commander der Planeten Auge in Auge gegenüber, und dann sage ich ihm, was ich von seiner Regierung halte.«

Derweil gelang es Shanton, Saam mit einer verrückten Idee zu verblüffen. Der Ingenieur schlug vor, anstelle einer Stahlkugel einen Asteroiden von zehn Metern Durchmesser zu verwenden. Um die Masse m in Einsteins Gleichung gegen Null zu führen, sollte ein auf einem Antigravgenerator basierendes Aggregat auf dem Asteroiden montiert werden, das nicht die Schwerkraft, sondern die Massewirkung aufhob.

»Für m gleich Null gilt: $E = 0$, denn $0 \cdot c^2$ bleibt Null. Wenn wir die Massewirkung des Asteroiden mit einem modifizierten Antigravgenerator aufheben, können wir das Ding praktisch beliebig beschleunigen. Aber der Asteroid bleibt ein festes Objekt. Nun stellen wir uns mal vor, er trifft mit Lichtgeschwindigkeit auf ein anderes festes Objekt. So einen Aufprall übersteht nicht mal der stabilste aller Antigravgeneratoren. Er bekommt eine klitzekleine Fehlfunktion und stellt den Betrieb ein. Die Masseaufhebung funktioniert nicht mehr. Wir haben es plötzlich mit einer kinetischen Masse von $E_{kin} = (m \cdot c^2 - m_0 \cdot c^2)$ zu tun. Oder in einfachen Worten ausgedrückt: Kawumm! Aber geschrieben mit einem ganz großen ›Wumm‹!«

Für einen Moment war Saam völlig sprachlos. Doch er faßte sich schnell wieder: »Das ist... nicht übel, Mr. Shanton. Kleinere Geister könnten sogar sagen, das sei genial. Für den Abschuß eines Zehnmeterbrockens müssen wir natürlich den Felddurchmesser des Linearbeschleunigers modifizieren. Aber das dürfte nicht allzuviel Zeit in Anspruch nehmen!«

Saam schlug sich mit der flachen Hand vor die Stirn. »Das ist so einfach! So simpel! Wieso bin ich da nicht selbst draufgekommen?«

Als beide Männer ihre künftige Zusammenarbeit mit einem festen Händedruck quittierten, meldete sich überraschend Jimmy zu Wort.

»Was für eine rührende Szene, mir kommen gleich die Hundetränen!«

»Ihr Hund kann sprechen?« wunderte sich Saam.

»Darüber bin ausnahmsweise auch ich erstaunt«, entgegnete der Dicke und hob Jimmy mit beiden Händen in die Höhe. »Ich dachte, Ezbal hätte einen Zombie aus dir gemacht, um dir deine Frechheiten auszutreiben.«

»Wollte er auch – aber dann brachte er es nicht übers Herz. Weil ich ihn so treuherzig angeschaut habe. Kein Schräubchen hat er mir gekrümmt.«

»Und wieso hast du dich eine Ewigkeit wie ein Halbtoter aufgeführt?«

»Um dir klarzumachen, wie es zugeht, wenn du deine Drohung wahrmachst und mich veränderst. Ich will so bleiben wie ich bin, mit all meinen Konstruktionsfehlern.«

»Und all deinen Frechheiten, wie?« grinste Shanton und drückte ihn an seine Brust.

*

»Nein, nein und nochmals nein!«

Marschall Bulton war fest entschlossen, keinen Millimeter von seiner Position abzuweichen. Wer zu oft nachgab, machte sich unglaubwürdig. Robert Saam hatte einmal seinen Willen gekriegt – in Form eines Bergungsraumers – ein zweites Mal würde er sich auf gar keinen Fall durchsetzen.

Diesmal hatte Shanton die undankbare Aufgabe übernommen, sich für Saam stark zu machen. Von Ast-1 aus versuchte er per Vipho, Bulton ein geeignetes Zielobjekt für den Linearbeschleuniger aus den Rippen zu leiern.

»Irgendeine ausgesonderte Rostbeule werden Sie doch wohl für uns übrig haben. Immerhin geht es um ein sehr wichtiges Experiment.«

»Nichts zu machen. Momentan brauche ich sogar schrottreife Kähne, Shanton. Die Raumschiffe der TF sind zu schade für Ihre Kinderspielerei.«

»Kinder... was?« ging der Dicke hoch bis unter die Decke. »Jetzt spitzen Sie mal die Ohren! Das lasse ich mir nicht... Hallo? Bulton? Melden Sie sich! Gottverdammte Technik, der Teufel soll sie holen!«

*

Während Shanton in seinen Flüchen die Hölle beschwor, öffnete sie an einem weit entfernten Ort soeben ihre flammenden Pforten. Etwas war mitten in der Sonne gelandet. Etwas, das ihr Beschwerden verursachte. Und wenn die »alte Lady«, wie Saam den lebenspendenden Fixstern respektlos zu nennen pflegte, Beschwerden hatte, mußte man in ihrer Reichweite um sein Leben zittern.

Eine ungeheure Energielawine wurde losgetreten. Unkontrolliert brach sie nach allen Seiten aus. Was sich ihr in den Weg stellte, wurde gnadenlos mitgerissen.

Riesige Feuerzungen reckten sich empor, fielen in sich zusammen und richteten sich kurz darauf erneut auf, zehnmal höher als zuvor. Die Zungen des Teufels! Sie leckten nach dem Leben und brachten den Tod.

Für eine Sekunde schien die Zeit stillzustehen, so als wäre das Höllenfeuer plötzlich erstarrt. Die berüchtigte Ruhe vor dem Sturm...

Und dann spuckte – anders konnte man es nicht nennen – die Sonne urplötzlich, ohne ein Zeichen der Vorwarnung, einen mächtigen Schwall glühender Gase weit hinaus ins Weltall. Solche Protuberanzen hatte das Zentralgestirn des Heimatsystems der Menschheit seit drei Milliarden Jahren nicht mehr ins All geschleudert.

Automatische Meßstationen, die man in der Umlaufbahn des Merkur ausgesetzt hatte, registrierten ein kurzzeitiges Flackern der Sonne und leiteten diese wichtige Information weiter nach Terra. Aber dort hörte niemand die Signale. Die Erde schien ein toter Planet zu sein, abgeschnitten vom Rest der Welt.

Der gesamte Funkverkehr war zusammengebrochen – im ganzen Sol-System. Selbst über Hyperfunk war niemand mehr zu erreichen. Unheimliches Schweigen breitete sich zwischen den Sternen aus.

Mehrere ohrenbetäubende Explosionen erschütterten Merkur. In ferner Dunkelheit glühte es gespenstisch auf.

Als erneut Stille einkehrte, hatte sich der Sonnenschweif verflüchtigt. Einige der Meßstationen auf dem Merkur ebenfalls, es gab sie nicht mehr. Die »alte Lady« hatte sie ins Verderben gezogen.

Von einem Augenblick auf den anderen war der Funkverkehr wieder da. Auf der Erde und den angrenzenden Planeten entwikkelte sich ein hektisches Treiben. Informationen wurden ausgetauscht, Geräte überprüft. Niemand konnte sich den seltsamen Vorfall erklären.

*

Der Einfachheit halber hatten Shanton und Saam das Steuerpult für den neuen Linearbeschleuniger, der letztendlich nur ein Umbau des alten war, in Saams Quartier belassen. Schimpfend betrat der Dicke den Raum.

»Lassen Sie mich raten«, sagte Saam, nachdem er sich zu ihm gesetzt hatte. »Der alte Piranha rückt keinen Raumer heraus.«

Shanton nickte. »Bulton sagt, er bräuchte momentan selbst schrottreife Kähne. Verflucht, auf irgend etwas müssen wir doch feuern!«

»Schon passiert«, verriet ihm Saam. »Ich ahnte bereits, daß man uns bei der TF Knüppel zwischen die Beine werfen würde, daher habe ich noch einen weiteren Probeschuß auf die Sonne abgefeuert.«

»Sie haben… was?«

»Alles verlief wie geplant. Das modifizierte A-Gravaggregat, mit dem der Zehnmeterasteroid bestückt war, wurde beim Aufprall mit Lichtgeschwindigkeit zerstört, und die Neutralisation der Massewirkung fiel weg. Beim abrupten Verzögern des plötzlich wieder mit Masse ausgestatteten Asteroiden wurden titanische Energien freigesetzt, genau wie von Einstein berechnet. Das Ergebnis: Kawumm mit großem ›Wumm‹! Das übersteht keine Schattenstation.«

»Die Funkstörungen im System, die gewaltigen Ausbrüche an der Sonnenoberfläche – das waren Sie? Sie Wahnsinniger haben den Linearbeschleuniger ohne meine Genehmigung in Gang gesetzt?« schrie Shanton ihn völlig außer sich an. »Wissen Sie, was Sie mit Ihrem Leichtsinn hätten anrichten können?«

»Ich brauchte Ihre Genehmigung nicht«, entgegnete Saam trotzig. »Sie sind nicht mein Chef. Im übrigen ist ja nichts Schlimmes passiert. Oder?«

*

Nicht nur Shanton sah das anders. Auch von Eylers, Bulton und Trawisheim, ja sogar von Wallis bekam Saam einen tüchtigen Anschiß. Jeder einzelne knöpfte ihn sich tüchtig vor.

Der junge Mann war doch ein wenig geschockt, als ihm klar wurde, was er getan hatte: Er hatte die Sonne zum Flackern gebracht! Unter dem Eindruck der diversen Standpauken gelobte er Besserung. Wie lange er sich an sein Gelöbnis halten würde, stand allerdings in den Sternen.

Hinter seinem Rücken waren sich seine Kritiker jedoch ohne Ausnahme einig, daß der Mann ein außergewöhnliches Genie war, eines von der Sorte, wie es nur alle tausend Jahre geboren wurde.

»Wir müssen ihn nur besser unter Kontrolle haben«, meinte Eylers, »sonst zerstört er eines Tages womöglich aus Übermut das gesamte Universum.«

Trawisheim ordnete daraufhin an, daß sich Shanton hin und wieder um Saam kümmern sollte.

Vor lauter »Freude« gönnte sich der Dicke erst einmal ein paar Gläschen Cognac.

8.

Über Australien brannte die Nachmittagssonne und hatte die Menschen, die ihre Einschiffung erwarteten, in den Schatten völlig überfüllter Wartehallen getrieben. Draußen auf der weiten Raumhafenfläche funkelte eine Reihe von Ringraumern mit offenen Schleusen. Großschweber brachten Versorgungsgüter zu den Raumern, die von Robotern umgeladen wurden, und nach Aufruf wurden immer wieder Schübe von etwa 50 Kolonisten zu den Raumern geflogen, um an Bord zu gehen und in ihren Kabinen zu verschwinden.

Tab Garet, Interieurdesigner aus Canberra, gehörte zu denen, die noch warten mußten. Dabei war er alles andere als erbaut davon, von einem Tag zum anderen alles liegen und stehen zu lassen und seine kleine Wohnung für immer aufzugeben, nur weil diese Regierungsfuzzies in Alamo Gordo bestimmt hatten, er müsse zusammen mit Millionen anderer Menschen zu einem fremden Planeten ausgesiedelt werden. Wohin das führen konnte, mußten doch gerade dieser Ren Dhark und seine Leute noch in schlechtester Erinnerung haben, die vor fast einem Jahrzehnt mit der GALAXIS zum Deneb fliegen wollten, aber dort nie angekommen waren. Statt dessen strandeten sie in einem völlig unbekannten Sonnensystem, und in der Folge war dann auch die Erde aus ihrem beschaulichen Dasein am Rand der Milchstraße gerissen und von einem Konflikt in den anderen gestoßen worden.

Und jetzt war die Dhark-Clique angeblich nicht in der Lage, die Erde vor Angriffen aus dem Weltraum zu schützen?

Trotz der gewaltigen Raumflotte, die Terra inzwischen besitzen sollte, wenn man den Nachrichtensendungen Glauben schenkte?

Wofür waren diese angeblich so kampfstarken Raumer denn da?

Um Kolonisten in Weltraumtiefen zu transportieren!

Angeblich konnte die Menschheit nur so vor der Vernichtung gerettet werden!

Garet konnte sich nicht vorstellen, daß eine fremde Macht Terra in so radikaler Form Schaden zufügen konnte. All right, einen Angriff sollte es schon gegeben haben, bei dem angeblich Teile des Großraumhafens Cent Field in Nordamerika umgepflügt wurden, auch bei Rio de Janeiro war scheinbar irgend etwas passiert, das von den Medien wie immer bei selbst den kleinsten Katasträphchen unendlich aufgebauscht worden war; und auch die Giants hatten vor Jahren eine Menge Flurschaden angerichtet und mit ihren Verdummungsstrahlen und deren Folgen die Menschheit gewaltig dezimiert – aber selbst dieses unendlich große Fiasko, dessen Leidtragender auch Garet gewesen war, hatte sie doch überstanden und existierte immer noch!

Er hatte die Giant-Invasion überlebt, er würde auch die Invasion der Schatten überleben. Wenn die denn wirklich so schlimm waren, wie immer behauptet wurde. Aber jeder besaß einen schwachen Punkt. Jeder Mensch und jeder Schatten. Und deshalb mußte es auch möglich sein, die Schatten auszutricksen und zu besiegen.

Statt dessen fiel der Weltregierung aber nichts anderes ein, als die Menschen auszusiedeln, sie zu entwurzeln und in die Galaxis hinaus zu schicken!

Und deshalb stand Garet jetzt mit seinen 50 Kilo zulässigem Handgepäck in einer der überfüllten Wartehallen des Raumhafens von Sydney und wartete darauf, an Bord eines Raumers gehen zu müssen, den er freiwillig niemals betreten hätte.

Er fühlte sich auf der Erde wohl! Er war kein Abenteurer, der sein Glück auf fremden Planeten suchte! Aber ihn hatte das Los getroffen. Er hatte Terra zu verlassen. Er und alle die anderen, die um ihn herum standen oder saßen und dafür sorgten, daß die Luft immer heißer und stickiger wurde, weil die Klimaanlage nicht in der Lage war, mit den Ausdünstungen dieser Menschenmassen fertigzuwerden.

»Das mit der Gefahr aus dem Weltraum ist doch nur vorgeschoben«, behauptete Alexej Turbojew neben ihm, der vor der Invasion als Chefingenieur auf einem U-Boot gefahren war und seit ein paar Jahren seine Brötchen mit dem Schreiben von utopischen Romanen verdiente. »Die wollen uns nur loswerden, um von den wirklichen Problemen abzulenken! Denkt doch mal nach, Leute!«

»Wie meinen Sie das?« fragte Tab Garet mißtrauisch.

»Es ist doch ganz einfach«, erklärte Turbojew. »Seit der Invasion liegt Terra ziemlich darnieder. Die Wirtschaft kommt nicht mehr so richtig in Schwung, die Inflation galoppiert, und vor allem das Ernährungsproblem wird immer größer. Obwohl während der Invasion und auch in der Zeit danach unzählige Menschen gestorben sind, ist die Weltbevölkerung größer denn je! Die Ressourcen schrumpfen aber. Je mehr Menschen die Erde bewohnen, desto größer muß ihr Lebensraum werden, aber um so kleiner werden auch die Äcker… versteht denn hier keiner, was ich meine? Selbst wenn es noch genug Felder gibt, auf denen Nahrungsmittel wachsen, selbst wenn wir Algenplantagen unter Wasser abernten – ich war ja selbst auf einem dieser Ernte-U-Boote eingesetzt, der guten alten U-1418! Es gibt aber nicht mehr genug Menschen, die diese Felder bestellen können, die Algen abernten, die Nutztiere züchten und schlachten und verarbeiten! Verdammt, und auch die Fabriken, die synthetische Lebensmittel herstellen, haben doch ihre Probleme! Die Produkte kann sich kein Mensch mehr leisten, qualifizierte Arbeiter fehlen an allen Ecken und Enden, aber da wiederum, wo sie sind, existiert die Technik nicht mehr oder noch nicht… es geht doch alles den Bach 'runter! Es gibt zu viele Menschen auf der Erde, die nicht mehr ernährt werden können, weil die Versorgung überlastet ist. Also schiebt man uns ab. Verschwindet zu anderen Planeten. Da«, er klang jetzt salbungsvoll-ironisch, »seid fruchtbar und mehret euch und macht euch diese Welten untertan.«

»Sie sind zynisch, Mister«, sagte jemand.

Turbojew zuckte mit den Schultern.

»Zynisch? Die Regierung ist zynisch, mein Freund. Man schiebt uns ab, damit man uns hier nicht weiter durchfüttern muß. Dafür, daß wir treudoof und brav unsere Steuern bezahlt haben, um damit Politiker zu finanzieren, die unsere Probleme lösen sollen, treten uns diese Politiker jetzt in den Hintern und sagen uns, wir sollen unsere Probleme nun gefälligst selbst lösen, und das möglichst weit von Terra entfernt! Babylon! Weiß einer von euch, wie verdammt weit dieser Planet von der Erde entfernt ist?«

Niemand antwortete.

»Es geht doch noch weiter«, fuhr Turbojew fort, Stimmung zu machen. »Gerade mal fünfzig Kilo Gepäck dürfen wir freundlicherweise mitnehmen. Fünfzig Kilo! Das ist dann unsere gesamte Habe! Wenn wir auf Babylon aus dem Raumschiff klettern, sind wir arme Schweine, die nicht mehr besitzen, als sie auf dem Leib tragen! Und damit das so bleibt, müssen wir jedes Gramm an Besitz oder Ausstattung, das wir von der Erde nachsenden lassen, verdammt teuer bezahlen! Nur die Reichen unter uns können es sich leisten, wenigstens ein paar Bücher oder ein Gemälde nachkommen zu lassen, damit wir wenigstens etwas von unserer Kultur behalten können, von unserer Zivilisation, die wir hier mit aufgebaut haben… Nein, alles kostet Geld. Alles kostet extra! Nachschub, Versorgung… stellt euch nur einfach vor, daß wir Toilettenpapier brauchen! Kostet extra Geld!«

Unwillkürlich wurde Garet zum Verteidiger, weil er sich das Gerede Turbojews nicht mehr anhören wollte; er sah selbst schon genug Probleme und wollte sich nicht von anderen noch zusätzliche Schwierigkeiten andienen lassen. Der Ex-U-Boot-Chief produzierte Kneipenparolen.

Garet unterbrach ihn: »Zumindest mir wurde gesagt, daß es auf Babylon komplett ausgestattete Städte mit Komfortwohnungen gibt, in die wir bloß einzuziehen brauchen! Da gibt's wohl mehr Luxus, als wir es hier auf Terra gewohnt sind!«

»Und wofür wird dann auf Babylon ein Interieurdesigner gebraucht? Warum hat man Sie ausgewählt? Wenn es da schon alles gibt, sind Sie doch mit Ihrem Beruf völlig überflüssig!

»Wurde gesagt«, mischte sich eine Frau mittleren Alters ein. »Gesagt wurde viel. Ob man es glauben darf, ist eine ganz andere Sache.«

»Gesagt wurde auch, daß jeder Transportflug eines Raumers dem Fiskus bis zu 1,2 Millionen Dollar einbringt – eine kleine ›Zusatzsteuer‹ auf das Frachtgut noch nicht eingerechnet«, fuhr Turbojew fort. »Einhundert Raumer will man einsetzen. Kann sich einer von euch ausrechnen, was das an Einnahmen bringt, wenn jeder dieser Raumer nur zehnmal von Terra nach Babylon fliegt? Ich will's euch sagen: zwölf Milliarden Dollar! Terra saniert sich auf unsere Kosten, auf Kosten der Auswanderer, die zum Auswandern gezwungen werden! Ich wollte nicht von hier weg.«

Ich auch nicht, dachte Garet. *100 Raumer? Damit könnte man Terra sichern und schützen und wir könnten hierbleiben... ich könnte hierbleiben...*

»Mich hält auf diesem Planeten nichts«, sagte die Frau. »Speziell, weil mir das Vorgehen der Regierung dieses unseres Planeten nicht zusagt. Ich habe mich freiwillig gemeldet. Und viele andere auch, das sollten Sie wissen, Gentlemen.«

»Das Trauerspiel geht noch weiter«, sagte Turbojew. »Aus zuverlässiger Quelle weiß ich, daß wir auf Babylon unbedingt Habenichtse bleiben sollen. Auf alle Waren, die wir anfordern, wird das Finanzministerium acht Prozent Exportsteuer erheben. Umgekehrt: Wenn wir von Babylon irgendwas an die Erde verkaufen wollen, wird ebenfalls Steuer fällig. Wir werden 'rausgeschmissen und dürfen uns dumm und dämlich bezahlen, und die elitären Lumpenschweine, die auf der Erde bleiben, kassieren unser Geld...«

»Und unseren Besitz!« rief ein anderer aus der Menge. »Was wird aus den Häusern, den Grundstücken, die uns gehören, wenn wir auswandern? Wer garantiert uns, daß das alles nicht verstaatlicht wird?«

»Wie kommen Sie darauf?« wollte eine andere Frau wissen.

»Ich bin auch einer, der sich freiwillig gemeldet hat«, bekannte der Mann. »Ich wollte mein Haus verkaufen. Man sagte mir, das sei nicht nötig, ich solle mein Eigentum besser noch für mich behalten. Zumindest in den ersten Jahren! Verdammt, wenn ich jetzt nicht verkaufen soll, dann steckt doch was dahinter! Bestimmt nicht die Immobilienpreisentwicklung! Die dürfte sich abschwächen mit der Zeit, eher nach unten gehen statt nach oben! Nein, Leute, da dampft was anderes. Man will unser Eigentum kassieren, für das wir schwer gearbeitet haben!«

»Noch was«, sagte Turbojew. »Dieser Planet, zu dem wir gebracht werden – Babylon – soll angeblich eine ganze Menge Dinge besitzen oder produzieren können, die auf Terra gebraucht werden. Also theoretisch eine gute Einnahmequelle, auch bei acht Prozent Steuern. Aber fünfzig Prozent vom Warenwert, plus die acht Prozent Steuer, kassiert der Staat, mithin Terra, da Babylon ein terranischer Kolonialplanet ist.«

»Schwachsinn, Mann!« warf die zweite Frau ein. »Hope ist ein terranischer Kolonialplanet und trotzdem eine souveräne Welt wie die anderen Planeten auch…«

»Von denen wir nicht wissen, ob es da überhaupt noch Menschen gibt«, sagte Tab Garet bitter. »All right, von Perm wissen wir es, aber da gibt es nur eine Handvoll Menschen, die praktisch auf Steinzeitniveau gesunken sind und sich dabei auch noch glücklich fühlen. Vermutlich nur so lange, bis sie Zahnschmerzen bekommen oder alt werden und die medizinische Grundversorgung vermissen…«

»Und Hope«, sagte die Frau mittleren Alters, »zählt auch nicht. Die Kolonie ist von den G'Loorn vernichtet worden. Es gibt praktisch nur noch Deluge mit dem Industriedom und der Mysterious-Technik und den Tofirit-Abbau auf Kontinent vier oder wo auch immer, und das ist auch alles fest in Terra-Hand! Die Menschen auf Main Island sind nie gefragt worden, ob sie vielleicht eigene Interessen oder Ansprüche anmelden möchten.«

»Woher wollen Sie das wissen?« fragte ihre Geschlechtsgenossin.

»Ich war auf Hope. Kurz bevor die G'Loorn die Stadt Cattan vernichteten, bin ich nach Terra geflogen. Ich wollte eigentlich nur Verwandte besuchen. Dadurch habe ich überlebt. Und jetzt stehe ich auf der Liste derer, die Terra wieder verlassen müssen... nicht mehr nach Hope, weil es Cattan eben nicht mehr gibt, sondern nun nach Babylon.«

Tab Garet schloß für einen Moment die Augen.

Die Diskussion uferte aus, und es gefiel ihm nicht, daß er irgendwie darin verwickelt war. Hier wurde Haß geschürt.

Die zweite Frau ergriff wieder das Wort.

»Übrigens sollen doch angeblich nicht nur wir Kolonisten transportiert werden, sondern gleich auch Versorgungsgüter. Wie Ihr heißgeliebtes Toilettenpapier, Alexej!«

»Mein heißgeliebtes...?« ächzte der U-Boot-Ingenieur.

»Sie haben's doch vorhin so besonders erwähnt! Aber egal – von allem, was wir an Ausrüstung mitbekommen sollten, befindet sich maximal ein Zehntel an Bord der Raumer, und dieses Zehntel wird sich kaum noch vergrößern! Alexej, in diesem Punkt haben Sie recht: Man will uns tatsächlich zu Habenichtsen machen, zu Bettlern!«

»Was soll das heißen?« stieß Garet hervor. Er ergriff die Frau am Arm und sah jetzt an ihrem Namensschild, daß sie Jara Tako hieß.

»Es heißt, daß gut neunzig Prozent der zugesagten Vorräte nicht an Bord der Raumer sind, nicht geliefert werden.« Sie sprach laut, so daß es noch mehr Menschen hören mußten als nur diese kleine Gruppe.

»Woher wollen Sie das wissen?« bellte Turbojew.

»Von jemandem, der in der Verwaltung tätig ist. Ich habe Listen und Anweisungen gesehen«, behauptete Jara Tako.

»Wo in der Verwaltung? Wer ist da zuständig?«

Jemand anderer rief einen Namen.

Und ein dritter schlug vor: »Das sollten wir nachprüfen.«

»Sofort...!«

*

McGrain, dessen Vorfahren Australien als britische Sträflinge erreicht hatten und der deshalb gar nicht stolz auf seine Abkunft war, warf einen Routineblick auf Schirm 17 und brachte automatisch die Finger über die Alarmtaste. In Halle 5a braute sich etwas zusammen!

Mit der anderen Hand zoomte er auf eine Menschengruppe, regelte die Lautstärke höher und vernahm jetzt Wortfetzen.

Aufruhr!

Aufgebrachte Aussiedler wollten die Verwaltung stürmen!

Sie drängten sich durch die Menschenmenge, schafften sich Platz. Andere schlossen sich an. Schnelle Wortwechsel, zornige Rufe. Die Unruhe wurde größer!

McGrain dachte keine Sekunde daran, ein Risiko einzugehen.

Er gab Alarm.

Im nächsten Moment hatte er Captain Jericho, Chef des Sicherungskommandos, auf dem Viphoschirm. »Halle 5a, Jericho! Da gibt's Randale...«

»Schon mitbekommen, McGrain! Jemand hetzt die Aussiedler auf, und die wollen jetzt die Verwaltung zu Kleinholz machen! Wir riegeln 5a ab. In zehn Minuten kommt da keine Beutelratte mehr 'rein oder 'raus... McGrain, können Sie feststellen, zu welchen Raumern die Leute aus 5a gebracht werden sollen? Wenn wir vorziehen und aufrufen, brechen die vielleicht ihre Aktion doch noch von selbst ab, weil sie ihre Schiffe nicht verpassen dürfen, und wir brauchen uns nicht mit ihnen zu prügeln...«

»Nehme ich auf meine Kappe!« beschloß McGrain sofort, obgleich ein solches Vorgehen weit außerhalb seiner Kompetenz lag. »Ich sorge dafür, daß wenigstens die Hälfte der Leute aus 5a aufgerufen wird!«

»Und ich organisiere zusätzliche Großschweber! Wenn die Aufrührer dann draußen auf dem Feld vor verschlossenen Schleusen stehen, haben wir sie wenigstens schon mal dezentralisiert, und den Fracht- und Startplan umschmeißen können die Schreibtischtäter dann immer noch…«

Das Vipho wurde dunkel.

McGrain tastete eine andere Verbindung. »Die Abfertigung, schnell… Halle 5a muß sofort aufgerufen und abgefertigt werden! Mir egal, wie Sie das machen, oder wir haben in ein paar Minuten einen kleinen Bürgerkrieg! Vollzug an Koordinierungszentrale und Hafenpolizei!«

Neben McGrain machte Daphne Wolloongong, die dem Yolngu-Clan der australischen Urbevölkerung entstammte, große Augen. »Mac, das können Sie doch nicht so selbstherrlich anordnen! Sie kriegen den größten Ärger Ihres Lebens, wenn Sie das ganze Programm umstoßen und…«

»Der Ärger da draußen ist größer!« winkte McGrain ab.

Da kam sein privater Ärger schon an.

Ikorda, Leiter der Koordinierungszentrale, schnaubte aus dem Vipho. »Mister McGrain, haben Sie den Verstand verloren? Sie können nicht einfach in die Abfertigungsroutine eingreifen! Wollen Sie meine Leute, die ohnehin schon überlastet sind, in einen Nervenzusammenbruch treiben?«

»Den dürfen die sich später leisten, nicht jetzt!« schnarrte McGrain. »Raus aus der Leitung, Ikorda!«

»Für Sie immer noch Mister Ikor…«

Da hatte McGrain ihn mit einem Tastendruck abgeschaltet. »Wolly, die Paraschocker… falls irgendein Schreibtischtäter schlauer sein will als wir alle und die Randalierer auch hier 'reinkommen…«

Wolloongongs Augen wurden noch größer. »Sie glauben doch nicht etwa…?«

»Bitte die Schocker! Schrank zwei!« Er verließ seinen Platz vor den Überwachungsschirmen nicht. Jetzt zeigte auch Schirm 16

Unruhe, die sich ausbreitete.

Zögernd erhob sich die Yolngu und ging zu Schrank zwei. Erst als sie sah und hörte, daß es in Halle 5a immer lauter wurde und erste Fäuste flogen, um im Weg stehende Menschen beiseitezustoßen, öffnete sie den Schrank und entnahm ihm zwei Schocker.

»Zwei für jeden!« verlangte McGrain. »Und falls Jericho die Leute nicht unter Kontrolle bekommt, sofort auf alles und jeden schießen, der hier zur Tür hereinkommt, aber mit schwächster Dosierung! Wir wollen doch nicht zu Mördern an Leuten mit Herz- und Kreislaufproblemen werden…«

Sie sind ja verrückt, Mac! wollte Daphne sagen, unterließ es aber.

Draußen hallten Lautsprecher auf.

»Alle Siedler mit Kennfarbe blau bereithalten zur Einschiffung! Ihre Schweber erwarten Sie an Tor 3 und 5. Sofortiger Aufruf für Blau-eins bis Blau-zwohundert an Tor 3, Blau-zwonulleins bis Blau-vierhundert an Tor 5. Achtung, sofortiger Aufruf für…«

Die Tore 3 und 5 befanden sich in der Nähe der Unruhestifter. Sie hatten es von ihrem Noch-Standort und ihrer Bewegungsrichtung nicht weit, um zu den Großschwebern zu gelangen. McGrain hob die Brauen. Die Entscheidung, sie genau hier abzufangen, war genial.

Schirm 16 zeigte ihm, wie die Tore geöffnet wurden.

Dahinter standen Schweber, aber auch Uniformierte der Raumhafenpolizei. Jerichos Leute, und die hier so sichtbar zu postieren war schon nicht mehr so genial. Ihr Anblick schreckte die Aussiedler ab.

Sie faßten die Anwesenheit der Polizisten falsch auf!

Im nächsten Moment plärrten die Lautsprecher wieder. »Achtung, Widerruf! Keine sofortige Einschiffung für Kennfarbe blau! Ich wiederhole: Keine sofortige Einschiffung! Achtung…«

McGrain schüttelte den Kopf. Er rief Ikorda an.

»Haben Sie diesen Schwachsinn zu verantworten?« fauchte er. »Diesen idiotischen Widerruf?«

»Ich habe angeordnet, daß...«

»Sie Narr! Haben Sie sich das Chaos in 5a überhaupt angesehen? Wir müssen die Unruhestifter sofort da rauslocken, sonst haben wir in Kürze das Chaos! Schon mal was von Massenhysterie und Massenpanik gehört?«

Diesmal war es Ikorda, der abschaltete.

McGrain lehnte sich zurück. Selbst wenn jetzt der Widerruf widerrufen wurde, war nichts mehr aufzuhalten. Die Menschenmenge, die den Schreihälsen folgte, wurde immer größer und brandete jetzt nicht nur durch die Tore 3 und 5 nach draußen, sondern sprengte auch den Zugang zur Verwaltung auf. Dahinter standen zehn Männer und Frauen von Captain Jerichos Sicherungsgruppe. Sie standen nur ein paar Sekunden, dann wurden sie einfach überrannt, weil sie zu lange damit zögerten, von ihren Paraschockern Gebrauch zu machen.

Wolloongong sah es auf Schirm 23.

Ihr wurde heiß und kalt. »Mac, sind Sie einer der Traumzeitpropheten?« stieß sie hervor und legte ihm jetzt erst die beiden Paraschocker auf sein Pult. Sie selbst hatte nur eine Waffe an sich genommen und die auch nur widerwillig. »Wir sollten den Zugang verriegeln«, schlug sie vor. »Dann...«

»Geht nicht von innen«, sagte McGrain. Daphne Wolloongong arbeitete erst seit ein paar Tagen hier und hatte sich wohl in ihren Aufgabenbereich eingearbeitet, den gesamten Raumhafen zu überwachen und Störungen im Betriebsablauf sofort an die zuständige Leitstelle zu melden; aber für die Sicherheitstechnik der Anlage hatte ihre Einarbeitungszeit noch nicht gereicht.

McGrain wurde zum Zyniker.

»Sobald irgendwer 'reinkommt, schießen, Wolly! So lange, bis die Paralysierten sich vor der Tür stapeln und die anderen nicht mehr darüber hinwegklettern können...«

Da kam jemand herein!

Nicht irgendwer, sondern Ikorda, der für die Koordination des Siedlerprojekts am Raumhafen Sydney verantwortlich war. Nur erkannte Wolloongong ihn zu spät, und in Panik feuerte sie ihren Schocker auf ihn ab.

Ikorda, der McGrain persönlich zusammenstauchen wollte, kam nicht mehr dazu, sondern lag wie ein gefällter Baum mitten in der Tür, die sich jetzt nicht mehr schließen ließ.

Wolloongongs von Natur aus fast schwarzes Gesicht wurde aschgrau. Sie wollte erschrocken aufschreien, brachte das aber nicht fertig. Fassungslos starrte sie auf die Waffe in ihrer Hand.

McGrain nahm sich nicht mal die Zeit für einen Fluch.

Jetzt verließ er seinen Platz am Kontrollstand doch, sprang zur Tür hinüber und faßte zu. Er zog Ikorda nach drinnen, brachte ihn in stabile Seitenlage und registrierte, daß sich die Tür neben ihm automatisch wieder schloß, während er kurz über die Augenlider des Mannes strich und sie damit schloß, so daß die Augäpfel nicht austrocknen konnten. »Freundchen«, murmelte er, kam wieder hoch und faßte nach Wolloongongs Unterarm. Hob ihn an, sah auf die Justierung ihres Schockers. Die stand auf Normal – was soviel bedeutete wie maximale Ladung unterhalb der tödlichen Schwelle.

Vor zwölf Stunden würde Ikorda nicht aus der Paralyse erwachen. Und durch die hohe Dosis hatte es der Getroffene nicht einmal mehr geschafft, im Reflex die Augen zu schließen.

McGrain schob den Regler der Waffe zurück, checkte auch seine beiden Schocker und nahm wieder am Kontrollpult Platz.

Die Bildschirme zeigten ihm das Chaos.

*

Tab Garet wurde einfach mitgerissen. Er konnte sich gegen den Strom nicht wehren, wenn er nicht selbst niedergetrampelt werden wollte. Ein paar Meter weiter sah er Turbojew und die beiden Frauen, er hörte die Lautsprecherdurchsagen und bekam mit, daß er selbst zu denen gehörte, die aufgerufen wurden. Plötzlich war der Koffer mit seinem Handgepäck verschwunden – die schwere 50-Kilo-Tasche wurde ihm einfach aus der Hand gerissen, als jemand sich dicht an ihm vorbeidrängte, und dann war er nicht mehr in der Lage, umzukehren und das Teil wieder an sich zu nehmen, über das gerade zwei, drei andere Siedler stürzten. Als er es trotzdem versuchte, stand er zwei kräftigen Männern im Weg, die ihm einfach Fausthiebe verpaßten und damit zur Seite stießen.

Da kochte auch in ihm die Wut hoch.

Er begann um sich zu schlagen, und es war ihm völlig egal, wen oder was er dabei traf.

Wieder dröhnte eine Lautsprecherstimme.

Garet verstand nicht mehr, was sie brüllte.

Er brüllte selbst.

Und in ihm tobte es: Man will uns doch nur abschieben! – Man will uns zu Habenichtsen machen! – Nur ein Zehntel der Versorgungsgüter an Bord der Raumer! – Und mein Gepäck… jetzt habe ich überhaupt nichts mehr…

Ohnmächtiger Zorn ließ ihn zum Berserker werden, aber auch seine wütende Raserei konnte nicht verhindern, daß er mit den anderen immer weiter in Richtung der Tore gedrängt wurde und sein Handgepäck immer unerreichbarer für ihn wurde. Er sah Uniformen, er hörte Strahlschüsse fauchen. Auf einmal war Turbojew wieder neben ihm. Plötzlich trug auch er eine Schockwaffe in der Hand. Aber im nächsten Moment brach der Mann zusammen.

Über Garet war freier Himmel!

Glühendheiße Nachmittagssonne!

Schockstrahlen fauchten. Menschen schrien und tobten. Garet wurde über zwei, drei Männer in Polizeiuniform hinweggeschoben, konnte gerade noch eben verhindern, daß er stürzte und selbst totgetrampelt wurde. Er bekam gerade noch Turbojews Schocker zu fassen, sah ein abgerissenes Namensschild mit der Aufschrift »Jara Tako« und erinnerte sich daran, daß diese Frau mit ihrer Behauptung, sie habe entsprechende Listen und Anweisungen in der Verwaltung gesehen, diesen Krawall erst ausgelöst hatte.

Plötzlich konnte Tab Garet wieder denken.

Wo steckte Jara Tako, der jemand das Namensschild von der

Bluse gerissen hatte?

Er sah sie nirgendwo in der Menge, aber er sah plötzlich Schweber vom Himmel herunterjagen, deren Bordgeschütze Dauerfeuer gaben, und dann wurde es auch um ihn herum schwarz. Daß er paralysiert zusammenbrach, merkte er schon gar nicht mehr.

*

Krisenkonferenz!

Wraightbreadshaw, Hafenkapitän des Raumhafens Sydney, kanzelte Ikorda ab, den Mediziner mit einer Radikalkur vorzeitig aus seinem Paralysezustand geholt hatten. Captain Jericho machte auch keine sehr glückliche Figur, weil seine Leute es nicht geschafft hatten, den Siedleraufstand mit eigenen Mitteln unter Kontrolle zu bringen. Daraufhin hatte Wraightbreadshaw die TF angefordert, und ein Einsatzkommando des Kugelraumers CALDARO hatte mit schwersten Schockwaffen von Kampfjetts aus die Aufständler bis auf den letzten Mann paralysiert. Jetzt waren Soldaten der CALDARO und anderer auf Sydney-Port liegender Raumer damit beschäftigt, die Paralysierten in zwei Ringraumer zu verschiffen und dabei auch deren Handgepäck nicht zu vergessen – nur garantierte niemand dafür, daß das Gepäck auch zu seinem Besitzer kam. Aber auf Babylon würde sich dann ohnehin alles wieder zusammenfinden.

Ikorda wollte auch gegen diesen TF-Einsatz protestieren, weil dadurch schon wieder in seine Kompetenz eingegriffen wurde.

Colonel Le Fin, ranghöchster TF-Offizier in Sydney, winkte ab. »Lassen Sie diese Arbeit gefälligst von Fachleuten machen, Mister Ikorda, und räumen Sie hinterher mit Ihren Schlipsträgern auf, was an Schrott übriggeblieben ist! Vielleicht schaffen Sie ja wenigstens das, nachdem Sie so überschlau waren, die Warnungen und Hilfsmaßnahmen Mister McGrains großzügig zu ignorieren und zu sabotieren!«

»Zu sabo…?« Ikorda schnappte nach Luft.

»Möglicherweise wäre die Unruhe kontrollierbar geblieben, wenn nicht Sie für einen Widerruf der Einschiffungsanweisung gesorgt und Captain Jericho seine Leute nicht etwas unglücklich postiert hätte«, schnarrte Le.

»Möglicherweise«, äffte Ikorda. »Meine Leute und ich haben auch so schon genug Probleme, die durch die mangelnde Zusammenarbeit zwischen Koordinationszentrale und TF-Stab...«

Hafenkapitän Wraightbreadshaw schmiß ihn raus. »... und beschweren können Sie sich ja beim Ministerium in Alamo Gordo!«

Ikorda beschwerte sich!

Er beantragte auch ein Verfahren gegen McGrain, weil dieser ihn grundlos mit einer Schockwaffe niedergeschossen habe. Wer ihn wirklich geschockt hatte, das hatte er nicht einmal mitbekommen.

In der Krisensitzung dagegen hatte McGrain die Aufzeichnungen abzuspielen, vor allem, was die Kameras 17 und 16 aufgenommen hatten. Auch der Ton wurde ausgewertet.

Daraus ging eindeutig hervor, daß das Unheil in einer kleinen Gruppe von Menschen seinen Gang genommen hatte.

»Rund neunzig Prozent der zugesagten Versorgungsgüter werden nicht an Bord der Ringraumer gebracht?« staunte Le Fin. »Das kann doch nur ein schlechter Witz sein, und daß die Kolonisten den glauben...«

»Kein schlechter Witz, aber auch nur ein halber Witz, Colonel Le Fin«, seufzte Wraightbreadshaw. »Unser sagenhafter Mister Ikorda wollte nur zehn Prozent Versorgungsgüter verschiffen, aber ich habe die Quote auf 50 Prozent heraufgesetzt.«

»Wie kann nur jeder von uns einfach so in seine Kompetenzen eingreifen?« murmelte McGrain sarkastisch. »Da muß er sich ja richtig überflüssig vorkommen. Kein Wunder, daß er zur wandelnden Giftspritze wird...«

»Sie halten den Mund«, wies der Hafenkapitän ihn an. »Ich muß Sie zwar für Ihren Vorschlag, die Einschiffung der Aufrührer vorzuziehen, loben, aber Kritik an der Arbeit der Koodinierungszentrale steht Ihnen nicht zu.«

McGrain nickte ergeben.

»Was geschieht mit den restlichen Versorgungsgütern? Opfern Sie die den Göttern?« fragte Le Fin spöttisch.

»Es ist eine Frage der Transportlogistik«, sagte Wraightbreadshaw. »Mister Ikorda könnte Ihnen darlegen, wie es auf Babylon aussieht. Die Komfortwohnungen lassen keinen Wunsch offen. Die Güter werden nicht sofort gebraucht, aber es ist dringlich, so schnell wie möglich so viele Menschen von der Erde zu evakuieren. Der jüngste Schattenangriff hat uns gezeigt, wie wenig Schutz selbst der nogk'sche Abwehrschirm bietet, und seit der Rio-Katastrophe wissen wir, wie anfällig wir gegen entschlossene Aktionen dieser Unheimlichen sind! Mir muß keiner sagen, daß es für Terra fünf vor zwölf ist, und jeder Mensch, den wir zu den Sternen schicken, ist ein gerettetes Leben mehr! Deshalb wurde in Alamo Gordo beschlossen, vordringlich Menschen zu befördern und das Frachtgut später nachzuliefern. Ikorda gehört nun zu den armen Teufeln, die das hier und auf anderen Großraumhäfen durchziehen sollen, und ich habe in seine Entscheidung eingegriffen, weil ich Unruhen befürchtete, wenn jemand merkt, daß zu wenig Fracht an Bord gebracht wird...«

»Offensichtlich hat es doch jemand gemerkt«, sagte McGrain, der eigentlich nur der Aufzeichnungen wegen an der Krisensitzung teilnahm. An sich gingen ihn diese internen Vorgänge nichts an. Aber der Hafenkapitän kannte McGrain seit langer Zeit, und er wußte, daß der Mann zuverlässig und verschwiegen war. Außerdem hatte McGrain einen Riecher für kritische Entwicklungen.

»Können wir die Anfangsentwicklung noch einmal sehen?« fragte Jericho.

McGrain rief die gespeicherten Sequenzen erneut ab.

»Zoom auf diese Fünfergruppe rechts oben«, verlangte Jericho.

Im nächsten Moment waren Garet, Turbojew, Tako und zwei andere Personen in Großaufnahme zu sehen. Der gespeicherte Ton wurde dem Zoom entsprechend verstärkt und alles andere ausgefiltert.

Tako: »Es heißt, daß gut neunzig Prozent der zugesagten Vorräte nicht an Bord der Raumer sind, nicht geliefert werden.«

Turbojew: »Woher wollen Sie das wissen?«

Tako: »Von jemandem, der in der Verwaltung tätig ist. Ich habe Listen und Anweisungen gesehen.«

Turbojew: »Wo in der Verwaltung? Wer ist da zuständig?«

Der Name, der ihm zugerufen wurde, blieb für die Tonaufnahme unverständlich und ließ sich auch mit den besten Filtern nicht deutlicher machen.

»Stop«, sagte Captain Jericho. »Wie kommt diese Frau an die Listen und Anweisungen? Wer ist die undichte Stelle? Das haben wir herauszufinden, und zwar so schnell wie möglich!«

»Fragen wir einfach diese Frau. Sie wird sich ja wohl unter den Paralysierten finden lassen«, schlug Colonel Le vor. »Die Trooper haben vorsorglich alles und jeden in und vor der Halle 5a bestrahlt. Schneiden Sie ein Standbild aus und lassen Sie nach ihr suchen.«

»Laut Namensschild heißt sie Jara Tako«, sagte McGrain, der sich auch nicht vorstellen konnte, es gäbe Probleme, die Frau zu finden. »Vielleicht sollte sich die GSO darum kümmern. Wenn hier bei uns jemand an interne Unterlagen kommen konnte, ist das vielleicht auch anderswo der Fall.«

Wraightbreadshaw nickte ihm zu. »Ich werde das bedenken. Wir sollten über die ganze Aktion, diesen Aufruhr und den Militäreinsatz, nichts an die Öffentlichkeit dringen lassen. Um keinen Preis. Die Kolonisten in den benachbarten Hallen, die etwas von dem Aufruhr mitbekommen haben, aber vielleicht nicht wissen, worum es ging, werden derzeit beschleunigt abgefertigt, ehe sie über die Sache tratschen können. Sind sie erst mal auf Babylon, ist das alles nicht mehr unser Problem. Von dort aus müßten sie Terra per Hyperfunk erreichen, aber wer hat schon Zugang zu den Funkeinrichtungen des Planeten?«

»Ihr Wort in Gottes Gehörknorpel«, murmelte McGrain respektlos. Er rief aus der Wiedergabe einen Bildausschnitt ab, der Jara

Tako zeigte, und sendete ihn direkt in Captain Jerichos Büro. Sollte der sich darum kümmern, daß seine Leute nach dieser Frau suchten.

*

Jara Tako war nicht zu finden!

Sie befand sich nicht unter den Paralysierten, und ihr Name stand auch auf keiner Passagierliste! Die Frau, die mit ihrer Bemerkung den Aufruhr ausgelöst hatte, gehörte überhaupt nicht zu den Kolonisten!

Vielleicht stimmte nicht einmal ihr Name!

Jetzt war die GSO gefragt, die nach der Aufrührerin zu suchen hatte und nichts anderes als ein Bild von ihr besaß, das aber durchaus eine Bioplastik-Maske darstellen konnte.

»Wundert mich überhaupt nicht«, brummte McGrain, als er davon erfuhr, und es wunderte ihn dann noch weniger, als Daphne Wolloongong ihm sagte: »Ikorda hat Anklage gegen Sie erheben lassen, weil er der Ansicht ist, daß nicht ich, sondern Sie ihn paralysiert haben!«

McGrain zuckte mit den Schultern.

»In Ihrem Interesse wollen wir ihn in seinem Irrtum mal belassen, Wolly, aber der gute Mann wird dann auch erklären müssen, was er in einer Krisensituation vor unserer Kontrollraumtür zu suchen hatte statt in seinem Büro!«

Er sah der Anklage sehr gelassen entgegen.

*

Um diese Zeit befand sich Jara Tako bereits mehr als 3.500 Kilometer weiter im Norden, auf Neuguinea. In einer kleinen Hütte am Rand eines Dorfes am Ramu-Fluß saß sie Scholf gegenüber und genoß durch die offene Tür den Anblick des Bismarckgebirges.

»Sie werden versuchen, es geheimzuhalten oder herunterzuspielen«, sagte sie. »Leider hat jemand zu schnell erkannt, was sich anbahnte, und bedauerlicherweise richtig reagiert.«

»Bedauerlicherweise«, nickte Scholf.

»Ich konnte Aufnahmen machen. Bitte, Scholf«, und sie reichte dem Anführer der Robonen auf Terra eine Mic-Disk. Der Mann, dessen Augen auf eigentümliche Weise glitzerten, schob die Disk in ein kleines Wiedergabegerät. Mit dem steuerte er sein Vipho an, auf dessen Bildschirm er die Aufnahmen betrachten konnte.

Aus der wütenden, sich bewegenden Menge heraus zeigten sie eine überfüllte Halle, zwei relativ schmale Tore, und dahinter große Transportschweber und Uniformen der Raumhafenpolizei. Mehrmals zoomte die Kamera auf schußbereite Strahlwaffen. Zwischendurch ein tobender, wild um sich schlagender Mann, der nach seinem Gepäck brüllte, und Wortfetzen über Regierungsbetrug und Zwangsabschiebung. Dann, aus einer anderen Perspektive, von außerhalb, das raubvogelhafte Herabstoßen der aus allen Bordwaffen feuernden Kampfjetts der Terranischen Flotte. Dabei war die Aufnahmeperspektive so geschickt gewählt, daß man die Energiebahnen erst auf den dritten oder vierten Blick als Schockstrahlen erkannte.

Scholf schaltete wieder ab und gab die Disk an Tako zurück.

»Sorgen Sie dafür, daß diese Aufzeichnung so schnell wie möglich von den Medien verwertet und verbreitet wird«, sagte er. »Die Welt muß vom Sydney-Massaker erfahren. Erwähnen Sie dieses Schlagwort so, daß es aufgegriffen werden muß. Das beschleunigt unsere Erfolge vermutlich etwas. Wir werden weitermachen. Ihren nächsten Einsatzbefehl erhalten Sie über Z-Code in Ihrem Jett, sobald Sie starten.«

Die Robonin nickte.

»Gibt es neue Direktiven?« wollte sie wissen.

Scholf schüttelte den Kopf. »Die Verbindung mit Allon Sawall ist aus unerklärlichen Gründen unterbrochen. Das wird uns nicht daran hindern, unseren Auftrag auf Terra weiter auszuführen. Gehen Sie nun und versuchen Sie wie immer unerkannt zu bleiben. Die GSO schläft nicht.«

Scholf erhob sich und verließ die kleine Hütte. Jara Tako sah ihm nach, wie er davonging, die staubige, unbefestigte Straße entlang, und plötzlich verschwunden war. Scholf lenkte die Einsätze gegen Terra schon seit langer Zeit an vorderster Front. Er hatte etliche Niederlagen hinnehmen müssen, aber jetzt schien sich das Blatt zu wenden. Sein Stern stieg.

Daß es keinen Kontakt zu Sawall gab, rief in Tako Unbehagen hervor. Aber wenn Scholf es nicht als Bedrohung ansah, gab es keinen Grund, sich Sorgen zu machen. Er war erfahren genug, um die Lage richtig einzuschätzen.

Jetzt verließ auch sie die Hütte.

Ringsum war alles still. Das Dorf schien ausgestorben. Nicht einmal Tierstimmen waren zu hören. Vermutlich hatte Scholf deshalb diesen Treffpunkt ausgewählt. Tako sah in einiger Entfernung einen Jett aufsteigen und im Tiefflug in Richtung des Bismarckgebirges verschwinden.

Sie ging in die entgegengesetzte Richtung; ihren Jett hatte sie mehr als einen Kilometer vom Dorf entfernt abgestellt, hinter einem Waldstück verborgen.

Sie ging an Bord, schaltete das Vipho auf »Nachrichtenabruf« und hörte im Z-Code den Auftrag, der in der Zwischenzeit auf der Spezialfrequenz zu ihr gefunkt worden war.

Sie flog nach Djakarta.

Der lautlose Krieg gegen Terra ging weiter.

*

McGrain ahnte nichts Böses, als hinter ihm die Tür zum Kontrollraum aufglitt, und nahm an, daß es sich um Daphne Wollongong handelte, die ihre Schicht antrat. Sie überschnitt sich um vier Stunden mit der McGrains, aber meist kam sie ein paar Minuten zu spät, wenn ihr Vorgänger bereits den Kontrollraum verlassen hatte. Deshalb war McGrain in diesem Moment allein vor den großen Monitoren, die den rund fünfzig Kilometer von der Megapolis Sydney entfernten Raumhafen überwachen halfen.

Aber dann waren es nicht die leichten Schritte der Yolngu, und McGrain fuhr herum. Hinter ihm stand eine Witzfigur von Mann mit Kugelbauch und Kugelkopf, dessen Babygesicht ihn fröhlich anstrahlte. »Mein Name ist Stranger, Bert Stranger«, grinste die Witzfigur, die für McGrain im nächsten Moment gar nichts Witziges mehr hatte.

Stranger, das enfant terrible der Terra-Press!

»Wie zum Teufel…«

Stranger unterbrach ihn und zwängte seinen unglücklich geformten Corpus in Wolloongongs noch verwaisten Sessel, um anschließend die Füße aufs Pult zu legen, als sei er hier zu Hause. »Mac«, sagte er freundlich, »von einem Mann wie Ihnen hätte ich wirklich eine originellere Frage erwartet! Deshalb ist meine Antwort auch nicht gerade originell: Durch die Tür bin ich 'reingekommen, durch alle Türen! Aber davon wollen wir doch nicht reden, sondern von Turbojew, Garet und Tako! Mit denen hätte ich gern ein Interview…«

McGrains Hand schwebte schon wieder über der Alarmtaste. Aber dann zog er sie zurück. »Die Namen sagen mir nichts. Und jetzt räumen Sie brav diesen Sessel, sonst wird meine Kollegin sehr ungemütlich, wenn sie gleich eintrifft.«

»Ist sie immer noch so schnell mit dem Paraschocker zur Hand?« fragte Stranger gelassen. »Aber nein, das haben Sie Kavalier ja auf sich genommen, weil Sie einen gewissen Ikorda damit auflaufen lassen wollen wie ein Schiff auf ein Riff… na ja, Ihr Problem. Warten Sie, wie nennt man das doch gleich? Strafvereitelung? Irreführung der Ermittlungsbehörden? Na, mir egal, Mac, aber Turbojew, Garet und Tako sind wirklich ein interessanteres Gesprächsthema!«

»Diese Namen kenne ich nicht!« wiederholte McGrain.

»Auch nicht diese Aufzeichnung?« Plötzlich hielt Stranger ein

Abspielgerät in der Hand, steuerte eines der Viphos vor McGrain an und sah zusammen mit ihm die Wiedergabe einer Mic-Disk, die eine ganz bestimmte Szene zeigte.

Im Zoom war das Namensschild Jara Tako zu sehen, das auf dem Boden lag und von einer Hand aufgehoben wurde, und zwei weitere Personen ließen sich eindeutig als Tab Garet und Alexej Turbojew identifizieren. Garets Auftritt als Berserker war erstklassig inszeniert.

Da drückte McGrain doch noch die Alarmtaste. »Ich habe hier ein Problem…«

Eine Minute später waren drei Mann von der Raumhafenpolizei im Kontrollraum. Als vierter erschien Captain Jericho.

»Oh, Ihr Problem heißt Stranger, McGrain?« stieß er hervor, als er den Reporter erkannte. »Na dann gute Nacht…«

»Gut wird die nur, wenn man auch gut schlafen kann und nicht durch eine Fehlentscheidung die Eskalation einer schon kritischen Situation forciert hat. Darf ich in meiner Sendung betonen, daß Sie wirklich gut schlafen können, Captain?«

Strangers Unschuldsblick aus strahlend blauen Babyaugen war wirklich umwerfend!

»Woher wissen Sie davon?« machte Jericho seinen größten Fehler, weil er mit seiner Formulierung zugab, daß er tatsächlich einen strategischen Lapsus begangen hatte.

»Und woher haben Sie diese Filmaufzeichnung, die wir nicht kennen?« fuhr McGrain auf und deutete auf den Viphoschirm, der zum Monitor für Strangers Abspielgerät geworden war.

»Kennen Sie nicht? Aber Sie haben doch bestimmt andere Filme, die diesen Aufruhr aus anderen Perspektiven zeigen!«

»Nein!« bellte McGrain, ehe Jericho schon wieder etwas sagen konnte, das er später bereuen würde. »Wenn Sie etwas in Erfahrung bringen wollen, Stranger, wenden Sie sich an den Pressesprecher des Hafenkapitäns! Und nun wollen Sie sicher diesen Raum wieder verlassen!«

Stranger wollte gar nicht. Erst recht nicht, als zwei der Hafenpolizisten rechts und links neben ihn traten und ihn aus dem Sessel hoben. Der dritte nahm Strangers Füße vom Pult und hielt sie fest. Auf dem Weg zur Tür nuschelte der Reporter: »Ob das einer aufstrebenden Karriere förderlich ist, wenn die Öffentlichkeit erfährt, daß ein Überwachungsangestellter einen Regierungsbeamten schockt?«

»Lassen Sie den Mann los!« ordnete McGrain an.

Drei Polizisten ließen Stranger los.

Der landete unsanft auf dem Steißbein.

Er stöhnte zwar nicht wehleidig auf, blieb aber einen Moment lang sitzen und tastete den Boden neben sich ab. »Bei Gelegenheit sollte dieser Bodenbelag mal gegen einen weicheren ausgetauscht werden. Bei den immensen Steuern, mit denen Terra seinen schwindsüchtigen Finanzhaushalt in den nächsten Monaten saniert und überkompensiert, sollten ein paar hundert Dollar dafür doch drin sein...«

»Was wollen Sie?« fauchte Jericho. Er erinnerte sich daran, daß dieser Stranger sogar schon ein paar harte Sträuße mit GSO-Chef Eylers persönlich erfolgreich ausgefochten haben sollte. Mit dem Typen wollte er sich lieber nicht anlegen und überlegte, wie er die Verantwortung weiterschieben konnte. Das Problem war: Über ihm stand nur noch der Hafenkapitän, und der würde sich auf kleine Spielchen erst gar nicht einlassen. Also blieb doch alles an Jericho hängen.

»Was ich will? Steuerbefreiung auf Lebenszeit!« behauptete Stranger, raffte sich vom Boden hoch und grinste schon wieder. »Weil Sie mir die aber nicht verbindlich zusagen können, gebe ich mich auch mit Informationen zufrieden. Die Öffentlichkeit lechzt danach. Gentlemen, was ist hier wirklich passiert?«

»Woher haben Sie diese Aufzeichnung, die tatsächlich nicht von uns stammt?« fragte McGrain.

»Eine Brieftaube hat sie fallengelassen, als sie über mich hinwegschwebte«, grinste Stranger. »Sie glauben doch nicht im Ernst, daß ich meine Informanten nenne. Sie geben doch auch nur zu, was man Ihnen nachweisen kann...«

»Beispielsweise den bevorstehenden Mord an einem Schmierenreporter!« drohte McGrain.

Stranger deutete mit dem Daumen über die Schulter auf Jericho und seine Leute. »Bei so viel Polizei kann ich mich ziemlich sicher fühlen. Die Disk wurde mir von einem Informanten zugespielt. Anderen auch, nur weiß ich nicht, wie viele Kopien es davon gibt. Aber ich möchte als erster über die Sache berichten, und das möglichst authentisch.«

»Sie werden überhaupt nichts berichten!«

»Dann tun es andere!« entgegnete Stranger schulterzuckend. »Und ob die Kollegen sich in Ihr Allerheiligstes wagen, um nachzuforschen, mag ich nicht beschwören. Vielleicht wird dann 'ne Lügengeschichte draus, während ich mich mit Ihren Informationen an die Wahrheit halten könnte... aber gut, wenn Sie eine reißerische Panik-Story wollen, gehe ich jetzt zur Tür hinaus und vergesse die ganze Geschichte, an der sich dann andere dumm und dämlich verdienen. Schade, dabei hätte ich Turbojew, Garet und Tako so gern interviewt! So long...«

In der Tür stieß er beinahe mit Wolloongong zusammen, die gerade verspätet ihren Dienst antreten wollte und entsetzt auf die Versammlung starrte. »Was ist denn hier los?«

»Nichts mehr. Das Schönste haben Sie leider verpaßt, meine Dame...«

»Sie bleiben hier, Stranger!« ordnete Jericho an. »Sie bekommen Ihre Informationen, aber wenn Sie in Ihrer Reportage auch nur einen Millimeter von der Wahrheit abweichen...«

»Ja, ja, ich weiß, dann hetzen Sie diese bezaubernde Yolngu-Schönheit auf mich, damit sie mir eine volle Dosis aus dem Paraschocker verpaßt!«

Wolloongong wurde schon wieder grau.

Und Stranger bekam seine Story, auf ein Interview hatte er aber zu verzichten, weil nicht nur Jara Tako spurlos verschwunden war, sondern auch Turbojew und Garet nicht mehr erreicht werden konnten. Der Ringraumer mit den Paralysierten befand sich längst auf dem Weg nach Babylon.

Als Stranger endlich den Raumhafen über Transmitter wieder verließ, war er trotzdem zufrieden. Den anderen blieb nach wie vor rätselhaft, woher er von dem Paralyseschuß auf Ikorda wußte, denn das war doch wirklich im kleinsten Kreis geblieben!

*

Am östlichen Stadtrand von Alamo Gordo ragte ein Hochhaus auf, das mit seinen vierzig Stockwerken alles andere als klein war und trotzdem nicht mit den modernen Stielbauten konkurrieren konnte, diesen Türmen, die in fünfhundert Metern Höhe oder mehr große Wohnkugeln trugen, die jede eine Stadt für sich waren.

Trotzdem war das im alten Stil errichtete Hochhaus erst vor ein paar Jahren erbaut worden und beherbergte in seinem Inneren modernste Technik und modernste Sicherheitsanlagen. In der 39. Etage lagen die Büros von Dhark, Riker, Eylers und Trawisheim.

Marschall Bulton hatte den Transmitter benutzt, um von Cent Field herüberzukommen, und polterte einmal mehr unangemeldet in Trawisheims Büro.

Mit einer Handbewegung stoppte ihn der Stellvertreter des Commanders. Auf dem Bildschirm verfolgte er eine Reportage von Terra-Press.

»Genau deswegen bin ich hier!« grollte Bulton hinter ihm. »Diesen verdammten Mist habe ich eben in meinem Büro auch gesehen!«

»Und das Schönste verpaßt, während Sie hierher unterwegs waren«, erwiderte Trawisheim. Er verfolgte den Schluß der Sendung und schaltete dann ab. In seinem Drehsessel schwang er herum.

»Sie haben nichts davon gewußt, Marschall?«

»Davon, daß dieser Schmierenkomödiant die TF als einen Haufen schießwütiger Rambos hinstellt, die mit Bordwaffen ihrer Jetts Zielübungen auf Kolonisten machen? Lieber würde ich diesen

Stranger als Zielscheibe empfehlen!«

Trawisheim ging nicht darauf ein. »Unserem Evakuierungsprogramm tut diese Sensationsreportage keinen Gefallen. Es gärt mittlerweile auch an anderen Stellen. Ich gehe mit Eylers konform, der meint, die Unruhen würden gesteuert. Das wird in Strangers Reportage ja auch angedeutet, aber leider nur am Rande, und geht dadurch in der Panikmache unter.«

»Kann man diesen Vogel nicht kaltstellen?«

»Und damit die Medienfreiheit untergraben? Bulton, wir leben nicht in einer Diktatur, und auch wenn uns manchmal nicht gefällt, wie manche Mitmenschen ihr Recht auf freie Meinung auslegen, dürfen wir sie in diesem Recht nicht einschränken, sonst sind wir auch nicht besser als Rocco oder Dewitt. Dieser Vogel hat uns schon ein paarmal ein nettes Liedchen gesungen und uns damit auch geholfen, Gefahren abzuwenden. Schon vergessen die Affäre mit den Mikrosendern oder die Sabotage auf den Ast-Stationen? Von der Sache hier und in Afrika mit den beiden Vario-Bomben will ich mal lieber gar nicht erst reden!«

»Aber eine Sendung wie diese versetzt die Menschen in Panik! Von denen will doch keiner mehr einen Raumhafen betreten! Die werden sich weigern, sich so einpferchen zu lassen. Die verdammte Sendung ergibt ein völlig falsches Bild!«

*

Dieser Auffassung waren Captain Jericho und McGrain in Sydney ebenfalls. »Und das nennt diese Ratte keinen Millimeter von der Wahrheit abweichen!« ereiferte sich McGrain. »Der zeigt diesen kompletten Drecksfilm von seiner Mic-Disk ungeschnitten und ungekürzt und kommentiert die Latrinenparolen dieser Aufrührer nicht mal…«

»Versprochen hat er uns leider gar nichts«, entsann sich Jericho. »Aber dafür hat er uns prachtvoll an der Nase herumgeführt! Und dabei hat er auch noch aus der Mücke einen Elefanten gemacht und spricht von einem Aufstand, der den gesamten Raumhafen betroffen habe und nicht nur ein paar hundert Leute in dieser Halle… verdammt, jeder, dessen Name auf einer der Siedlerlisten steht, wird sich nach dieser Sendung weigern, zum Raumhafen zu kommen!«

»Wenn der noch mal hier auftaucht, schmeiße ich ihn aus dem Fenster!« knurrte McGrain.

»Nicht, bevor Sie geprüft haben, ob er Sie nicht mit versteckter U1-M filmt und live an seinen Sender überträgt«, warnte Jericho. »Lieber Himmel, ob der Knabe überhaupt weiß, was er mit seinem Sensationsfilm anrichtet?«

*

Die Robonin Jara Tako, inzwischen in Djakarta aktiv, stellte sich diese Frage nicht. Sie hatte dafür gesorgt, daß über Mittelsmänner die vervielfältigte Mic-Disk an möglichst viele Medienagenturen und Sender verteilt wurde. So war auch Stranger an das heiße Eisen gekommen. Von ihm hatte Tako allerdings am wenigsten erwartet, daß er reißerische Polemik daraus machen würde.

Scholf konnte zufrieden sein.

Stranger war es nicht, nur konnte er gegen die Ausstrahlung dieser Sendung nichts mehr unternehmen, die nicht mehr mit seinem Original identisch war. Jemand im Sender hatte daran herumgespielt und Kommentare umgestellt oder leicht verfremdet, so daß bei der weltweiten Ausstrahlung, mit der die Terra-Press die Nase wieder einmal vor allen Konkurrenten hatte, ein völlig falscher Eindruck entstand.

Wer die Sendung verfälscht hatte, ließ sich in der TP-Zentrale in Alamo Gordo nicht mehr feststellen. Maik Caroon, Ressortchef für Aktuelles, Sensationen und Innenpolitik und mit dem Spitznamen »Toppy Secret« bedacht, zuckte mit den Schultern. »Warum regen Sie sich auf, Stranger? Sie kassieren ein Spitzenhonorar, und die Einschaltquoten weltweit sind gigantisch! An den Lizenzen verdienen wir uns alle eine goldene Nase, und wenn die Sendung in sechs Stunden wiederholt wird, können wir die Preise für Werbeeinblendungen verdoppeln…«

»Aber dann senden Sie mein Original und nicht dieses verlogene Konstrukt!« protestierte Stranger. »Andernfalls wird eine Gegendarstellung fällig…«

»Mit der Sie weder sich noch uns einen Gefallen tun, weil das ein schlechtes Licht auf unsere Branche wirft«, entgegnete Caroon. »Stranger, wir senden in der Wiederholung Ihr Original und vernichten diese Kopie.«

Aber damit wurde auch nichts mehr besser. Der Schaden war bereits angerichtet. Mehr als zehn Milliarden Menschen hatten die Erstausstrahlung gesehen, die über Agenturen auch an andere Sender rund um den Globus verkauft worden war.

*

Zwischenzeitlich entwickelte Marschall Ted Bulton eine Idee.

Von Trawisheims Büro aus hatte er mit Colonel Le Fin gesprochen. Der überspielte ihm detaillierte Informationen über den wirklichen Ablauf der Aktion. Kameras in den Jetts hatten den Schocker-Angriff aufgezeichnet, und später filmten Trooper die Arbeit ihrer Kameraden, paralysierte Aussiedler an Bord ihres Ringraumers zu bringen und in den Kabinen abzulegen.

Das brachte Bulton auf einen Gedanken.

»In diesem Zustand sparen wir doch unwahrscheinlich viel Platz!« behauptete er. »In den Kabinen der S-Kreuzer finden jeweils zwei Personen Platz; im Ausnahmefall für eine relativ kurze Zeitspanne wie beim Flug von Terra nach Babylon vielleicht vier! Mehr gehen sich gegenseitig schon nach kurzer Zeit auf die Nerven, was zum Teil an der doch recht nüchternen Einrichtung dieser Mysterious-Schiffe liegt, aber auch an dem kalten Blaulicht in Kabinen und Korridoren, an das man sich erst gewöhnen muß. Aber die Paralysierten bekommen davon doch nichts mit! Die sind jenseits von Gut und Böse, solange ihr Zustand anhält, und können weder die Nerven verlieren noch sich mit ihren Zellenge… sorry, Trawisheim, das wollte ich nun wirklich nicht sagen…«

Ren Dharks Stellvertreter hob die Brauen. Bultons Versprecher signalisierte genau das Denken, das die Menschen in den nächsten Tagen gefangenhalten würde, und dabei hatte der Marschall nur einen Teil der Sensationsreportage gesehen. Wie mochte es da jenen gehen, die die ganze Sendung verfolgt hatten und nun damit rechnen mußten, von Terra als unerwünschte Personen ausgewiesen zu werden?

»Noch sich mit ihren Kabinengenossen prügeln, wollte ich sagen«, grummelte der Marschall. »Außerdem haben sie weder Durst noch Hunger, verlassen nicht zwischendurch ihre Kabinen und spazieren im Schiff herum, um dabei Dinge anzufassen, die sie nicht anfassen sollten… und sie verbrauchen auch weniger Sauerstoff. Was aber noch wichtiger ist: In diesem Fall können wir weit mehr als vier Personen in einer Kabine unterbringen. Wir können sie regelrecht stapeln…«

Trawisheim schüttelte den Kopf.

»Aus medizinischer Hinsicht bedenklich, und erst recht aus moralischer! Sie können doch nicht einfach alle Kolonisten schokken und dann wie Frachtgut verstauen lassen! Mann, Bulton, haben Sie den Verstand verloren? Wollen Sie jetzt wirklich das durchziehen, was man Regierung und Flotte unterschwellig vorwirft? Das kann doch nicht Ihr Ernst sein!«

»In dieser Form ja auch nicht«, wehrte sich Bulton. »Ich weiß selbst, daß wir die Leute nicht paralysieren dürfen. Schon allein, weil wir eine ziemlich hohe Dosis verwenden müßten, damit sie nicht zu früh wieder aufwachen, und das kann Herzpatienten schwer zu schaffen machen. Abgesehen davon reagiert jeder Mensch etwas anders; die Dauer der Paralyse kann nur geschätzt, nicht aber auf die Minute genau bestimmt werden! Nein, Trawisheim, mir schwebt ein ganz anderes Verfahren vor!«

»Ich höre!«

»Wir verabreichen jedem Auswanderer zunächst ein Sedativum. Dann versetzen wir sie in zu Kühlräumen umgebauten Frachthallen bei Temperaturen knapp über dem Gefrierpunkt in einen künstlichen Winterschlaf! Das Verfahren wurde viele Jahre lang für Todkranke, die auf Heilung warteten, eingesetzt. Es ist ausgereift, Probleme gab und gibt es nicht. So könnte man die Siedler praktisch übereinanderstapeln. Resultat: bedeutend mehr Platz. Entweder für noch mehr Menschen, um die Evakuierung immens zu beschleunigen, oder für mehr Frachtgut. Dann brauchen wir die Quote von zehn Prozent nicht mehr einzuhalten und schaffen die Leute trotzdem schnellstens zu den Sternen!«

»Die Kolonisten einfrieren?« sann Trawisheim. »Bulton, die Sache hat trotzdem einen Haken. Die Giants haben es ähnlich gemacht, als sie Menschen von der Erde nach Robon entführten. Wenn wir jetzt genau dasselbe tun, schaffen wir noch mehr böses Blut.«

»Wir machen es eben nicht genau so wie die Giants, sondern nur ähnlich, und mit jeder Menge Propaganda müssen wir den Menschen auch klarmachen, daß unser Verfahren besser und humaner ist als das der Giants! Noch wichtiger aber ist es, ihnen bewußt zu machen, daß die einzige Überlebenschance der Menschheit darin besteht, uns auf so viele Welten wie nur eben möglich zu verteilen! Wenn die Schatten Terra vernichten, lebt die Menschheit auf anderen Planeten weiter. Wenn die Schatten auch ein paar der anderen Planeten angreifen, gibt es noch viel mehr Planeten, auf denen Menschen überleben können… und noch mehr Welten… allen muß klar werden, daß Babylon nicht die einzige Welt ist, die für eine Besiedelung offensteht. Da ist immer noch das Deneb-System, das die GALAXIS seinerzeit nie erreichte, da sind Dolmin, Laxer, Dorado… und wir müssen noch viel weiter hinaus, möglichst dorthin, wo die Magnetfeldstörungen der Galaxis schwächer sind als hier. Deshalb werden wir auch Hope komplett abschreiben können, obgleich der Planet sich für eine Wiederbesiedelung eigentlich perfekt eignen würde… aber das Risiko ist einfach zu groß!«

»Sagen Sie das nicht mir, sagen Sie das der Menschheit«, erwiderte Trawisheim. »Und sagen Sie es ihr schnell. Wenn wir uns tatsächlich auf dieses von Ihnen vorgeschlagene Verfahren einlassen, wie schnell könnte es dann anlaufen?«

»Muß ich nachrechnen lassen«, brummte der Marschall. »Warten Sie… die nötigen Umbauten auf den Raumhäfen, auch auf Babylon fürs Wiederauftauen – und vorerst wird ja nur Babylon angeflogen, bis insgesamt etwa anderthalb Milliarden Menschen dorthin umgesiedelt sind, und dann schicken wir ein paar Dutzend Millionen zu den nächsten Planeten… vier, fünf Tage? So lange würde ich allerdings die komplette Evakuierung stoppen. Nicht nur, weil wir die Zeit für Umbauten benötigen…«

»Verstehe«, sagte Trawisheim. »Weil wir dadurch zugleich Zeit für Gegenpropaganda bekommen. Zeit, für die Auswanderung zu werben, Zeit, auch auf dieses unsägliche Machwerk Strangers einzugehen. Liebe Terraner, so etwas wie in Sydney wird nie wieder passieren, weil wir aus diesem Fehler gelernt haben und es ab jetzt anders machen, nämlich folgendermaßen… blabla…«

Bulton grinste. Diese saloppe Ausdrucksweise hätte er gerade vom stellvertretenden Regierungschef der Erde nicht erwartet!

Trawisheim blieb ernst.

»Packen Sie's an, Bulton. Schnellstens! Wenn ich mir vorstelle, daß seit der Rio-Katastrophe sich eventuell immer noch überlebende Schatten auf Terra tummeln, bekomme ich Angst…«

Da wurde auch Bulton wieder todernst.

Wenn schon Trawisheim, der Cyborg, von Angst sprach…

Er verzichtete darauf, sich Details vorzustellen, und stürzte sich in die Arbeit.

Davon gab es jetzt mehr als genug.

*

Die Terra-Press in Alamo Gordo bekam Besuch von der GSO.

Jos Aachten van Haag suchte Bert Stranger und wurde fündig, obgleich Caroon erfolglos versuchte, seinen Starreporter abzuschirmen.

»Jos, wenn Sie gekommen sind, um mich wegen des Sensationsberichts zu verhaften, haben Sie den falschen Mann im Visier – aber den, der aus meiner seriösen Reportage diesen Mist zurechtgeschnitten hat, finden nicht mal mehr wir!«

Dabei griff er nach einer auf seinem Arbeitstisch neben einem Flugticket liegenden Mic-Disk, ließ sie dann aber nicht verschwinden, als er sah, wie interessiert Jos die Bewegung verfolgte. Statt dessen schob er die Disk scheinbar achtlos beiseite, um sie nicht mehr zu beachten.

»Spielt das eine Rolle, wenn diese Sendung mit Ihrem Namen gezeichnet ist?« fragte der schwarzhaarige, drahtige GSO-Agent, der in seinem Erscheinungsbild der krasse Gegensatz zum untersetzten, kugelrunden Rotschopf Stranger war. Die Charakterähnlichkeiten in einem bestimmten Bereich wollten aber beide niemals wahrhaben.

»Stranger, ich bin nicht hier, um Sie zu verhaften, aber ich mache Ihnen die Hölle heiß, wenn...«

Stranger grinste ihn an.

»Jos, dafür müssen Sie aber vor mir da unten ankommen, nur wenn Sie dann schon mal da sind, könnten Sie mir gleich den Gefallen tun und ein Bier vorzapfen lassen. Dann können wir in Teufels Namen gemeinsam auf die Hölle anstoßen und Sie brauchen nicht sieben Minuten lang zu warten, bis mein Glas fertig gezapft ist...«

Jos verdrehte die Augen.

»Ihr Informant...«

Stranger stoppte ihn mit einer Handbewegung.

Jos fuhr fort: »Ja, ich weiß, daß Sie dessen Namen nicht preisgeben und ich Sie dazu auch nicht zwingen kann, schon gar nicht in diesem Gebäude, aber dieser Film ist doch aus der Menge heraus gedreht worden! Wer könnte dafür in Frage kommen?«

»Jara Tako! Oder Robonen?« stellte Stranger seine Gegenfrage.

Jos winkte ab. »Robonen mischen sich nicht unter Kolonisten, weil sie doch nicht mit Terranern zusammen die Erde verlassen wollen! Und diese Jara Tako, falls sie wirklich so heißt, kann nicht so dumm gewesen sein, ihr eigenes Namensschild zu filmen! Ich meine eher jemanden vom Personal des Raumhafens, der sich in der Menge aufhielt, und deshalb brauche ich Ihre Filmdisk, um sie in den GSO-Labors untersuchen zu lassen!«

»Es handelt sich um eine Kopie!«

»Spielt keine Rolle!« behauptete Jos. »Trotzdem gibt es Möglichkeiten, herauszufinden, wo der Film kopiert wurde, und von da aus können wir Schritt für Schritt rückwärts arbeiten.«

»Von mir bekommen Sie deshalb auch die Kopie nicht«, beharrte Stranger. »Informantenschutz! Darf ich Ihnen den Paragraphen der terranischen Verfassung auswendig aufsagen, oder reicht es, die Seitenzahl zu benennen, damit Sie selbst nachlesen können?«

»Ich lasse Sie auf Schritt und Tritt überwachen, so daß kein Informant mehr Kontakt mit Ihnen aufnimmt«, warnte Jos, »und dann ist es mit Ihren Sensationsberichten auch vorbei.«

»Leere Drohung, weil die GSO gar nicht so viel Personal hat! Wie viele Leute hat Eylers weltweit im Einsatz? Elftausend? Die haben genug damit zu tun, Robonen zu jagen oder Kraftwerke abzusichern. Vergessen Sie's. Kann ich sonst noch etwas für Sie tun? Vielleicht die Kamera abschalten, mit der ich unser Gespräch aufzeichne?«

»Scheren Sie sich zum Teufel!« brummte Jos und hatte es plötzlich eilig, das Mini-Büro zu verlassen. Stranger rührte sich nicht von seinem Platz, und seine Stimme klang fast traurig, als er dem GSO-Mann zurief: »Aber mein Eigentum wollen Sie doch bitte hierlassen…«

Jos wurde nicht einmal rot wie ein beim Streich ertappter Schuljunge, sondern warf Stranger die Mic-Disk zu, die er in einem unbeobachtet geglaubten Moment während des Gesprächs vom Tisch gefischt hatte. Stranger fing sie geschickt auf.

»War ohnehin nicht die, die Sie wollen«, verriet er. »An diesem guten Stück hätten Sie keine Freude gehabt. Die richtige Kopie befindet sich nicht einmal in diesem Gebäude.«

Jos ließ die Tür laut hinter sich zufallen.

Er verließ das Gebäude der TP. Erst als sein Jett einige hundert Meter hoch in der Luft war, schaltete er sein Spezialvipho ein und rief Bernd Eylers in Alamo Gordo an. Der hatte ihn schließlich darauf angesetzt, herauszufinden, wo in Sydney die undichte Stelle war und wer die Menschen dort zu der Revolte aufgehetzt hatte.

Jos hatte seine Ermittlungen bei Stranger begonnen und gehofft, der Reporter würde sich wenigstens etwas kooperativ zeigen.

Eylers' Alltagsgesicht, das jeder schnell wieder vergaß, zeigte sich auf dem Minischirm des Spezialviphos. »Chef, gibt es in Djakarta etwas, das für die Medien interessant sein könnte?«

Der Leiter der GSO runzelte die Stirn. »Wie kommen Sie darauf?«

»Weil auf Bert Strangers Schreibtisch ein Flugticket für einen Interkonti-Jett nach Djakarta lag!«

»Dort kommt es zu starken Protestbewegungen gegen das Evakuierungsprogramm«, erklärte Eylers. »Vielleicht will Stranger wieder so einen Bericht drehen…«

»Ich glaube nicht, daß die gesendete Fassung seine war«, widersprach Jos. »Der Typ mag eine Pestbeule sein, aber angelogen hat er bisher noch keinen von uns. Er behauptet, jemand in der TP, der plötzlich unauffindbar sei, habe seinen Bericht umgeschnitten. Ich glaub's ihm… und werde mich dann jetzt mal auf die Reise um den halben Erdball machen. Kann ich einen Transmitter benutzen? Damit geht's schneller!«

»Genehmigt!« bestätigte Eylers. »Viel Vergnügen in Sydney bei den weiteren Ermittlungen…«

»Daß Sie unter die Zyniker gehen, hätte ich auch nie geglaubt«, brummte Jos und schaltete ab.

Er steuerte das nächste Transmitterterminal an.

Transmitterreisen waren schneller, aber auch teurer als jede andere Art, sich auf dem Planeten Terra fortzubewegen. Deshalb hatte Jos die Genehmigung eingeholt, nur ließ er sich nicht nach Sydney abstrahlen.

Sein Ziel war Djakarta!

*

Scholf befand sich nicht in Djakarta, sondern in Makassar, einer der größeren Städte der zum früheren Indonesien gehörenden Insel Celébes. Er hatte darauf verzichtet, sich in einem Hotel einzuquartieren, weil dort am ehesten kontrolliert wurde, und statt dessen für ein paar Tage ein Büro im Zentrum angemietet, ohne selbst als Mieter in Erscheinung zu treten.

Er wechselte in kurzen Abständen seinen Standort, und nach dem Zellenprinzip wußten jeweils nur wenige seiner Leute, wo sie ihn finden konnten, Scholf hingegen war über den Standort und die Aktivitäten jedes seiner Agenten informiert und konnte kurzfristig irgendwo auftauchen, um Berichte entgegenzunehmen und neue Befehle zu erteilen.

Sein festes Hauptquartier, nur wenig mehr als sechshundert Kilometer entfernt von seinem jetzigen Standort, suchte er regelmäßig auf, aber nur wenige wußten, wo im immer noch dichten Dschungel von Borneo die gutgetarnte Festung zu finden war. Nicht einmal Jara Tako war darüber informiert, die in Djakarta für Unruhe sorgte und nicht ahnte, daß Scholf ihr jetzt so relativ nahe war, nur knapp über 1.000 km entfernt.

Dabei gab es auf den indonesischen Inseln nicht einmal einen großen Raumhafen, von dem aus eine Evakuierung durchgeführt wurde, aber Sydney, Kalkutta und Hongkong waren schnell zu erreichen. Die demographische Entwicklung Indonesiens und Malaysias in den letzten zehn Jahren, die auch durch die Giant-Invasion keinen nennenswerten Rückschlag erlitten hatte, legte es aber nahe, daß gerade aus diesem Inselreich ein starkes Kontingent an Kolonisten aufgerufen wurde.

Deshalb hielt es Scholf für nützlich, in diesem Gebiet verstärkt für Verunsicherung der Bevölkerung zu sorgen. In Makassar saß er ebenso wie in seiner Festung wie die Spinne im Netz und verfolgte die Einsätze seiner Provokateure.

Die Aktion verlief zu seiner Zufriedenheit.

*

Es war eines der wenigen Male, daß Bert Stranger von seinem Prinzip abwich, allein zu arbeiten. Er flog nicht allein nach Indonesien, sondern hatte Caroon ein Kamerateam abgeschwatzt. Das aber weniger, um effektiver arbeiten zu können, sondern weil zwei der drei Mitarbeiter dieses Teams auf der Insel Java aufgewachsen waren und Land und Leute kannten.

Sie benutzten einen Linien-Interkontinentaljett, der sie in den frühen Mittagsstunden auf dem Jettport Halim Perdanakasuma im Südosten von Djakarta absetzte. »Riecht nach Streß«, bemerkte Stranger nach einem Rundblick über den Flughafen. Er entdeckte eine Reihe von Großraumjetts und ringsum Wachposten in den Uniformen der TF. Was das bedeutete, war klar – die eigentlich zivilen Passagiermaschinen waren im Regierungsauftrag beschlagnahmt worden und hatten jede Menge Auswanderer aufzunehmen, um sie zu den Raumhäfen rings um die Region zu fliegen.

Das bedeutete aber auch, daß sich Proteste mit ziemlicher Sicherheit in Richtung dieses Flughafens mit dem für okzidentale Zungen unaussprechlich langen Namen orientieren würden.

Nicht umsonst standen Soldaten der Terranischen Flotte Wache…

Strangers Fracht wurde ausgeladen. Die Kameraausrüstungen, gleich dreifach vorhanden, und zwei Schwebeplattformen, auf denen die ganze Technik montiert werden konnte.

Der Aufbau klappte reibungslos. Der Mann und die beiden Frauen des Teams montierten gleich am Flughafen alles, auch die

Terra-Press-Logos an den Schutzgeländern der Schwebeplattformen. Das funkelnde große »T« auf einer sich langsam drehenden Planetenhalbkugel mit Gitternetzlinien symbolisierte den derzeit bedeutendsten Medienkonzern Terras. Unter dem quadratischen Rahmen, der Planetenhälfte und T umgab, blinkte der Slogan »Terra-Press – wir machen Druck«.

Über sein Vipho rief Stranger Stadtinformationen ab, um sich zu orientieren. Wie ihm schien, waren Plätze wie der Kampus der Universität von Indonesien, der Basar, das Olympiastadion, das Parlament, das Nationaldenkmal oder der Slipi-Orchideengarten für Demonstrationen geeignet. Und besonders natürlich der Jettport Halim Perdanakasuma mit den schon bereitstehenden Großraumjetts!

Zwei Soldaten der TF, zwei Mann der einheimischen Miliz und ein Zivilist, der sich als GSO-Agent auswies, marschierten auf. »Drehgenehmigung?« schnarrte der GSO-Mann unfreundlich.

»Möchten Sie eine?« fragte Stranger heiter zurück. »Versuchen Sie's bei der Stadtverwaltung. Das Büro kann ich Ihnen leider nicht genau nennen, weil…«

»Witzbold! Ihre Drehgenehmigung will…«

»Unverkäuflich!« lehnte Stranger ab.

Einer der Milizionäre zupfte am Ärmel des GSO-Mannes. »Tuban, das ist Stranger! Wollen Sie sich mit dem anlegen?«

»Ich will seine Drehgenehmigung sehen!« fauchte Tuban. »Wenn er keine hat, sorgen Sie dafür, daß er mit seinem ganzen Kladderadatsch so schnell wie möglich wieder verschwindet!«

»Ach, nur sehen wollen Sie die, Mister Tuban?« lächelte Stranger ihn freundlich an. »Warum haben Sie das nicht gleich gesagt? Sehen ist kostenlos für alle…« Er zauberte eine Folie aus der Brusttasche seines Hemdes hervor, rieb eine Stelle zwischen Daumen und Zeigefinger, und die Folie faltete sich zu voller Größe auseinander. Auf einen Fingerzeig hin richtete Sari Cepete, die einheimische Kamerafrau, ihr Objektiv auf die Genehmigung. »Kostenlos für alle zur Ansicht«, grinste Stranger. »Mit Siegel der

Stadt und der Regionalverwaltung. Ach, Verzeihung«, er zog die Folie aus dem Aufnahmebereich und hielt sie Tuban entgegen. »Wollen Sie auch einen Blick darauf werfen, nachdem gerade die halbe Welt die Drehgenehmigung gesehen hat?«

»Übertragen Sie etwa live?« entfuhr es dem GSO-Mann.

»Das ist mein Job«, erklärte Stranger fröhlich. »Vielleicht könnten Sie auch gleich allen Zuschauern versichern, daß es hier keine Krawalle wie in Sydney geben wird, weil die Menschen in Djakarta vernünftig sind und die freiwilligen Aussiedler nicht daran hindern werden, zu den Sternen zu fliegen, um der Menschheit das Überleben zu garantieren…«

Tuban schnappte nach Luft.

»Danke für Ihre ausführliche Auskunft«, sagte Stranger und wandte sich selbst der Kamera zu. »Wir werden Ihnen, meine Damen und Herren zu Hause, jetzt während eines Rundflugs über den Flughafen und die Innenstadt von Djakarta zeigen, wie ruhig es überall ist. Ausgerechnet hier, in einem Ballungs- und Konfliktgebiet weiträumiger Interessen, ist niemand daran interessiert, sich von Wichtigtuern aufhetzen zu lassen, die Lügen verbreiten. Deshalb brauchen wir nicht einmal Militär und Sicherheitsorgane, sondern lassen einfach der Vernunft den Vortritt. In wenigen Tagen werden diese Großraumjetts«, er trat zur Seite und wies auf die geparkten Maschinen, »Tausende von Menschen zu den Raumhäfen der Umgebung bringen und ihnen die Chance gewähren, neue Welten zu erschließen. So wie in früheren Jahrhunderten die europäischen Auswanderer Krieg und Not eine Absage erteilten und den amerikanischen Kontinent besiedelten, um dort ein weitaus besseres Leben zu beginnen, so werden auch jetzt wieder die Kolonisten neue Welten erschließen und auf Planeten der unbegrenzten Möglichkeiten…«

Tuban hörte nicht weiter zu.

Er marschierte davon. Die beiden TF-Raumsoldaten folgten ihm. Die Milizionäre blieben, aber nur so lange, um Stranger nach seiner Rede zu sagen: »Tut uns leid, falls Tuban Ihnen unangenehm geworden sein sollte, aber er ist hier weisungsbefugt und durch die letzten Ereignisse ein wenig nervös geworden. Er möchte nicht, daß kritische Dinge an die Weltöffentlichkeit gebracht werden.«

»Hat es denn solche kritischen Dinge schon gegeben?«

»Deshalb sind Sie doch hier, Mister Stranger, oder etwa nicht?« fragte der Unteroffizier. »Ein paar Verrückte machen Stimmung gegen die Auswanderung. Verdammt, ich würde auch gern verschwinden, aber ich darf nicht, weil mein Vertrag mit Vater Staat noch nicht abgelaufen ist und man mich nicht auf einen anderen Planeten versetzen wird. Ich beneide die Leute, die die Erde verlassen dürfen! Die haben wesentlich bessere Chancen als wir...«

*

Das sendet Stranger tatsächlich live? fragte sich Henner Trawisheim in Alamo Gordo. *Die beste Propaganda, die wir für unser Programm bekommen können!*

»Ich beneide die Leute, die die Erde verlassen dürfen, die haben wesentlich bessere Chancen als wir« – und das von einem Mann in Uniform und Waffen!

Dieser Sensationsreporter hatte wieder mal das richtige Gespür gehabt und genau den richtigen Mann vor laufender Kamera reden lassen. Nichts davon wirkte gestellt. Trawisheims Cyborg-Verstand analysierte die gefilmte Situation und war sicher, daß der indonesische Soldat aus eigenem Antrieb gesprochen, daß ihm niemand Worte in den Mund gelegt hatte.

Damit machte Stranger einen Teil seiner Sensationsreportage vom Vortag wieder gut.

Plötzlich lachte der geistige Cyborg Trawisheim leise auf.

»Wozu brauchen wir eigentlich ein teures Informationsministerium, wenn es diesen Stranger gibt?«

Sein Programmgehirn führte ihm den Bericht noch einmal vor Augen, und wieder hörte er den Unteroffizier sagen: »Ein paar Verrückte machen Stimmung gegen die Auswanderung. Verdammt, ich würde auch gern verschwinden. Ich beneide die Leute, die die Erde verlassen dürfen! Die haben wesentlich bessere Chancen als wir…«

Ein winziger Schnitt war dazwischen, der aber sicher keinem normalen Menschen aufgefallen sein konnte. Trawisheim war kein normaler Mensch. Nur ihm als Cyborg wurde klar, daß Stranger so geschickt geschnitten hatte, daß nur Unwichtiges oder Gefährliches entfallen war, ohne daß das jemand merken sollte.

»Ein paar Verrückte machen Stimmung gegen…«

Darauf mußten sie hinarbeiten.

Ein paar Verrückte!

Stranger, dieser Satansbraten, hatte diesen Javaner das richtige Stichwort sagen lassen!

*

Jos Aachten van Haag war über Transmitter schon Stunden vor Stranger und seinem Team in Djakarta eingetroffen. Schneller als der Reporter hatte er die potentiellen Krisenherde erkannt und konnte vorbeugende Maßnahmen anordnen, aber ob die örtlichen Behörden den Empfehlungen der GSO folgten, war eine andere Sache. Jos spürte die Ablehnung fast körperlich, die man hier der Obrigkeit entgegenbrachte. Diese Ablehnung kam von den unteren Bevölkerungsschichten, die lange genug gegängelt worden waren, ebenso wie aus der Verwaltungsebene, die sogleich Eingriffe in die eigene Souveränität befürchtete.

Was zu Anfang des 21. Jahrhunderts schon fast in Vergessenheit geraten war, kochte nach der Invasion der Giants hier wieder auf, und Alamo Gordo als Sitz der Weltregierung war ebenso Feindbild wie noch hundert Jahre zuvor Holland, das als Kolonialmacht den indonesischen Raum beherrscht hatte. Nostalgiker und Nationalisten riefen die alten Bilder wieder hervor, und alles, was von Alamo Gordo ausging, wurde mit äußerstem Mißtrauen betrachtet.

Die Weltregierung war das neue Holland.

Zumindest für nationalistische Kräfte, aber die waren zur Zeit überall auf Terra auf dem Vormarsch und versuchten die mühsam geschaffene Einheit wieder aufzuspalten, indem sie nur die negativen Seiten einer Weltregierung aufzeigten.

Von prachtvoller Wirksamkeit dafür waren natürlich die jüngsten Angriffe außerirdischer Mächte gegen die Erde, die man gern der Weltregierung in die Schuhe schob – die wurde ja schließlich vom Commander der Planeten Ren Dhark repräsentiert, und wenn der sich nicht in seinem Größenwahn mit immer neuen fremden Entitäten anlegen würde, würden jene die Erde auch in Ruhe lassen – eine geradezu hirnrissige Pseudologik, aber in ihren Schlußfolgerungen äußerst wirkungsvoll auf schlichte Gemüter. Auf diesem Nährboden gediehen weitere Gerüchte, und es war kein Wunder, daß viele so verunsicherte Menschen allen nur laut genug vorgetragenen Latrinenparolen glaubten und in Panik verfielen, wenn nur die Begriffe »Weltraum«, »Raumschiff« und »Fremdrassen« fielen.

Speziell im asiatischen Raum, wo Autoritätsgläubigkeit schon immer einen besonderen Stellenwert hatte und man nur laut genug schreien mußte, um Anhänger um sich zu scharen.

Wenn sich hier Provokateure darauf beriefen, ihre negativen Informationen von Behördenschreibtischen erhalten zu haben, konnten sie sicher sein, daß die meisten ihrer Zuhörer den Phrasen blind zustimmten, einfach weil sie es gewohnt waren, zu allem zu nicken, was »Höhergestellte« ihnen sagten.

Diese Höhergestellten mußten nur ihrem eigenen Volk angehören – ansonsten waren sie eben »Holländer«, »Engländer«, »Portugiesen« oder auch »Japaner«, je nachdem, wer wo in den prägenden Jahrhunderten der Kolonisierung und Besatzung das Sagen hatte.

Jos war nicht der einzige, dem diese Entwicklung nicht gefiel, die in den letzten zehn Jahren ihren Anfang genommen hatte und immer mehr Ähnlichkeit mit einer Lawine bekam. Aber wer sollte diese Lawine aufhalten?

Doch dies war jetzt nicht das einzige Problem.

In Sydney, Australien, war es zum Thema geworden, als jemand die Kolonisten aufputschte. Hier in Djakarta begann es nun ebenfalls. Hier wartete zwar niemand auf die Einschiffung, aber es wurde dennoch Stimmung gegen die Evakuierungspläne gemacht, und die ersten Menschen rotteten sich bereits zu Protestaktionen zusammen. Über die Bemerkung eines Unteroffiziers in Strangers Sendung, ein paar Verrückte würden Stimmung gegen die Auswanderung machen, konnte Jos nicht einmal lachen. Er sah in der Stadt, daß eine neue Lawine ins Rollen kam.

Auf großen Videowänden wechselten sich kommerzielle Werbespots mit Informationen aus Alamo Gordo ab, wobei manchmal nicht genau zu unterscheiden war, was nun Werbung und was Information war, weil die Regierungsspots die gleiche Sprache und die gleichen psychologischen Mechanismen benutzten wie die Werbung. Die Regierung warb für die Auswanderung. In bunten Farben versuchte man den Menschen das Verlassen der Erde schmackhaft zu machen.

Aber das alles, fand Jos, konnte niemanden wirklich packen.

Stranger hatte das in seiner vermeintlichen Live-Übertragung, die blitzschnell geschnitten und bearbeitet worden war, besser hinbekommen!

»Ich beneide die Leute, die die Erde verlassen dürfen!«

Genau das war es, was den Nerv der Menschen packen konnte, aber hier im südasiatischen Raum kam auch diese Propaganda zu spät.

Menschengruppen rotteten sich zusammen.

Protestierten gegen die Evakuierungsmaßnahmen.

»Wir lassen uns nicht abschieben! Die Erde gehört uns! Und die Aufgabe der Regierung ist es, uns und die Erde zu schützen, nicht aber, uns davonzujagen wie lästige Fliegen!«

»Wir werden aus unserer Heimat verjagt, weil die Regierung Terra längst an die Fremden verkauft hat! Wir Terraner wurden und werden enteignet!«

Jos konnte nur noch den Kopf schütteln.
Die Menschen glaubten diesen Mist!
Sie gingen auf die Straße, um für diese Lügen zu kämpfen!
In mehr als 5.000 Jahren nichts gelernt...

*

»Sie haben sich freiwillig gemeldet?« Jara Tako schüttelte den Kopf. »Wissen Sie überhaupt, worauf Sie sich da einlassen? Das große Abenteuer, wie?«

Der Javaner lächelte. »Natürlich. Warum soll ich nicht neue Wege gehen?«

»Weil diese Wege ins Nichts führen! Wissen Sie, was auf Hope geschah? Unter welchen steinzeitlichen Bedingungen die Siedler auf Perm leben müssen, weil sie einfach vergessen wurden? Terra liegt unter einem Energieschirm, die Kolonialwelten nicht! Und wenn Terra schon nicht sich selbst schützen kann, wie es als Begründung für die Aussiedlung heißt, wie sollen dann die Kolonialwelten geschützt werden?«

»Was soll das heißen?« Der Mann lächelte nicht mehr.

»Daß Kolonisten vielleicht in den Tod geschickt werden! Und haben Sie nicht die Reportage der TP gesehen? Wissen Sie nicht, welche Schweinerei in Sydney aufgedeckt wurde? Die Regierung betrügt die Kolonisten! Die müssen teuer bezahlen und erhalten nicht einmal ein Zehntel der Versorgungsgüter, die ihnen zustehen!«

Eines von vielen Gesprächen in der Menge.

Hineingehen in das Getümmel, Menschen direkt ansprechen.

Sie werden weiterverbreiten, was man ihnen sagt.

An diesen Grundsatz hielt sich Jara Tako und hatte damit Erfolg. Ebenso Tayu Pononga, der den Vorteil hatte, äußerlich wie ein Indonesier auszusehen. Daß er tatsächlich hier geboren worden war, wußte er längst nicht mehr und würde es auch abstreiten, wenn jemand ihn daran zu erinnern versuchte. Er war Robone, und Robonen hatten auf Robon das Licht des Universums erblickt, unter dem Schutz der All-Hüter!

Daß diese All-Hüter, die Giants, Menschen von der Erde zum Planeten Robon entführt hatten, um ihnen die Erinnerung an ihre Heimat zu nehmen und durch einen Eingriff ins Gehirn zu verändern, konnte kein Robone begreifen.

Die Robonen wußten davon nichts!

Darüber, daß sie als Spezies keine Vergangenheit besaßen, machten sie sich keine Gedanken, und damit befanden sie sich mit ihren All-Hütern in bester Gesellschaft, die auch keine Erinnerung an ihre Herkunft hatten und nicht wußten, daß sie einst von den Mysterious als organische Roboter entwickelt und produziert worden waren. Aber so wie einst die Giants Terra überfallen hatten und die Menschen als die »Verdammten« betrachteten, setzten die Robonen nun alles daran, Terra zu bekämpfen, zu besiegen und zu übernehmen. Weil Robonen die besseren Menschen waren, den Terranern in jeder Hinsicht überlegen…

Körperlich stimmte das. Die Reaktionsschnelligkeit eines Robonen war um ein Vielfaches höher als die eines Terraners. Zudem waren Robonen in der Lage, auf den ersten Blick zwischen ihresgleichen und den Terranern unterscheiden zu können. Den Terranern wiederum war das nicht möglich; optische Unterschiede gab es nicht, weil Robonen eben nichts anderes als von den Giants entführte und veränderte Terraner waren. Lediglich die Zwillinge Charles und George Snide, von den Giants nach Robon gebracht, aber durch ihren Schwachsinn vor der Manipulation der All-Hüter geschützt, konnten Robonen von Terranern unterscheiden. Längst waren die Zwillinge nicht mehr schwachsinnig, sondern im Brana-Tal mittels einer von Echri Ezbal entwickelten Methode von ihrer mentalen Retardierung dauerhaft geheilt worden. Aber ihre Fähigkeit, als Menschen Robonen so zu erkennen, wie Robonen Menschen erkennen konnten, war ihnen geblieben und erst richtig zutage getreten, als Ezbal sie zu Cyborgs gemacht hatte.

Tayu Pononga, der sich nicht einmal wunderte, daß er dörfliche

Dialekte der Region verstehen und sprechen konnte, arbeitete ebenso wie Jara Tako in Scholfs Auftrag daran, Terraner zu verunsichern und in Panik zu versetzen.

Tayu glaubte plötzlich in der Menschenmenge einen Mann zu erkennen.

Er brauchte nicht lange zu überlegen.

Der Mann war Jos van Haag, einer der Spitzenagenten der GSO. Ein sehr prominenter Agent sogar – die rechte Hand von Bernd Eylers, wie es hieß.

Van Haag war sogar schon auf Hidplace gewesen, dem zeitweiligen Exilplaneten der Robonen, nachdem die All-Hüter das Giant-System verlassen und den Robonen empfohlen hatten, ihrem Beispiel zu folgen. Auch auf Hidplace gab es längst keine Robonen mehr, aber vielen war das Konterfei des terranischen GSO-Agenten bekannt.

Tayu benutzte nicht sein Mini-Vipho, sondern vorsichtshalber einen öffentlichen Anschluß, um Verbindung mit Scholf aufzunehmen. Daß ausgerechnet dieser van Haag in Djakarta aufgetaucht war, obgleich das hiesige GSO-Büro personell recht gut ausgestattet war, ließ in ihm eine Alarmglocke anschlagen.

Tayu unterrichtete Scholf von Jos' Anwesenheit und erbat neue Anweisungen.

Scholf gab sie ihm, ohne auch nur eine Sekunde zu zögern.

*

In einem Dutzend Metern Höhe glitten zwei Schwebeplattformen der Terra-Press über eine der großen Schnellstraßen der Stadt, die vom Flughafen bei Halim vorbei am Olympiastadion zum Teluk Djakarta führte, dem natürlichen Hafen am Laut Java, der Java-See. Kleinere und größere Schweber, die in gleicher Höhe flogen, wichen aus und zeigten mit wilden Blinksignalen an, daß ihre Piloten wenig erbaut über die störenden Schleicher im Bereich ihrer Flughöhe waren.

Bert Stranger fühlte sich in dieser Höhe sicher.

Am Olympiastadion waren sie vorbei und sahen in der Ferne den Orchideengarten, als unten auf der Straßenbasis Menschen zusammenkamen, die Arme hochreckten und Fäuste schwangen, um dabei Schlachtrufe zu brüllen. Sie hatten die TP-Logos an den hochfliegenden Schwebeplattformen entdeckt und wollten jetzt die Aufmerksamkeit der Kamerateams auf sich ziehen, um ihre Proteste in alle Welt senden zu lassen.

»Nur Bild, kein Ton«, ordnete Stranger an. »Nicht senden, speichern. Und 'runter!«

Damit war die A-Gravplatte gemeint, auf der er sich befand.

Die Schwebeplattform sackte gesteuert ab und befand sich nur eine Handvoll Sekunden später etliche Meter tiefer. Stranger und die Kamerafrau neben ihm hatten nicht einmal einen leichten »Fahrstuhleffekt« gespürt, weil der A-Grav sämtliche Fliehkräfte absorbierte.

Die Kameraplattform befand sich jetzt unmittelbar über den Köpfen der Menschen, die sich zu einer Demonstration zusammengefunden hatten und ihre Parolen gegen die Aussiedlung brüllten.

Sari Cepete spielte mit der Aufnahmeoptik ihrer Kameraausrüstung. Sie schuf Panoramaschwenks und gezoomte Einzelbilder. Entgegen Strangers Anweisung ließ sie auch die Tonaufnahme laufen, sendete die aber weisungsgemäß nicht, sondern speicherte nur wie auch das Bild. Als Stranger es bemerkte, sagte er nichts, weil sich vielleicht aus den Tonaufnahmen doch noch etwas machen ließ, und Speicherplatz war unbegrenzt verfügbar.

Noch war die Demonstration friedlich.

Was sich von einem Augenblick zum anderen änderte!

*

Jos Aachten van Haag ließ sich in der Menge treiben. Dabei sprach er immer wieder Menschen um ihn herum an und versuchte ihnen klarzumachen, welchen Unsinn sie mit dem kritiklosen Nachplappern der Hetzparolen weiterverbreiteten.

Bei denen, mit denen er Blickkontakt aufnehmen konnte, schaffte er es tatsächlich, sie zu überzeugen, sie nachdenklich zu machen. Sie verwickelten ihrerseits andere Demonstranten in Gespräche, oder sie versuchten an den Rand der Menschenmenge zu gelangen, um sich vom Gros abzusetzen.

Aber es war zu wenig.

Es war ein Tropfen auf dem heißen Stein.

Wir brauchen mehr Agitatoren, dachte Jos. *Viel mehr Leute, die sich einmischen und gegensteuern! Ich allein schaffe das nicht! Ich bin kein Redner…*

Leute wie Bert Stranger wurden dafür gebraucht, die die Menschen einfach dummquasselten.

Da sah er zwei Schwebeplattformen. Sie trieben mehrere Dutzend Meter voneinander entfernt an den Rändern der Menschenmenge über deren Köpfen dahin. Das aufdringliche Terra-Press-Logo blinkte.

Wenn man vom Teufel spricht, dachte Jos ironisch. Stranger hatte also den Vorsprung, den der GSO-Agent durch den Transmitter gewonnen hatte, aufgeholt, aber daß er nicht allein auftauchte, sondern gleich ein Team und eine komplette Übertragungsausrüstung mitbrachte, wollte nicht so recht zu dem Bild passen, das Jos von ihm als dem »einsamen Wolf« hatte. Andererseits zeigte es, daß Stranger diesem Schauplatz besondere Bedeutung zumaß.

Plötzlich hörte er einen zornigen Ruf.

»Holländer… verdammter…«

Der Ruf pflanzte sich fort.

»Verdammter… Holländer…«

»Damals haben sie uns unterdrückt, und jetzt tun sie es schon wieder… die verdammten… Holländer…«

Wortfetzen, die er auffing, und beinahe zu spät merkte Jos Aachten van Haag, daß er gemeint war!

Er war der Holländer!

»Das ist Aachten van Haag! Ein verdammter Holländer!«

Blitzschnell kochte die Stimmung auf.

Eben noch eine ruhige Demonstration, verwandelte sich die Szenerie von einem Moment zum anderen in einen brodelnden Hexenkessel.

»Holländer!« – »Kolonialherr!« – »Ausbeuter, Unterdrücker!«

»Van Haag! Van Holland...«

Das war direkt auf ihn gezielt, ganz persönlich! Von drei Seiten zugleich kamen sie. Irgend jemand hatte sie aufgeputscht. Jemand, der ihn kannte und der die Menschen ringsum gegen ihn aufhetzte!

Aber wer war der Lump, der andere Menschen zu seinen Marionetten machte und uralte Aversionen in ihnen weckte? Wer ritt auf der nationalistischen Welle?

»Verdammter Holländer!«

»Gesindel, damals wie heute!«

Die erste Faust flog heran.

Jos wich aus. Den nächsten Angreifer ging er an, wirbelte den jungen Burschen, der noch nicht einmal volljährig sein konnte, herum und benutzte ihn eiskalt als Schutzschild gegen andere Angreifer. Dann mußte er ihn loslassen, weil er nur so Schlägen ausweichen konnte, die seinem Rücken galten.

Sie kamen von überall, und mit seinen Tricks der waffenlosen Selbstverteidigung kam er gegen so viele Gegner nicht mehr an. Er wirbelte herum, erwischte zwei, drei Gegner mit schnellen Schlägen, Stößen und Griffen, aber andere trafen ihn selbst hart.

»Verdammter...«

Das hatte nichts mehr mit der Evakuierung zu tun! Hier hatte jemand, der Jos kannte, die Menge aufgewiegelt, um den Agenten auszuschalten. Der sah keine andere Möglichkeit mehr, als seine Waffen einzusetzen, die er verborgen am Körper trug.

Das hatte er vermeiden wollen.

Jetzt aber ging es nicht anders.

Einen Schocker bekam er frei und feuerte damit auf die Menschen, die ihn bedrängten, aber andere umklammerten seinen anderen Arm und hinderten ihn daran, auch die zweite Waffe zu ziehen!

Wieder trafen ihn harte Schläge. Der Schmerz ließ ihn beinahe besinnungslos werden. Wut hielt ihn wach, verlieh ihm neue Kräfte, und mit seinem Schocker schoß er nicht nur, sondern schlug dabei auch zu. Für ein paar Sekunden bekam er etwas Luft, aber dann warfen sich noch mehr Menschen auf ihn. Diesmal nicht nur die, die ihn – völlig irrational! – als Nachfahren der einstigen Kolonialherren attackierten, sondern auch alle anderen, die in seinem Einsatz des Paraschockers eine Gefahr und Bedrohung sahen. Leute, die gehofft hatten, eine friedliche Demonstration führen zu können und die Waffeneinsatz nicht wollten!

Ihre lauteren Motive wurden Jos zum Verhängnis.

Er hatte keine Chance mehr und wurde niedergeprügelt. Und die Radikalen wollten sich damit nicht begnügen, sondern ihn gleich tottreten...

*

Tayu Ponongа hatte sich bereits zurückgezogen. Aus sicherer Entfernung beobachtete er den entstandenen Tumult.

Er hatte die javanischen Demonstranten gegen den »Holländer« van Haag aufgehetzt. Scholfs Idee und Scholfs Auftrag war das gewesen, und mit der Ausführung konnte Scholf durchaus zufrieden sein. Aber Tayu hatte Scholfs Aufträge schon immer zu dessen Zufriedenheit ausgeführt; deshalb gehörte er auch zu dessen innerem Zirkel.

Die All-Hüter hatten recht – die Terraner waren wirklich die Verdammten. Kein wirklich intelligentes Lebewesen hätte sich jemals so leicht manipulieren lassen. Man mußte die Terraner nur in eine Massenhysterie stürzen, und schon konnte man sie lenken und sogar zu Mördern werden lassen wie in diesem Fall. Terraner waren zur Dummheit verdammt...

An sich war es witzlos, einen einzelnen Menschen von der aufgebrachten Menge eliminieren zu lassen. Er würde ein Opfer unter vermutlich noch vielen anderen sein.

Aber dieser spezielle Mensch war GSO-Agent.

Und zwar der Agent der ein Terraner, doch kein Verdammter war. Wahre Menschen konnten ihn nicht als Außenstehenden erkennen. Es schien so, als würde er zu ihnen gehören. Doch dem war ganz und gar nicht so.

Ein Phänomen, das für die Robonen immer noch ein Rätsel darstellte.

Eines, das wohl für alle Zeiten ungelöst bleiben würde, wenn die Menge ihn jetzt tötete.

*

»Verdammt«, murmelte Stranger. »Es geht los. Draufhalten, Cepete!«

Die Indonesierin steuerte die Kameras der A-Gravplattform auf den Tumult aus. Stranger sah, daß die beiden Leute der zweiten Schwebeplattform zu weit entfernt waren, um vernünftige Aufnahmen dieses Durcheinanders zu bringen. Das war gut so, sie konnten weiterhin Stimmungsbilder einfangen.

Im nächsten Moment glaubte er Jos zu sehen.

Er griff selbst in die Kamerasteuerung ein.

Ein Objektiv richtete er auf die Szene und zoomte.

Tatsächlich, das war Jos Aachten van Haag, der niedergeprügelt wurde und nicht in der Lage war, sich effektiv gegen die Übermacht zu wehren!

Stranger fühlte keinen Triumph bei dem Gedanken, daß der Mann den offen auf dem Schreibtisch liegenden Köder in Form des Djakarta-Tickets geschluckt hatte.

Stranger sah nur, daß der Agent in Todesgefahr war.

Er wurde von der Menge umgebracht!

Den Grund dafür kannte Stranger nicht, aber das spielte auch keine Rolle.

»Sind wir bewaffnet?« fragte er Cepete.

Deren Augen wurden groß wie Flakscheinwerfer. »Bewaffnet? Wir?«

»Nichts am Mann – an der Frau? Nicht mal ein Schocker?«

Da zauberte Sari Cepete einen Blaster hervor. Ein winziges Ding, das man hinters Strumpfband klemmen konnte und das trotzdem in der Lage war, tödliche Löcher in einen Menschen zu brennen. Nur wollte Stranger von tödlichen Waffen nichts wissen.

»Den können Sie vergessen, Cepete... weg mit dem Feuerzeug!«

Er übernahm die Steuerung der Schwebeplatte.

Seine Finger glitten über Sensortasten.

Die Platte beschleunigte ruckartig. Raste auf die Menschengruppe zu, und Stranger ließ sie sekundenlang fallen wie einen Steinbrocken. Auf Kopfhöhe jagte sie dem Tumult entgegen, und dann senkte Stranger sie noch weiter, wobei er das Tempo nur geringfügig reduzierte.

Wer nicht rechtzeitig in Deckung ging, den schmetterte die A-Gravplatte nieder!

Stranger kümmerte sich nicht darum, ob Demonstranten verletzt wurden. Er schuf mit der Schwebeplattform eine Straße, und dann schrie er Sari Cepete zu, die Steuerung zu übernehmen, während er abrupt stoppte. Im nächsten Moment bückte er sich unter dem Sicherheitsgeländer hindurch und griff mit beiden Händen nach einem Mann, der schon mit seinem Leben abgeschlossen hatte.

Stranger bekam ihn an der Jacke zu fassen.

»Hoch!« schrie er Cepete zu. »Hoch, verdammt noch mal, hoch! Sofort!«

Die Schwebeplatte jagte empor.

Stranger hielt Jos Aachten van Haag fest!

Der baumelte neben der Plattform und drohte aus seiner Jacke zu rutschen und Stranger damit zu entgleiten.

Da reagierte Cepete und kippte die Plattform!

Von einem Moment zum anderen nahm sie eine Schräglage ein

und krängte um über 30° in Richtung des Agenten, aber Stranger rutschte nicht zusammen mit ihm ab, sondern stemmte sich zurück und schaffte es jetzt, van Haag zu sich zu zerren, weil er ihn nicht mehr in fast rechtem Winkel halten und ziehen mußte. Nur Sekunden später kippte die Plattform wieder zurück, aber da hatte van Haag bereits selbst Halt gefunden.

Sari Cepete brachte die Schwebeplattform auf größere Höhe.

»Filmen!« rief Stranger ihr zu.

Cepete schwenkte eine Kamera von Hand.

Die nahm auf, wie Stranger Jos beim Aufstehen half, und wie er ihm publikumswirksam auf die Schulter klopfte! Und Jos bedankte sich auch noch ganz artig bei Bert Stranger für die Rettung, ohne zu bemerken, daß er dabei gefilmt wurde!

Eine Szene, die Stranger nicht senden wollte, aber mit der er Jos bei Gelegenheit konfrontieren würde, wenn der mal wieder das alte Medien-gegen-Geheimdienst-Spiel ablaufen ließ.

Unten tobte der Mob.

Der »Holländer« war entkommen, aber der Aufruhr ging weiter.

Ein wenig fassungslos sah Aachten van Haag dem unheilvollen Treiben zu.

»Das eskaliert«, murmelte er. »Verdammt, das darf es nicht, aber in spätestens einer Stunde ist hier die Hölle los, wenn wir nichts unternehmen...«

Er benutzte sein Spezialvipho.

Er gab Anweisungen.

Aber das filmte Bert Stranger nicht!

*

Die Straßenschlachten filmte Bert Stranger auch nicht, die sich in den Ortsteilen Slipi, Grogol und Menten abspielten, aber auch nicht das Chaos bei Kramat Jati und am Jettport Halim Perdanakasuma. Er war nicht daran interessant, sich als Bürgerkriegsberichterstatter in den Geschichtsbüchern verewigt zu sehen, und er war auch nicht der Mann, der mit seinen Filmsequenzen der GSO Informationen lieferte, wer die Menge aufheizte und zu ihrem zerstörerischen Treiben veranlaßte.

Jos hatte recht – die Situation eskalierte.

Aus kleinen Tumulten wie demjenigen, aus dem Stranger ihn gerettet hatte, wurden größere Auseinandersetzungen und grober Aufruhr. Marodierende Banden zogen durch die Straßen Djakartas, zerstörten Privat- und Geschäftseigentum und bemäntelten ihre kriminellen Aktionen mit dem angeblichen »zivilen Widerstand gegen staatliche Fehlentscheidungen«. Seit der französischen Revolution war das nie anders gewesen, und Menschen, deren einziges Ziel es war, zu zerstören, benutzten auch hier wieder die ursprünglich friedlich geplanten Demonstrationen, um ihre Gewalt exzessiv auszuleben, ohne der Sache selbst dienen zu wollen. Es herrschte die Lust am Untergang.

Das Militär griff ein.

Das verschärfte die Lage abermals. Auch wenn die Soldaten keinen anderen Auftrag hatten, als für Sicherheit und Ordnung zu sorgen, wurden sie gleich als Schergen der Diktatur verunglimpft und trafen auf erbitterten Widerstand. Gerade im indonesischen Raum wurden militärische Aktionen gern mit dem Versuch staatlicher Unterdrückung gleichgesetzt – traurige Jahrhunderte tatsächlicher Unterdrückung prägten das Verhalten der Menschen.

Die Robonen hätten kaum einen besseren Ort finden können, um Terra zu schwächen. Hier wurde die innere Sicherheit gefährdet, wie es anderswo kaum intensiver möglich gewesen wäre. Scholf konnte sich die Hände reiben.

Immer noch waren die Behörden ahnungslos und hielten den Aufruhr für eine natürliche Entwicklung, weil Psychologen den Terranern attestierten, sich auf dem blauen Planeten grundsätzlich sicherer zu fühlen als auf fremden Welten, und dazu kam der natürliche Widerstand gegen alle Anordnungen »von oben«.

Aus den Tumulten wurden regelrechte Straßenschlachten, bei denen es zu Toten auf beiden Seiten kam – unter den Demonstranten ebenso wie bei den Sicherheitskräften.

Agenten wie Pononga und Tako sorgten dafür.

Und der wirkliche Drahtzieher, Scholf, beobachtete es mit Zufriedenheit.

Wieder einmal wechselte er seinen Standort.

Er verließ das angemietete Büro in Makassar und suchte den Stützpunkt im Dschungel der Nachbarinsel Borneo auf.

Von dort aus konnte er sich einen Überblick über Aktionen in anderen Regionen des Planeten Terra verschaffen und der jeweiligen Entwicklung entsprechend neue Entscheidungen treffen.

Je mehr die Terraner sich um die innere Sicherheit ihres Planeten kümmern mußten, um so mehr Kräfte wurden dabei gebunden.

Terra den Robonen – der alte Kriegsruf aus den Tagen, nachdem die Verdammten die All-Hüter vertrieben hatten, galt immer noch!

9.

Stranger benötigte zwei Stunden, um aus dem Filmmaterial eine halbwegs vernünftige Sendung zu basteln, und daß Jos ihm dabei über die Schulter sah, war ihm nicht einmal eine spöttische Bemerkung wert.

Man mochte von Bert Stranger halten, was man wollte – er war in Wirklichkeit nicht der Sensationsjäger, der über Leichen ging. Und über diese Leichen hätte er gehen müssen, wenn er konsequent alles gebracht hätte, was sich in den letzten Stunden in Djakarta abgespielt hatte. Statt dessen versuchte er das Beste daraus zu machen, erwähnte die Kämpfe nur am Rande und spielte damit regionale Berichterstatter an die Wand, die versuchten, mit Blut und Blasterfeuer Einschaltquoten zu erreichen. Pech für sie, daß ihre Sender lieber Bert-Stranger-Meldungen kauften, weil trotz des teilweise negativen Images der Terra-Press gerade deren Star Bert Stranger besonderes Vertrauen genoß und als durchaus glaubwürdig galt.

Was es ihn gekostet hatte, dieses Image aufzubauen, danach fragte kein Mensch…

»Feierabend«, sagte Stranger und lehnte sich in seinem Sessel zurück. Sich und sein Kamerateam hatte er in einem nicht besonders luxuriösen Hotel im Ortsteil Kenajoran Baru einquartiert und hatte von seinem Zimmer aus einen prachtvollen Blick auf den Fluß Grogol. »Trinken wir noch einen Whisky miteinander, Jos?«

Der hatte eine willkommene Ausrede.

»Nicht dieses asiatische Zeugs, von dem einem schlecht wird. Also bis später mal, Stranger…«

Hinter dem Agenten schloß sich die Tür.

Darauf hatte Stranger nur gewartet. Er sah Whisky made in Asia auch nur als Brechmittel an, das für diesen Zweck aber viel zu teuer bezahlt werden wollte, und schaltete sein Vipho wieder auf eine Frequenz um, die kaum jemand beachtete.

Er rief einen Anschluß in Sydney an.

Das dauerte eine Weile, da sein Informant erst auf die entsprechende Frequenz wechseln mußte, nachdem das Rufsignal bei ihm ankam.

Stranger unterhielt sich eine Viertelstunde lang äußerst freundlich mit seinem Informanten und schaltete die Verbindung dann wieder ab. Was er wissen wollte, wußte er jetzt, nur überraschte es ihn, daß Jos Aachten van Haag plötzlich wieder in der Tür stand.

»Friedensangebot, Stranger! Kein asiatischer Brech-Whisky, sondern Wodka-Martini. Geschüttelt, nicht gerührt...«

Mit zwei großen Gläsern in der Hand, von denen jedes die fünffache Ladung versprach, trat er ein und ließ sich Stranger gegenüber in den Sessel fallen, um dem Reporter dann eines der Gläser entgegenzuhalten.

»Ich bin erschüttert und gerührt«, gestand Stranger spöttisch. »Seien Sie mir nicht böse, Jos, wenn ich nur ein paar Schlucke auf Ihr Wohl nehme, weil ich größere Alkoholmengen einfach nicht vertrage.« Von Jos Aachten van Haag dagegen war ihm bekannt, daß der Unmengen von Alkohol zu sich nehmen konnte, ohne entsprechende Ausfallerscheinungen zu zeigen, aber Stranger war nicht daran interessiert, sich von Jos betrunken machen zu lassen, um dann im Suff Geheimnisse zu verraten. Seine Selbstkontrolle funktionierte perfekt.

Nach dem fünften Schluck ließ er seinen Köder los.

»Während Sie an der Hotelbar den Wodka-Martini schütteln ließen, Jos, habe ich mit meinem Informanten in Sydney gesprochen.«

Van Haag spitzte die Ohren. »Und?«

»Nichts und. Ich habe ihn nur nach neuen Infos gefragt, und er hatte etwas anzubieten.«

»Wer ist der Mann?« wollte der Agent wissen, der die Beine übereinanderschlug und den Eindruck erweckte, sich in Strangers Suite sauwohl zu fühlen.

Der Reporter grinste. »Glauben Sie im Ernst, ich würde Ihnen den Namen nennen oder eine Personenbeschreibung geben? Dann könnte ich mich gleich selbst erschießen...«

»Was die Sternverwaltung in Alamo Gordo kaum veranlassen dürfte, Ihnen einen Feiertag zu widmen«, grinste Jos zurück und nahm noch einen kleinen Schluck aus seinem Glas; die Ration reichte für die ganze Nacht.

»Ich will ja nicht mal 'nen Orden«, winkte Stranger großspurig ab. »Aber ich weiß jetzt den Namen des Aufrührers in Sydney.«

Das erinnerte Jos daran, daß Bernd Eylers ihn damit beauftragt hatte, genau das herauszufinden – oder zumindest den Namen dessen, von dem streng geheime Informationen zu den Aufrühren geflossen waren.

»Wer ist es?«

Stranger zeigte sein unschuldiges Babygrinsen, und seine blauen Augen konnten kein Wässerchen trüben. »Jos, bitte... ich werde doch nicht mein Faustpfand wegwerfen! Meine Information gegen Ihre Zusage, exklusiv über die Ermittlungsergebnisse berichten zu dürfen...«

»Und dieser Erpresser säuft meinen Wodka-Martini?« brummte van Haag, stand auf und ging zur Tür.

»Jos, habe ich jemals eine Reportage zum Nachteil der Weltregierung geliefert?« rief Stranger ihm nach. »Können Sie sich nicht vorstellen, daß ich mit den entsprechenden Infos der Wahrheit zum Recht und zur Existenz im Tageslicht verhelfe?«

Jos war stehengeblieben.

»Wahrheit? Wessen Wahrheit? Die der Weltregierung? Meine? Ihre? Die dieser aufgehetzten Menschen? Die der Schatten? Was ist Wahrheit überhaupt?«

»Wahrheit ist immer das, was wir glauben wollen«, sagte Stranger. »Aber Glauben und Wissen sind zwei verschiedene Dinge.

Was glauben Sie wissen zu wollen, Jos?«

»Den Namen des Aufrührers!«

»Gegen Ihre Zusage, daß ich die Presserechte auswerte!« konterte Stranger eiskalt. »Exklusiv!«

»In drei Teufels Namen«, stöhnte Jos. »Werten Sie aus, aber wenn Sie ein weiterer Nagel zum Sarg werden, in den Terra verpackt werden soll, drehe ich Ihnen mit dem größten Vergnügen persönlich den Hals um!«

»Muß aber nicht sein«, brummte Stranger. »Eine Frau namens Jara Tako hat die Kolonisten aufgehetzt und mit den Informationen über reduzierte Frachtraten versorgt! Sagt Ihnen der Name etwas?«

Jos nickte nur und entsann sich einer Bemerkung, die Stranger im TP-Gebäude in Alamo Gordo gemacht hatte. »Hatten Sie die nicht auch im Verdacht, Ihr hübsches Filmchen aus der Menge heraus gedreht zu haben?«

Stranger zeigte sein unschuldigstes Gesicht. »Und Sie hielten sie für nicht so dumm, ihr eigenes Namensschild zu filmen! Ob sie den Film tatsächlich gedreht hat, weiß ich nicht, aber daß sie die Menge aufgehetzt hat, steht fest! Jara Tako ist jedoch nicht mehr auffindbar...«

»Das werden wir sehen!« knurrte Jos, hatte seinen Wodka-Martini vergessen und benutzte sein Spezialvipho, um mit der GSO-Zentrale in Alamo Gordo zu sprechen.

»Haben wir Unterlagen über eine gewisse Jara Tako? Zuletzt am Raumhafen Sydney aktiv gewesen. Porträtbild müßte vorliegen.«

»Liegt vor«, kam überraschend schnell die Antwort von einem Kollegen, der mal eben das Archiv bemüht hatte. »Seit zwei Stunden haben wir neueste Informationen. Jara Tako ist eine nicht umgeschaltete Robonin! Wohnsitz auf Terra nicht bekannt. Wollten Sie das wissen, van Haag?«

Der bedankte sich ganz besonders freundlich.

Stranger grinste noch freundlicher. »Hatte nicht ein gewisser Jos Aachten van Haag bei dem gleichen Gespräch in meiner TP-

Klause auch behauptet, Robonen würden sich nicht unter Kolonisten mischen, weil sie nicht zusammen mit Terranern die Erde verlassen wollten?«

Das fand Jos gar nicht mehr freundlich, aber er konnte auch mit eigenen Fehlern leben und gab dem Reporter kein Kontra. Über sein Vipho nahm er nacheinander Verbindung mit der Polizei von Djakarta, dem GSO-Büro und dem Militär auf, das jetzt überall in den Straßen der Stadt patrouillierte, um jede Mini-Versammlung, die größer als drei Personen war, sofort aufzulösen und damit weitere Übergriffe zu verhindern.

Jos überspielte Jara Takos Konterfei. »Wenn diese nicht umgeschaltete Robonin gesichtet wird, möglichst sofort festnehmen, dabei aber nicht das Risiko eines Schußwechsels eingehen, sondern im Zweifelsfall nur observieren und auf eine günstigere Gelegenheit warten«, bat er. »Die Frau ist für die Unruhen von Sydney verantwortlich und steht im Verdacht, auch bei den Massenkrawallen in Djakarta ihre Hände im Spiel zu haben.«

Er erhielt die Bestätigungen.

»Und jetzt, großer Meister?« fragte Stranger.

»Warten wir ab, ob die Kollegen fündig werden.«

*

Natürlich wartete Jos nicht ab. Das lag nicht in seiner Natur. Er stürzte sich in Djakartas Nachtleben, aber nicht, um es zu genießen, sondern um zu ermitteln und durch seine Aktivitäten den Gegner aufzuschrecken und zu verunsichern.

Das sollte nicht allzu schwer sein, schließlich war den Robonen bekannt, daß er sich hier aufhielt. Der Anschlag auf ihn in der Menschenmenge war kein Zufall gewesen. Die Leute waren ebenso gegen ihn aufgehetzt worden wie gegen das Evakuierungsprogramm.

Verdammter Holländer!

Er, der kaum ein paar Wörter der niederländischen Sprache beherrschte und mit holländischer Kolonialherrschaft des vergangenen Jahrhunderts wirklich nichts am Hut hatte, sah plötzlich in dem Attribut »Verdammter« eine ganz andere Bedeutung als die aufgehetzten Javaner! Robonen hatten Stimmung gegen den Verdammten gemacht!

Jos versuchte sich in Erinnerung zu rufen, wer sich in seiner unmittelbaren Nähe aufgehalten und zuerst das »verdammter Holländer« skandiert hatte. Er wünschte sich, ein fotografisches Gedächtnis zu besitzen wie Henner Trawisheim, der Cyborg auf geistiger Basis. Aber Jos mußte sich auf seine normale Erinnerung verlassen.

Bilder tauchten vor ihm auf und verschwanden wieder, Gesichter, aber die sagten ihm alle nichts. Oder? War da nicht ein Gesicht, das er kannte?

Aber woher?

In einem Schnellimbiß, der ihn mit dem Duft prächtig zubereiteter Fischgerichte fast magisch anzog, traf ihn die Erinnerung wie ein Blitz.

Direkt nach der Invasion, kurz vor Norman Dewitts Putsch und Machtergreifung, war er in der GSO-Abteilung Bombay aktiv gewesen, und dort hatte er im Robonenclub »All-Hüter« unter anderem auch Tayu Ponanga kennengelernt, den Indonesier, der sich geschäftlich in Indien aufgehalten hatte. Damals schon sonderten sich die vom Planeten Robon zur Erde zurückgeführten umgeschalteten Robonen von den Terranern ab. Sie waren damals wie heute in der Lage, auf den ersten Blick zwischen ihresgleichen und denen zu unterscheiden, die Terra niemals verlassen hatten. Von den Terranern hielten sie sich fern, nur Jos Aachten van Haag war die große Ausnahme, und niemand, am wenigsten Jos selbst, konnte sich erklären, weshalb die Robonen ihn akzeptierten und ihn auch in ihren Clubs tolerierten. Durch diese spezielle Fähigkeit hatte er Zugang zu ihnen gefunden, hatte einen Teil ihrer Geheimnisse kennengelernt.

Später hatte Jos Tayu einmal kurz auf Hidplace gesehen, bei der

Flucht gemeinsam mit Dhark, Riker und den Cyborgs aus dem Regierungsgebäude Allon Sawalls.

Und jetzt mußte Tayu Pononga ihn hier in Djakarta wiedererkannt haben!

Und Tayu Pononga, der vor Jahren in Bombay fast Jos' Freund geworden wäre, hatte die Menge gegen den »Verdammten« aufgehetzt!

Tayu, der von Terra nach Hidplace umgesiedelt worden war und jetzt doch wieder auf Terra war!

Warum?

Als robonischer Agent!

Aber gehörte Tayu nicht zu denen, die auf Robon mittels des CE-Commutators mental umgeschaltet worden waren?

Umgeschaltet – ein bizarrer, aberwitziger Begriff, der Jos in seiner Unmenschlichkeit noch nie gefallen hatte, aber bis heute hatte man keine bessere Bezeichnung für diesen Vorgang gefunden, der in menschlichen Gehirnen meßbare Veränderungen auslöste. Umgeschaltet, wie man Roboter auf ein anderes Programmschema umschaltete, aber auch der Planetenname Robon war vom Begriff Robot abgeleitet worden, weil damals der Gruppe um Ren Dhark die verschleppten Menschen in ihrem Verhalten wie Roboter erschienen.

Warum die Robonen diese seinerzeit von Manu Tschobe geprägte Bezeichnung ihrer Spezies übernommen hatten und selbst benutzten, war ebenfalls ein ungeklärtes Phänomen. Vielleicht als Protest und als Versuch, sich von den Menschen abzuheben – von den anderen Menschen, den »Verdammten«?

Jos verzehrte seinen Fisch mit Genuß, sorgte mit einem Becher Reiswein dafür, daß das herzhaft gewürzte Biest in seinem Magen gut schwamm – und sah plötzlich Tayu Pononga auf der gegenüberliegenden Straßenseite!

Der GSO-Agent warf dem Mann hinter der Garküchentheke einen Dollar zu, mit dem Fisch und Wein überbezahlt waren, und trat auf die Straße hinaus.

Tayu war verschwunden.

Aber Jos sah noch einen Schatten. Dem lief er nach und störte sich nicht daran, daß andere ihm verwundert nachblickten.

Ein paar Meter weiter befand sich Jos plötzlich in tiefster Dunkelheit zwischen Hauswänden. Unwillkürlich zog er den Paraschocker, blieb stehen und lauschte.

Schritte entfernten sich!

»Tayu?« raunte er. »Tayu, du verdammter Hurensohn, bleib stehen! Waren wir nicht einmal Freunde?«

Der Robone antwortete nicht.

Seine Schritte verklangen.

Jos lief in die Richtung. Im letzten Moment erahnte er instinktiv ein Hindernis, stoppte und wich aus und wußte, warum an dieser Stelle auch Tayus Schritte kurz nicht mehr zu hören gewesen waren. Der hatte das Hindernis abgetastet und dann erst umgangen.

Jos machte es genauso.

Plötzlich wurde es wieder hell.

Asphaltierte Fläche, ein paar Holzschuppen und an Anlegestegen Boote. Jos hatte den Ci Liwung erreicht, der vom Inland kam, Djakarta durchzog und im Norden der Stadt das Meer erreichte.

Ein Motor brüllte auf.

Jos sah ein Boot, das sich zwischen vielen anderen bewegte, ablegte und an Geschwindigkeit gewann. Ein Mann saß am altertümlichen Außenborder. Jos riß den Schocker hoch, aber das flache, schmale Boot war schon zu weit entfernt.

Im nächsten Moment stürzte eine Schwebeplattform wie ein Raubvogel vom Nachthimmel herunter und stoppte unmittelbar neben dem GSO-Agenten.

»Einsteigen, Jos!« forderte Bert Stranger ihn auf.

Der Agent zögerte keine Sekunde. Im nächsten Moment nahm die A-Gravplatte wieder Fahrt auf und jagte in einigen Metern Höhe flußabwärts hinter dem Boot her.

»Was zum Teufel machen Sie hier, Stranger?« wollte van Haag wissen, der den Paraschocker wieder gesichert und im Schulter-

TERRA
PRESS

halfter verstaut hatte.

»Für meine Begriffe führen Sie den Teufel etwas zu oft im Mund«, erwiderte der Reporter, »aber das ist Ihr Problem, wenn Sie ihn schließlich so lange an die Wand gemalt haben, daß er kommen und Sie holen muß! Ich kenne Sie doch, Jos, und weiß, daß Sie Ameisen im Hintern haben. Also sind wir hinter Ihnen her! Irgendwie muß ich doch meine Einschaltquoten verbessern, und die sind zur Zeit lausig, weil ich nichts Vernünftiges bringen kann, wenn ich keinen Ärger mit der lieben GSO haben will!«

Sari Cepete flog die Schwebeplatte und machte dabei keinen besonders frohen Eindruck. Stranger mußte sie für diesen Einsatz aus ihrem Freizeitvergnügen geholt haben.

Zwei Kameras liefen. Plötzlich interessierte Jos sich dafür und stellte fest, daß beide Kameras mit Aufhellungstechniken arbeiteten, welche die Nacht zum Tag machten und normale Restlichtaufheller zu antikem Schrott herabwürdigten – nur gab es diese Technik im freien Handel nicht zu kaufen! Nicht einmal die Terranische Flotte verfügte über diese Geräte, die nur die GSO besaß.

»Beschlagnahmt«, erklärte Jos trocken.

»Meinetwegen, aber die Filmdisks bleiben in meinem Besitz«, gab Stranger sich friedlich. »Ihr Kollege Tuban fragt sich inzwischen vielleicht nach dem Verbleib der Spezialaufheller. Bestellen Sie ihm aber keinen Gruß von mir, wenn Sie die Dinger wieder abliefern. Wenn Sie mich fragen, Jos: Ihr Verein macht es Leuten wie mir doch viel zu einfach, mit diesem prachtvollen plug-and-play-Verfahren GSO-Technik an handelsüblichen Geräten verwenden zu können.«

»Wie sind Sie an die Aufheller gekommen?« knurrte der Agent.

Stranger grinste ihn nur an. »Berufsgeheimnis!«

Inzwischen hatten sie Kemojaran erreicht mit Bahnhof und kleinem Flughafen, der aber fast nur für Flüge im regionalen Kurzstreckenbereich genutzt wurde. Die Schwebeplattform der TP war schneller als das Boot, das Tayu Pononga benutzte. Der Abstand war auf einige Dutzend Meter geschrumpft.

Die Kameras liefen immer noch und zeichneten jedes Detail der Verfolgungsjagd auf.

Auch, daß der Robone plötzlich einen Blaster zog und auf die Schwebeplattform schoß.

Cepete reagierte eine Sekunde zu spät.

Die Plattform konnte nicht mehr ausweichen. Der Blasterstrahl schnitt durch die Bodenplatte und erwischte den Antriebsbereich.

Im nächsten Moment flog die Plattform in einem grellen Aufblitzen auseinander!

*

Stranger stieß sich ab und prallte gegen Jos, um ihn mit sich über das Sicherheitsgeländer der A-Gravplatte zu reißen. Cepete ebenfalls mitzunehmen, schaffte er nicht, weil sie an der Steuerung für ihn zu ungünstig stand.

Der Feuerball brach von unten hervor, sprengte Bauteile der Plattform ab und jagte seine grellen Flammenbahnen in alle Richtungen.

Cepete schrie.

Stranger sah nicht, wie sie hochgeschleudert wurde. Nicht, wie die Plattform auseinandergefetzt wurde. Er landete im Wasser, Jos unmittelbar neben ihm.

»Tauchen!« hörte er Jos schreien.

Er tauchte!

Er fragte sich nicht, was außer zwei oder drei Menschen noch alles in diesem Wasser schwamm. Von oben jagten glühende Bruchstücke der Plattform heran und zischten durch die trübe Brühe, dabei rapide an Tempo verlierend. Stranger sah, wie eine weißglühende Stahlstrebe haarscharf an ihm vorbeiglitt und in der Tiefe verschwand, eine Spur aus Dampfblasen und Hitze hinter sich herziehend.

Die Atemluft wurde ihm knapp, schließlich war er kein Fisch

und hatte auch noch nie verstehen können, weshalb diese Viecher einen Daueraufenthalt unter Wasser als angenehm empfanden und den Evolutionssprung ihrer vernünftigeren Artgenossen vor Jahrmillionen nicht mitvollzogen hatten und ebenfalls als Lungenatmer an Land gegangen waren, wo man sich wenigstens im Urlaub eine muntere Sonnenbräune holen konnte.

Stranger tauchte wieder auf.

Nur ein paar Meter neben ihm durchstieß Jos die Wasseroberfläche. Gleich nebenan tobte Feuer. Dort waren Reste der explodierten Schwebeplattform aufgeschlagen und trieben auf dem Wasser, während sie allmählich niederbrannten.

Wo war Sari Cepete?

Stranger konnte sie nirgendwo entdecken. Hatte sie den Abschuß nicht überlebt?

Er schrie die Frage zu van Haag hinüber, aber im gleichen Moment sah er eine Gestalt auf dem Wasser treiben.

Cepete!

Gemeinsam brachten sie sie an Land, während die Reste der Schwebeplattform ausbrannten und versanken.

Von Tayu Pononga war nichts mehr zu sehen. Der war mit seinem Boot verschwunden.

»Jetzt haben Sie mir zum zweiten Mal das Leben gerettet«, stellte Jos mit rauh klingender Stimme fest.

Stranger winkte ab. »Sie brauchen nicht zu befürchten, daß ich Ihre Dankbarkeit ausnutzen werde, um Sie in Loyalitätskonflikte zu bringen. Das sind zwei Paar Schuhe, und um meine Herzenswünsche erfüllt zu bekommen, habe ich genug andere Möglichkeiten, als an Ihre Dankbarkeit zu appellieren. Hoffentlich können wir beide Cepetes Leben retten…«

Damit sah es schlecht aus. Die Frau war bei der Explosion schwer verletzt worden, und Stranger machte sich Vorwürfe, sich nicht zuerst um sie gekümmert zu haben, sondern in Richtung van Haag gesprungen zu sein, um mit dem Agenten über Bord zu gehen. Aber Jos war näher gewesen.

Der benutzte bereits wieder sein Vipho, dem die Nässe nichts ausgemacht hatte, und beorderte einen Notarzt und ein Sanitätsteam herbei. »Schade«, brummte er dann, »daß die GSO jetzt zwei Spezialaufheller abschreiben muß. Beim nächsten Mal lassen Sie gefälligst auch einen Mikro-Schutzschirmgenerator klauen!«

»Ich lasse nicht klauen, ich leihe nur aus«, grummelte Stranger.

Das medizinische Rettungsteam kam. Sari Cepete, die ohne Besinnung war, wurde in den Medo-Jett gebracht und zur Universitätsklinik geflogen.

Stranger und van Haag verzichteten darauf, sie zu begleiten. Helfen konnten sie der Frau ohnehin nicht, und für sie gab es Besseres zu tun, als nur auf einem Korridor zu sitzen und Däumchen zu drehen, bis ein Mediziner sie über den Zustand von Strangers Mitarbeiterin unterrichtete.

»Was stellen wir jetzt an?« fragte Stranger.

Jos hob die Brauen.

»Das Imperium schlägt zurück«, sagte er trocken.

*

Daß ausgerechnet Tayu Pononga sein Gegner war, nahm Jos Aachten van Haag persönlich. Aber nicht persönlich genug, um die Spielregeln zu vergessen. Er weitete die Fahndung auch auf Tayu aus und überlegte zugleich, wie dem Wirken der Robonen begegnet werden konnte. Es gab, wie ihm auch Stranger bestätigte, nur eine Möglichkeit: die Robonen mit ihren eigenen Waffen zu schlagen.

Sie bemühten sich, die Menschen dadurch zu verunsichern, daß sie ihnen einredeten, außerhalb der Erde sei es zu gefährlich, und sie sollten eigentlich nur als lästige Überbevölkerung abgeschoben werden.

Dem mußte entgegengewirkt werden.

»Auf der Erde ist es nicht mehr sicher – wir müssen Terra verlassen, um zu überleben!«

Das war das Schlagwort, das die Menschen verinnerlichen sollten. Man mußte es ihnen nur nahebringen.

Jos redete mit Tuban, dem GSO-Bereichsleiter für den indonesischen Raum.

»So wie die Robonen sich unter die Menschen mischen und sie aufhetzen, müssen wir es umgekehrt auch tun! Ich allein kann's nicht, weil ich erstens kein Phrasendrescher bin und mich die Robonen außerdem kennen. Aber vielleicht haben Sie Leute, die wir als Unheilspropheten aussenden können?«

»Wie stellen Sie sich das vor, van Haag?« stöhnte Tuban auf. »Diese Evakuierungshysterie, in die Sie die Menschen hetzen wollen, können wir doch ebensowenig kontrollieren! Die stürmen uns doch den Flughafen und die Großraumjetts, um zu den Raumhäfen geflogen zu werden, und...«

»Und dann muß die TF ausnahmsweise mal vielleicht ein Raumschiff hierherschicken, um mehr Freiwillige aufzunehmen, als die Jetts transportieren können, und das wird dann zugleich ein Signal, weil alle anderen sehen, daß da Menschen ein Raumschiff betreten... daß das nicht direkt in die Milchstraße hinausfliegt, braucht ja niemand zu erfahren.«

»Also die Menschen belügen? Sie erst in Panik versetzen und ihnen dann Lügen auftischen?«

»Keine Lügen, Tuban!« wehrte sich Jos. »Nur nicht die gesamte Geschichte, aber wann hätte eine Regierung oder Verwaltung den Menschen jemals freiwillig die ganze Wahrheit erzählt? Wir müssen Signale setzen, und diese Signale werden von Stranger und seinem Team von Djakarta aus in die ganze Welt gesendet. Hier müssen wir zupacken, hier sind wir jetzt am Drücker, und hier nutzen wir unsere Chance. Vielleicht unsere letzte! Wenn wir die Propaganda für die Auswanderung mit Bildern vom letzten Angriff der Schatten untermalen, und mit Bildern der Geschehnisse um das Kraftwerk in Brasilien, muß auch der letzte Mohikaner zu der Überzeugung kommen, daß er auf der Erde nie mehr sicher leben kann, sondern besser ins Weltall flüchtet.«

»Ist das Ihre Idee?« fragte Tuban mißtrauisch.

Jos grinste. »Strangers Idee, aber warum soll man Ideen anderer Leute nicht verwerten, wenn sie gut sind?«

Nach einer Weile des Nachdenkens sagte Tuban: »Sie wollen also, daß ich Leute einsetze, die die Menschen aufhetzen, so wie die Robonen es tun?«

Jos nickte.

»Na dann…«, murmelte Tuban. »Versuchen wir es. Aber wenn's schiefgeht, werden Sie sich dafür verantworten müssen und nicht ich.«

Jos grinste.

»Verstehe ich doch vollkommen, Sie feiger Hund…«

Auf einen Feind mehr oder weniger kam es ihm schon lange nicht mehr an!

*

Tuban holte sich bei Bernd Eylers in Alamo Gordo Rückversicherung und forderte da auch gleich Agenten mit schauspielerischem und rednerischem Talent an, weil er seinem einheimischen Personal in dieser Hinsicht kaum über den Weg traute. Bioplast-Masken sorgten dafür, daß die Agenten, woher auch immer sie kamen, wie Einheimische aussahen, und als solche mischten sie sich unter die Menschen und begannen Demonstrationen zu steuern, die eigens deshalb wieder genehmigt worden waren, um der GSO ein Betätigungsfeld zu bieten.

Mittlerweile lief auch die globale Propagandaaktion der Weltregierung für das Evakuierungsprogramm an, was die Arbeit der GSO-Provokateure etwas vereinfachte; es hieß dazu, endlich könnten die Transportflüge wieder aufgenommen werden und damit Abertausenden von Menschen doch noch eine neue Zukunft bieten.

Allmählich veränderte sich die Grundstimmung in Djakarta, und Stranger sorgte dafür, daß sämtliche positiven Äußerungen schnellstmöglich in alle Welt gesendet wurden. Für ihn selbst noch positiver war die Nachricht, daß Sari Cepete ihre schweren Verletzungen überleben würde. Bis sie wieder auf eigenen Beinen stand, konnte es allerdings noch Wochen dauern.

*

Tayu Pononga wußte, daß es Schwierigkeiten geben würde. Spätestens seit dem fehlgeschlagenen Attentat auf Jos Aachten van Haag. Der hatte wie auch dieser verdammte Reporter die Explosion der Schwebeplatte überlebt und würde jetzt erst recht alles daran setzen, seinen »alten Freund« Tayu wiederzufinden.

Und das war gar nicht in dessen Sinn!

Auch Scholf entwickelte sich zu einem Problem. Er wollte, daß der Regierungspropaganda unbedingt entgegengewirkt wurde. Begriff er nicht, daß es dafür jetzt zu spät war? Die GSO setzte mehr Leute ein, und es war Scholfs Agenten nicht möglich, sie rechtzeitig zu entdecken und mundtot zu machen, weil sie auch ihre Masken und damit ihr Aussehen ständig veränderten. Die Verdammten waren schon ein schlaues Völkchen…

Aber es hatte keinen Sinn, Scholf zu widersprechen oder sich ihm zu widersetzen. Der Agentenführer würde seine Autorität nicht untergraben lassen, und daß Menschenleben für ihn wenig zählten, hatte er in den letzten Jahren oft genug unter Beweis gestellt. Er scheute auch nicht davor zurück, eigene Leute zu opfern, wenn es sein mußte.

Oder sie zu exekutieren…?

Tayu wollte sich mit Jara Tako treffen, von deren Anwesenheit in Djakarta er wußte – weniger von Scholf als durch die Fahndung, die van Haag ausgelöst hatte. Der Robone wartete auf seine Artgenossin, um mit ihr eine neue Strategie durchzusprechen. Vielleicht war ja doch noch etwas zu retten…

Das glaubte er, bis er die Mündung einer Waffe in seinem Rükken spürte…

*

Djakarta war eine große Stadt, aber nicht groß genug für Jos Aachten van Haag. Der strolchte durch die Straßen und suchte nach bekannten Gesichtern. Er ging davon aus, daß die Robonen sich dort befanden, wo Menschen über Sinn oder Unsinn der Kolonialisierung redeten, um diese Diskussionen in ihrem Sinne zu beeinflussen, ebenso wie es umgekehrt auch die GSO-Agenten taten.

Aber dann entdeckte er Tayu in einer Seitenstraße. Der Robone schien auf etwas oder jemanden zu warten.

Jos näherte sich ihm unerkannt. Einmal mehr kam ihm zugute, daß Robonen seine Nähe nicht so spürten, wie es bei anderen »Verdammten« der Fall war. Jeder normale Terraner wäre von Tayu unweigerlich bemerkt werden, wie lautlos auch immer er sich angepirscht hätte. Für so etwas besaßen die Robonen einen sechsten Sinn.

Jos trat hinter Tayu und drückte ihm die Waffenmündung gegen den Rücken.

»Wiedersehen macht Freude«, sagte er. »Komm nicht auf die Idee, eine Giftkapsel zu zerbeißen, die du vielleicht im Zahn hast. Das hier ist ein Blaster, mein Freund. Damit schieße ich dir bei der ersten falschen Kaubewegung das Kinn weg. Wetten, daß das schmerzhafter ist, als einfach zu sterben?«

Während er sprach, war er halb neben Tayu getreten und hielt ihm die Waffe jetzt von der Seite ans Gesicht.

»Sprich nur ganz vorsichtig und ganz langsam, wenn du etwas zu sagen hast, Tayu!« forderte er den Robonen auf.

Tayu Ponongа sprach überhaupt nicht. Er schien zur Salzsäule erstarrt, aber als Jos seiner Blickrichtung folgte, entdeckte er ein Gesicht, das er vom Fahndungsbild her nur zu gut kannte.

Jara Tako war aufgetaucht!

Nur dreißig Meter entfernt stand sie vor einer ahnungslosen Menschengruppe, und im nächsten Moment flog ihre Hand mit einem Blaster hoch, der auf Jos zielte!

Und der war nur zur Hälfte von Tayu gedeckt!

Er reagierte schneller als die reaktionsschnelle Robonin! Er überlegte erst hinterher, aber mit einem Fußtritt hebelte er Tayus Standbein aus, um den Ex-Freund durch das Stürzen von feindseligen Aktionen abzuhalten, und zugleich feuerte er auf Jara Tako!

Jos war schon immer ein erstklassiger Schütze gewesen.

Tako hatte einen winzigen Moment zu lange gezögert und brach mit einem Aufschrei zusammen, ehe sie ihre eigene Waffe abfeuern konnte. Da begriff Jos erst, daß er seine Kombiwaffe auf Impulsstrahl geschaltet hatte. Ein Fehlschuß hätte Unschuldige getötet, aber ihm war keine Zeit geblieben, auf Para umzuschalten. Das tat er jetzt, fuhr herum und schockte Tayu Pononga, ehe der sich wieder aufrichten konnte.

Menschen schrien.

Plötzlich waren Polizisten da, gleich zu dritt, und richteten ihre Waffen auf Jos. Der ließ vorsichtshalber seinen Schockblaster fallen und erklärte den Polizisten dann ganz höflich, in welcher Tasche sein GSO-Ausweis steckte. Damit war sein Problem gelöst.

Jara Tako hatte auch kein Problem mehr. Sie war schon tot gewesen, als sie noch schrie.

Aber Tayu Pononga lebte noch, und er sollte Jos einiges erzählen! Nur mußte er zuerst in eine Klinik, um eventuelle Giftkapseln in Zähnen oder anderswo entfernen zu lassen, damit der Mann sich nicht umbringen konnte. Dabei wurde auch sein Gehirn einem Scan unterzogen.

Dr. Cilan glaubte seinen Augen nicht zu trauen. »Van Haag, dieser Robone soll per CE umgeschaltet worden sein? Das glauben Sie doch selbst nicht! Hier... und hier...«, und dabei deutete er auf bestimmte Bereiche der holografischen Aufzeichnung, »diese Stellen zeigen eindeutig die Veränderungen, wie wir sie auch von den nicht umgeschalteten Robonen kennen!«

»Das heißt also, daß jemand diese Umschaltung rückgängig gemacht und den ursprünglichen Zustand wiederhergestellt hat, wie die Giants ihn schufen?«

Cilan nickte.

»Na schön, das können sie also auch schon, unsere Freunde! Freunde, Freunde...«, murmelte Jos, und es klang gar nicht gut.

»Dann kann ich Tayu Pononga ja jetzt mitnehmen ins GSO-Büro! Begleiten Sie uns, Doktor? Vorsichtshalber...«

*

Daß zwei seiner Leute sich nicht mehr meldeten, beunruhigte Scholf, zumal einer der Verschwundenen Tayu Pononga war, der als einer von ganz wenigen Robonen das Hauptquartier auf Borneo kannte.

»Alle laufenden Aktionen stoppen. Ab sofort gilt der Ausweichplan!« ordnete er von seiner Zentrale aus an.

Für ihn selbst galt noch ein ganz anderer Ausweichplan...

*

In Tubans kleiner GSO-Zentrale wurde Tayu Pononga verhört.

Unmißverständlich hatte Jos klar gemacht, daß Bert Stranger diesem Verhör nicht beiwohnen durfte, trotz der Zusage einer Exklusivberichterstattung. Nicht einmal Tuban, den Leiter des hiesigen Büros, wollte van Haag dabei haben.

Stranger gefiel das nicht. Er ahnte Böses. Auf dem Gang vor dem Verhörzimmer richtete er sich auf eine längere Wartezeit ein, aber dann hörte er Tayu plötzlich durch die geschlossene Tür hindurch laut brüllen.

Noch lauter brüllte Jos, und dann wurde es wieder leise.

Stranger war aufgesprungen, aber im gleichen Moment zogen zwei GSO-Männer, die Jos vor dem Verhörzimmer postiert hatte und die auch Unruhe zeigten, als das Gebrüll einsetzte, ihre Schocker und richteten sie auf den Reporter.

»Zutritt verboten«, schnarrte einer von ihnen. »Das gilt nach wie vor, bis van Haag diese Anweisung wieder aufhebt!«

Noch einmal wurde es drinnen laut, lauter als zuvor. Für einen Moment sah es so aus, als würde zumindest einer der GSO-Männer einen Blick in das Zimmer werfen wollen, aber dann beherrschte er sich doch.

Nach drei Stunden flog die Tür von innen auf. Jos kam heraus. Er wirkte müde und erschöpft. »Weiterhin niemanden hineinlassen, nur Doktor Cilan, und den benachrichtigen Sie bitte, daß er wie ein geölter Blitz hier zu erscheinen hat! Danach Korridore räumen...« Er sah Stranger, der von seinem Stuhl aufgesprungen war. »Weitere Anweisungen anschließend«, stoppte Jos. »Sie geben wohl auch nie auf, Bert?«

»Cilan? Der Enzephalo-Spezialist?« hakte Stranger mißtrauisch nach. »Was haben Sie mit dem Robonen angestellt?«

»Nichts«, sagte Jos leise. »Gar nichts. Aber wir wissen jetzt, wo sich Scholfs Hauptquartier befindet.«

»Das hat er Ihnen verraten?« staunte Stranger. »Nach drei Stunden Verhör in Brüllautstärke?«

»Scholf hat eine Festung im Dschungel von Borneo. Tayu hat mir die genaue Position verraten, ebenfalls die Sicherheitsmaßnahmen. Wir schlagen sofort los. Ich nehme an, daß Sie mitkommen wollen.«

Stranger nickte.

In diesem Moment tauchte Dr. Cilan auf. Er stürmte in den Verhörraum, und die Tür fiel langsam genug wieder zu, daß Stranger doch noch einen Blick hineinwerfen konnte.

Tayu hatte alles Menschliche verloren und war zu einem brabbelnden Idioten geworden.

»Jos!« keuchte Stranger entsetzt. »Was zur Hölle, haben Sie mit dem Mann angestellt? Sagten Sie nicht einmal, er sei Ihr Freund gewesen?«

Der Agent sah an dem Reporter vorbei in eine unendliche Ferne.

»Beinahe ein Freund. Und genau deshalb«, murmelte er bitter, »mußte ich diesen verdammten, schmutzigen Job machen...«

*

Die GSO hatte eine Sternschnuppe aufgeboten, einen Kugelraumer der 50-Meter-Klasse. In einem Blitzangriff stieß der Raumer auf die robonische Festung im Dschungel Borneos nieder, blieb in nur 500 Metern Höhe vom A-Grav gehalten in der Schwebe und richtete seine Strahlantennen auf das Umfeld der Anlage. Gleichzeitig wurde ein Dutzend Jetts ausgeschleust.

Vom Boden aus eröffnete eine getarnte Abwehrstellung das Feuer. Gleich zwei der Jetts verwandelten sich kurz nach dem Ausschleusen in winzige Sonnen, die flammenspeiend zwischen Baumriesen stürzten und Brandzonen hervorriefen, aber nur fünf Sekunden später gab es diese Abwehrstellung nicht mehr, weil der Kugelraumer sie mit einem einzigen Tremble-Schock-Strahl geradezu pulverisierte.

Der Schutzschirm um die Robonenfestung baute sich zu spät auf. Die Ortungen der Sternschnuppe erfaßten das Kraftwerk, das die Energie für den Prallschirm lieferte, und zwei weitere Tremble-Schocks durchschlugen den noch im Aufbau befindlichen Schirm und vernichteten auch diese Anlage.

Zehn Jetts fegten im Tiefflug auf die Festung zu. Ein Strahlengewitter aus Bordkanonen zerfetzte das Eingangstor und einen Teil des Gebäudes. Mit versteinertem Gesicht saß Jos im Kommandoschweber und gab seine Anweisungen. Die GSO schlug blitzschnell und kompromißlos zu. Als die Maschinen landeten, stürmten Männer und Frauen einer Spezialeinheit ins Freie, von deren Existenz nicht einmal Bert Stranger etwas geahnt hatte.

»Was Sie aufnehmen und senden, wird von mir persönlich kontrolliert, bevor Sie es Ihrem Boß abliefern!« warnte Jos. »Und wenn später auch nur ein einziger dieser Spezialagenten durch Ihre Aufnahmen identifiziert werden kann, werden Sie nie mehr in der Lage sein, auch nur eine Aufnahme zu machen oder einen Kommentar zu sprechen.«

Van Haag führte das Einsatzkommando in die Robonenfestung.

Stranger blieb ihm auf den Fersen. Er benutzte eine Handkamera und hatte auf den Rest seines Teams verzichtet, weil er die Leute nicht in Gefahr bringen wollte. Es reichte, wenn er selbst ein Risiko einging.

Blasterfeuer schlug ihnen entgegen. Wo immer es aufblitzte, machte die Spezialtruppe radikalen Gebrauch von schwersten Waffen. Hier und da flohen Gestalten wie Schatten. Jos hatte angeordnet, möglichst viele Robonen lebend in die Hände zu bekommen, aber das erwies sich als nahezu unmöglich.

Die Festung erwies sich als größer, als Tayu Pononga sie beschrieben hatte, und war vorwiegend unterirdisch angelegt. Auch die Beschreibung der Sicherheitseinrichtungen erwies sich als teilweise falsch. Als der siebte Mann der Spezialeinheit in einer heimtückischen Falle umkam, ordnete van Haag an, die gesamte Anlage mit Kampfgas zu fluten.

»Jos«, glaubte Stranger warnen zu müssen. »Hoffentlich wissen Sie, was Sie da tun!«

»Ich habe keine Lust, noch mehr Leute zu verlieren!« blaffte der Agent zurück. »Alle 'raus hier, zurück! Und das Dreckzeug mit Pressorstrahlen in dieses Rattenloch blasen!«

Er verließ sich nicht auf die Klimaanlage der Festung. Die arbeitete ihm zu langsam, und solange sie nicht an deren Schaltung herankamen, konnte ein Robone sie jederzeit deaktivieren und damit das Vordringen des Gases zumindest verlangsamen.

Kein Mann der Spezialeinheit befand sich mehr im Inneren der Anlage, als Gastanks aufgefahren wurden und ihren Inhalt abbliesen. Von der Sternschnuppe aus, die jetzt tief über dem Laubdach des Dschungels hing, um den richtigen Schußwinkel zu bekommen, wurden die Gaspartikel mit einem schwachen Pressorstrahl in die Festung hineingetrieben.

Trümmerstücke flogen gleich mit, und mehr und mehr gaben Wände und Decken dem Druck des permanent wirkenden Strahls nach, sank die Anlage in sich zusammen.

Was Jos als »Dreckzeug« bezeichnete, verdiente seinen Namen

wirklich!

Das radikale Betäubungsgas war, wie er knapp erläuterte, von den Tel entwickelt worden und im Zuge des »Kulturaustauschs«, wie Jos den Spionageauftrag des terranischen Botschafterteams auf Cromar umschrieb, nach Terra gelangt. Kein Atemfilter terranischer Entwicklung konnte dieses Gas stoppen, das aber nach wenigen Minuten seine Wirksamkeit verlor und Sauerstoff als Katalysator für seinen molekularen Zerfall benutzte.

Drei Minuten lang trieb der Pressorstrahl das Kampfgas immer tiefer in die Festungsanlage hinein. Dann wurde abgeschaltet, und Jos hoffte: »Mit etwas Glück hat sich dieser kleine Orkan bis tief hinab in die Korridore und Räume ausgetobt, um das Gas weiträumig genug zu verteilen, und mit noch mehr Glück haben wir die Robonen damit erwischt oder sie zumindest gezwungen, sich in untere Bereiche und auf engeren Raum zurückzuziehen, wo wir leichter mit ihnen fertig werden!«

Bert Stranger hatte seine Kamera längst abgeschaltet. Über die bösen Details dieses Kampfeinsatzes wollte er nicht berichten.

Jos sah auf sein Chrono. »Das reicht. Das Gas müßte zerfallen sein. Rein mit uns!«

Sie stürmten erneut.

Diesmal trafen sie auf keinen Widerstand. Aber hier und da fanden sie bewußtlose Robonen, die sich noch fast die Seele aus dem Leib gekotzt haben mußten, ehe sie unter der Wirkung des Gases die Besinnung verloren.

Aktive Robonen gab es nicht mehr!

»So wenige können es doch gar nicht gewesen sein!« knurrte Jos. »Nach dem Feuerzauber, den sie uns vorhin noch geliefert haben... wo ist denn der Rest?«

Den fanden sie auch in den Räumen nicht, die das Gas nicht mehr erreicht hatte, aber Jos entdeckte eine Schnellbahnröhre, deren Transportkapseln fehlten. Damit war klar, auf welchem Weg sich Scholf und seine Anhänger abgesetzt hatten.

»Hinterher...«

Stranger hielt ihn fest. »Wissen Sie, wie lang diese Röhre ist? Viele Kilometer, vielleicht ein Dutzend oder mehr! Wer es schafft, eine dermaßen große Anlage unter den Dschungel zu bauen, der baut auch seinen Fluchtweg großzügig und lang genug aus, damit er in Sicherheit ist, wenn…«

Ein Lautsprechersystem wurde aktiv, und eine künstlich erzeugte Stimme plärrte:

»Warnung! Selbstzerstörungssequenz aktiviert! Zündung erfolgt in 100 Sekunden. – Warnung! Selbstzerstörungssequenz aktiviert! Zündung erfolgt in 93 Sekunden. – Warnung…!«

Agent und Reporter sahen sich an. Stranger war blasser geworden.

»… wenn das hier passiert!« beendete er seinen Satz. »Weg hier, schnell!«

Er rannte schon los. Er lief so schnell wie noch nie in seinem Leben. Ihm war klar, daß die verbleibende Zeit niemals ausreichte, die Zentrale zu finden, von der aus die Selbstzerstörung abgeschaltet werden konnte – und erst recht nicht, den dafür nötigen Code zu knacken.

Jos war sportlicher als der Reporter, aber er verlor Zeit dadurch, daß er über sein Spezialvipho den Männern und Frauen des Einsatzkommandos einen Rückzugspunkt nannte. Der war von allen schneller erreichbar als der Eingangsbereich, und durch die Teilzerstörung des Gebäudes himmelwärts offen.

Jos rief die Sternschnuppe an.

»Aufsteigen, und Traktorstrahl auf die Öffnung richten! Auslösen auf mein Kommando!«

Hatte Stranger die Anweisung mitbekommen, wohin er zu laufen hatte?

Jos holte ihn ein, konnte gerade noch verhindern, daß der Reporter die falsche Abzweigung nahm.

»Warnung! Selbstzerstörungssequenz aktiviert! Zündung erfolgt in 48 Sekunden.«

Stranger kam außer Atem. Jos zerrte ihn mit, auch wenn dadurch sein eigenes Vorwärtskommen behindert wurde.

Schneller als befürchtet erreichte er den Raum, dessen Deckenkonstruktion zerstört worden war, und sah die Männer und Frauen seiner Special Force.

»Durchzählen!« schrie er. »Schnell!«

Sie waren vollständig.

Hoch über ihnen stieg die Sternschnuppe allmählich empor.

»Warnung! Selbstzerstörungssequenz aktiviert! Zündung erfolgt in 22 Sekunden.«

»Traktorstrahl!« schrie Jos in sein Vipho. »Jetzt! – Und geht der Aufstieg nicht schneller, verdammt!«

Im gleichen Moment verloren sie alle den Boden unter den Füßen. Nicht nur Stranger schrie entsetzt auf, als er in die Höhe gerissen wurde. Mit den Menschen flogen auch Trümmerstücke empor, die im Wirkungsbereich des Traktorstrahls waren.

»Schneller!« brüllte Jos in sein Vipho. »Voller Schub!«

Der Kugelraumer flog immer noch nur unter A-Grav. Aber er beschleunigte jetzt ernsthaft.

Lautlos zählte Jos die letzten Sekunden ab.

Drei. Zwei. Eins.

Zero.

Die Welt ging unter.

*

Die Festungsanlage verschwand in einem sich aufblähenden Feuerball, der alles in seinem Bereich verschlang, einschließlich der bewußtlosen Robonen, die zu bergen niemand mehr Zeit gefunden hatte. Unwahrscheinlich grell war der Blitz, der zwei Männern der GSO-Einheit das Sehvermögen raubte, weil sie genau ins Explosionszentrum geschaut hatten.

Dann kam sekundenlang Dunkelheit und ein Orkan, der selbst die Sternschnuppe ins Trudeln brachte, aber der Traktorstrahl hielt die Menschen innerhalb des rasch aufgebauten Schutzschirms fest und riß sie auf eine der Schleusen zu. Entsetzt sah Stranger, wie das Laub riesiger Bäume sekundenschnell zu Asche zerfiel und die Stämme geknickt wurden wie Streichhölzer.

Wo sich eben noch die Robonenfestung befunden hatte, gab es nur noch eine atomare Hölle, die ihren drohenden Rauchpilz als Todesfanal himmelwärts trieb und mit tobenden Flammenbahnen anheizte.

Der Kommandant der Sternschnuppe verließ sich nicht allein auf die Abschirmwirkung des Prallfeldes, denn er schwenkte den Raumer so, daß er sich zwischen die Menschen und den Strahlungsherd schob.

Bert Stranger glaubte sich in einem Alptraum zu befinden.

Erst über eine Stunde später fand er sich zusammen mit Jos in der Zentrale des Kugelraumers wieder. Die großen Panoramaschirme zeigten den bereits verwehenden Rauchpilz.

»Dieser Lump hat eine atomare Ladung gezündet«, murmelte Jos tonlos. »Kennen Sie Hiroschima? Zweiter Weltkrieg, vor über hundert Jahren? Die Sprengkraft dieser Bombe und auch die r-Strahlung, die jetzt die ganze Gegend verseucht, sind annähernd identisch. Wenn ich diesen Scholf in die Finger bekomme...«

Er sprach nicht weiter.

Die Gegend war auf viele Jahrzehnte hinaus nicht mehr zu betreten. Alle Spuren waren endgültig vernichtet. Die Bombe hatte nur einen tiefen Krater und eine riesige Zone der Verwüstung hinterlassen.

Und Scholf war entkommen.

*

Die Rohrbahn hatte den Anführer der Robonen auf Terra und seine Begleiter gut zwanzig Kilometer weit in einen geheimen unterirdischen Hangar gebracht. Dort standen Jetts bereit, die über Ortungsschutz verfügten. So getarnt, konnten die Robonen unbemerkt entkommen; die Ortungen der Sternschnuppe registrierten ihre Flucht nicht.

Erst Stunden später wurde der offene Hangar eher zufällig entdeckt, aber da war es längst zu spät, um die Robonen noch verfolgen zu können. Ihre Spur hatte sich endgültig verloren.

Allerdings hatte Scholf bei dieser Aktion etliche seiner Agenten verloren, und durch den Verlust seiner geheimen Zentrale war seine Organisation empfindlich geschwächt worden.

Jos Aachten van Haag konnte diesen Einsatz trotzdem nicht als Erfolg betrachten.

Er dachte an Tayu Pononga, der fast einmal sein Freund geworden wäre, und dessen Anblick er wohl nie mehr vergessen würde.

10.

Die POINT OF jagte dem Halo der Galaxis entgegen. Von dort aus würden es noch einmal 300.000 Lichtjahre in Richtung Andromeda sein, die es in mehren Transitionsetappen zurückzulegen galt, bis hinein in das gefährliche, rätselhafte Exspect, diese Zone abnehmender Raumspannungsfelder, die Raumschiffantrieben in unglaublichem und unkontrollierbarem Umfang Energie entzog.

Dort draußen, im Nichts jenseits der Sterne, hatten die Nogk ihre Heimat gefunden. Dort waren sie am Ende ihres langen Weges angelangt, aber auch endlich in Sicherheit vor den mörderischen Magnetfeldschwankungen der Galaxis, die derzeit auch der POINT OF Probleme bereiteten.

Von Mal zu Mal wurden die Magnetstürme stärker. Diesmal wagte Dhark nicht einmal, Transitionen durchführen zu lassen, weil sich die Zielkoordinaten nicht sauber berechnen ließen – die Werte der Hyperortungen wurden verfälscht und führten zu falschen Koordinaten, und die Auswirkungen der Magnetstürme wirkten sogar bis in den Hyperspace und konnten eine Transition stören.

Niemand an Bord der POINT OF war daran interessiert, mitten in einer Sonne oder in einem Planeten zu rematerialisieren. In diesem Fall halfen ihnen auch die Intervallfelder nichts, weil die für eine Transition abgeschaltet werden mußten. Ob der Checkmaster sie bei der Rematerialisierung rasch genug wieder aufbauen konnte, wagte selbst Arc Doorn zu bezweifeln.

Deshalb flog die POINT OF nur mit Sternensog im überlichtschnellen Bereich und im Schutz ihrer Intervallfelder.

Funkkontakt zu anderen terranischen Raumschiffen oder zu Stationen auf Planeten gab es nicht. ERRON-1 war von der POINT OF ebenfalls nicht als Relaisstation zu erreichen.

Ren Dhark hatte die Flugzeit genutzt, um zu ruhen und über Vergangenes nachzudenken. Vielleicht hatte Dan recht, und er hätte Joan tatsächlich noch einen Kurzbesuch abstatten sollen; Zeit genug wäre tatsächlich geblieben. Aber irgendwie war es für ihn nicht richtig, ohne daß er dieses Gefühl hätte erklären können.

Als er die Zentrale des Ringraumers wieder betrat, saß Hen Falluta im Kommandositz. Neben ihm nahm Dro Cimc den Ko-Sitz ein, in dem eigentlich Leon Bebir zu finden sein mußte. Die beiden Männer schienen sich prachtvoll zu unterhalten.

Dhark ließ sich in einem frcien Sitz nieder und bedeutete Falluta mit einer knappen Handbewegung, daß er nicht beabsichtigte, die Schiffsführung wieder zu übernehmen.

Die Funk-Z meldete sich. »Da kommt ein Notruf herein«, erklärte Walt Brugg. »Ziemlich klar…«

»Trotz der Störungen?« fuhr Dhark auf.

»Stellen Sie durch, Brugg!« ordnete Falluta an. Cimc räumte den Ko-Sitz. Dhark verzichtete aber darauf, seinen Platz zu wechseln, sondern schaltete Steuerungsfunktionen zu sich herüber.

»FO-XXIX an alle… FO-XXIX an alle… werden von Schattenraumern attackiert… nicht mehr flugfähig… Koordinaten…«

Statikrauschen überlagerte die Sendung teilweise. *Und das nennen Sie ›ziemlich klar?‹* wollte Dhark spöttisch fragen, als Brugg schon erklärte: »Jetzt knallen uns die Magnetfeldstörungen wieder dazwischen, aber ich hab' den Spruch von Anfang an gespeichert und den Sender auch mit der Echokontrolle erfaßt! Etwa sieben Lichtjahre entfernt…«

»So exakt?« hakte Dhark nach.

»Vor den erneuten Störungen!« rechtfertigte Brugg sich.

»Es könnte eine Falle sein«, gab Dro Cimc zu bedenken.

Hen Falluta, der 1. Offizier, stimmte zu. »Wie damals, als Szardak mit seinem Ringraumergeschwader auf einen gefälschten Notruf hereinfiel, oder auch die Gruppe Clark…«

Walt Brugg hatte mitgehört. »Diesmal ist nichts gefälscht. Dafür lege ich Yogans Hand ins Feuer...«

Sein Kollege Elis Yogan protestierte sofort vehement, und unwillkürlich lachte Dhark auf. »Walt, von dieser Seite kennen wir Sie ja noch gar nicht!«

Falluta sah Dhark an. »Vermutlich sind wir die einzigen, die diesen Notruf empfangen konnten.«

»Wir fliegen das Ziel an!« bestimmte der Commander sofort. »Brugg, keine Antwort senden. Wenn wir es tatsächlich mit den Schatten zu tun haben, müssen die nicht unbedingt erfahren, daß wir unterwegs sind! Aber versuchen Sie, den Notruf verstärkt weiterzuleiten, damit vielleicht doch jemand mitbekommt, wo etwas los ist!«

»Verstanden«, gab der Funker knapp zurück und schaltete die Verbindung zur Zentrale ab.

Falluta gab bereits die neuen Zielkoordinaten ein, die Brugg ihm auf sein Pult überspielte. Der Ringraumer änderte seinen Kurs, nicht aber die hohe Überlichtgeschwindigkeit. Sieben Lichtjahre, das waren bei der momentanen Geschwindigkeit etwa dreißig Minuten.

Zeit genug, Vorbereitungen zu treffen.

*

Der Notruf hatte seinen Ausgangspunkt auf dem vierten Planeten einer kleinen, gelbroten Sonne mit insgesamt sieben Umläufern. Energetisch war das System tot, nichts deutete auf das Vorhandensein einer fortgeschrittenen Zivilisation hin. Lediglich auf Planet 4 gab es teilweise hochenergetische Aktivitäten, die sich aber an einem bestimmten Punkt konzentrierten.

Falluta bremste die POINT OF mit Maximalwerten ab, um nicht durch das System hindurchzurasen und eine Schleife fliegen zu müssen.

»Vier ist eine urtümliche Dschungelwelt«, faßte Tino Grappa die

Werte zusammen, die seine Ortungen lieferten. »Große Ozeane, drei Kontinente, schwache Achsenneigung und daher auch nur schwach ausgeprägte Jahreszeiten. Sauerstoffwelt, geringe Beimischungen von Edelgasen, die aber unbedenklich einzuatmen sind. Durchschnittstemperatur liegt bei 24,8 Grad Celsius.«

»Netter Ofen«, bemerkte Falluta trocken. »Auf die hochsommerlichen Spitzenwerte kann ich gern verzichten...«

»Aber wenn es da unten Saurier gibt, dürften die sich sauwohl fühlen bei diesen Temperaturen«, erwiderte Dhark. »Was ist mit der FO-XXIX, Tino?«

»Wollte ich gerade drauf kommen. Der Raumer liegt im Küstengebiet des Äquatorkontinents, aber noch im Dschungel. Offenbar ist er stark beschädigt. Nur geringe Energieemissionen aus dem Triebwerksbereich. Da arbeitet vielleicht noch ein Fünftel der Konverter. Also dürfte auch die Kampfkraft nicht mehr sonderlich beeindrucken.«

Zumal Forschungsraumer ohnehin keine waffenstarrenden Superkreuzer waren, entsann sich Ren Dhark und fühlte wachsendes Unbehagen bei der Vorstellung, auf welch verlorenem Posten Menschen dort unten um ihr Leben kämpften. Die Kugelraumer, die zum Forschungskorps gehörten, waren eigens umgerüstet worden – mehr Laboratorien und Expeditionsausrüstung, aber um die unterzubringen, mußte ein großer Teil der Waffensysteme entfernt werden.

»Dhark – gut drei Kilometer von der FO-XXIX entfernt liegt das Wrack eines Schattenraumers!« entfuhr es Grappa. »Himmel, ist der schwach zu erfassen! Beinahe hätte ich ihn nicht erwischt... ob's die FO tatsächlich geschafft hat, den vom Himmel zu fegen? Unfaßbar... und das verdammte Ding kriege ich immer noch nicht klar in die Ortung, obwohl's ein Wrack ist...«

»Sicher ein Schattenschiff?« forschte Dhark nach.

»Bombensicher! Offenbar hat die Besatzung dieses Monstrums überlebt und greift die FO vom Boden aus an!«

Dhark atmete tief durch.

»Das wäre eine Chance, endlich mal dieser Mörderbande von Angesicht zu Angesicht zu begegnen und Gefangene zu machen«, sagte er leise. »Danke, Tino. Passen Sie weiter gut auf! Jede Kleinigkeit kann wichtig sein!«

Der Commander erhob sich aus seinem Sitz: »Brugg, Funkspruch an die FO-XXIX, daß wir da sind! Falluta, die POINT OF bleibt im Raum, stationärer Orbit. Ich möchte nicht vom Auftauchen einer dieser Riesenstationen überrascht werden. Im Orbit ist die POINT OF schneller und wendiger. Flashpiloten – Wonzeff, Doraner, Dressler, Warren, Vultejus, Kartek – wir treffen uns im Depot! Einsatz!«

»Sie fliegen mit nach unten?« Dro Cimc als Wer der tel'schen Flotte hatte sich noch immer nicht daran gewöhnt, daß der Commander riskante Einsätze selbst anführte. Für ihn gehörten hohe Offiziere gefälligst in der Sicherheit ihrer Raumschiffe oder Stationen und überließen das Risiko Untergebenen oder Robotern.

Dhark nickte nur. »Falluta, schrecken Sie Riker aus seinen süßen Träumen. Ich will ihn in der Zentrale sehen. Bebir auch. Funk-Z, ständige Verbindung mit der FO-XXIX und den Flash. Ringschaltung! Wollen doch mal sehen, ob wir diese Schatten nicht zwingen können, sich uns zu zeigen! Ob die wirklich goldene Haut haben und so wunderschön anzusehen sind, wenn wir sie sichtbar machen?«

»Sie glauben tatsächlich daran, das zu schaffen, Dhark?« fragte Dro Cimc kopfschüttelnd. »Optimisten Ihrer Art sind im Telin-Imperium schon vor Jahrhunderten ausgestorben… mit solchen Leuten hätten wir nie einen Kluis gebraucht!«

Dhark hörte schon nicht mehr hin. Er war bereits unterwegs zum Flashdepot.

*

Die Ringschaltung stand. Über Funk verband sie die beiden Raumer und die sieben Flash miteinander. Captain Skaghättan, der

Kommandant des Forschungsraumers, gab den Piloten einen detaillierten Situationsbericht. Seine Schilderung, wie die FO-XXIX in diese fatale Lage geraten war, blockte Dhark ab; das hatte Zeit bis später. Jetzt ging es erst einmal darum, einen Entlastungsangriff zu fliegen, die Schatten-Bodenkämpfer vom Kugelraumer fernzuhalten und eventuell gefangenzunehmen.

Dabei hoffte Dhark inständig, es nicht wirklich auch noch mit einer der unsichtbaren Riesenstationen zu tun zu bekommen, aber die Gefahr war groß, denn woher sonst sollte dieser Schattenraumer gekommen sein?

Er jagte mit seiner 002 dem Planeten entgegen. Die anderen sechs Flash fächerten weit auseinander, um schon vom Raum aus eine Zangenformation einzuleiten.

Dhark hörte Skaghättan weiter berichten.

»... dringen drei Schatten, die wir nur anhand von leichten Verfärbungen des Dschungelhintergrunds sehen können, weiter vor und anhand von leichten Verfärbungen des Dschungelhintergrunds sehen können, weiter vor und anhand von leichten Verfärbungen des...«

Dhark stutzte.

Was sollte das?

»Skaghättan! Was ist bei Ihnen los?«

»... Dschungelhintergrunds sehen können, weiter vor...«, kam es unverändert aus dem Empfang.

Dhark ahnte nicht, daß die sechs Flashpiloten die gleiche Tonschleife immer wieder hörten und daß auch in der POINT OF nichts anderes mehr zu empfangen war. Noch weniger begriffen die Menschen in der FO-XXIX, daß sie nur noch die Stimme ihres Captains in endloser Wiederholung eines Satzfragments hören konnten.

Im gleichen Moment stellte Ren Dhark fest, daß sein Flash ihm nicht mehr gehorchte!

Die Steuerung war blockiert!

Auch die Gedankensteuerung versagte! Als er sie einsetzen

wollte, hörte er auch die telepathische Stimme dieser geheimnisvollen Automatik in endloser Folge antworten: »... Dschungelhintergrunds sehen können, weiter vor...« Seine Gedankenbefehle dagegen wurden nicht akzeptiert!

Funkkontakt zu den Kameraden war nicht mehr möglich!

Steuerlos jagte der Flash in die Atmosphäre des Planeten, und der Bildschirm über dem Kopf des Commanders zeigte, daß auch die anderen Flash unkontrollierbar geworden sein mußten.

Die Schatten hatten eine neue, heimtückische Waffe zum Einsatz gebracht!

In der Zentrale der POINT OF sahen sich die Menschen und der Tel fassungslos an. Auch der Ringraumer reagierte auf keine Steuerungsbefehle mehr. Auch hier war nicht einmal die Gedankensteuerung einzusetzen, und obgleich der Checkmaster signalisierte, klar zu sein, reagierte er auf keine Dateneingabe.

Mysterious-Technik war von Grako-Technik vollständig blokkiert worden, und aus dem Funk drang immer wieder Skaghättans Stimme und ließ sich nicht mehr abschalten.

»Diese Teufel«, murmelte Dan Riker. »Diese verdammten Grakos...«

Wer Dro Cimc war es, der schließlich den Teufel an die Wand malte.

»Wenn jetzt tatsächlich eine Schattenstation auftaucht, hat sie leichtes Spiel mit uns!«

War der Notruf der FO-XXIX doch noch zu der Falle geworden, die Ren Dhark und der POINT OF das Verhängnis brachte?

REN DHARK

Drakhon-Zyklus Band 2

Die galaktische Katastrophe

erscheint Ende Juni 2000

Ren Dhark - Programm

Kurt Brand schuf von 1966 bis 1969 die Heftserie **Ren Dhark.** Für die HJB-Buchausgabe wird der SF-Klassiker bearbeitet und im Drakhon-Zyklus und in Sonderbänden fortgeschrieben, denn in den Tiefen des Alls ist das Rätsel der Mysterious noch immer zu lösen...

Bereits erschienen und noch lieferbar:

1. Zyklus (die alte Heftserie)
Buchausgabe (352 Seiten), DM 29,80

Bd. 1 „Sternendschungel Galaxis“
Bd. 2 „Rätsel des Ringraumers“
Bd. 3 „Zielpunkt Terra“
Bd. 5 „Die Hüter des Alls“
Bd. 6 „Botschaft a. d. Gestern“
Bd. 7 „Im Zentrum der Galaxis“
Bd. 8 „Die Meister des Chaos“
Bd. 9 „Das Nor-ex greift an“
Bd. 10 „Gehetzte Cyborgs“
Bd. 11 „Wunder d. bl. Planeten“
Bd. 12 „Die Sternenbrücke“
Bd. 13 „Durchbruch n. Erron-3“
Bd. 14 „Sterbende Sterne“
Bd. 15 „Das Echo des Alls“
Bd. 16 „Straße zu den Sternen“

Sonderausgaben des 1. Zyklus
(inhaltsgleich mit 1. Zyklus, lediglich anderes Cover)
Buchausgabe (352 Seiten), DM 19,80

Bd. 4 „Todeszone T-XXX“
Bd. 5 „Die Hüter des Alls“
Bd. 6 „Botschaft aus dem Gestern“

Sonderbände
Buchausgabe (192 Seiten), DM 19,80

(1) „Die Legende der Nogk“
(2) „Gestrandet auf Bittan“
(3) „Wächter der Mysterious“
(4) „Hexenkessel Erde“
(5) „Der Todesbefehl“
(6) „Countdown zur Apokalypse“
(7) „Der Verräter“

Drakhon-Zyklus (die Fortsetzung des 1. Zyklus)
Buchausgabe (352 Seiten), DM 29,80
Bd. 1 „Das Geheimnis der Mysterious“

In Vorbereitung:
Ende Juni 2000 erscheinen Ren Dhark - Drakhon Zyklus Band 2 „Die galaktische Katastrophe“ und ein neuer Sonderband (8).

Weitere Bände erscheinen im Abstand von drei Monaten

SPECIALS FÜR DEN REN DHARK FAN

Ren Dhark Cap
HJB, schwarzer Stoff, gelber Schriftzug, DM 19,80
Die optimale Kopfbedeckung für den harten Ren Dhark - Fan. Größe verstellbar. Gute Qualität. Originallogo auf Frontseite.

Ren Dhark Magazin
HJB, Nr.1, 48 Seiten, A4, erscheint unregelmäßig, DM 9,80
Nr. 2 erscheint ca. Ende 2000

Ren Dhark Kunstdruck „Point Of “
HJB, Format 46 x 62 cm, DM 19,80
Die PO auf Kunstdruckpapier (Motiv von „Gestrandet auf Bittan“)

Modell der POINT OF (2. Edition)
HJB, Ringdurchmesser 9,6 cm, Länge 14 cm, bemalt, DM 118,-
Die 2. Ed. (Auflage: nur 98 Ex.) der PO in kleinerem Maßstab.

Ren Dhark „Projekt 99“
RDC, Nrn. 99-115, Heft, ca. 60 Seiten, A5, DM 9,80
Die RD - (Fan)Fortführung des RD Clubs im Heft. Nicht identisch mit der HJB - Fortschreibung! Alle ca. drei Monate ein neues Heft.